KB156204

작은 도릿

LITTLE DORRIT

4

서양편 · 720

작은 도릿 4

찰스 디킨스(Charles Dickens) 지음
장남수 옮김

한국문화사

4권 차례

1권 차례

제1부 가난

2권 차례

3권 차례

제2부 부유(富裕)

• 일러두기 •

1. 이 책은 번역의 저본으로 2003년에 출판된 펭귄(Penguin) 판을 사용했다.
2. 1권 4장, 1권 8장의 끝머리에 표시된 바와 같이 몇 장마다 나타나는 별표기호(***)는 작가가 이 작품을 19회에 걸쳐서 분할 출판했을 때 각 회의 구분을 나타낸다.
3. 원문에서 부연설명이나 보충설명뿐 아니라 망설임이나 말줄임을 나타내기 위해 사용한 대시기호(—)는 본문에서도 대부분 줄표기호(—)로 표시했다.
4. 2003년 펭귄 판의 오류는 옥스퍼드 판(1979; 1999)과 또 다른 펭귄 판(1967)을 참조하여 바로잡고 본문에 각주로 표시했다. 그러나 사소한 오류의 경우는 각주 없이 바로잡았다.
5. 독자들의 이해를 돕기 위해 2003년 펭귄 판에 포함되어 있는 삽화를 본문에 수록하였다.

제2부

부유富裕

19 공중누각을 급습한 것

여행의 마지막 단계를 여전히 지루하게 지나고 있는 도릿 씨의 마차가 인적 없는 대평원을 덜컹거리며 지나간 것은 태양이 떨어진 지 꼬박 네 시간이 지난 다음이었고, 대부분의 여행자들이 자신들이 로마의 성벽 바깥에 있어도 괜찮다고 여기기에는 늦은 시간이었다. 햇빛이 지속되는 동안 길을 얼룩얼룩하게 했던 거친 목동들과 험상궂은 농부들은 태양이 지자 모두들 집으로 돌아갔고 황야를 그냥 비워두었다. 몇몇 길모퉁이에서 보면, 폐허로 아로새겨진 땅에서 수증기가 올라가는 것처럼 지평선에 희미하게 흔들거리는 불빛이 도시가 아직 멀리 떨어져 있다는 사실을 알려주었지만, 빈약한 위안이나마 주는 그런 것도 희귀하고 일시적인 것이었다. 마차는 검고 메마른 바다 같은 분지에 다시 가라앉았고, 무삼각해진 구릉과 음침한 하늘 외에는 오랫동안 아무것도 보이지 않았다.

비록 도릿 씨가 공중누각을 짓는 일에 몰두하고 있었지만 이처럼 황량한 장소에서 완전히 편안할 수는 없었기 때문에, 마차가 방향을 바꾸고 기수가 소리칠 때마다 그는 런던을 떠난 이래 그 어느 때보다도 꼬치꼬치 캐물었다. 마부석에 앉아있는 시종은 분명히 떨고 있었고, 마차 뒤의 하인석에 앉아있는 가이드의 마음도 아주 편안한 것은 아니었다. 도릿 씨가 유리를 내리고 돌아볼 때마다(아주 자주 돌아보았다) 가이드가 존 치버리의 담배를 피우고 있었던 것은 사실이지만, 의심을 품고 경계하는 사람처럼 보통은 담배를 피우는 내내 일어나서 주위를 살펴보았다. 그러면 도릿 씨는 유리를 다시 올리고 기수들이 살인자처럼 보인다고 생각하면서, 치비타베키아에서 그냥 숙박하고 아침 일찍 출발하는 편이 나았겠다고 생각했다. 그러나 그런 가운데서도 그는 틈틈이 공중누각을 지었다.

심하게 파괴된 울타리조각들, 입을 벌린 창문 틈과 흔들거리는 벽들, 아무도 살지 않는 집들, 물이 새는 우물들, 망가진 물탱크들, 유령 같은 사이프러스 나무들, 가지가 서로 엉켜 있는 포도밭들, 오솔길이 길고 울퉁불퉁하며 무질서한 길로, 즉 보기 흉한 건물부터 마차가 심하게 흔들리는 마찻길까지 모든 것이 무너져 내린 길로 바뀐 것 – 이런 것들이 이제 그들이 로마에 접근하고 있다는 사실을 알려주었다. 그런데 마차가 갑자기 방향을 바꾸고 멈춰서는 바람에 도릿 씨는 자기를 길가 도랑에 처넣은 다음 물건을 약탈해가는 도적들의 시간이 닥친 거 아닌가, 하는 생각이 불안하게 들었다. 유리를 다시 내려 밖을 내다보고 나서야 고작 장례행렬에 시달리고 있다는 사실을 알게 되었다. 더러운 예복과 타는 듯이 붉은 횃불, 흔들리는 향로와 사제 앞의 커다란 십자가가 희미하게 보이는 가운데, 장례행렬이 기도문을 기계적으로 읊조리며 다가왔다. 횃불에 비친 사제는 눈을 내리깔고 있었는데 이마가 툭 튀어나와 있는 못생긴 모습이었다. 그리고 그의 눈길이 머리에 아무것도 쓰지 않은 채 마차에서 내다보고 있는 도릿 씨와 마주쳤을 때, 기도문을 읊조리느라 달싹이는 그의 입술은 이 저명한 여행자를 위협하는 것 같았다. 실제로는 여행자의 인사에 응답하는 나름의 방법인 그의 손동작 역시 위협을 가하는 데 일조하였다. 사제가 그를 지나서 움직이고 행렬이 죽은 자를 데리고 구불구불 멀어져갈 때 도릿 씨가 그런 생각을 했던 것은 공중누각을 지으며 이동하느라 지쳐서 상상력이 풍부해졌기 때문이었다. 도릿 씨 일행 역시 반대 방향으로 출발했다. 그러고 나서 유럽의 커다란 두 개의 수도에서 가지고 온 사치품들을 마차에 가득 실은 채 (고트족이 반대로 움직이는 것처럼)[1] 곧바로 로마의 성문을 두드렸다.

그날 밤 도릿 씨의 하인들은 그를 기다리고 있지 않았다. 처음에는 기다렸었지만, 이곳에 있을 때 그가 외출하고 싶어 하던 시간보다 늦어지자 내일이나 돼야 오리라고 단념했던 것이다. 그래서 마차가 집에 도착했을 때 짐꾼 이외엔 누구도 그를 영접하러 나타나지 않았다. 아가씨는 나가셨나? 그가 물었다. 아닙니다, 안에 계십니다.

---

[1] 5세기 초에 로마에 침입하여 로마의 보물들을 약탈해간 고트족과 런던과 파리의 보물들을 오히려 로마로 가지고온 도릿 씨를 대조시키는 표현.

좋아. 도릿 씨가 모여든 하인들에게 말했다. 자네들은 하던 일을 계속해. 마차에서 짐 내리는 것도 돕고. 아가씨는 내가 직접 찾아보지.

그러고 나서 그는 피곤에 지쳐서 커다란 계단을 천천히 올라갔고, 자그마한 곁방에서 불빛을 하나 볼 때까지, 비어있는 방들을 이 방 저 방 들여다보았다. 다른 두 개의 방 안쪽에 있는 그곳은 천막처럼 커튼이 쳐져 있는 후미진 곳이었는데, 두 개의 방이 만드는 어두운 입구를 따라서 가까이 가자 따스하고 밝게 보였다.

출입구에 휘장이 드리워져 있었지만 문은 없었다. 그는 발걸음을 멈추고 남의 눈에 띄지 않게 들여다보다가 가슴의 고통을 느꼈다. 설마 질투심 같은 건 아니겠지? 어째서 그런 걸 느끼겠어? 거기에는 딸과 동생만 있었다. 동생은 의자를 난롯가로 끌어다놓고 저녁 장작불의 온기를 즐기고 있었고, 딸은 작은 탁자에 앉아서 자수를 놓느라고 바빴다. 정물초상화에서의 커다란 차이를 감안한다면 인물들은 예전과 똑같았으니, 동생이 그 구도에서 잠시 그를 대표할 수 있을 정도로 충분히 자신과 닮아보였던 것이다. 석탄불을 쬐면서 여러 날 밤을 동생이 저렇게 꿈꾸는 듯이 앉아있었던 거구나. 그에게 헌신하면서 딸애가 저렇게 앉아있었던 거구나. 그러나 옛날의 그 비참한 적빈에는 질투심을 느낄 게 분명히 없잖아. 그렇다면 가슴의 고통은 어디서 오는 거지?

"삼촌, 제가 보기에는 삼촌이 다시 젊어지는 것 같아요."

삼촌이 고개를 가로저으며 물었다. "언제부터 말이니, 애야? 언제부터?"

"제 생각에는," 작은 도릿이 열심히 바느질을 하면서 대답했다. "지난 몇 주 사이에 더 젊어진 것 같아요. 아주 명랑하고 아주 재치 있고 아주 흥미 있어 하세요."

"얘야 – 모두 네 덕이다."

"모두 제 덕이라니요, 삼촌!"

"그럼, 그렇고말고. 네가 엄청나게 도움을 줬지. 내게 기울이는 배려를 숨기려고 한다는 점에서 너는 아주 사려 깊고 아주 친절할 뿐 아니라 아주 자상하기 때문에, 나로서는 – 글쎄, 글쎄, 글쎄! 그걸 소중히 간직하고 있단다, 얘야, 소중히 간직하고 있어."

"그건 다 삼촌이 참신하게 상상하는 거예요." 작은 도릿이 쾌활하게 말했다.

"글쎄, 글쎄, 글쎄!" 노인이 중얼거렸다. "고맙습니다, 하느님!"

그녀가 잠시 바느질을 멈추고 삼촌을 바라보는 눈빛을 보노라니 그녀 아버지는 아까처럼 가슴의 고통을 다시 느꼈다. 그의 보잘것없고 우유부단한 가슴은 자가당착과 동요와 모순으로 가득 찼고, 무지한 이승의 삶에서 겪는 사소하지만 까다롭고 어려운 문제와 밤 없이 지속되는 아침만이 일소할 수 있는 안개로 가득 찼다.

"얘야, 너와 있으면 마음이 좀 더 편해져," 노인이 말했다. "우리 둘만 남은 이후에 줄곧 그랬어. 우리 둘만이라고 한 것은 제너럴 부인은 포함시키지 않아서야. 나는 그 부인이 싫어, 그리고 그녀는 나와 아무 관련도 없고. 그러나 패니가 나를 안타까워한 것은 알고 있단다. 그러지 않으려고 최선을 다해 노력하지만 내가 방해가 되는 것은 분명하니 놀라거나 불평할 일은 아니지. 내가 우리 가족과 한 자리에 있기에 적합한 사람이 아니라는 것은 나도 잘 알아. 윌리엄 형은," 노인이 감탄한다는 듯이 말했다. "군주들과 한 자리에 있기에도 적합한 사람이지만 네 삼촌은 그렇지 않아. 프레드릭 도릿이 윌리엄 도릿에게 자랑스러운 사람이 아니라는 사실을 아주 잘 알지. 어! 아니, 네 아빠가 왔구나, 에이미! 윌리엄 형, 돌아온 걸 환영해! 형을 보니 기뻐!"

(말하면서 고개를 돌리다가 문간에 서 있는 형을 보았던 것이다.)

작은 도릿은 기뻐서 환성을 지르며 아버지의 목에 두 팔을 두르고 거듭거듭 입을 맞췄다. 그는 약간 조바심을 내며 짜증을 조금 부렸다. "에이미, 마침내 널 찾아서 기쁘구나." 그가 말했다. "하아. 마침내 날 영접하는 – 흠 – 사람이 누군가 있다는 것을 알게 되어서 정말 기뻐. 나를 – 하아 – 별로 기다리지 않았던 것 같아서 – 하아 – 무례하게 돌아온 것에 대해 정말로 사과해야 하는 것이나 아닌지 – 하아 흠 – 걱정하기 시작했거든."

"윌리엄 형, 너무 늦어서," 동생이 말했다. "오늘 밤에는 단념했었던 거야."

"프레드릭, 내가 너보다는 튼튼해." 형은 신랄함이 깃들어있는 형제애를 정교하게 가다듬어서 대꾸했다. "그리고 나는 – 하아 – 원하는 아무 시간에나 손해 보지 않고 움직이고 싶어."

"물론이지, 물론이야." 동생은 자기가 형의 기분을 상하게 했다고 걱정하면서 대답했다. "물론이야, 형."

"고맙다, 에이미." 도릿 씨는 자신이 가운을 벗을 수 있도록 에이미가 도와주자 말을 이었다. "도와주지 않아도 벗을 수 있어. 내가, 에이미, 널 – 하아 – 성가시게 할 필요는 없으니까. 빵 한 조각과 포도주 한 잔 먹을 수 있겠니? 혹 – 흠 – 너무 불편 끼치는 거니?"

"아빠, 몇 분 내에 차려드릴게요."

"고맙다, 얘야," 도릿 씨가 책망 조로 냉담한 기색을 띠고 말했다. "내가 – 하아 – 불편하게 하는 거 같구나. 흠. 제너럴 부인은 아주 잘 계시지?"

"제너럴 부인은 머리가 아프고 피곤하다고 호소했어요. 그래서 아빠가 못 오시는 걸로 단념하자 주무시러 갔어요, 아빠."

도릿 씨는 제너럴 부인이 자신이 오지 않는다는 실망감 때문에 맥을 못 추는 것이 잘하는 거라고 생각했을지 모른다. 아무튼 얼굴 표정이 누그러져서 명백히 만족해하며 말했다. "제너럴 부인이 건강하지 못하다는 얘길 들으니 대단히 유감이구나."

잠시 그런 대화를 나누는 동안 그의 딸은 평상시보다 더 많은 관심을 갖고 그를 지켜보았다. 그녀가 보기에 그는 변했거나 지친 것 같았고, 스스로 그런 점을 지각하고 억울하게 여기는 것 같았다. 그가 여행용 망토를 벗고 난롯가로 오더니 새삼 짜증을 내며 이렇게 말했기 때문이다.

"에이미, 뭘 보는 거니? 뭘 보기에 네가 – 하아 – 나에 대해 이처럼 – 흠 – 아주 각별하게 걱정하는 거니?"

"그런 거 없어요, 아빠. 죄송해요. 아빠를 다시 보니 기뻐서요. 그게 다예요."

"그게 다란 얘기는 말거라 - 하아 - 그게 다가 아니니까. 네가 - 흠 - 네가 생각하기에," 도릿 씨가 비난하듯이 강조하며 말했다. "내가 건강해 보이진 않을 거다."

"아빠, 조금 피곤해 보이신다는 생각은 했어요."

"그렇다면 잘못 생각한 거야." 도릿 씨가 말했다. "하아. 나는 **피곤하지 않아**. 하아, 흠. 출발했을 때보다 훨씬 더 생기가 넘치는걸."

그가 워낙 화를 내려고 해서 작은 도릿은 더 이상 변명하지 않고 그의 팔을 껴안은 채 옆에 가만히 있었다. 그는 프레드릭을 반대쪽에 두고 그렇게 서 있다가 일 분도 지속되지 않았지만 잠깐씩 심하게 졸았고 화들짝 놀라며 깼다.

"프레드릭," 그가 동생에게 고개를 돌리며 말했다. "충고하는데 어서 자러 가."

"아니야, 윌리엄. 기다렸다가 형이 식사하는 걸 볼 거야."

"프레드릭," 그가 쏘아붙였다. "부탁하는데 가서 자라니까. 내가 - 하아 - 개인적으로 부탁할 테니 가서 자라고. 너는 한참 전에 잠자리에 들었어야 해. 아주 약하잖아."

"하아!" 형을 기쁘게 하는 것이 유일한 소망인 노인이 말했다. "글쎄, 글쎄, 글쎄! 아마 그럴 거야."

"프레드릭," 동생보다 놀랄 정도로 뛰어난 체력을 지닌 도릿 씨가 대꾸했다. "그거야 의심할 바 없이 확실하지. 이렇게 약한 네 모습을 보니 마음이 아프구나. 하아. 날 슬프게 만들어. 흠. 네가 건강해

보인다고는 도저히 할 수 없어. 이렇게 밤늦게까지 있기에는 적합하지 않으니까 좀 더 조심해야 해, 아주 조심해야지."

"그만 가서 잘까?" 프레드릭이 물었다.

"동생," 도릿 씨가 말했다. "그렇게 해, 간청할게! 잘 자, 프레드릭. 내일은 좀 더 튼튼해지길 바란다. 네 표정을 보면 조금도 기뻐할 수 없어. 잘 자, 아우야." 동생을 그처럼 품위 있게 내보낸 다음에 그는 다시 졸았다, 동생이 방에서 완전히 나가기도 전에 말이다. 딸이 붙잡아주지 않았으면 그는 장작으로 쓰는 통나무에 발부리가 걸려서 앞으로 넘어졌을지도 모른다.

"에이미, 네 삼촌이 종잡을 수 없는 말을 심하게 하는구나." 그가 깨어나서 말했다. "더－하아－조리 없이 말하고, 얘기하는 것도 더－흠－엉망이야, 내가－하아 흠－이제까지 알던 어느 때보다도 말이야. 내가 떠나고 나서 삼촌은 아픈 적이 있었니?"

"없었어요, 아빠."

"그에게－하아－커다란 변화가 생긴 걸 봤지, 에이미?"

"모르겠어요, 아빠."

"많이 망가졌어," 도릿 씨가 말했다. "많이 망가졌어. 불쌍하고, 사랑하고, 쇠약해진 동생! 하아. 이전의 모습을 감안하더라도－흠－보기 딱하게 망가졌어!"

저녁을 가져와서 그녀가 바느질하던 작은 탁자 위에 차려놓자 그의 관심이 그쪽으로 향했다. 그녀는 지나간 시절이 끝난 후 처음으로 예전에 그랬던 것처럼 그의 곁에 앉았다. 그들 둘만 있어서, 그녀는 감옥에서와 마찬가지로 그가 식사하는 걸 돕고 그를 위해 마실 것을 따라주었다. 이 모든 것이 그들이 재산을 상속받은 이후 처음 있는 일이었다. 그녀는 그가 화를 낸 후여서 그를 오랫동안 보기가 두려웠다. 그러나 식사하는 도중 옛날과의 연관성이 워낙 강해서 자신들이 예전 감옥에 있는 게 아니라는 사실을 눈으로 확인할 필요가 있다는 듯이 그가 두 차례에 걸쳐 갑자기 자기를 바라보고 주위를 둘러보았다는 사실을 눈치 챘다. 두 번 다 그의 머리에 손을 대었는데 옛날에 쓰던 검정색 캡이 없어서 아쉬워하는 것 같았다－마셜시에서 창피하다고 남에게 주었고, 그 시각까지 자유를 얻지 못해서 후임자의 머리 위에 놓인 채로 여전히 마당을 맴돌고 있는 캡을 말이다.

그는 저녁을 아주 적게 그러나 오랫동안 먹었으며 동생의 쇠약해진 상태를 자꾸만 입에 올렸다. 동생에 대해 최고의 동정을 표하면서도 대체로 냉혹하게 말했는데, 불쌍한 프레드릭이－하아 흠－쓸데없는 얘기를 했다고 했다. 쓸데없는 얘기를 했다, 는 거 말고 달리 표현할 말이 없다고 했다. 불쌍한 녀석! 에이미가 제너럴 부인에게서 얻는 위안이 없었다면 그와－불쌍하지만 존중할 만한 녀석이지, 종잡을 수 없이 횡설수설하더군, 종잡을 수 없이 횡설수설해－함께 지내는 동안 지나치게 지루해서 틀림없이 심심했을 것을 생각하니 우울하다고 했다. 또한 그－하아－지위 높은 여성의 몸이 안 좋다는 사실에 대해 전처럼 만족해하며, 대단히 유감이구나, 라고 되풀이했다.

사랑으로 지켜보던 작은 도릿이 나중에 그날 밤을 기억해낼 이유는 없었지만 그날 밤 목격했던 그의 말이나 행동은 아무리 사소한 거라도 기억하고 있었을지 모른다. 그녀는 그가 예전과의 연관성을 강하게 느끼면서 주위를 둘러볼 때, 자신이 이곳을 떠나 있던 동안에 자기를 에워쌌던 막대한 재물과 지위 높은 손님에 대해, 그리고 자기와 식구들이 유지해야 했던 높은 지위에 대해 곧바로 장황하게 떠벌이면서 예전과의 연관성에 대한 생각이 그녀에게 들지 않도록 하고 어쩌면 스스로에게도 들지 않게 하려고 노력했다는 사실은 늘 기억했다. 또한 그녀는 두 가지 저류가 그의 모든 이야기와 모든 태도에 스며들어서 나란히 흘러갔다는 사실을 기억하지 않을 수 없었다. 하나는, 자신이 그녀 없이도 얼마나 잘 지냈는지, 그리고 그녀에게서 얼마나 독립하여 있는 존재인지를 보여주려는 것이었고, 다른 하나는, 자신이 멀리 떨어져 있는 동안 그녀가 자기에게 소홀하기라도 했었다는 듯이 단속적이고 이해할 수 없는 태도로 그녀에게 불만에 가까운 말을 털어놓으려는 것이었다.

도릿 씨가 작은 도릿에게 머들 씨가 누리고 있는 영광스런 지위와 그에게 허리를 굽혀 절하던 법관들에 대해 이야기하다보니 자연히 머들 부인 이야기가 나왔다. 도릿 씨가 하는 이야기의 대부분은 특이할 정도로 조리가 없었지만 정말 아주 자연스럽게 그 이야기가 나와서 즉시 그 부인 이야기로 넘어갔고 어떻게 지내는지 물었다.

"아주 잘 지내세요. 다음 주에 떠나신데요."

"집으로 간다니?" 도릿 씨가 물었다.

"도중에 몇 주 머물렀다 가신대요."

"그녀가 떠나면 여기는 큰 손실이구나." 도릿 씨가 말했다. "고국에는 큰－하아－횡재이고. 패니에게, 그리고－흠－다른－하아－상류사회 사람들에게 말이야."

작은 도릿은 시작하게 될 경쟁이 생각나서 아주 조용히 동의했다.

"머들 부인은 커다란 작별모임을 개최할 건데 그 전에 만찬을 가질 예정이래요. 아빠가 늦지 않게 돌아와야 한다고 걱정하셨어요. 아빠와 저를 만찬에 초대했거든요."

"그 부인이－하아－아주 친절하구나. 만찬이 언제니?"

"모레에요."

"아침에 답장을 보내라. 내가 돌아왔다고 하고 그리고－흠－기뻐할 거라고 해라."

"위층 아빠 방까지 같이 갈까요, 아빠?"

"됐다!" 그가 대답을 하고는 주위를 둘러보며 화를 냈는데, 그것은 그 자신이 작별하는 걸 잊어먹은 것처럼 벌써 멀어지고 있었기 때문이다. "그러지 않아도 된다, 에이미. 도움은 필요치 않아. 나는 네 아빠지, 허약한 삼촌이 아니잖아!" 갑자기 그렇게 답변했던 만큼이나 갑자기 걸음을 멈추더니 다시 말했다. "아직 키스를 안 했구나, 에이미. 잘 자라, 얘야! 결혼시켜야－하아－이제 **널** 결혼시켜야겠구나." 그는 그 말을 하며 좀 더 천천히 그리고 좀 더 피곤해하며 위층 자기 방으로 올라갔고, 방에 도착하자마자 시종을 내보냈다. 그가 다음에 신경 쓴 일은 파리에서 샀던 보석을 찾아 주위를 두리

번거리는 것이었고, 보석함을 열어 주의 깊게 살펴본 다음 자물쇠를 채워서 안전하게 보관하는 것이었다. 그다음에는 조느라고, 그리고 또 한편으로는 공중누각을 짓느라고, 오랫동안 정신이 없었다. 그래서 그가 잠자리에 들었을 때에는 적막한 대평원 동쪽 가장자리에 새벽의 기색이 감돌았다.

제너럴 부인이 다음날 알맞은 때에 안부 인사를 올려 보내면서, 피곤한 여행을 마친 다음이니까 푹 쉬었기를 바란다고 했다. 그가 안부 인사를 내려 보내면서, 정말 아주 푹 쉬어서 기분이 좋다는 사실을 알리고자 한다고 했다. 그럼에도 그는 오후 늦게까지 자기 방에서 나오지 않았다. 그리고 오후 늦은 시간에 제너럴 부인 및 딸과 함께 마차를 타기 위해 화려하게 차려입고 나섰지만, 그의 모습은 본인이 스스로를 설명한 것에 미달하는 것이었다.

그날은 가족을 찾아온 사람이 없었기 때문에 네 가족만이 함께 식사했다. 그는 대단한 격식을 갖춰서 제너럴 부인을 자기 오른쪽 자리로 안내했다. 작은 도릿은 삼촌과 함께 따라가면서, 아빠가 다시 공을 들여서 차려입었다는 사실과 제너럴 부인에게 아주 각별한 태도를 취한다는 사실에 주목하지 않을 수 없었다. 그 세련된 여성의 표면은 완벽하게 단련되어서 품위 있고 윤기 나는 표면을 조금이라도 바꾸기가 어려웠지만, 작은 도릿은 그녀의 얼음장 같은 눈 가장자리가 승리의 기운으로 약간 녹아내리는 모습을 어렴풋이 봤다는 생각이 들었다.

이 작품에서 가족 만찬의 소위 프룬스적이고 프리즘적인 특성이라고 칭할 수 있는 것이 엄연했음에도 도릿 씨는 만찬이 진행되는 동안 여러 차례 선잠이 들었다. 간헐적으로 졸았는데 전날 밤 그랬던 것처럼 갑자기, 잠시 동안 그리고 심하게 졸았다. 그렇게 선잠을 자는 증상이 그에게 처음 나타났을 때 제너럴 부인은 대체로 놀란 듯했다. 그러나 그 증상이 반복될 때마다 그녀는 자신의 우아한 묵주인 파파, 포테이토스, 폴트리, 프룬스, 프리즘을 세었다. 그리고 그 일을 절대 실수하지 않고 아주 천천히 행해서 도릿 씨가 깜짝 놀라 눈을 뜨는 것과 거의 동시에 묵주를 굴리면서 기도하는 것을 마치는 듯했다.

그는 프레드릭의 조는 버릇을(그것은 그의 상상에서만 존재하는 것이었다) 알아차리고 다시 괴로워했으며, 저녁을 마친 다음에 프레드릭이 방으로 돌아가자 불쌍한 동생에 대해 제너럴 부인에게 개인적으로 사과했다. "최고로 존중할 만하고 사랑하는 동생입니다." 그가 말했다. "그러나 – 하아 흠 – 완전히 쇠약해졌어요. 불행하게도, 빨리 약해지고 있어요."

"프레드릭 님은," 제너럴 부인이 말했다. "평소에도 멍하니 고개를 숙이고 있어요. 하지만 상태가 그 정도로 나쁘진 않기를 바라야지요."

그러나 도릿 씨는 동생을 봐주지 않기로 작정했다. "빨리 약해지고 있어요, 부인. 몸이 망가졌어요. 못쓰게 되었다고요. 눈앞에서 무너지잖아요. 흠. 착한 프레드릭이 말이에요!"

"스파클러 부인과 헤어질 때 그녀는 아주 건강하고 행복해 했죠?" 제너럴 부인이 프레드릭을 위해 냉담하게 한숨을 쉰 다음에 물었다.

"둘러싸여 있어요," 도릿 씨가 대답했다. "그러니까－하아－감각을 매혹시킬 수 있는 모든 것과－흠－정신을 고양시킬 수 있는 모든 것에 둘러싸여 있어요. 부인－흠－남편이 있어서 행복하고요."

제너럴 부인은 남편이란 말이 어디로 이끌지 알 도리가 없는 것처럼 장갑 낀 손으로 손사래를 쳐서 솜씨 좋게 그 낱말을 치우는 체했지만 약간 마음이 설레었다.

"패니는," 도릿 씨가 말을 계속했다. "패니는, 제너럴 부인, 고상한 자질이 있어요. 하아. 야망이 있고－흠－목적이 분명하고－하아－지위를 의식하고 있고, 그 지위와－하아－흠－품위, 미모, 그리고 타고난 고결함을 지키겠다는 결심이 있어요."

"틀림없이 그럴 거예요." 제너럴 부인이 (보통 때보다 조금 더 뻣뻣한 태도로) 말했다.

"그런 자질에 더해서, 부인," 도릿 씨가 말했다. "패니는－하아－한 가지 결점이 분명히 있는데, 그것이 날－흠－날 불안하게 하고－하아－화나게 만든다고 덧붙여야겠지요. 그러나 그 결점은 이제 그녀 자신에게조차 사라진 것으로, 그리고－하아－다른 사람들에게도 틀림없이 사라진 것으로 간주할 수 있을 거 같아요."

"도릿 씨, 무슨 말씀을," 장갑 낀 손이 다시 약간 흥분한 채로 제너럴 부인이 대꾸했다. "하시는 거죠? 무슨 말씀인지 모르겠어요－"

"그런 말 마세요, 부인." 도릿 씨가 말을 가로막았다.

제너럴 부인의 목소리가 잦아들면서 "무슨 말씀을 하시는 건지 모르겠어요,"라고 했다.

그다음에 도릿 씨는 일 분 정도 깜빡 잠이 들었다가 발작적으로 민첩하게 깨어났다.

"제너럴 부인, 나는 – 하아 – 강하게 반대하는 패니의 마음, 또는 – 흠 – 표현하기 따라서는 – 하아 – 패니의 질투심에 대해 말하는 거예요. 그 질투심이 내가 지금 영광스럽게 이야기를 나누고 있는 – 하아 – 부인에 대해 – 흠 – 내가 권리가 있다는 – 하아 – 느낌에 반발해서 가끔씩 일어났었거든요."

"선생님은," 제너럴 부인이 대꾸했다. "언제나 그저 너무 친절하시고 너무 고마워하세요. 내가 맡은 일에 대해 선생님이 호의적으로 생각하시는 걸 도릿 양이 정말로 불쾌하게 여긴다고 믿던 때가 있었지만, 너무 높은 그 평가만으로도 위안과 보상을 받은 셈이지요."

"당신이 맡은 일에 대한 평가 말입니까, 부인?" 도릿 씨가 물었다.

"내가 맡은 일에 대한 평가 말입니다." 제너럴 부인이 우아하고 인상적으로 되풀이했다.

"당신이 맡은 일에 대해서만 말인가요, 부인?" 도릿 씨가 물었다.

"나는," 제너럴 부인이 이전의 인상적인 방식으로 대꾸했다. "맡은 일에 대해서만 생각하는 겁니다. 그 외에 무엇이," 제너럴 부인이 질문조로 장갑 낀 손을 약간 흔들면서 물었다. "더 있겠어요 – ?"

"제너럴 부인 – 하아 – 당신 자신에 대해서입니다. 하아 흠. 당신과 당신의 장점에 대해서라니까요." 도릿 씨가 대답했다.

"지금 하는 얘기를 계속할 시점과 장소가 아니라고 말하더라도 용서하세요." 제너럴 부인이 말했다. "도릿 양이 옆방에 있고, 내가 그 이름을 입에 올릴 때 눈에 띄었다는 사실을 일깨우더라도 너그럽게 봐주시고요. 내가 흥분했다는 사실과 나 자신이 극복했다고 여겼던 약점이 곱절로 강력하게 돌아오는 순간이 있다는 사실을 알게 되었다고 하더라도 봐주시기 바랍니다. 방으로 돌아가겠습니다."

"흠. 이－하아－흥미 있는 대화를 다음에 다시 할 수 있겠죠." 도릿 씨가 말했다. "이 대화가－하아－부인에게－흠－조금도 불쾌한 것이 아니기를 바라는데, 그런 것이 아니라면요."

"선생님의 말씀은," 제너럴 부인은 머리를 숙이고 일어나면서도 시선을 아래로 향한 채 말했다. "언제나 존중하고 따르겠습니다."

그러고 나서 제너럴 부인은 이런 경우 평범한 여자라면 떨었을 정도로 떨지는 않으면서 당당하게 밖으로 나갔다. 자기가 이야기할 내용을 어느 정도 위엄 있게 그리고 감탄할 정도로 거들먹거리면서－몇몇 사람들이 예배 중에 처신하는 모습과 예배에서 맡은 역할을 감당하는 모습과 아주 흡사했다－마친 도릿 씨는, 자기 자신에 대해, 그리고 제너럴 부인에 대해서도 역시 대체적으로 썩 만족하는 것 같았다. 차를 마시러 다시 왔을 때 그 부인은 약간의 파우더와 머릿기름으로 매무새를 손질하고 왔으며 교훈적인 가치 역시 증대시켜서 왔다. 후자는 도릿 양을 아주 친절하게 격려하는 태도에서,

그리고 도릿 씨에 대해 엄격하게 예의를 갖추면서도 그것과 모순되지 않게 부드러운 관심을 보이는 태도에서 나타났다. 저녁 식사가 끝나고 그녀가 방에 돌아가려고 일어났을 때, 도릿 씨는 그녀를 '인민의 광장'으로 안내해서 달빛 아래서 미뉴엣을 추려는 것처럼 그녀의 손을 잡고 아주 엄숙하게 방문까지 안내한 후, 그녀의 손등을 들어 자기 입술에 댔다. 겉으로는 그럴듯했지만 약간 앙상하다고 할 수도 있는 키스를 하고 부인과 헤어진 후에 우아하게 딸을 축복해주었다. 그렇게 해서 놀랄 만한 일이 곧 일어날 거라는 사실을 암시한 다음에 다시 잠자리에 들었다.

다음 날 오전 그는 호젓하게 떨어져 있는 자기 방에 머무르다가, 이른 오후에 팅클러 씨 편에 제너럴 부인에게 최고의 안부 인사를 내려 보내면서 자기를 빼고 도릿 양과 함께 바람을 쐬고 오라고 부탁했다. 그의 딸은 그가 모습을 보이기 전부터 머들 부인의 만찬에 참석하려고 옷을 차려입고 있었다. 그때 그가 빛나는 차림새를 하고, 하지만 어딘가 움츠러든 것 같고 나이 들어 보이는 채로 나타났다. 그러나 딸이 괜찮은지 물어보면 화를 내야겠다는 작정을 노골적으로 하고 있었기 때문에 그녀는 그의 뺨에 조심스럽게 입을 맞추었을 뿐이었다. 그러고는 걱정하는 마음을 안고 머들 부인의 만찬장까지 아빠와 동행했다.

만찬장까지는 아주 가까웠다. 그러나 마차가 절반도 가기 전에 그는 공중누각을 다시 짓기 시작했다. 머들 부인이 아주 특별하게 그를 영접했다. 가슴이 훌륭하게 보존되어있었고 그 자체와 최고로 사이좋게 지내고 있었다. 음식은 아주 특상이었고 손님은 고르고 고른 손님들이었다.

손님은 언제나 참석하는 프랑스인 백작과 이탈리아인 후작 - 특정한 장소에서 늘 목격할 수 있을 뿐 아니라 겉모습도 별로 바뀌지 않는 사교계의 장식적인 이정표들이었다 - 을 제외하고는 주로 영국인들이었다. 식탁은 길었고 만찬은 오랫동안 계속되었다. 작은 도릿이 검은 구레나룻을 기른 거구의 남자와 하얀 크러뱃을 걸친 거구의 남자에 가려서 아버지의 모습을 완전히 놓쳤을 때, 하인 한 명이 그녀의 손에 종잇조각을 쥐어주면서 머들 부인이 즉시 읽기를 바란다는 얘기를 작은 소리로 전했다. 머들 부인이 보낸 쪽지에는 연필로 "부디 와서 도릿 씨와 얘기해보세요. 괜찮은 건지 이상해요."라고 쓰여 있었다.

남의 눈에 띄지 않게 급히 아버지에게 갔을 때, 아버지는 의자에서 일어나 식탁에 상체를 구부린 채 전에 앉았던 자리에 그녀가 여전히 앉아있다고 생각하고 그녀를 부르고 있었다.

"에이미, 에이미, 얘야!"

그의 이상하고 열광적인 모습과 목소리는 물론이고 행동도 워낙 뜻밖이어서 즉각적으로 깊은 침묵이 자리 잡았다.

"에이미, 애야." 그가 되풀이하여 불렀다. "봅이 자물쇠 당번인지 가서 보고 오겠니?"

작은 도릿이 옆에 서서 그를 살짝 건드렸다. 그러나 그는 그녀가 앉았던 자리에 그냥 앉아있다고 여전히 외고집으로 생각하고, 여전히 식탁에 상체를 구부린 채로 그녀를 불렀다. "에이미, 에이미. 몸이 안 좋구나. 하아. 무슨 일인지 모르겠어. 봅이 유달리 보고 싶구나. 하아. 모든 간수 중에서 그는 네 친구인 만큼 내 친구이기도 하지. 간수실에 있는지 확인해보고 내게 오라고 부탁하겠니."

이제 모든 손님들이 대경실색했고 모두가 자리에서 일어섰다.

"아빠, 저는 거기에 없어요. 여기, 아빠 옆에 있어요."

"오오! 여기 있구나, 에이미! 좋아. 흠. 좋아. 하아. 봅을 불러. 교대해서 자물쇠 당번이 아니라면 뱅엄 부인에게 그를 데리고 오라고 해."

그녀는 그를 데리고 나가려고 조용히 애썼다. 그러나 그는 저항을 했고 가려고 하지 않았다.

"사실, 얘야," 그가 성을 내며 말했다. "봅이 없으면 나는 좁은 계단을 올라갈 수 없어. 하아. 봅을 불러와. 흠. 봅을 불러오라고 – 간수 중에서 최고이지 – 봅을 불러와!"

그는 헛갈리는 채로 주위를 둘러보다가 많은 사람들이 둘러싸고 있는 것을 의식하고는 그들에게 연설을 했다.

"신사 숙녀 여러분, 여러분이 – 하아 – 마셜시에 오신 것을 환영하는 임무가 – 흠 – 나에게 맡겨졌습니다. 마셜시에 오신 것을 환영합니다! 공간이 – 하아 – 좁아서 – 좁기 때문에 – 운동장이 더 넓었으면 좋았을지 모르겠습니다. 그러나 조금 지나면 – 조금 지나면 분명히 더 넓어진 것을 알게 될 겁니다, 신사 숙녀 여러분 – 그리고 바람이, 모든 점을 감안하면 아주 좋습니다. 바람은 – 하아 – 서리

언덕을 넘어서 불어옵니다. 서리 언덕을 넘어서요. 여기는 술집의 아늑한 방입니다. 흠. 후원받고 – 하아 – 학생회의 작은 기부금으로 후원받고 있지요. 그에 대한 답례로 – 뜨거운 물 – 공동주방 – 그리고 영내에서 약간의 이점을 누리고 있습니다. 여기 – 하아 – 마셜시에 익숙한 사람들은 기꺼이 나를 마셜시의 아버지라고 부릅니다. 나는 낯선 사람들이 – 하아 – 마셜시의 아버지라고 경의를 표하는데 익숙하고요. 여러 해에 걸친 거주가 그처럼 – 하아 – 영광스런 칭호에 대한 자격을 부여한다면 나는 – 흠 – 특별대우를 받을 자격이 분명히 있습니다. 내 아이입니다, 신사 숙녀 여러분. 내 딸이죠. 여기서 태어났습니다!"

작은 도릿은 그 사실이 부끄럽거나 그가 부끄럽지는 않았다. 창백했고 겁을 먹긴 했지만 아빠 자신을 위해 진정시켜서 데려가야겠다는 걱정 말고 다른 걱정은 없었다. 아빠와 이상하게 여기는 사람들 사이에 서 있던 그녀가 그의 가슴 쪽으로 몸을 돌리고 그의 얼굴 높이까지 얼굴을 들어올렸다. 도릿 씨가 그녀를 왼손으로 껴안았다. 그녀가 자그마한 소리로 자기와 함께 가자고 상냥하게 간청하는 소리가 가끔씩 들려왔다.

"여기서 태어났습니다." 그가 눈물을 흘리며 되풀이해서 말했다. "여기서 자랐고요. 신사 숙녀 여러분, 내 딸입니다. 불행한 아버지이고 – 하아 – 언제나 신사인 사람의 딸이지요. 물론 가난합니다, 그러나 – 흠 – 자부심이 있어요. 언제나 말입니다. 내 – 하아 – 개인적인 숭배자들이 – 오로지 개인적인 숭배자들이 – 여기서 내가 누리는

식후에 한 뜻밖의 연설

반 공식적인 지위에 경의를 표하고 싶다는 소망을 보통 - 하아 - 선물 - 금전적 선물의 형태를 취하는 - 하아 - 작은 공물을 바쳐서 기꺼이 표현하는 것이 - 흠 - 드물지 않은 관례가 되었습니다. 여기서 - 흠 - 기품을 - 기품을 - 유지하려는 나의 보잘것없는 노력을 - 하아 - 자진해서 인정하는 그런 공물을 받는다고 해서, 내 자신이 명성을 더럽힌다고 생각하진 않는다는 점을 부디 이해해주셨으면 합니다. 하아. 명성을 더럽히는 게 아닙니다. 하아. 거지가 아니니까요. 그렇습니다, 그런 명칭은 거부하겠습니다! 동시에 내 지지자들을 행동하게 만드는 좋은 감정이나, 그런 선물들이 - 흠 - 대단히 마음에 든다는 사실을 잘 인정하지 않는 모욕을 - 흠 - 지나치게 이용하는 것은 내 본뜻이 아닙니다. 그러기는커녕 그 선물들은 아주 맘에 듭니다. 내 이름으로는 아니더라도 내 아이의 이름으로는 그 사실을 최대한으로 인정하면서, 그와 동시에 유지하는 겁니다 - 하아 - 개인적인 품위를 유지한다고 할까요? 신사 숙녀 여러분, 여러분 모두에게 신의 축복을 빕니다!"

그때쯤 가슴은 엄청난 굴욕을 느껴서 대부분의 손님들을 다른 방으로 물러나도록 했다. 오랫동안 꾸물거리고 있던 극소수도 다른 사람들을 따라갔고, 작은 도릿과 그녀의 아버지만이 하인들과 함께 남게 되었다. 가장 소중하고 귀중한 아빠, 이제 저와 함께 가실 거죠, 그러실 거죠? 그가 그녀의 열렬한 간청을 듣고 대답했다. 봅이 없으면 좁은 계단을 올라갈 수 없을 텐데, 봅은 어디 있니. 아무도 봅을 데려오지 않은 거니! 그녀는 봅을 찾는다는 핑계로, 저녁 모임을 위해 그때 밀려오는 쾌활한 손님들의 흐름을 거슬러서 그를 데리고 나왔고, 손님이 막 내린 마차에 태워 집으로 데리고 왔다.

로마 궁궐의 널찍한 계단이 그의 쇠약해지는 시력 속에서 런던 감옥의 좁은 계단으로 축소되었다. 그리고 그는 동생과 작은 도릿 외에 누구도 자기 몸에 손을 대지 못하도록 했다. 그들은 하인들의 도움을 받지 않고 그를 위층 방으로 데리고 가서 침대에 눕혔다. 그리고 그때부터 그의 불쌍하고 상처 입은 정신은 날개를 부러뜨렸던 장소만을 기억하고 그 이후 더듬어왔던 꿈은 말소했으며, 마셜시 외에 다른 곳은 전혀 알지 못했다. 거리에서 발소리를 들으면 옛날에 지친 채로 마당을 걷던 발걸음이라고 생각했고, 문을 닫을 시간이 되면 모든 방문자들이 밤 동안 추방되는 걸로 생각했다. 다시 문을 열을 시간이 되자 그가 간절히 봅을 보고 싶어 했기 때문에, 그들은 어쩔 수 없이 봅이 – 죽은 지 한참 된, 친절한 간수였던 봅이 – 감기에 걸렸지만, 내일 또는 그 다음날, 또는 아무리 늦어도 그 다음다음날에는 나오기를 희망한다는 이야기를 꾸며내었다.

그는 아주 극심하게 쇠약해져서 손을 올릴 수가 없었다. 그러나 오래된 습관에 따라 여전히 동생을 보호했으며, 동생이 침대 곁에서 있는 모습을 보면 하루에 50번이라도 약간의 자기만족에 사로잡혀서 말하곤 했다. "착한 프레드릭아, 앉아. 너야말로 정말 아주 약하잖니."

제너럴 부인으로 시험해보았지만 그 부인에 대해서는 어렴풋하게라도 기억하는 바가 없었다. 그녀가 뱅엄 부인의 자리를 뺏고자

한다거나 음주하는 버릇이 있다는 모욕적인 의심이 그의 머릿속에 자리 잡았기 때문에 거칠게 그녀를 비난하는 말을 했다. 그리고 교도소장에게 가서 그녀를 쫓아내도록 간청하라고 딸을 심하게 다그쳤기 때문에 처음 실패한 이후에는 제너럴 부인을 다시 끌어들이지 않았다.

"팁은 바깥에 나갔니?" 하고 한 차례 물어본 것을 제외하면, 그 자리에 없는 두 자식에 대한 기억도 송두리째 사라진 것 같았다. 그러나 자기를 위해 수많은 일을 해왔으면서도 보답은 거의 받지 못한 자식은 결코 잊지 않았다. 그녀에게 고생을 면하게 해주었다거나, 간호하느라 쌓이는 피로 때문에 녹초가 될까 봐 걱정했다는 말이 아니다. 그 점에 대해서는 예전에 보통 걱정했던 만큼도 걱정하지 않았다. 절대 그런 것이 아니라, 예전의 자기 방식으로 그녀를 사랑했던 것이다. 그들은 다시 감옥에 있었고 작은 도릿이 그를 돌보았다. 그는 그녀가 늘 필요했고 그녀 없이는 몸을 뒤칠 수도 없었다. 가끔씩 자기가 그녀를 위해 온갖 고생을 기꺼이 견뎌냈다는 말까지 했다. 작은 도릿은 침대 위로 몸을 굽혀서 얼굴을 평온하게 그의 얼굴에 댔다. 그를 회복시킬 수 있었다면 목숨이라도 내놓았을 것이다.

그녀는 그가 쓰러진 후 이삼 일 동안 아무 고통 없이 지내면서도 시계 – 자신과 시간 이외에는 움직이는 게 없는 것처럼 매우 법석을 떨며 움직이는 화려한 금시계 – 의 똑딱거리는 소리 때문에 불편해하고 있음을 눈치 챘다. 시계를 멈췄지만 그는 여전히 불편해했고,

자신이 바라는 바는 그게 아니라는 뜻을 나타냈다. 마침내 그가 기운을 내서 그 시계를 잡혀 돈을 마련하길 바란다고 했다. 그리고 그녀가 돈을 마련하기 위해 시계를 가져가는 체하자 아주 기뻐했다. 그러고 나서 포도주와 젤리를 조금 맛보더니 전과는 달리 맛있게 먹었다.

사실이 그렇다는 것을 그가 곧 분명하게 드러냈다. 하루나 이틀 후에는 커프스단추와 반지를 내보냈던 것이다. 그는 그녀에게 그런 일을 시키면서 굉장히 만족스러워했고, 그것이 가장 체계적으로 앞날을 대비하는 것이라고 생각하는 듯했다. 자질구레한 장신구나 주변에서 찾을 수 있는 그 비슷한 것들이 사라진 다음에는 옷가지가 그의 관심을 끌었다. 어쩌면 그는 옷가지들을 하나씩하나씩 가상의 전당포업자에게 보내는 만족감 덕에 얼마동안 살아있었던 것일지도 모른다.

그렇게 열흘 동안 작은 도릿은 아버지 베개 위로 몸을 구부려서 그의 뺨에 뺨을 대고 지냈다. 가끔씩 너무 지쳐서 몇 분간 같이 선잠을 자는 때가 있었다. 그러다가 깨어서는 자기의 얼굴을 건드린 것이 무엇이었는지 상기하고 아무 말도 없이 눈물을 급히 흘리고는, 마셜시 담장의 그림자보다도 더 검은 그림자가 베개를 베고 있는 소중한 얼굴에 몰려오는 것을 지켜보았다.

그가 그렸던 거대한 성채 설계도의 모든 줄들이 하나하나씩 그리고 조용조용히 녹아 없어졌다. 자를 대고 줄을 그은 듯 살아온 흔적들이 가로 세로로 새겨져 있던 얼굴 표정이 조용조용히 사라져 깨끗한 백지상태가 되었다. 감옥의 쇠창살들과 담장 꼭대기에 지그재그로 박힌 쇠못이 투영되었던 흔적들도 조용조용히 사라졌다. 그 얼굴은 작은 도릿이 이전에 하얗게 센 그 머리 아래서 보았던 것보다 훨씬 더 젊은 그녀 자신의 얼굴을 닮은 모습으로 조용조용히 가라앉았고 영면에 들었다.

처음에 삼촌은 완전히 미친 것 같았다. "오, 형! 오, 윌리엄, 윌리엄! 나보다 먼저 가다니, 혼자 가다니, 형이 가고 내가 남다니! 형은 훨씬 더 뛰어나고, 훨씬 더 품위 있고, 훨씬 더 고상하잖아. 나는 할 줄 아는 게 없고 그리워할 사람도 없는 보잘것없고 쓸모없는 인간이고!"

생각하고 구조할 그가 있다는 것이 얼마간은 그녀에게 도움이 되었다. "삼촌, 삼촌, 몸을 돌보세요, 절 살려주세요!"

노인이 마지막 말에는 귀를 기울였다. 그가 자기의 감정을 억제하기 시작한 것은 그녀를 살려주기 위해서였다. 스스로를 돌보지 않고 정직한 가슴에 남아있는 모든 힘을 다해서 그녀에게 경의를 표하고 신의 가호를 빌었는데, 그 가슴은 오랫동안 인사불성에 빠졌다가 깨어나자마자 찢어져버린 셈이었다.

"오, 주여," 그가 쭈글쭈글한 두 손으로 그녀를 꼭 잡고 방을 나가기 전에 소리쳤다. "죽은 형님의 이 딸을 보시옵소서! 제가 반소경으로 죄 많은 눈으로 지켜보았던 모든 것을 주님은 분명하게 그리고 선명하게 보셨나이다. 이 아이의 머리카락 한 올도 주님 앞에서 상하지 않게 하시옵소서. 이 아이가 죽는 순간까지 이승에서 이 아이 편을 들어주옵소서. 그리고 내세에서 상을 내려주옵소서!"

거의 자정이 될 때까지 그들은 가까이 있는 어둑한 방에서 조용히 그리고 함께 슬픔에 잠겨 지냈다. 가끔씩 삼촌은 그 초기형태가 이미 표현되었던 것과 같은 감정의 폭발을 통해 슬픔을 완화시켰다. 그러나 힘이 없어서 이내 그런 긴장을 감당할 수 없게 되었을 뿐 아니라 작은 도릿의 말을 항상 상기했고 자신을 책망하면서 감정을 가라앉혔다. 그가 자신의 슬픔을 마음껏 표현하는 유일한 방법은 형이 혼자 갔다고 자꾸 절규하는 것이었다. 자신들은 처음부터 함께 있었고, 함께 불행을 겪었으며, 오랜 세월 가난하게 살아오면서도 서로 협력했고, 마지막 날까지 함께 있었다고 절규하는 것이었다. 그런데 형이 혼자, 혼자서 갔다고 절규하는 것이었다!

그들은 슬픔과 비탄에 잠겨서 헤어졌다. 그녀는 삼촌의 방 말고 다른 곳에 삼촌을 남겨두려고 하지 않았고, 삼촌이 자기 옷을 입고 자기 침대에 눕는 것을 확인했으며, 두 손으로 삼촌을 보호해주었다. 그러고는 자기 침대에 푹 쓰러져서 깊은 잠에 빠졌다. 고통이 구석구석 스며들고 있다는 의식을 완전히 떨쳐버린 것은 아니었지만, 피로에 지쳐 휴식에 든 것이었다. 자거라, 착한 작은 도릿아. 밤새 자거라!

달밤이었다. 그러나 만월이 지난 지 한참 되었기 때문에 달은 늦게 떴다. 평온한 창공에 달이 높이 뜨자, 반쯤 닫힌 격자 모양의 블라인드로 달빛이 들어와서, 비틀거리며 헤매고 살다가 조금 전에

달밤

죽은 사람이 있는 방안을 엄숙하게 비췄다. 방안에는 두 사람이 조용히 있었다. 똑같이 조용하고 무감각했고, 똑같이 비옥한 땅과 그것이 품고 있는 모든 것으로부터 건널 수 없는 간격만큼 떨어져 있었지만, 곧 그 땅에 눕게 될 두 사람의 모습이었다.

한 사람은 침대에 누워 있었다. 다른 사람은 바닥에 무릎을 꿇은 채 침대에 고개를 숙이고 있었다. 두 팔은 침대보 위에 편하고 평온하게 놓여 있었고, 얼굴은 아래로 향해서 임종에 즈음하여 고개를 숙였던 손에 입술을 대고 있었다. 두 형제가 이승의 어슴푸레한 심판이 해당 되지 않는 저 너머에, 이승의 안개와 어둠을 뛰어넘어 한참 높은 곳에, 그들의 하느님 아버지 앞에 서 있는 것이었다.

20 다음 장을 도입하다

칼레 부두에 도착한 정기선에서 승객들이 내리고 있었다. 칼레는 저지대에 있는 우울한 장소였고, 썰물로 바닷물이 간조표干潮標까지 빠져나가서 모래톱에는 정기선을 띄울 정도의 바닷물만 남아있었다. 그리고 바다를 살짝 가른 모래톱은 막 수면에 떠오른 게으른 바다괴물－잠든 채 누워 있어서 그 형체가 뚜렷하지 않은 바다괴물－처럼 보였다. 온통 하얀색을 띠고 있는 훌쭉한 등대가 한때 빛깔이 있었고 통통했던 건물의 유령처럼 연안에 자꾸 나타났고, 조금 전에 파도가 치고 간 뒤에는 구슬픈 눈물을 뚝뚝 떨어뜨렸다. 황량하게 긴 줄을 이루고 있는 검은색 말뚝들은 진흙투성이고 축축하고 비바람에 상했으며, 장례식 화환 같은 해초들이 최근의 조류에 밀려와서 주위에 감겨 있었는데, 보기 흉한 바다묘지를 나타내는 것 같았다. 모두 파도와 싸우며 폭풍우의 시달림을 견뎌온 사물들이지만, 광활한 잿빛하늘 아래 바람과 바다가 시끄럽게 울리고 물보라를 일으키는 큰 파도가 사납게 밀려오는 앞에서는 여전히 부족하고 작은 것에 불과해서, 칼레가 조금이라도 남아있다는 게 놀라운 일이었다. 또한 칼레의 낮은 문과 낮은 담장, 낮은 지붕과 낮은 도랑, 낮은 모래언덕과 낮은 성벽, 그리고 평평한 길이, 아이들이 바닷가에 쌓는 성채와 같은 그것들이, 포위한 채로 침식해 들어오는 바다에 오래전에 굴복하지 않았다는 것도 놀라운 일이었다.

승객들은 물이 줄줄 흐르는 말뚝과 널빤지 사이에서 미끄러지고, 젖은 계단을 비틀거리며 올라가고, 소금기를 함유한 어려움을 잔뜩 겪은 후에, 부두를 따라 쓸쓸하게 움직이기 시작했다. 그 도시에 있는 모든 프랑스인 건달들과 영국인 도망자들이(도시 인구의 절반 정도 되었다) 어리둥절한 승객들이 정신 차리는 것을 막기 위해 그곳에 모여들었다. 승객들이 4분의 3마일을 걸어가는 내내, 영국인 도망자들과 프랑스인 건달들 모두가 서로 치고 박고 멱살잡이를 벌이면서 그들을 자세히 점검했고, 그들을 자기 상품이라고 주장하고 돌려 달라고 주장하고 반대 주장을 내세웠다. 그다음에야 비로소 승객들은 자유롭게 거리에 들어설 수 있었으며, 맹렬하게 쫓기면서 각자 나름의 목적지로 달아날 수 있었다.

여러 가지 근심에 시달리는 클레넘도 제물로 바쳐진 무리 중 하나였다. 동포 중 가장 무방비 상태로 있던 사람이 대단한 궁지에 몰리자, 클레넘은 그 상황에서 그를 구해준 후, 혼자 또는 가능한 한 혼자에 가깝게 길을 갔다. 기름을 빼지 않은 양털 옷을 입고, 같은 재료로 만든 모자를 쓴 프랑스인 건달 한 명이 50야드 정도 거리를 두고 쫓아오면서 끊임없이 그를 불렀다. "어이! 이봐! 거기! 보자니까! 이봐! 멋쟁이!"

그러나 손님 접대를 잘하던 그 사람조차도 마침내 떨쳐 버리고 클레넘은 방해받지 않고 자기 길을 갔다. 영국해협과 바닷가의 소란을 겪은 후여서 그런지 시내 공기가 조용하다고 느껴졌고, 그 따분함도 소란스러움과 비교해 보면 기분 좋은 것이었다. 또 다른 영국인 무리들을 만났는데, 그들 모두 이전까지 보기 불편한 꽃처럼 흩날렸다가 이제는 단순한 잡초가 되어서 머리가 헝클어져 있었다. 그들 모두가 매일매일 제한된 구역을 어슬렁거린다는 인상을 주어서 마셜시를 강력하게 연상하게 했다. 클레넘은 그런 생각을 하기에 충분한 정도로만 그들을 살펴보다가 마음속에 간직하고 있던 어떤 거리와 번지수를 찾아 나섰다.

"팽스 말대로군." 주소와 일치하는 칙칙한 집 앞에서 발걸음을 멈추고 혼자 중얼거렸다. "그의 정보가 정확하고 캐스비 씨의 흩어진 서류 틈에서 그가 발견해낸 사실이 확실할 거라고 생각하긴 하지만, 그의 정보가 아니라면, 여기가 그럴듯한 장소라고 생각했을 거 같지는 않아."

맞은편에 우중충한 벽이 있고, 측면에 우중충한 대문이 있는 우중충한 집이었다. 손잡이에 달려 있는 방울이 딸랑대는 소리를 우중충하게 두 차례 냈고, 쇠고리가 단조롭게 표면을 두드리는 소리를 우중충하게 한 차례 냈는데, 그 소리는 깊이가 없어서 갈라진 문조차 통과할 수 없을 것 같았다. 그러나 더 이상 사용할 수 없는 용수철이 달려 있는 것처럼 삐걱 소리를 내며 문이 열렸다. 문을 닫고 칙칙한 마당으로 들어섰는데 안쪽에 우중충한 벽이 또 있어서 마당이 아주 좁아보였다. 그 마당에서 땅에 붙은 채 자라는 관목을 키우려고 했었지만 관목은 죽어버렸고, 작은 동굴에 작은 분수를 만들려고 했었지만 분수도 말라버렸다. 그리고 작은 조각상으로 마당을 장식하려고 했었지만 조각상 역시 사라져버렸다.

집으로 들어가는 입구는 왼쪽에 있었다. 그 입구에는 바깥쪽 대문과 마찬가지로 '가구 딸린 셋집 있음, 즉시 입주 가능'이라고 프랑스어 및 영어 인쇄체로 쓰여 있는 전단 두 장이 붙어있었다. 긴 양말과 속치마, 하얀색 캡과 귀고리를 하고 있는 튼튼하고 쾌활한 여자 농군이 어두운 문간에 서서 이빨을 싹싹하게 보이며 물었다. "이봐요! 봐요! 누굴 찾아왔죠?"

클레넘은 프랑스어로 영국인 부인을 찾아왔다고, 그녀를 만나고 싶다고 했다. "그러면 들어와서 올라가세요,"라고 그 여자농군이 똑같이 프랑스어로 대답했다. 그가 들어가서 올라갔다. 즉, 그녀를 따라 어둡고 장식이 없는 계단을 올라가서 2층 안쪽 방으로 갔다. 거기서는 칙칙한 마당의 음울한 모습, 죽은 관목의 음울한 모습, 말라버린 분수의 음울한 모습, 사라져버린 조각상이 세워져 있던 받침대의 음울한 모습을 볼 수 있었다.

"저는 블랑두아입니다." 클레넘이 말했다.

"알겠습니다."

그러고 나서 여자가 나가자 그는 방안을 살펴보았다. 이런 집에서는 언제나 볼 수 있는 그런 유형의 방이었다. 서늘하고 칙칙하고 어두운 방이었고, 밀랍으로 닦은 바닥은 아주 미끄러웠다. 그러나 스케이트를 타기에는 충분하지 않은 방이었고, 마음 편하게 다른 일을 하기에도 잘 맞지 않는 방이었다. 붉은색과 흰색 커튼이 창에 달려 있었고 밀짚으로 만든 작은 매트가 있었다. 아래에 있는 다리를 조립하려면 한바탕 소란을 피워야 할 작고 둥근 탁자가 있었고, 골풀로 앉을자리를 만든 조잡한 의자들도 있었다. 불편하지만 앉을 수 있는 자리는 충분히 넓고, 붉은 벨벳이 덮인 커다란 안락의자가 두 개 있었고, 사무용 책상이 있었으며, 언뜻 하나의 조각으로 이루어진 것처럼 보이지만 사실은 여러 조각으로 이루어진 등피燈皮와 조화를 꽂아놓은 것이 분명한 화려한 꽃병이 두 개 있었다. 투구를 벗은 그리스의 전사가 프랑스의 수호신에게 시계를 바치고 있는 조각상도 꽃병 사이에 세워져 있었다.

조금 있다가 다른 방과 연결된 문이 열리더니 여자가 들어왔다. 여자는 클레넘을 보자마자 대단히 놀라서 다른 사람을 찾아 방안을 훑어보았다.

"미안합니다, 웨이드 양. 나 혼자입니다."

"내게 전달됐던 이름은 당신 이름이 아닌데요."

"그렇습니다. 알고 있습니다. 용서하십시오. 내 이름을 대면 당신이 면담을 피하려 한다는 걸 이미 경험했거든요. 그래서 내가 찾고 있는 사람의 이름을 과감히 언급한 겁니다."

"이봐요," 그가 그냥 서 있었을 정도로 의자에 앉으라는 손짓을 아주 차갑게 하면서 그녀가 되물었다. "당신이 내놓은 이름이 뭐였죠?"

"블랑두아였습니다."

"블랑두아라고요?"

"당신이 알고 있는 이름입니다."

"이상하군요, 클레넘 씨," 그녀가 얼굴을 찡그리면서 말했다. "나와 내가 아는 사람에 대해, 즉 나와 내 일에 대해 부탁하지도 않은 관심을 당신이 여전히 고집하다니 말이에요. 당신 뜻을 모르겠어요."

"미안합니다. 그 이름을 알지요?"

"도대체 당신이 그 이름과 무슨 상관이 있죠? 내가 그 이름과 도대체 무슨 상관이 있느냐고요? 내가 어떤 이름을 알든 모르든 당신과 도대체 무슨 상관인데요? 나는 알고 있는 이름도 많을 뿐만 아니라 잊어버린 이름은 더 많아요. 그 이름은 전자에 속할 수도 있고 후자에 속할 수도 있어요. 또는 들어본 적이 없을 수도 있고요. 그 이름에 대해 나를 조사하거나 조사받을 이유를 모르겠군요."

"허락한다면," 클레넘이 말했다. "그 이름을 고집하는 이유를 말하겠습니다. 내가 고집한다는 건 인정합니다. 그리고 고집하더라도 용서해달라고 아주 진지하게 부탁해야겠습니다. 전적으로 내 이유이므로, 조금이라도 당신 이유가 된다는 말은 하지 않겠습니다."

"글쎄요," 그녀가 전보다는 약간 덜 거만하게 앉으라는 권유를 했다. 그리고 그녀가 먼저 앉았기에 그도 권유에 따라서 앉았다. "최소한 이 일이 당신 친구의 또 다른 여자노예, 즉 자유선택권을 빼앗긴 채 내가 유인해갔다고 하던 여자노예에 대한 일이 아니라는 사실을 알게 된 것은 기쁘군요. 이유나 들어보죠."

"우선, 우리가 누구에 대해 이야기하는지 확실히 하기 위해," 클레넘이 말했다. "당신이 얼마 전에 런던에서 만났던 바로 그 사람이라는 얘기를 하겠습니다. 그를 강가에서 만났던 기억이 날 겁니다–애덜파이 지구였던가요?"

"당신 일을 아주 기묘하게 내 일과 섞고 있군요." 그녀가 가차없이 불만을 표하고 그를 정면으로 응시하면서 대답했다. "그걸 어떻게 알았죠?"

"나쁘게 받아들이지 않았으면 좋겠습니다. 그저 우연이었습니다."

"어떤 우연이죠?"

"그저, 길에서 뜻밖에 당신을 발견했다가 그 만남을 목격하게 된 겁니다."

"당신이 보았다는 건가요, 아니면 다른 사람이 보았다는 건가요?"

"내가 보았다는 겁니다. 내가 봤어요."

"물론 공개된 거리였으니까," 차츰 화를 가라앉히며 잠시 생각에 잠겼다가 말했다. "그걸 본 사람이 쉰 명은 될 거예요. 그만큼 되는 사람이 봤다 하더라도 의미는 없어요."

"내가 본 게 중요하다는 얘기가 아닙니다, 또한 (여기에 온 까닭을 설명하는 방편으로서가 아니라면) 내가 찾아온 것 또는 청해야 하는 부탁과 그 일을 관련시키지도 않았을 거고요."

"오! 부탁을 하셔야겠다고요! 그러니까," 매력적으로 생긴 얼굴이 비꼬듯이 그를 바라보았다. "클레넘 씨, 당신의 태도가 부드러워졌다는 생각이 드는군요."

그는 그 지적에 대해 말로써가 아니라 몸을 살짝 움직여서 이의를 제기하는 걸로 만족했다. 그리고 블랑두아가 사라진 얘기를 하면서, 그것에 대한 얘기를 혹시 듣지 못하셨나요? 못 들었어요. 당신은 들었을지 몰라도 나는 들은 적이 없어요. 주위를 둘러보세요(그녀가 말했다), 그리고 그런 소식이 퍼지는 동안 비탄에 잠겨서 이곳에 갇혀 지내던 여자가 일반적으로 무슨 소식을 들을 수 있었을지 스스로 판단해 보세요. 그녀가 부정하는 말을 이처럼 늘어놓았고, 그 말이 사실임을 그가 믿자, 그녀가 물었다. 사라졌다는 게 무슨 말이죠? 질문을 받고 그가 자세한 사정을 이야기하면서, 그 남자가 정말 어떻게 된 건지 알고 싶은 마음과 어머니 집에 어두운 그림자를 드리운 사악한 의혹을 떨쳐버리고 싶은 마음을 조금 드러냈다. 웨이드 양은 그의 이야기를 듣고는 눈에 띌 정도로 놀랐을 뿐 아니라 전에는 보이지 않았을 정도로 관심을 억제하는 기색이 역력했다. 물론 그렇다고 해서 그녀의 쌀쌀맞고 도도하고 스스로 은둔하는 태도가 가시지는 않았다. 그가 이야기를 마치자 그녀는 그저 이렇게 말했다.

"당신은 내가 그 일과 무슨 관련이 있는지, 또는 부탁할 게 뭔지 아직 말하지 않았어요. 아무쪼록 그 얘기를 하시죠?"

"내가 추측했던 것은," 아서는 경멸하는 듯한 그녀의 태도를 누그러뜨리려고 계속 노력하면서 말했다. "그 사람과 - 연락을 주고받는 - 은밀히 주고받는다, 라고 해도 될까요? - 사이이기 때문에 - "

"당신이 하고 싶은 얘기는 물론 할 수 있습니다." 그녀가 말했다. "그러나 클레넘 씨, 난 당신의, 또는 누구의 추측에도 동의하지 않아요."

" - 그 사람과 최소한 개인적으로 연락을 주고받는 사이이기 때문에," 클레넘은 흠잡을 데 없는 자세를 취할 수 있기를 바라면서 자세를 고쳐 앉고 말했다. "그의 이력이나 하는 일, 습관, 주로 거주하는 곳에 대해 어느 정도 알려줄 수 있을 거라고 추측했습니다. 그를 찾아낼 수 있음직한, 즉 그를 눈앞에 보여주거나 또는 어떻게 되었는지 확인할 수 있음직한 작은 단서라도 알려줄 수 있을 거라고 추측했단 말입니다. 당신께 부탁하는 것, 즉 내 괴로운 마음을 조금이나마 참작해주기를 바라면서 부탁하는 것이 바로 그것입니다. 어떤 조건을 달겠다면 내용을 묻지 않고 받아들이겠습니다."

"당신은 내가 길에서 그 남자와 같이 있는 것을 우연히 봤다고 했어요." 그녀는 치욕스럽게도 그가 부탁한 내용보다 그 문제에 대한 자기 생각에 분명히 좀 더 몰두했다가 말했다. "그렇다면 그 남자를 전부터 알고 있던 게 아닌가요?"

"그 전부터는 아닙니다, 그 뒤지요. 전에는 본 적도 없습니다. 그런데 그가 사라졌던 바로 그날 밤 그를 다시 봤습니다. 사실은 어머니 방에서 봤어요. 그를 거기에 두고 떠났고요. 이 전단을 읽으면 그에 대해 알려진 바를 전부 다 알 수 있을 겁니다."

클레넘이 인쇄체로 쓰여 있는 전단 한 장을 건네주자, 그녀는 그것을 진지하고 주의 깊게 읽었다.

"이 내용은 그에 대해 **내가** 알고 있는 것 이상이군요." 그녀가 전단을 돌려주며 말했다.

클레넘이 깊은 실망을, 어쩌면 믿을 수 없다는 생각을 표정에 드러낸 것은 그녀가 변함없이 매정한 어조로 다음과 같이 덧붙였기 때문이다. "믿지 않는군요. 그러나 사실입니다. 개인적인 연락이라면 그와 당신 어머님이 주고받았던 것 같네요. 그런데도 당신은 그에 대해 더 이상 아는 바 없다는 **그녀의** 진술은 믿을 수 있다고 하는군요!"

못 믿겠다는 암시가 그 말과 그 말을 할 때의 눈웃음에 의해 클레넘의 양쪽 뺨이 붉어질 정도로 의미심장하게 충분히 전달되었다.

"자," 그녀가 상처를 되풀이하여 입히는 것에서 잔인한 쾌감을 느끼며 말했다. "당신이 원하니 솔직하게 말하겠습니다. 명성에 신경을 쓰거나(그렇지 않습니다) 좋은 평판을 보존하고자 한다면(그런 거 없습니다, 평판이 좋든 나쁘든 전혀 관심이 없거든요) 그 사람과 어떤 관계든 있다는 것으로 이미 내 명성은 심하게 더럽혀졌다고 해야겠지요. 그러나 그는 **내 집** 문턱을 넘은 적이 없고–자정까지 **나와** 이야기하며 앉아있었던 적도 없습니다."

웨이드 양은 그가 이야기한 내용을 이처럼 역으로 되돌려줘서 해묵은 원한을 풀었다. 그녀는 인정을 베풀만한 성격이 아니었고, 양심의 가책도 없었던 것이다.

"그가 비열한 돈벌레라는 것과 그를 처음 본 게 그가 이탈리아를 (내가 얼마 전에 있었던 곳이죠) 배회하고 다닐 때라는 것, 그리고 내가 우연히 갖게 된 목적을 달성하기에 적당한 도구로 거기서 그를 고용했다는 것을 말하는 데 거리낄 것은 없습니다. 간단히 말해서, 돈을 주면 이런저런 일을 다 해 주는 첩자에게 내 만족을 위해–격한 감정을 충족시키기 위해–사례하는 것은 그럴 만한 가치가 있는 일이니까요. 그에게 사례를 했습니다. 내가 사람을 죽이는 계약을 원했고 충분히 사례할 수 있었다면, 그리고 그가 그 일을 위험하지 않게 비밀리에 할 수 있었다면, 그는 아마 사례를 받아가는 것만큼이나 주저하지 않고 살인을 저질렀을 겁니다. 내 판단으론 최소한 그렇습니다. 보아하니, 당신 판단도 별로 다르지 않은 것 같군요. (이런저런 것을 추측하는 당신을 본 따서) 추측해 보면, 그에 대한 당신 어머님의 판단은 엄청 다르겠지만요."

"다시 말하지만, 어머니는," 클레넘이 말했다. "불운하게도 사업상의 일로 그와 처음 연락을 주고받게 된 겁니다."

"당신 어머니가 그와 마지막으로 연락을 주고받은 것이 불운하게도 사업상의 일 때문이었나 보군요." 웨이드 양이 대꾸했다. "그리고 그런 경우 늦은 시간에 용무를 보지요."

"당신이 암시하는 것은," 아서는 그 영향력을 이미 깊이 느낀 바 있는 냉정한 비판을 듣고 상심해서 말했다. "뭔가가 있다는-"

"클레넘 씨," 그녀가 침착하게 말을 끊었다. "내가 그 남자에 대해 암시적으로 말한 적이 없다는 사실을 기억하세요. 숨김없이 다시 말하지만 그는 비열한 돈벌레입니다. 그런 녀석은 자기를 필요로 하는 곳이면 어디든 갈 거예요. 내가 그를 필요로 하지 않았더라면, 그와 내가 같이 있는 모습을 보지 못했을 거라는 거죠."

가슴 속에 어두운 그림자를 반쯤 숨겨두고 있는 그 사례의 어두운 면을 그녀가 고집스레 자기 앞에 들이대는 바람에 클레넘은 마음이 아파서 침묵을 지켰다.

"아직 살아있다고 했지만," 그녀가 덧붙였다. "어쩌면 살해당했을 수도 있어요. 나야 상관없지요. 그가 또 필요하지는 않으니까요."

아서 클레넘은 장탄식을 하고 낙담하여 천천히 일어났다. 그녀는 따라 일어나지 않았다. 그러나 그런 중에도 의심의 눈초리로 그를 뚫어져라 바라보았고, 화가 나서 두 입술을 굳게 다물고 있다가 입을 열었다.

"그 사람은 당신 친구 가원 씨가 좋아하는 동료 아닌가요? 당신의 친한 친구에게 도와달라고 부탁해보시죠?"

친한 친구라는 얘기를 부정하는 말이 아서의 목구멍까지 올라왔지만 예전의 갈등과 결심을 기억하고는 그 말을 억눌렀다. 그러고 나서 말했다.

"블랑두아가 영국으로 출발한 후에는 그를 본 적이 없다는 거 말고 가원 씨가 그에 대해 추가적으로 아는 내용은 없습니다. 외국에서 우연히 알게 되었던 사람이거든요."

"외국에서 우연히 알게 되었던 사람이라!" 그녀가 따라 했다. "맞아요. 당신 친구는 그의 부인을 보아하니 사귈 수 있는 사람은 모두 다 사귀어서 기분 전환할 필요가 있겠더군요. 나는 그의 부인을 증오해요."

그 말을 할 때 드러난 분노가, 대단히 자제하던 중이어서 더더욱 두드러지는 분노가 클레넘의 주의를 끌었기에 그는 그 자리에서 꼼짝도 할 수 없었다. 그 분노는 그를 바라보는 그녀의 검은 두 눈에서 번쩍였고 콧구멍에서 떨렸으며 내쉬는 숨조차도 불타게 했다. 그러나 얼굴표정은 그와는 달리 경멸 조로 차분한 상태를 유지하고 있었다. 그리고 철저히 관심 없다는 듯이 침착하고 도도하면서도 품위 있는 태도였다.

"내가 할 말은, 웨이드 양," 그가 말했다. "다른 사람이 공감할 수 있는 정도의 도발을 당신에게 했을 리는 없다는 겁니다."

"원한다면 친한 친구에게," 그녀가 대꾸했다. "그 문제에 대해 의견을 물어보시죠."

"그 문제를 꺼내도 괜찮을 정도로 그렇게 친한 사이는 아닙니다, 웨이드 양." 아서는 결심했던 바에도 불구하고 그렇게 말했다.

"그를 증오합니다." 그녀가 대답했다. "한때 내가 그를 사랑했을 정도로 얼간이였고 나 자신에게도 충실하지 못했기 때문에 그의 부인을 증오하는 이상으로 그를 증오합니다. 이제까지 당신은 날 평범한 경우에만 봤고, 그래서 그냥 평범한 여성이라고, 다른 여성들보다 조금 고집이 셀 따름이라고 생각했을 겁니다. 나에 대해 그 정도로밖에 모른다면, 내게 있어 증오한다, 라는 게 어떤 의미인지 모르는 겁니다. 내가 나 자신과 주위 사람들을 얼마나 정성들여 관찰했는지를 모르니까 알 수 없는 거겠지요. 그렇기 때문에, 내 인생이 어떠했는지를 아까부터 말하고 싶었습니다 – 당신 생각을 중요하게 여겨서는 아니니까 비위를 맞추려고 그러는 건 아닙니다. 당신이 당신 친구와 그의 부인을 생각할 때 내가 증오한다, 라는 말로 뜻하는 바를 이해할 수 있도록 하기 위해서지요. 그동안 써서 간직하고 있던 것을 읽을 수 있도록 드릴까요, 아니면 그냥 둘까요?"

아서가 그것을 달라고 청했다. 웨이드 양은 사무용 책상으로 가서 자물쇠를 벗기더니 접혀 있는 종이 몇 장을 안쪽 서랍에서 꺼냈다. 그녀는 그를 회유하지도 않았고 부르지도 않았으며, 오히려 자신의 고집을 변명하기 위해 거울에 대고 이야기하듯이 말했다. 그러면서 종이를 그에게 주었다.

"이걸 읽어보면 내가 증오한다, 는 말로 뜻하는 바를 이해할 수 있을 거예요! 그 얘기는 그만하죠. 내가 임시로 값싸게 머무르는 것을 본 게 런던의 빈집이든 칼레의 셋방이든, 해리엇이 나와 같이 있다는 사실을 알고 있었을 겁니다. 떠나기 전에 그녀를 보고 싶을 수도 있겠군요. 해리엇, 들어와!" 그녀가 해리엇을 다시 불렀다. 두 번째 부르자, 한때 태티코럼이었던 해리엇이 나타났다.

"클레넘 씨가 찾아왔어." 웨이드 양이 말했다. "너 때문에 온 건 아니야. 너는 단념했나 봐. 이번에는 그런 것 같습니다만?"

"권한이나 영향력이 없으니까 – 그렇습니다." 그가 동의했다.

"너를 찾으러 온 건 아니지만 여전히 누군가를 찾고 있어. 블랑두아란 그 사내를 찾는다는구나."

"그 사람과 네가 런던의 스트랜드 로에서 함께 있더구나." 아서가 넌지시 말했다.

"해리엇, 그에 대해서, 그가 베네치아에서 왔다는 사실 말고 아는 게 있다면 – 그 사실은 우리 모두 알고 있으니까 – 클레넘 씨께 거리낌 없이 말씀드려라."

"그 이상은 아는 게 없어요." 여자아이가 말했다.

"만족하셨나요?" 웨이드 양이 아서에게 물었다.

그들을 믿지 않을 이유가 없었다. 전에는 의심하고 있었더라도 여자아이의 태도는 대체로 믿을 수 있을 만큼 자연스러웠다. 그가 대꾸했다. "소식을 다른 데서 찾아야겠군요."

클레넘은 숨도 쉬지 않고 바로 갈 생각은 없었다. 그러나 여자아이가 들어오기 전부터 일어나 있었기 때문에 그녀는 그가 바로 갈 거라고 생각한 것이 분명했다. 여자아이가 그를 서둘러 쳐다보더니 물었다.

"그들은 잘 있나요?"

"누구 말이냐?"

그녀는 "그들 모두"가 누구인지 말하려다가 말을 멈추고 웨이드 양을 슬쩍 보았다. 그러더니 말했다. "미글스 씨 부부요."

"그들에 대한 소식을 마지막으로 들었을 때에는 잘 있었어. 지금은 집에 없어. 그건 그렇고 하나만 물어볼게. 널 거기서 봤다고 하던데, 사실이니?"

"어디요? 절 어디서 봤다고 하던가요?" 여자아이가 부루퉁해서 시선을 내리깐 채 되물었다.

"시골별장의 정원 문에서 안을 들여다봤었다면서?"

"아니에요." 웨이드 양이 말했다. "이 아이는 그 집 근처에도 간 적이 없는 걸요."

"그렇다면 당신이 틀렸어요." 여자아이가 말했다. "우리가 요전에 런던에 있었을 때 거기 내려갔었어요. 당신이 날 혼자 두고 떠났던 어느 날 오후에 내려갔었다고요. 그리고 들여다보았고요."

"소심한 아이 같으니," 웨이드 양이 엄청나게 경멸한다는 투로 쏘아붙였다. "우리의 교제와 우리가 나눴던 대화, 그리고 네가 옛날에 불평했던 것들이 모두 다 그 정도로 아무 의미 없는 거니?"

"문에서 잠시 안을 들여다본다고 해서 손해 볼 건 없잖아요." 여자아이가 말했다. "식구들이 집에 없다는 사실은 창문으로 들여다보고 알았어요."

"어째서 그 집에 가까이 간 거니?"

"그 집을 보고 싶었으니까요. 그 집을 다시 보고 싶다고 느꼈으니까요."

두 사람이 서로의 얼굴을 당당하게 노려보자, 클레넘은 서로가 서로를 끊임없이 갈기갈기 찢고 있는 게 분명하다고 느꼈다.

"아!" 웨이드 양이 여자아이의 시선을 차갑게 압도했다가 외면하면서 말했다. "네가 그 집에서 살던 삶의 실체를 깨달았다고 했기 때문에 구해주었던 건데, 그런 삶을 살던 집을 보고 싶은 거라면 그건 다른 문제겠지. 그러나 그것이 내게 성실한 거니? 그것이 내게 충실한 거야? 함께 노력했던 게 그러라고 그런 거니? 너는 내가 네게 부여했던 신뢰를 받을 가치가 없어. 네게 보여주었던 호의를 받을 자격이 없다고. 비굴한 추종자일 뿐이니까. 그러니 너는 네게 채찍질보다 더 나쁜 짓을 한 사람들에게 돌아가는 편이 낫겠구나."

"다른 사람이 듣는 데서 그들에 대해 그렇게 말하면, 내게 그들 편을 들라고 자극하는 거예요." 여자아이가 말했다.

"그들에게로 돌아가." 웨이드 양이 쏘아붙였다. "그들에게로 돌아가라고."

"내가 돌아가지 않을 거라는 사실을 아주 잘 알잖아요." 이번에는 해리엇이 쏘아붙였다. "내가 그들을 내던졌던 것이므로, 그들에게 돌아갈 수 없고, 돌아가지 않을 것이고, 돌아가게 되지도 않을 거라는 사실을 너무 잘 알고 있죠. 그러니까 그들은 그냥 내버려둬요, 웨이드 양."

"너는 여기서의 덜 풍요로운 생활보다 그들의 풍요를 더 좋아하는구나." 웨이드 양이 응수했다. "그들을 찬양하고 날 무시하고 있어. 내가 달리 뭘 기대하겠어? 이걸 미리 알았어야 하는데."

"그렇지 않아요." 여자아이는 무척 상기한 얼굴로 말했다. "그리고 당신은 실제 의도하는 바를 말하는 것도 아니고요. 당신이 의도하는 바를 알거든요. 당신은 의지할 사람이 당신밖에 없는 나를 정당하지 못하게 비난하고 있어요. 그리고 의지할 수 있는 사람이 당신밖에 없기 때문에, 당신이 원하는 대로 뭐든 내게 시킬 수도 있고 안 시킬 수도 있다고, 그리고 어떤 모욕이든 가할 수 있다고 생각하는 거예요. 당신은 어느 모로 보나 그들만큼 나빠요. 그러나 나는 완전히 길들여지지도, 복종하지도 않을 거예요. 다시 말하지만 그 집을 한 번 더 보고 싶다는 생각을 자주 했었기 때문에 보러 갔던 거예요. 한때 그들을 좋아했었고 내게 친절했다는 생각을 가끔씩 하기 때문에, 잘 있는지 앞으로도 또 물어볼 거고요."

그러자, 혹 돌아가기를 원한다면 그들이 여전히 친절하게 맞이하리라고 확신한다는 얘기를 클레넘이 해주었다.

"절대 돌아가지 않아요!" 여자아이가 불같이 화를 내며 말했다. "절대 돌아가지 않을 거예요. 자기에게 의존하게끔 만들어놓고 절 조롱하고 있지만 그 사실을 웨이드 양보다 더 잘 아는 사람은 없어요. 저도 제가 그녀에게 의존하고 있다는 사실을 잘 알고요. 그리고 그 사실을 제가 명심하게 할 수 있어서 그녀가 아주 기쁠 거라는 사실도요."

"그럴 듯한 핑계구나!" 웨이드 양 역시 화가 나서 도도하게 그리고 냉소적으로 말했다. "그러나 이 문제에서 분명히 드러나 보이는 무늬를 감추기에는 올이 너무나 드러나 있어. 나의 빈곤함이 그들의 재산과 경쟁해서는 견딜 수 없겠지. 그러니 즉시 돌아가는 게 낫지 않을까, 즉시 돌아가서 경쟁을 끝내는 게 낫지 않을까!"

아서 클레넘은 칙칙하고 사방이 막힌 방에서 서로 약간의 거리를 두고 떨어져 있는 이들을 바라보았다. 각자가 자기의 분노를 자랑스레 간직하고 있었고, 각자가 확고한 결심을 갖고 자기의 마음을, 그리고 상대의 마음을 괴롭히고 있었다. 그가 한두 마디 작별의 말을 했지만 웨이드 양은 고개를 별로 숙이지 않았다. 또한 해리엇은 비굴하게 의존하는 사람이고 노예라는 굴욕을 떠맡고는(그럼에도 반항하는 기색이 없진 않았다) 자신은 너무 천하기 때문에 인사를 할 수도 받을 수도 없는 것처럼 행동했다.

어둡고 구불구불한 계단을 내려와서 마당에 들어서자, 우중충한 벽의 음울함과 죽어버린 관목의 음울함, 말라버린 분수의 음울함과 사라져버린 조각상의 음울함이 더욱더 다가왔다. 사라져버린 수상한 인물을 찾아내려는 노력이 모두 다 실패했다는 것과 그 집에서 자신이 보고 들었던 것에 대해 이리저리 생각하면서 자기를 데려다 주었던 정기선 편에 런던으로, 영국으로 돌아갔다. 돌아가는 길에 종이를 펼쳤고 다음 장에 전재해 놓은 웨이드 양의 이야기를 읽었다.

21 자학하는 사람의 이야기

나는 불행하게도 바보가 아닙니다. 아주 어렸을 때부터 주위사람들이 내게 감추고 있다고 여기던 것들을 간파했으니까요. 내가 끊임없이 진실을 분별해내는 대신에 끊임없이 속아 넘어갈 수 있었다면 대부분의 바보들처럼 평온하게 살 수 있었을 테지요.

어린 시절을 할머니와, 즉 그런 친척에 해당하며 그런 호칭을 스스로 떠맡았던 부인과 같이 보냈습니다. 그녀는 그 호칭을 받을 자격이 없었지만 나는 – 그 정도로는 나이 어린 바보였기 때문에 – 그녀를 의심하지 않았습니다. 그녀는 자기 집에 자기 가족의 아이들과 다른 사람들의 아이들을 같이 데리고 있었습니다. 모두 다 여자아이였고, 날 포함해서 열 명이었습니다. 우리는 모두 같이 살았고 같이 교육을 받았습니다.

그 여자애들이 날 아랫사람 대하듯 하기로 얼마나 굳게 마음먹고 있는지 깨닫기 시작한 것은 열두 살 정도 되었을 때입니다. 내가 고아라는 이야기를 들었고, 나 이외에 다른 고아는 없다고 했습니다. 그들이 나를 건방진 동정심으로 그리고 우월감을 느끼면서 달랜다는 사실을 눈치 챘습니다(그것이 바보가 아니어서 겪은 첫 번째 손해였지요). 그 사실을 발견했다고 경솔하게 적어 두지는 않겠습니다. 그들을 자주 괴롭혔지만 나와 말다툼을 벌이도록 할 수는 없었으니까요. 그중 아무하고나 말다툼을 벌이면 한두 시간 후에 반드시 와서 달래기 시작했습니다. 몇 번이고 괴롭혔지만, 내가 먼저 시작하기를 그들이 기다리고 있었다는 사실을 몰랐던 겁니다. 그들은 허영심과 생색내는 듯한 태도를 갖고 언제나 날 용서했습니다. 어린 애들이 다 큰 어른을 빼쐈던 거지요!

그중 한 명을 친구로 생각했습니다. 비록 어려서이긴 했지만 수치를 느끼지 않고는 제대로 기억할 수도 없을 정도로 바보 같은 그 여자애를 아주 좋아했습니다, 그 애는 그럴 가치가 없었는데 말입니다. 그 아인 소위 말하는 마음씨 곱고 상냥한 성격이었습니다. 같이 지내는 모든 애들에게 예쁜 표정과 미소를 나눠 줄 수 있었고 나눠 주었으니까요. 내게 상처를 주고 안달하게 만들려고 그 애가 일부러 그런 표정을 짓는다는 사실을 그 집에서 나 말고는 아무도 몰랐던 것 같습니다!

그럼에도 그 애에 대한 내 어리석음으로 인해 그럴 가치가 없는 그 애를 내 삶에 폭풍우가 몰아치게 만들 정도로 정말 좋아했습니다. 나는 소위 "그 애를 괴롭힌다,"는 것 때문에, 즉 사소한 배신을 했다고 그 애를 비난하고, 그 애의 마음을 알고 있다고 지적해서 눈물을 터뜨리게 했다는 이유로, 끊임없이 꾸지람을 듣고 망신을 샀습니다. 그럼에도 그 애를 충실하게 좋아했습니다. 한 번은 방학을 맞아 그 애의 집에 함께 갔습니다.

그 애는 학교에서보다 집에서 좀 더 안 좋았습니다. 그리고 친척과 지인이 많았습니다. 자기 집에서 무도회를 갖다가 다른 집에서 열리는 무도회에 다녀올 정도였으니까요. 집안에서든 바깥에서든 그 애는 내 애정을 참을 수 없을 정도로 괴롭혔습니다. 그 애의 계획은 모든 사람이 자기를 좋아하게 만드는 것이었습니다－그래서 내가 질투심으로 미치도록 만드는 것이었습니다. 모든 사람과 스스럼없이 친해지고 그들의 사랑을 받는 것－그래서 내가 그들을 부러워하느라 미치도록 만드는 것이었단 말입니다. 밤에 침실에 단둘이 남게 되면 나는 그 애의 비열한 생각을 완벽하게 안다고 하면서 그 애를 책망했습니다. 그러면 그 애는 엉엉 울고 또 울면서 나보고 잔인하다고 했습니다. 그다음에는 아침이 될 때까지 그 애를 안고 있곤 했지요. 그 애를 언제나 사랑할 것이고, 그런 고통을 겪느니 그 애를 껴안고 강바닥에 – 둘 다 죽은 후에도 그 애를 여전히 껴안고 있을 수 있는 곳에 – 뛰어들고 말 것 같은 기분이 자꾸 든다고 하면서요.

사랑은 끝났고 나는 고통에서 벗어났습니다. 그녀의 가족 중에 나를 좋아하지 않는 숙모가 한 명 있었습니다. 가족 중 누구든 날 좋아하는 사람이 있기나 있었는지 모르겠군요. 그러나 나는 그 여자 애에게만 전적으로 열중하고 있었기 때문에 그들이 날 좋아하기를 바란 적도 없었습니다. 그 젊은 숙모는 날 진지하게 지켜보았습니다. 대담한 여성이었고 공공연하게 나를 동정적으로 바라보았습니다. 앞서 이야기했던 그런 밤을 보낸 후, 어느 날 아침식사 전에 온실로 내려갔습니다. 샬롯이(성실하지 못한 젊은 친구의 이름입니다) 앞서 갔었는데, 온실에 들어서다가 그 숙모가 그 애에게 나에 대해 이야기하는 소리를 들었습니다. 나는 서 있던 곳에, 나뭇잎 사이에 멈추어 서서 귀를 기울였습니다.

그 숙모가, "샬롯, 웨이드 양이 널 몹시 지치게 하더구나. 그런 일이 계속되어서는 안 된다,"라고 말했습니다. 들었던 그대로 반복하는 겁니다.

그렇다면, 그 애가 뭐라고 했을까요? "그녀를 몹시 지치게 하는 사람은 오히려 나야, 그 애를 고문대 위에 올려놓고 처형하는 사람이 나란 말이야, 그런데도 그 애는 나 때문에 자신이 뭘 겪는지 알면서도 매일 밤 열렬히 날 사랑한다고 얘기해,"라고 했을까요? 아닙니다. 기억에 남아 있는 내 첫 번째 경험은 그 애의 실상이라고 내가 알게 된 바에, 그리고 내가 겪었던 모든 경험에 충실한 겁니다. 그 애는 흐느끼고 눈물을 흘리기 시작하더니(숙모의 동정을 확보하기 위해서였죠) 말했습니다. "숙모, 그 애는 불만을 품는 기질이 있어. 나뿐 아니라 학교의 다른 애들도 그걸 고쳐주려고 열심히 노력하고 있어. 모두 열심히 노력하고 있어."

그 말을 듣자 그 숙모는 그 애가 비열하고 틀린 말이 아니라 고상한 말을 했다는 듯이 그 아이를 어루만졌고, 파렴치한 겉치레를 계속 꾸며서 이렇게 대답했습니다. "그러나 얘야, 모든 일에는 적당한 한계가 있단다. 내가 보기에 그 불쌍하고 가엾은 애는 아무리 훌륭한 의도라 하더라도 정당화하기 어려운 고통을 네게 끊임없이 그리고 쓸데없이 주더구나."

그 불쌍하고 가엾은 애는 숨어 있던 곳에서 나와서 당신이 이미 짐작했을 수도 있는 대로 말했습니다. "집으로 보내줘요." 나는 둘 중 어느 한 명에게 또는 둘 다에게 "집으로 보내줘요, 그렇지 않으면 밤낮으로 혼자 걸어서라도 갈 거예요,"라는 말 외에 다른 말은 하지 않았습니다. 집에 도착해서 소위 할머니라고 하는 부인에게 말했습니다. 그 여자애가 오기 전에 또는 그들 중 한 명이라도 오기 전에 다른 곳에서 교육을 마저 받을 수 있도록 멀리 보내주지 않는다면, 음모를 꾸미는 그들의 얼굴을 참고 보느니 난롯불에 뛰어들어서 장님이 되어 버리겠어요.

그다음에는 젊은 여자들이 있는 학교로 갔는데 그들도 다를 게 없었습니다. 그럴 듯하게 말하고 그럴 듯하게 꾸미더군요. 그러나 마음속으로는 그들이 주제넘게 나서고 나를 얕보고 있다는 것을 꿰뚫어보았습니다. 그들이라고 나을 게 없었던 거죠. 그들을 떠나기 전에, 내게는 할머니도 없고 친척으로 인정할 만한 사람도 없다는 사실을 알게 되었습니다. 그리고 그와 같은 지식의 빛을 내 과거와 미래 양쪽으로 옮겨보았습니다. 그랬더니 사람들이 날 배려하거나 도와주는 체하면서 이겼다고 좋아하는 경우가 많았다는 사실이 새로이 보였습니다.

어떤 사업가가 나를 위해 자그마한 부동산을 신탁해 두었기에 나는 가정교사가 되기로 하고 딸이 둘 있는 가난한 귀족의 집으로 들어갔습니다 – 어린아이들이었지만 부모는 가능하다면 같은 여선생의 지도를 받게 하면서 아이들을 키우고 싶어 했습니다. 그 집 어머니는 젊고 예뻤습니다. 처음부터 그녀는 나를 아주 사려 깊게 대하는 체했고, 나는 원한을 혼자서 삭였습니다. 그렇지만 그것이 자신이 내 여주인이라는 인식, 그리고 자신이 원한다면 하인에게 달리 행동할 수도 있다는 인식을 어루만지는 그녀만의 방식이라는 것을 썩 잘 알고 있었습니다.

그것에 대해 분개하지 않았다고 했는데 실제로 분개하지 않았습니다. 그러나 그녀를 기쁘게 해주지 않는 것으로 그녀의 속마음을 알고 있다는 사실은 표시했습니다. 그녀가 내게 포도주를 들라고 재촉하면 나는 물을 먹었습니다. 식탁에 아주 좋은 음식이라도 있으면 그녀는 그걸 언제나 내 앞으로 돌려놓았습니다. 그러나 나는 언제나 그걸 거부했고, 퇴짜 맞았던 음식을 먹었습니다. 그녀의 후원을 그처럼 외면하는 것은 날카로운 역습이어서 나는 독립심을 느낄 수 있었습니다.

나는 그 집 아이들을 좋아했습니다. 아이들은 내성적이었지만 전체적으로는 나를 좋아하려고 했습니다. 그러나 그 집에는 얼굴이 발그레한 유모가 한 명 있었는데, 언제나 주제넘게 쾌활하고 명랑한 체하는 여성이었으며, 내가 가기 전까지 두 아이를 돌보면서 그들의 애정을 확보하고 있던 여성이었습니다. 그 유모가 없었다면 나는 내 운명에 눌러앉았을지 모릅니다. 나와 끊임없이 경쟁하면서 자신을 아이들 앞에 내세우는 교묘한 술책은 같은 처지에 있는 많은 사람들의 판단력을 잃게 할 지경이었지만 나는 처음부터 유모의 술책을 간파하고 있었습니다. 그녀는 내 방을 정리하고 내 시중을 들고 내 옷장에 신경을 쓴다는 구실로(그 모두를 그녀는 열심히 했습니다) 절대로 자리를 비우지 않았습니다. 그녀의 수없이 교묘한 행동 중에서도 가장 교활한 것은 아이들이 나를 좀 더 좋아하게 하려고 애쓰는 체하는 것이었습니다. 그녀는 아이들을 내게로 데리고 왔고 아이들을 구슬려서 내게 가라고 했습니다. "친절한 웨이드 선생님께 가, 소중한 웨이드 선생님께 가라고, 예쁜 웨이드 선생님께 가라니까. 선생님은 너희들을 무척 사랑해. 웨이드 선생님은 수많은 책을 읽었을 뿐 아니라 나보다 훨씬 더 즐겁고 재미있는 이야기를 해 줄 수 있는 똑똑한 분이니까, 웨이드 선생님께 가서 이야기를 들어 봐!" 내 마음이 이와 같은 무례한 속셈에 반발하여 흥분하고 있는데 어떻게 그 아이들의 관심을 끌 수 있겠습니까? 그들의 순진무구한 얼굴이 움츠러들고, 그들의 양팔이 내가 아니라 유모의 목을 껴안는 모습을 본다고 해서, 그걸 왜 이상하게 여기겠습니까? 그러면 그녀는 아이들의 고수머리를 자기 얼굴에서 떼어내고 나를 쳐다보면서 말하곤 했습니다. "아이들은 곧 바뀔 거예요, 웨이드 선생님. 아주 순진하고 다정하니까요. 그것을 믿고 낙담하지 마세요, 선생님." - 내게 승리를 뽐내면서 말이죠!

그 여성이 했던 일이 한 가지 더 있습니다. 그녀는 그런 방법을 통해 날 몹시 화가 나고 의기소침하고 시무룩한 상태로 틀림없이 몰아넣은 것을 확인하고 나서, 가끔씩 아이들이 그 사실에 주의를 기울이도록 하고, 아이들에게 자신과 나의 차이를 지적해 주곤 했습니다. "쉿! 불쌍한 웨이드 선생님이 몸이 안 좋아. 얘들아, 시끄럽게 굴지 마, 선생님 머리가 아프시거든. 가서 선생님을 위로해드려. 가서 좀 나아지셨는지 물어봐. 가서 누우시라고 해. 선생님, 마음에 걸리는 일이 없으면 좋겠습니다. 흥분하지 마세요, 선생님, 그리고 미안하게 생각하지도 마시고요!"

견딜 수 없었습니다. 여주인인 마님이 어느 날 내가 혼자 있을 때 들어왔는데, 나는 더 이상 견딜 수 없는 지경이 되어 그만 떠나야겠다고 말했습니다. 도스라는 그 유모의 존재를 견딜 수 없다고 했습니다.

"웨이드 선생님! 불쌍한 도스는 당신께 헌신적이에요, 당신을 위해서라면 뭐든 할 거예요!"

그녀가 그렇게 말하리라는 것은 이미 알고 있었습니다. 그 말에 대해서는 전적으로 준비가 되어있었단 말입니다. 여주인님의 말에 반대할 건 못 되지요, 떠나야겠습니다, 라고 그저 대답했습니다.

"웨이드 선생님," 그녀가 언제나 아주 얄팍하게 숨기고 있던 우월감을 즉각적으로 뽐내면서 대답했습니다. "우리가 함께 지낸 이래 내가 했던 말이나 행동 중에서 선생님이 여주인님이라는 그 불쾌한 단어를 사용하는 것을 정당화하는 언행은 없었기를 바랍니다. 나로서는 분명히 전혀 의도하지 않았던 거니까요. 뭐가 문제인지 제발 말해보세요."

내가 대답했습니다. 여주인님에 대한 불만이나 여주인님에게 털어놓을 불만은 없습니다. 그러나 떠나야겠습니다.

그녀가 잠시 머뭇거렸습니다. 그러고 나서 내 옆에 앉아서 손을 내 손 위에 포갰습니다. 그런 영광을 베풀면 어떤 기억이든 지워 없앨 거라는 듯이 말입니다!

"웨이드 선생님, 당신이 행복하지 못한 것이 내가 아무 영향도 미칠 수 없는 원인들 때문이 아닌지 걱정입니다."

나는 그 단어가 일깨운 경험이 생각나서 미소를 짓고 말했습니다. "제가 불만을 품는 기질을 갖고 있는 것이겠지요."

"그런 말 하는 게 아닙니다."

"그것이 뭐든 설명할 수 있는 쉬운 방법이니까요." 내가 말했습니다.

"그럴지는 모르지만 그런 말은 하지 않겠습니다. 내가 하고자 하는 이야기는 전혀 다른 얘깁니다. 남편과 나는 당신이 우리와 편하게 지내지 못한다는 사실을 알고 나서 고통을 느꼈고 그 문제에 대해 약간의 말을 나눴습니다."

"편하게 지낸다고요? 오오! 아주 훌륭한 분들이세요, 마님." 내가 말했습니다.

"내가 의도와 정반대되는 의미를 전달할 수 있는 – 또는 분명히 전달하는 – 단어를 불운하게도 사용했군요." (내 대꾸를 예상하지 못했다는 사실이 그녀를 부끄럽게 했던 겁니다.) "내가 의미했던 것은 단지 우리와 행복하게 지내지 못한다는 거예요. 말을 꺼내기가 쉽지 않은 주제군요. 그러나 젊은 한 여자가 다른 젊은 여자에게 하는 얘기인데, 어쩌면 – 간단히 말해서, 우리가 염려했던 것은 당신은 전혀 책임이 없는 모종의 가정형편 때문에 스스로의 용기를 꺾고 있는 게 아닌지 하는 것입니다. 만일 그렇다면 그것을 슬픔의 원인으로 삼지 말라고 부탁하겠습니다. 남편은 잘 알려진 대로 친누이는 아니지만 널리 사랑 받고 존경 받던 소중한 누이가 한 명 있었는데 –"

나는 죽은 여성이 누구든 간에 죽은 여성을 위해, 그리고 날 자랑거리로 삼고 내가 있다는 이점을 누리기 위해, 그들이 날 받아들였다는 사실을 곧 깨달았습니다. 유모가 그 사실을 알고 있었기에 이제까지 나를 괴롭혔던 것이라는 사실을 깨달았고, 아이들이 움츠러드는 데에서 내가 다른 사람들과는 다르다는 막연한 인상을 확인했습니다. 그날 밤 그 집을 나왔습니다.

지금 이야기할 필요는 없지만 아주 흡사한 경험을 한두 번 짧게 거친 후에 학생이 한 명뿐인 다른 가정에 들어갔습니다. 그 아이는 열다섯 살 된 외동딸이었고, 부모는 나이가 지긋하고 지위가 높고 재산이 많았습니다. 찾아오는 사람이 많았는데, 그중에서도 그들이 키웠던 조카가 자주 찾아왔고 내게 관심을 보이기 시작했습니다. 나는 단호하게 그를 거절했습니다. 그 집에 들어갈 때 누구도 나를 동정하거나 내려다보는 태도를 취하게 하지 않겠다고 결심했기 때문입니다. 그러나 그가 내게 편지를 한 통 보냈고, 거기서 시작해서 우리는 결혼을 약속하게 되었습니다.

그는 나보다 한 살 어렸는데, 그렇다 하더라도 어려 보이는 젊은이였습니다. 인도를 떠나 휴가 중이었고 인도에서는 조만간 아주 좋은 자리가 될 직책을 맡고 있었습니다. 육 개월 후에 우리는 결혼하고 인도로 가기로 했습니다. 나는 그 집에 있다가 그 집에서 결혼할 예정이었습니다. 그 계획에 대해 누구도 반대하지 않았습니다.

그가 날 황홀하게 바라보았다는 말을 하지 않을 수 없습니다만, 안 할 수만 있다면 안 하고 싶습니다. 그 사실을 강조하는 것은 허영심과 아무런 관련이 없습니다. 그의 흠모 때문에 나는 괴로웠기 때문입니다. 그는 자신이 흠모한다는 사실을 숨기지 않으려고 했으며, 내 외모 때문에 날 구입한 것이고, 구매한 나를 자랑해서 스스로를 정당화하려는 것 같다는 생각이 부유한 사람들과 함께 있을 때 들 수 밖에 없게 했습니다. 그들이 마음속으로 내 값을 매기고 있다는 사실과 내 최대한의 가치가 얼마인지 확인하고 싶어 한다는 사실을 알았지만, 나는 그들이 알게 해서는 안 된다고 결심했습니다. 그들 앞에 있을 때는 태연하게 침묵을 지켰습니다. 나 자신을 펼쳐놓고 그들에게 칭찬해달라고 부탁하느니 그들 중 아무라도 날 죽이게 했을 겁니다.

그는 내가 내 실력을 충분히 발휘하지 않는다고 했고, 나는 다 발휘하고 있다고 했습니다. 그리고 내가 창피를 무릅쓰고 그들 중 누구의 비위도 맞추지 않는 것은 실력을 충분히 발휘했기 때문이고 마지막까지 발휘할 작정이기 때문이라고 했습니다. 그들 앞에서 그가 애정을 공개적으로 과시하지 않았으면 좋겠다고 덧붙이자, 그는 걱정을 했고 심지어 놀라기까지 했습니다. 그러나 그는 애정에서 나오는 솔직한 충동마저도 내 평화를 위해 단념하겠다고 했습니다.

그걸 핑계 삼아 그는 내게 앙갚음하기 시작했습니다. 몇 시간이고 계속해서 내가 아니라 다른 아무하고나 이야기를 나누며 나와는 거리를 유지했습니다. 그가 내 학생인 자기의 어린 사촌과 이야기를 하는 동안 나는 저녁시간의 절반을 남의 눈에 띄지 않게 혼자 앉아서 지냈습니다. 그러는 내내 사람들이 그와 나보다는 그들 둘이 좀 더 대등한 관계에 가깝게 보인다고 생각한다는 사실을 알게 되었습니다. 그들의 생각을 간파하고 앉아 있다가, 마침내 나는 그의 어린 용모가 날 우스꽝스럽게 만든다는 기분이 들었고, 그때까지 그를 사랑했던 나 자신에게 심하게 화가 났습니다.

한때는 그를 사랑했기 때문입니다. 그는 사랑받을 자격이 없는 사람이었지만, 그리고 사랑하느라고 내가 겪은 고통 - 목숨이 끝날 때까지 그가 전적으로 그리고 감사하며 내 사람이 돼야 마땅한 고통 - 을 대수롭지 않게 생각했지만 그를 사랑했던 것입니다. 그의 사촌이 내 면전에서 그에 대해 칭찬을 하고, 그것이 내 마음을 괴롭힌다는 사실을 너무나 잘 알면서도 나를 기쁘게 할 줄로 생각하는 체하는 것을 참았습니다. 그를 위해서 말입니다. 내가 겪은 모욕과 학대를 전부 상기하면서, 그리고 그 집에서 즉시 달아나고 다시는 그를 안 볼 것인지에 대해 숙고하면서 그와 같이 앉아있을 동안에도 - 나는 그를 사랑했습니다.

그의 숙모가(여주인을 뜻한다는 걸 부디 기억하세요) 일부러 그리고 계획적으로 내 고통과 괴로움을 배가시켰습니다. 그가 승진하게 되면 우리가 인도에서 살게 될 호화로운 생활과 유지해야 할 집, 그리고 대접해야 하는 손님에 대해 자세히 설명하는 것이 그녀의 기쁨이었으니까요. 그 당시의 내 종속적이고 열등한 지위와 결혼생활 사이의 차이를 그처럼 공공연하게 지적하는 방식에 대해 나의 자존심이 반기를 들고 일어났습니다. 분노를 억제하면서도 그녀에게 내가 그녀의 의도를 간파하고 있다는 점을 알려주었고, 겸손을 가장해서 약이 오른 그녀에게 갚아주었습니다. 그녀가 설명한 사항들은 분명히 내게 너무나 큰 영광이라고 말해주었습니다. 그렇게 커다란 변화를 견딜 수 있을지 모르겠다고 걱정했습니다. 가정교사가, 당신 딸의 가정교사에 불과한 여성이 그처럼 높고 뛰어난 자리에 오를 것을 생각해보세요! 내가 그런 식으로 대답하자 그녀는 불안해했고 그들 모두 불안해했습니다. 그들은 내가 그녀의 말뜻을 완전히 이해하고 있다는 사실을 깨달았던 거지요.

당신의 친구 가원 씨가 그 집에 나타난 것은, 내 곤경이 최고조에 달하고, 자기 때문에 수많은 고통과 치욕을 겪고 있는데 애인이 배은망덕하게도 거의 신경 쓰지를 않아서 단단히 화가 나 있던 무렵입니다. 가원 씨는 오랫동안 그 집 사람들과 친하게 지내다가 외국에 나가 있던 사람이었습니다. 그는 상태를 한눈에 알아보았고 나를 이해했습니다.

가원 씨는 내 평생 만났던 사람 중에서 처음으로 날 이해하는 사람이었습니다. 그가 그 집에 세 번째 왔을 때 내 마음의 모든 움직임에 그가 동행하고 있다는 걸 깨달았습니다. 그가 그들 모두, 그리고 나, 그리고 문제 전체를 냉정하고 느긋하게 대하는 방식을 보고 그 사실을 뚜렷하게 깨달았습니다. 장래의 남편이 감탄을 늘어놓자 그가 가볍게 이의를 제기하는 데에서, 우리의 약혼과 우리의 장래성에 대해 그가 열광하는 데에서, 우리 미래의 재산을 그가 희망적으로 축하하고 자신의 빈곤을 의기소침하게 언급하는 데에서 – 모두 다 똑같이 공허하고 익살스럽고 조롱으로 가득했습니다 – 그 사실을 뚜렷하게 깨달았습니다. 그는 나를 둘러싸고 있는 모든 것을 나와 그 자신이 감탄할 수 있도록 최선의 각도에서 제시하는 체했지만, 언제나 약간 새롭고 혐오스러운 관점으로 제시해서 내가 점점 더 분개하고 점점 더 한심하게 느끼게 만들었습니다. 그는 네덜란드인의 목판화 연작에 정장을 하고 등장하는 '죽음의 신'[2]과 마찬가지였습니다. 그가 어떤 인물을 안고 있든, 그 인물이 젊은이든 노인이든, 미인이든 추녀든, 그 인물과 함께 춤을 추든 노래를 부르든, 함께 놀든 기도를 하든, 그는 그 인물을 무시무시한 모습으로 만들었던 것입니다.

그러니까 당신 친구가 내게 듣기 좋은 말을 했을 때 사실은 날 동정한 것이라는 사실을 당신은 알 수 있을 겁니다. 그가 괴로워하는 나를 달랬을 때, 따끔거리는 내 상처를 모두 드러낸 것이라는 사실을, 내 "충실한 애인"이 "세상에서 최고로 다정한 젊은이이고 최고로 상냥한 가슴을 지닌 젊은이"라고 선언했을 때, 우스꽝스럽게 되었다는 내 해묵은 걱정을 건드린 것이라는 사실을 알 수 있을 겁니다. 그것이 대단한 공헌도 아니잖아, 라고 할지 모르겠습니다. 그 말들이 마음에 들었던 까닭은 그것들이 내 마음을 반영하고 내가 알고 있는 바를 확인해주는 것이었기 때문입니다. 나는 다른 어떤 사람보다 당신 친구와 함께 있는 것을 금방 더 좋아하게 되었습니다.

그런 교제에 대해 질투심이 생겨나고 있다는 사실을 감지하자(거

---

[2] 한스 홀바인 2세(Hans Holbein the Younger, 1494~1543)의 목판화 연작으로 추정되는 『죽음의 무도』(1523~1526)를 지칭하는 듯. 그러나 한스 홀바인 2세는 네덜란드인이 아니라 독일인이었다.

의 곧바로 감지했습니다) 그 교제가 한층 더 맘에 들었습니다. 나는 질투심의 대상이 되면 안 되고 계속 인내만 해야 하는 거야? 아니잖아. 애인도 그것이 어떤 것인지 알아야지! 그가 질투를 알게 된다는 것이, 통절히 느끼게 된다는 것이 기뻤습니다. 그리고 그가 알고 느끼기를 소망했습니다. 그뿐만이 아니었습니다. 대등하게 나와 말하는 법, 그리고 주변에 있는 비열한 인간들을 분석하는 법을 알고 있는 가원 씨와 비교해 볼 때, 그는 시시한 사람이었습니다.

그런 상태가 지속되고 있을 때 그의 숙모인 내 여주인이 자청해서 나와 이야기하는 것을 떠맡고 나섰습니다. 그녀는 내가 아무 뜻도 없다는 것을 알고 있으므로 언급할 만한 가치도 없지만, 가원 씨와 조금 덜 어울리는 게 낫겠다는 얘기를 할 필요가 있다는 생각이 그냥 들어서 직접 말한다고 했습니다.

그녀에게 물었습니다. 내가 무슨 뜻을 갖고 있는지 어떻게 장담할 수 있죠? 내게 나쁜 뜻이 없다는 걸 언제나 장담할 수 있다고 대답하더군요. 고맙다고 하면서, 그러나 나 스스로 책임지고 싶다고 했습니다. 다른 하인들은 아마 착한 사람이라고 하면 감사할 테지만 나는 필요 없다고 했습니다.

다른 대화가 이어졌고 그래서 내가 물었습니다. 당신이 완곡하게 말하기만 하면 내가 따를 거라고 어떻게 확신하세요? 내 태생이나 내가 피고용자라는 사실을 이용하시는 건가요? 내 몸과 마음을 돈에 판 게 아닌데, 그녀는 훌륭한 조카가 노예시장에 가서 처를 구매한 걸로 생각하는 것 같았습니다.

아마 조만간에 실제 끝난 대로 끝났을 테지만 그녀가 바로 결말을 지었습니다. 동정하는 태도로 내가 불만을 품는 기질을 갖고 있다고 했습니다. 오래된 악질적인 모욕이 그처럼 반복되자 나는 더 이상 자제하지 않았습니다. 그녀에 대해 알고 있는 것과 눈으로 본 것 전부를, 그리고 그녀 조카의 약혼녀라는 그 비루한 자리를 차지한 이후 속으로 참고 넘겼던 것 전부를 그녀에게 드러냈습니다. 내가 수모를 겪고 있을 때 가원 씨가 유일하게 위안을 줬던 사람이라고 말했습니다. 또한 너무 오랫동안 수모를 견뎠고 너무 늦게 털어내는 것이지만 당신들을 더 이상 보고 싶지 않다고 했습니다. 그러고는 다시 보지 않았습니다.

당신 친구가 내가 은둔하고 있는 곳까지 쫓아왔고, 파혼한 것에 대해 아주 익살을 떨었습니다. 비록 그 훌륭한 사람들에 대해(자기가 그때까지 만났던 사람 중 그들 나름으로는 제일 좋은 사람들이라고 했습니다) 역시 유감으로 여겼고, 단순히 파리를 보고 칼을 뺄 필요성이 있는지 개탄했지만 말입니다. 그는 재능이 많고 강한 성격을 가진 여성이 자기를 받아들일 가치가 없다는 주장을 그 한참 전부터, 그리고 그때 내가 생각했던 것보다 훨씬 더 진심으로 펼치긴 했습니다. 그러나 - 글쎄요, 글쎄요! -

당신 친구는 그의 기분이 내키는 한 나를 즐겁게 해주었고 스스로도 즐겼습니다. 그러다가 내게 말했습니다. 우리 둘 다 세상을 아는 사람들이고 인간을 이해하고 있어요. 둘 다 로맨스 같은 건 존재하지 않는다는 것을 알고 있고, 둘 다 분별력 있는 사람으로서 성공의 길을 찾아 각자 다른 길을 갈 준비가 되어 있다는 말이지요. 그리고 다시 마주칠 때는 언제나 세상에서 가장 좋은 친구로 만날 거라는 사실을 둘 다 예상하고 있고요. 그가 그렇게 말했고, 나는 부정하지 않았습니다.

얼마 지나지 않아서 그가 현재의 부인에게 구애하고 있다는 사실과, 그녀가 그의 손이 미치지 않는 다른 곳으로 보내졌다는 사실을 알게 되었습니다. 나는 그녀를 지금 증오하는 만큼 그때도 증오했습니다. 그래서 당연히 그녀가 그와 결혼하기를 간절히 원했습니다. 그러나 그녀를 보고 싶어서 가만히 못 있을 지경이었습니다 – 너무 궁금해서 그것이 내게 남은 얼마 안 되는 오락거리 중 하나라고 생각할 지경이었습니다. 그래서 여행을 조금 했고, 여행을 하다가 내가 그녀와 그리고 당신네들과 어울리고 있다는 사실을 알게 되었습니다.[3] 당신 친구는 그때 당신을 모르는 것 같더군요. 그 이후 당신에게 두드러지게 쏟고 있는 우정의 표시를 그때는 쏟지 않았으니까요.

그 일행 중에서 한 여자아이를 발견했는데, 그 아이가 처해 있는 여러 상황이 내 경우와 희한하게 닮았다는 것을 알게 되었습니다. 그 아이의 성격에 관심을 갖게 되었고, 스스로를 친절, 보호, 자선, 그리고 그 밖의 멋진 이름으로 부르면서 과장되게 은인인 체하는

3 1권 2장 참조.

태도와 제멋대로 하는 것에 반기를 들고 일어나는 모습을 많이 발견할 수 있어서 기뻤습니다. 내 성격에 내재해 있다고 이제까지 말했던 모습이기도 하니까요. 그녀가 "불만을 품는 기질"이 있다고 하는 소리도 자주 들었습니다. 그 편리한 표현이 의미하는 바를 잘 알고 있었기에, 그리고 내가 알고 있는 것을 알고 있는 말동무가 필요했기에, 그 여자아이를 노예상태에서, 그리고 그 애가 부당하다고 느끼는 것에서 해방시키기 위해 노력해야겠다고 생각했습니다. 성공했다는 얘기야 할 필요 없겠지요.

우리는 많지 않은 내 돈을 함께 쓰면서 그 이후 줄곧 같이 지냈습니다.

22 누가 늦은 시간에 이 길을 지나가나요?

아서 클레넘은 업무가 분망하게 밀어닥치는 가운데 칼레까지 아무 소용없는 여행을 한 셈이었다. 세계지도상에 귀중한 속령을 갖고 있는 어떤 야만적 강국[4]이 날랜 창의력과 단호한 실행력을 갖춘 한두 기술자의 도움을 필요로 하고 있었다. 기발한 재주로 볼 때 부족하다고 판단되는 일꾼과 수단을 근처에서 찾을 수 있는 최상의 재료로 만들어낼 수 있는 노련한 사람, 용도를 구상해내는 데에서만큼

[4] 짜르 치하의 제정 러시아를 지칭.

그러한 재료를 용도에 맞게 개조하는 데에서도 대담성과 창의력이 풍부한 노련한 사람이 필요했던 것이다. 그 강국은 야만적인 나라였기 때문에, 독한 술의 열기와 혈기가 사라질 때까지, 그리고 포도원에서 일도 하고 포도도 짜는 일꾼들이 가루가 될 때까지 독한 술을 지하실에 넣어서 햇빛이 닿지 않게 두는 것처럼, 커다란 국가적 목표는 에돌림청에 넣어두어야 한다는 사실을 몰랐던 것이다. 무식이 특징인 그 나라는 일 하는 법이라는 최고로 단호하고 정력적인 생각에 따라 행동했으며, 일 안 하는 법이라는 위대한 정치학에는 최소한의 경의도 표하지 않았고 어떤 자비도 베풀지 않았다. 실제, 그 나라는 후자의 기술과 비밀을 때려잡는 잔인한 방법을 실천하는 계몽된 백성을 통해 그런 기술과 비밀을 잔인하게 때려잡곤 했다.

그에 따라서 필요로 하는 사람들을 찾아 나섰고 찾아냈는데, 그 자체로 아주 미개하고 변칙적인 진행방식이었다. 찾아낸 다음에 그 사람들은 큰 신임과 존경을 받았으며(지독한 정치적 무지를 다시 한 번 보여주는 것이었다) 해야 할 일을 즉시 와서 해달라고 부탁받았다. 요컨대, 그들은 그 일이 이루어지게 할 작정인 다른 사람들과 관계를 맺고 그 일을 할 작정인 사람들로 간주되었다.

대니얼 도이스도 선택된 사람 중 하나였다. 당시로서는 그가 몇 달을 비울지, 또는 몇 년을 비울지 알 수 없었다. 그의 출발을 준비하고, 그를 위해 합작회사의 모든 세부사실들과 성과를 꼼꼼하게 처리하느라 짧은 시간 동안 고심할 필요가 있었기 때문에 클레넘은 주야로 바쁘게 지냈다. 그러다가 처음으로 여유시간이 나자 바다 건너로 살짝 갔었던 것이고, 도이스와의 작별면담을 하기 위해 서둘러서 살짝 돌아왔던 것이다.

아서는 그에게 그들 회사의 손익상태, 책임져야 할 것과 성공의 가능성을 정성을 다해서 신중하게 알려주었다. 대니얼은 그 모든 것을 끈기 있게 검토한 다음에 대단히 탄복했다. 그는 회계장부가 자신이 그때까지 만든 어떤 장치보다도 훨씬 더 독창적인 기계장치인 것처럼 검토했다. 그러고 나서 마치 훌륭한 어떤 엔진을 생각하는 데 몰두하고 있는 것처럼 모자 챙을 잡고 머리 위에 써서 모자의 무게를 달아보며 아서를 바라보았다.

"정연하게 정리가 잘 되어있고 아주 훌륭해요, 클레넘. 이보다 더 분명할 수는 없겠어요. 더 나을 수도 없겠고요."

"도이스, 당신이 좋다고 하니 기쁘군요. 그런데 당신이 떠나 있는 동안 자본금을 관리하는 문제에 대해, 그리고 그것의 상당 부분을 회사가 이따금씩 필요로 하는 대로 전환시키는 문제에 대해 -" 그의 동업자가 말을 멈추게 했다.

"그 문제는 그리고 그런 종류의 다른 일도 전부 당신이 결정해서 하세요. 그런 일은 전부 다 지금처럼 우리 둘 다를 위해 계속 맡아주세요. 그리고 이전보다 훨씬 가벼워진 내 마음의 짐을 계속해서 덜어주세요."

"하지만 자주 말했던 것처럼," 클레넘이 대답했다. "당신은 당신의 사업상 자질을 터무니없이 경시하고 있어요."

"어쩌면요," 도이스가 미소 지으며 말했다. "그리고 어쩌면 아니고요. 아무튼 내게는 그런 문제보다 내가 좀 더 연구해왔고 좀 더 적합하게 할 수 있는 일이 따로 있어요. 동업자를 완벽하게 신뢰할 뿐 아니라 그가 가장 좋은 방향으로 운영할 거라고 확신해요. 내게 돈 문제나 돈의 액수와 관련해서 편견이 있다면," 도이스가 자신의 장인과 같은 엄지손가락을 동업자 외투의 깃에 올려놓고 자유자재로 모양새를 바꾸면서 말을 이었다. "그것은 투기에 반대한다는 거예요. 다른 편견은 없어요. 그런 편견이 있는 것도 아마 그 문제에 대해 충분히 생각해본 적이 없기 때문이겠죠."

"그걸 편견이라고 하면 안 되죠." 클레넘이 말했다. "도이스, 그건 아주 건전한 양식이에요."

"당신 생각이 그렇다니 기쁘군요." 도이스가 회색 눈으로 부드럽고 쾌활하게 주시하면서 대답했다.

"마침," 클레넘이 말했다. "당신이 내려오기 반 시간도 되기 전에 여기 들른 팽스와 같은 얘기를 하고 있었어요. 안전한 투자에서 벗어나는 것은 종종 악덕행위라는 평판을 받을 만한 바보짓 중에서 가장 흔한 바보짓 중 하나이고 가장 위험한 바보짓 중 하나라는 데 둘 다 의견이 일치했어요."

"팽스하고요?" 도이스가 모자 뒤쪽을 잡고 비스듬하게 벗더니 신뢰하는 태도로 고개를 끄덕이면서 말했다. "예, 그래요, 그렇고말고요! 그야 신중한 사람이지요."

"정말 아주 신중한 사람이에요." 아서가 대답했다. "신중함의 더없는 표본이지요."

대화의 표면을 갖고 판단하자면 도저히 이해할 수 없을 정도로 큰 만족감을, 두 사람 다 팽스 씨가 신중한 성격의 소유자라는 사실에서 끌어내는 듯했다.

"그런데," 대니얼이 시계를 보면서 말했다. "믿음직한 동업자여, 세월은 사람을 기다리지 않는 법이어서 또한 모든 짐을 챙겨 아래층 출입문에서 떠날 채비를 마쳤기에 마지막으로 한 마디만 하겠습니다. 내 부탁을 들어줬으면 합니다."

"어떤 부탁이든 들어드려야죠. 한 가지만 빼고," 클레넘이 재빨리 예외를 말한 것은 동업자의 표정에서 무엇을 말하려는지 곧바로 느꼈기 때문이었다. "당신의 발명품을 포기하라는 것 빼고는 다 들어주겠습니다."

"그게 바로 부탁하려던 내용이에요. 그런 부탁을 하리라는 걸 당신도 알고 있잖아요." 도이스가 말했다.

"그렇다면 안 된다고 하겠습니다. 단호히 말하지요, 안 됩니다. 이미 시작했으니까, 그 사람들에게서 명확한 이유, 책임 있는 진술, 진짜 답변 비슷한 뭔가를 받아낼 겁니다."

"답변을 받아내지 못할 거예요." 도이스가 고개를 가로저으며 대꾸했다. "내 말을 믿어요, 답변을 받아내지 못할 거라니까요."

"최소한 노력은 해봐야죠." 클레넘이 말했다. "노력한다고 내게 해가 되지는 않잖아요."

"그것도 확신할 수 없어요." 도이스가 설득 조로 손을 상대의 어깨에 올리고 대답했다. "친구여, 내게는 해를 입혔거든요. 나이 들게 했고, 피곤하게 했고, 초조하게 했고, 실망시켰다니까요. 인내심이 닳아서 해지게 하고 학대받는다는 생각이 들게 하는 것은 누구에게도 도움이 안 되잖아요. 심지어는 지연시키고 얼버무리는 것에 쓸데없이 끼어든 탓에, 당신이 전보다 조금 덜 활달해졌다는 생각을 벌써부터 하고 있는걸요."

"개인적인 걱정 때문에 잠시 그랬을 수 있어요." 클레넘이 말했다. "그러나 공적으로 괴롭힘을 당했기 때문에 그런 것은 아닙니다. 아직은 아니에요. 아직은 상처 입지 않았어요."

"그렇다면 내 부탁을 들어주지 않겠다는 건가요?"

"확실히 말하죠, 못 들어줍니다." 클레넘이 말했다. "내가 나보다 훨씬 나이 많고 훨씬 민감한 이해관계가 있는 사람이 그렇게 오랫동안 꿋꿋하게 싸웠던 현장에서 바로 쫓겨난다면 나로서는 수치스러운 기분이 들 겁니다."

그의 결심을 바꿀 수 없었기에 대니얼 도이스는 그의 손을 답변 삼아 쥐고는 회계사무실을 마지막으로 둘러본 후 함께 아래층으로 내려갔다. 도이스는 사우샘프턴으로 가서 몇몇 길동무들과 합류할 예정이었다. 필요한 게 가득 차 있는 역마차가 그를 거기까지 데려가려고 출입문에 대기하고 있었다. 직공들이 출입문에 나와서 그를 배웅했고 그를 대단히 사랑스럽게 여겼다. "도이스 씨, 행운을 빌어요!" 한 사람이 말했다. "당신이 어디를 가든 사람들은 제구실하는 사내대장부를 한 명 모셨다는 걸 알게 될 겁니다. 자기의 도구를 다룰 줄 알고 도구가 알아보는 장부, 일을 기꺼이 하고자 하고 할 줄 아는 장부 말입니다. 그런 사람이 장부가 아니라면 장부가 어디 있겠어요!" 전에는 그런 쪽으로 능력이 있다고 생각되지 않았던 사람인데, 뒤쪽에 서 있던 한 사람이 자발적으로 나서서 쉰 목소리로 이처럼 연설을 하자, 사람들이 큰 소리로 만세 삼창을 해서 화답했다. 그리고 연설했던 그 사람은 그 이후 영원히 저명인사가 되었다. 큰 소리로 만세 삼창을 하는 가운데 대니얼이 그들 모두에게 "잘 있어요, 여러분!"이라고 진심 어린 작별인사를 했다. 그리고는 대기의 진동이 역마차를 블리딩 하트 야드에서 날려 보내는 것처럼 역마차가 시야에서 사라졌다.

밥티스트 씨는 책임 있는 자리를 맡게 된 것을 고맙게 생각하는 작은 친구로서 배웅하는 직공들 사이에 서 있었다. 그리고 외국인에 불과했지만 만세를 외치는 데 할 수 있는 한 크게 기여했다. 사실 지상의 누구도 영국인들처럼 만세를 외칠 수는 없었으니, 그들이 진지하게 만세를 외칠 때면 서로서로의 혈기와 원기를 잔뜩 고무해서 그 소동은 색슨 왕국 앨프레드 대왕[5] 시절 이래의 역사 전체가 모든 기旗들을 한꺼번에 흔들면서 돌진하는 것과 같았다. 그런 돌진에 직면해서, 밥티스트 씨가 어떤 의미로는 벌써 현기증을 일으키고 완전히 겁을 집어먹은 상태에서 숨을 돌리고 있을 때, 클레넘이 손짓으로 불러 위층에 와서 장부와 서류를 제자리에 정리하라고 했다.

---

[5] 9세기 웨스트 색슨 왕국의 왕.

출발에 이어지는 소강상태에서 – 모든 인간을 언제나 위협하고 있는 커다란 이별의 전조라고 할 수 있는 이별에 반드시 따라붙는 처음의 공백상태에서 – 아서는 책상에 선 채 어스레한 햇빛을 꿈꾸듯이 보고 있었다. 그러나 자유롭게 된 그는 생각의 앞자리를 차지하고 있던 문제로 관심을 곧 되돌려서, 어머니 집에서 그 남자를 보았던 이상한 날 밤에 그의 마음에 강한 인상을 남겼던 일의 전후를, 이미 백번은 생각해본 것이었지만 다시 곰곰이 생각하기 시작했다. 그 남자가 구부러진 거리에서 자기를 다시 거칠게 떠밀었고, 자기는 그 남자를 다시 뒤쫓다가 행방을 놓쳤으며, 안마당에서 집을 쳐다보고 있는 그 남자와 우연히 다시 마주쳐서 그 남자를 다시 따라갔고, 현관 계단에서 그 남자 옆에 서 있는 것이었다.

"누가 늦은 시간에 이 길을 지나가나요?
마졸렌의 동무여,
누가 늦은 시간에 이 길을 지나가나요?
언제나 쾌활하게!"

아이들이 놀면서 부르는 그 노래, 자신과 그 남자가 나란히 서 있었을 때 그가 콧노래로 불렀던 그 노래를 그가 기억해낸 것이 수많은 날 중 그때가 처음은 아니었다. 그러나 다른 사람이 들을 수 있게 자신이 그 노래를 따라 했다는 사실을 전혀 의식하지 못했기 때문에 그다음 절을 듣고는 깜짝 놀랐다.

"왕의 모든 기사 중 꽃 같은 기사죠,
마졸렌의 동무여!
왕의 모든 기사 중 꽃 같은 기사죠,
언제나 쾌활하게!"

카발레토가 그 가사와 곡조를 공손하게 제시했으니, 그가 다음을 몰라서 갑자기 멈춘 걸로 생각했던 것이다.

"아! 카발레토, 이 노래를 알아?"

"어이쿠, 그럼요, 선생님! 프랑스 사람들은 모두 다 아는 노래예요. 어린아이들이 부르는 것을 수없이 들은걸요. 제가 그 노래를 마지막으로 들었던 것은," 고향을 추억할 때는 보통 고향에서 문장을 작성하는 방식으로 되돌아가는, 전에는 카발레토였던 밥티스트 씨가 말했다. "귀엽고 작은 목소리가 불렀던 때였습니다. 작은 목소리였고, 아주 아름답고, 아주 순수한 목소리였습니다. 알트로!"

"내가 그 노래를 마지막으로 들었던 것은," 아서가 말을 받았다. "아름다고 순수한 목소리와는 정반대되는 목소리가 불렀던 때였어." 이 말은 그의 동료보다는 자기 자신에게 했던 것인데, 자기 자신에게 그 남자가 그다음에 했던 말을 덧붙였다. "개떡같이, 참을성이 없는 것이 내 성격이거든!"

"뭐라고요!" 카발레토가 깜짝 놀라서 그리고 순식간에 안색이 창백해져서 소리쳤다.

"무슨 일인가?"

"선생님! 제가 그 노래를 마지막으로 어디서 들었는지 아십니까?"

그는 고향에서처럼 재빠르게, 두 손으로 오뚝한 매부리코의 윤곽을 그렸고, 두 눈을 서로 몰려 있게 만들었으며, 머리를 부스스하게 했고, 빽빽하게 나 있는 콧수염을 표현하느라 윗입술을 부풀렸다. 그리고 망토의 무거운 끄트머리를 가상으로 어깨 위에 걸쳐놓았다. 이탈리아인 농부를 본 적이 없는 사람이라면 믿기 어려울 정도의 재빠른 동작으로 그렇게 하는 내내 아주 이상하고 음흉한 미소를 표현했다. 그 모든 변화가 섬광처럼 그를 스쳐가는 바로 그 순간에도 그는 창백하고 깜짝 놀란 채로 자기의 보호자 앞에 서 있었다.

"아니 도대체," 클레넘이 물었다. "무슨 뜻인가? 블랑두아란 이름을 가진 사내를 알아?"

"모릅니다!" 밥티스트 씨가 고개를 가로저으며 말했다.

"자네가 그 노래를 들었을 때 곁에 있던 사람을 방금 그린 거잖아, 그렇지 않나?"

"맞습니다!" 밥티스트 씨가 고개를 쉰 번은 끄덕이며 말했다.

"그런데 그 사람 이름이 블랑두아 아니야?"

"아닙니다!" 밥티스트 씨가 말했다. "알트로, 알트로, 알트로, 알트로!" 그는 머리와 오른손 집게손가락을 동시에 움직여서 그 이름을 맹렬히 부인하려고 했다.

"잠깐!" 클레넘이 전단을 책상 위에 펼쳐놓으면서 큰 소리로 외쳤다. "이 사람이 그 사낸가? 큰 소리로 읽어주면 이해할 수 있지?"

"전적으로요. 완전히요."

"하지만 보기도 하게. 이리 와서, 내가 읽는 동안 어깨 너머로 보게."

밥티스트 씨가 가까이 다가와서 낱말 하나하나를 눈으로 민첩하게 좇았고, 최고의 조바심을 내며 그 모두를 보고 들었다. 그러고 나서 마치 어떤 해로운 날벌레를 잔인하게 잡는 것처럼 전단지 바로 위에서 두 손바닥을 세게 마주치고 클레넘을 간절히 바라보면서 소리쳤다. "바로 이 사람이에요! 보세요!"

"자네가 상상할 수 없을 정도로 내게는 아주 중요한 문제야." 클레넘이 아주 흥분해서 말했다. "어디서 이 사람을 알고 지냈는지 말해보게."

밥티스트 씨는 전단지를 아주 천천히 그리고 아주 당황해서 내려놓더니 두세 걸음 뒤로 물러났다. 그러고 나서 양손의 먼지를 터는 것처럼 하다가 아주 마지못해서 대답했다.

"마시글리아 – 마르세유에서입니다."

"뭐하는 사람이었나?"

"죄수였습니다, 그리고 – 알트로! 제 생각에는 그래요! – 아," 밥티스트 씨가 다시 가까이 다가와서 속삭였다. "암살자이고요!"

클레넘은 마치 그 낱말이 자기에게 일격을 가한 것처럼 뒤로 주춤했다. 어머니가 그 사내와 연락을 주고받았다는 사실이 소름끼쳤기 때문이다. 카발레토가 한쪽 무릎을 꿇고 요란한 몸짓을 하며 자기가 어떻게 해서 그처럼 사악한 사람과 같이 있게 되었는지 들어달라고 간청했다.

그는 자신이 자잘한 밀수를 하다 그렇게 되었고, 얼마 안 있어 감옥에서 석방된 후에는, 그런 일을 완전히 그만두었다는 이야기를 조금도 틀림없이 정직하게 말했다. 손 강변의 샬롱이라는 곳의 '새벽'이라고 불리는 여인숙에서 자고 있다가, 전에는 이름이 리고였지만 그때는 라니에라는 이름을 사용하던 바로 그 암살자가 깨워서 일어났다는 이야기, 그 암살자가 운명을 같이 하자고 제안했다는 이야기, 그 암살자가 대단히 두렵고 혐오스러웠기 때문에 이른 아침에 도망쳤다는 이야기, 그 이후 그 암살자를 다시 만나면 자기를 아는 사람이라고 주장할지 모른다는 두려움에 내내 시달렸다는 이야기를 했다. 밥티스트 씨는 특별히 자기의 모국어로 제시한 암살자란 낱말을 강조하면서 침착하게 이야기를 마쳤는데, 그렇다고 해서 클레넘이 그 낱말을 덜 끔찍하게 여기지는 않았다. 이야기를 마친 후 그는 갑자기 벌떡 일어나더니 전단을 다시 움켜쥐고는, 북쪽에서 태어난 사람이 그랬다면 완전히 미쳤다고 했을 정도로 격렬하게 소리쳤다. "바로 이 암살자에요! 이 사람 말이에요!"

카발레토는 격정적으로 외치느라고, 런던에서 최근에 그 암살자를 봤었다는 사실을 처음에는 기억해내지 못했다. 카발레토가 그 사실을 기억해내자 클레넘은 카발레토가 그를 본 것이 그가 자신의 어머니 집을 찾아갔던 밤보다 뒤일지 모른다는 희망을 가졌다. 그러나 카발레토는 시간과 장소에 대해 너무 정확하고 분명해서 그것이 그 일보다 시기적으로 앞서서 일어난 일이라는 사실을 의심할 만한 틈을 남겨놓지 않았다.

"들어봐," 아서가 아주 심각하게 말했다. "이 전단에 나와 있는 대로 이 사내가 완전히 사라졌어."

"그 점은 아주 만족스럽네요!" 카발레토가 경건하게 두 눈을 들어 올리면서 말했다. "정말 감사합니다! 가증스런 암살자 같으니!"

"그렇지 않아," 클레넘이 대답했다. "그에 대한 소식을 더 듣기 전에는 내가 단 한 시간도 편히 지낼 수 없거든."

"그만 말씀하세요, 보호자님. 그렇다면 전혀 다른 문제니까요. 대단히 죄송합니다!"

"그런데, 카발레토," 클레넘이 서로가 서로의 눈을 들여다볼 수 있도록 팔을 잡고 부드럽게 그를 돌려세우며 말했다. "내가 자네를 위해 해줄 수 있었던 얼마 안 되는 일에 대해 자네가 정말 진심으로 고마워하고 있다고 믿네."

"맹세합니다!" 상대가 큰 소리로 말했다.

"알아. 자네가 이 사내를 찾아낸다면 또는 그가 어떻게 되었는지 알아낸다면 또는 그에 대해 어떤 것이든 최근 소식을 입수한다면, 이 세상에서 받을 수 있는 어떤 도움보다도 더 큰 도움을 내게 베푸는 셈이고, 자네가 내게 고마워하는 만큼 나도 자네에게(훨씬 더 큰 이유로) 고마워할 걸세."

"어디를 찾아봐야할지 모르겠어요." 몸집이 작은 남자가 기뻐서 어쩔 줄 몰라 하며 아서의 입을 맞추고 소리쳤다. "어디서부터 시작해야할지도 모르겠고요. 어디로 가야할지도 모르겠네요. 그러나 용기를 내야죠! 그만 말씀하세요! 중요하지 않으니까요! 바로 떠나겠습니다!"

"카발레토, 나 말고 다른 사람에게는 한 마디도 하지 마."

"알-트로!" 카발레토가 소리쳤다. 그러고는 황급히 사라졌다.

***

23 애프리 부인이 자기의 꿈에 대해 조건부로 약속을 하다

혼자 남게 된 클레넘은 밥티스트 씨, 또는 지오바니 밥티스타 카발레토의 의미심장한 표정과 몸짓을 생생히 기억한 채 피곤한 하루를 시작했다. 업무상의 아무 일에나 아니면 꼬리를 물고 일어나는 생각에 관심을 쏟아서 자신의 관심을 조절하려고 했으나 소용이 없었다. 그의 관심이 잊혀지지 않는 주제에 매인 채 정박해 있었고 다른 생각이 떠오르지 않았기 때문이다. 어떤 범죄자가 깊고 맑은 강물 위에 움직이지 않고 가만히 떠 있는 배에 사슬로 묶인 채, 강물이 그 옆에서 아무리 먼 거리를 흘러가더라도 자신이 강에 빠뜨려 죽인 사람의 시체가 소용돌이 때문에 뱃전에 가로로 또는 세로로 놓이면서 끔찍하게 어떨 때는 팽창했다가 또 어떨 때는 수축하는 거 빼고는 강바닥에서 꼼짝하지 않고 변하지도 않는 모습을 언제까지나 지켜보라는 형을 선고받은 것처럼, 아서는 투명한 생각과 상상이 왔다갔다하고 또 다른 생각과 상상이 꼬리에 꼬리를 물고 이어지는 흐름 아래로 전력을 다해 벗어나고 싶지만 도저히 벗어날 수 없는 한 가지 문제가 그 자리에서 흔들리지 않고 한결같이 그리고 음울하게 자리 잡고 있는 것을 지켜보았다.

이제 갖게 된 확신, 진짜 이름이 뭐가 됐든 블랑두아가 세상에서 제일 못된 인물 중 하나라는 확신이 걱정의 짐을 크게 증가시켰다. 그의 실종이 내일 해명된다고 하더라도 어머니가 그런 사내와 연락을 주고받았다는 사실은 변하지 않고 남아있을 것이었다. 그 연락이 은밀하게 이루어졌다는 사실, 어머니가 그의 말에 순종적이었고 그를 두려워했다는 사실을 자기 말고 다른 사람은 모르기를 바랬다. 그러나 이미 알게 되었는데 그 사실과 옛날부터 느끼던 막연한 공포를 어떻게 떼어놓고 생각할 수 있겠는가? 그리고 그런 관계에 사악한 것이 전혀 들어있지 않다고 어떻게 장담할 수 있겠는가?

그 문제에 대해 자기와는 이야기하지 않겠다는 어머니의 결심과 어머니의 꺾이지 않는 성격에 대한 인식이 그의 무력감을 증가시켰다. 어머니와 아버지의 평판이 수치를 겪고 실체가 드러날 때가 임박했다고 믿는 것, 그리고 그들을 도우러 갈 수 있는 가능성이 놋쇠 성벽[1]에 의해 차단되듯이 차단되었다는 것은 희망을 억압하는 것과

---

[1] 구약 예레미아서 15장 20절 참조. '놋쇠 성벽'은 뛰어넘을 수 없는 장벽을 의미.

마찬가지였다. 자신이 고국의 집으로 갖고 와서 그 이후 쭉 염두에 두고 있던 목적이, 한시가 급하다는 두려움을 어느 때보다도 느끼고 있는 때에, 당사자인 어머니에 의해 대단히 과감하게 좌절된 것이었다. 자기의 충고, 기력, 활력, 재산, 명예, 그게 뭐든 자신이 지니고 있는 모든 수단이 모두 다 쓸모없어졌다. 그녀가 옛날의 전설적인 영향력이 있어서 쳐다보는 사람들을 돌로 바꿔놓는다[2]고 해도, 어둑어둑한 방에서 완고한 얼굴을 돌려 그를 바라보았을 때만큼 그를 완전히 무기력하게 만들 수는 없었을 것이다(고민에 싸여 있는 그에게는 그렇게 여겨졌다).

그러나 오늘 알게 된 사실의 빛을 이런 생각들에 비춰보고는 좀 더 단호한 행동을 취해야겠다고 분발했다. 자기 목적의 정직성을 확신하고 박두한 위험성이 조여오고 있다는 의식에 휘몰린 그는 어머니가 여전히 접근을 허용하지 않으면 애프리에게라도 필사적으로 간청해야겠다고 작정했다. 애프리가 이야기를 털어놓게 만들고, 집을 감싸고 있는 비밀의 주술을 깨뜨리기 위해 애프리가 할 수 있는 일을 하게 만들 수 있다면, 매시간 머리를 스쳐가면서 점점 더 통절히 느끼고 있는 마비를 털어낼 수 있을지 모른다. 이것이 그가 종일토록 걱정한 것의 결론이었고, 해가 저물었을 때 실행에 옮긴 결심이었다.

---

2 자기를 쳐다보는 사람을 돌로 바꿔놓았다고 하는 고르곤을 의미.

집에 도착해서 그가 첫 번째로 겪은 실망은 문이 열려 있고 플린트윈치 씨가 계단에서 담배 피우고 있는 모습을 발견했다는 거였다. 사정이 보통 때처럼 좋았다면 애프리 부인이 그의 노크소리에 맞춰서 문을 열었을 것이다. 사정이 보통 때와는 달리 좋지 않았기 때문에 문이 열려 있었고 플린트윈치 씨가 계단에서 담배를 피우고 있었던 것이다.

"안녕." 아서가 말했다.

"안녕하세요." 플린트윈치 씨가 말했다.

담배연기가 플린트윈치 씨의 입에서 뒤틀린 채로 빠져나오는데, 마치 뒤틀린 굴뚝에서 나오는 연기, 뒤틀린 강에서 피어오르는 안개와 뒤섞이려고 그 자신의 뒤틀린 몸 전체를 순환했다가 뒤틀린 목구멍으로 나오는 것 같았다.

"새로운 소식 있소?" 아서가 물었다.

"없습니다." 제러마이어가 말했다.

"그 외국인에 대한 소식을 묻는 거야." 아서가 설명했다.

"그 외국인에 대한 소식을 말하는 겁니다." 제러마이어가 말했다.

그가 크러뱃 매듭을 귀 밑에서 묶은 채 비스듬히 서 있는 모습이 워낙 험악하게 보여서 클레넘의 마음을 스쳐가는 생각이 있었는데, 수많은 날 중 그때 처음 든 생각은 아니었다. 플린트윈치가 자기 나름의 목적 때문에 블랑두아를 해치운 거 아니야? 문제가 되는 것이 그의 비밀, 그의 안전이었을까? 이 사람은 몸집이 작고 등이 굽었어. 그리고 아마 활동적이지도 힘이 세지도 않을 거야. 그러나 오래된 주목처럼 단단하고 늙은 갈가마귀처럼 교활하지. 이 사람이라면, 상대가 훨씬 젊고 훨씬 강건한 녀석이더라도, 그 녀석을 끝장내려는 마음이 있고 그 마음이 누그러지지 않았다면, 그 녀석의 뒤로 가서 늦은 시간에 인적 없는 외딴 곳에서 아주 틀림없이 그렇게 할 수 있었을 거야.

늘 클레넘의 마음을 떠나지 않고 있는 주된 생각 위로 이런 병적인 생각들이 부유하는 동안, 플린트윈치 씨는 목을 돌리고 한쪽 눈을 감은 채 출입구 맞은편의 집을 바라보면서 심술궂은 표정으로 담배를 피우고 있었다. 그는 담배를 즐긴다기보다 담뱃대를 물어뜯으려고 하는 것 같았지만 담배를 자기 나름의 방법으로 즐기는 중이었다.

"아서 도련님, 다음에 찾아오실 때면 제 초상이라도 그릴 수 있겠는데요." 담뱃재를 두드려 털어내느라고 허리를 구부리며 플린트윈치 씨가 냉담하게 말했다.

아서가 약간 정신을 차리고 당황하면서 예의에 어긋나게 빤히 쳐다보았다면 용서를 빈다고 사과했다. "그러나 그 문제를 너무 많이 생각하느라고," 아서가 말했다. "정신이 없어."

"하아! 하지만 **도련님이** 왜 그 문제를 걱정하는지 모르겠어요." 플린트윈치 씨가 아주 느긋하게 대답했다.

"모르겠다고?"

"예." 플린트윈치 씨는 갯과에 속하는 짐승이어서 아서의 손을 덥석 물려는 것처럼 아주 짧고 단호하게 말했다.

“주위에서 이런 현수막들을 본다는 게 내게 아무 일도 아니라는 거야? 어머니 이름과 주소가 현수막과 관련해서 여기저기 알려지는 것을 보는 게 내게 아무 일도 아니라는 거야?”

“모르겠어요,” 플린트윈치 씨가 딱딱하고 거친 뺨을 문지르며 대꾸했다. “그것이 도련님께 대단한 의미를 지닐 필요가 있는 건지 모르겠다고요. 하지만 제가 본 것을 말씀드리죠, 아서 도련님.” 창문을 흘긋 올려다보았다. “난롯불과 촛불에서 나오는 빛이 도련님 어머님 방에서 보이는군요!”

“그것이 그 문제와 무슨 관계야?”

“글쎄요, 그 불빛에 의지해서 읽었던 바는,” 플린트윈치 씨가 얼굴을 찌푸리며 말했다. “잠자는 개를 (속담에 나오는 대로) 내버려두는 게 현명하다면 잃어버린 개도 내버려두는 게 현명할 거라는 내용이었습니다. 내버려두세요. 잃어버린 개들은 일반적으로 곧 나타나니까요.”

플린트윈치 씨는 그 말을 하고 나서 몸을 홱 돌리더니 어두운 현관으로 들어갔다. 클레넘은 그가 성냥을 꺼내려고 옆쪽의 작은 방에 놓인 인燐이 들어있는 상자에 서너 차례 손을 담갔다가 하나를 집어 들고 벽에 걸려 있는 흐릿한 등잔불을 밝히는 동안 그를 두 눈으로 지켜보면서 그 자리에 서 있었다. 그동안 내내 클레넘은 플린트윈치 씨가 그 흉악한 짓을 벌였을 법한 방법과 수단, 그리고 그들 주위에 펼쳐져 있는 어둡고 그늘진 길을 통해 그 흔적을 치웠을 법한 가능성을–마치 자신이 마술을 써서 그 가능성을 불러내는 것이 아니라 그 가능성이 보이지 않는 손길에 의해 자신에게 제시되고 있는 것처럼 – 짚어보았다.

"자, 도련님," 제러마이어가 짜증을 내며 말했다. "위층으로 올라가시겠습니까?"

"어머니 혼자 계실 것 같은데?"

"아닙니다." 플린트윈치 씨가 말했다. "캐스비 씨와 그의 딸이 같이 있습니다. 제가 담배를 피우고 있을 때 왔고, 저는 담배를 마저 피우느라고 뒤에 처졌던 겁니다."

그것은 그에게 두 번째 실망을 안겨주었다. 아서는 아무 말도 않고, 캐스비 씨와 플로라가 차와 멸치어묵과 버터 바른 뜨거운 토스트를 먹고 있는 어머니 방으로 갔다. 그러한 진미의 흔적들이 식탁에서나 애프리의 그을린 얼굴에서나 아직 치워지지 않은 채로 있었다. 부엌에서 빵 구울 때 쓰는 기다란 포크를 여전히 손에 들고 있는 애프리는 일종의 우의적인 인물처럼[3] 보였다. 의미심장한 상징적 목적이라는 면에서 일반적인 부류의 그런 인물들에 비해 상당한 이점을 지니고 있다는 점을 제외하면 말이다.

플로라는 보닛과 숄을 침대에 펼쳐놓아서 어느 정도 머물겠다는 의도를 조심스레 드러내고 있었다. 캐스비 씨 역시 벽난로 옆 시렁 근처에서 밝은 미소를 짓고 있었는데, 토스트의 따뜻한 버터가 가부

---

3 투구를 쓰고 방패와 삼지창을 들고 있는 브리타니아 상(像)을 지칭하는 듯.

장적인 두개골을 통해 배어나오는 것처럼 자비로운 머리가 반짝였고, 멸치어묵에 들어있는 얼굴을 붉게 만드는 물질이 가부장적인 얼굴을 덮고 있는 것처럼 불그스레한 안색이었다. 통상적인 인사를 주고받으면서 이런 사실을 알아본 클레넘은 어머니에게 지체 없이 이야기를 하기로 결심했다.

어머니가 방을 옮기지는 않았기 때문에 그녀에게 따로 말할 거리가 있는 사람은 그녀가 탄 휠체어를 그녀의 책상이 있는 데까지 밀고 가는 것이 오랫동안 관례였다. 어머니는 보통 휠체어의 뒤쪽을 방에 있는 다른 사람들 쪽으로 돌리고 앉았고, 그녀와 이야기를 나누는 사람은 그 목적을 위해 늘 그 자리에 놓아두는 귀퉁이에 있는 스툴[4]에 앉았다. 모자가 제3자의 개입 없이 이야기를 나눈 지 한참 되었다는 것 말고는, 클레넘 부인에게 방해해서 죄송하다는 사과의 말과 함께 사업상의 문제에 대해 이야기를 나눌 수 있겠는지 물어보고, 그녀가 긍정적으로 답하면 앞서 말한 자리로 휠체어를 밀고 가는 것은 손님들의 경험상 보통 있는 일이었다.

따라서 아서가 그런 사과와 그런 요청을 하면서 어머니를 책상이 있는 데까지 밀고 간 후 스툴에 걸터앉자, 핀칭 부인은 자기가 아무 얘기도 엿듣지 못한다는 사실을 교묘하게 암시할 겸해서 더 크고 더 빠르게 이야기를 늘어놓기 시작했다. 그리고 캐스비 씨는 졸리는

---

[4] 스툴은 등받이와 팔걸이가 없는 의자임.

듯 차분하게 긴 백발을 쓰다듬었다.

“어머니, 어머니가 모를 거라고 확신하지만 꼭 알아야 할 것 같은 이야기를, 여기서 봤던 남자의 이력에 대한 이야기를 오늘 들었습니다.”

“아서, 네가 여기서 봤던 남자의 이력에 대해 나는 아무것도 몰라.”

그녀가 큰 소리로 말했다. 아서가 목소리를 낮췄지만 그녀는 다른 것을 모두 거부했듯이 그가 비밀을 이야기하는 쪽으로 그렇게 다가오는 것을 거부하고 평상시의 어조와 평상시의 단호한 목소리로 말을 했다.

“간접적인 정보에 의거하여 들은 게 아니에요. 직접 들었어요.”

그녀가 전과 정확히 똑같은 질문을 했다. 그게 뭔지 말해주러 온 거니?

“어머니가 당연히 알아야 한다고 생각했거든요.”

“그래서 그게 뭐니?”

“그는 프랑스 감옥에 갇혀 있던 죄수였답니다.”

그녀가 침착하게 대답했다. “그럴 가능성이 많겠다는 생각이 드는구나.”

“그런데 범죄자용 감옥에 있었답니다, 어머니. 살인죄로요.”

그녀는 그 낱말을 듣고 움찔했고 표정은 공포감을 당연히 드러냈다. 그렇지만 여전히 큰 소리로 질문을 했다.

“누가 네게 그런 얘기를 해줬니?”

"그와 감옥에 같이 있던 사람이요."

"그 사람의 이력도 그가 털어놓기 전에는 몰랐을 것 같은데?"

"맞아요."

"그 사람도 죄수였는데 말이지?"

"그래요."

"그 다른 사람과 관련해서 나와 플린트윈치의 입장은! 하지만 그 유사성이란 것은 네게 정보를 제공한 사람이 돈을 맡겨놓았던 거래처에서 네가 편지를 받고 그 사람을 알게 되었을 정도로 그렇게 딱 들어맞을 것 같지는 않은걸? 유사성의 그런 부분은 어떠니?"

아서는 자기에게 정보를 제공한 사람이 그런 증명서의 중개를 통해, 아니 사실은 어떤 증명서든 증명서를 통해 자기와 알게 된 것이 아니라는 사실을 말할 수밖에 없었다. 신경을 써서 듣느라 찡그리고 있던 클레넘 부인의 얼굴이 점차 펴지더니 승리했다는 표정을 가차 없이 지었고 힘주어 쏘아붙였다. "그렇다면 남을 판단할 때 조심해야 한다. 아서, 너를 위해 말하는데 남을 판단할 때는 조심해!"

그녀의 강조는 그녀가 이야기에 힘을 줘서 하는 것만큼이나 그녀의 눈빛으로부터도 나오는 것이었다. 그녀는 그를 계속 바라보았다. 그리고 그가 집에 들어올 때 그녀를 설득할 수 있겠다는 희망이 잠재적으로 조금이라도 있었다면 이제는 그런 희망마저 없어지도록 그를 바라보았다.

"어머니, 제가 도움이 될 일이 없는 건가요?"

"없다."

"어머니는 제게 어떤 비밀도, 어떤 비난도, 어떤 설명도 주지 않을 건가요? 저와는 상의하지 않을 건가요? 제가 옆에 오지 못하도록 하실 건가요?"

"어떻게 그런 질문을 할 수 있니? 네가 내 일에서 스스로 갈라서 놓고 말이야. 내가 아니라 네가 한 일이잖니. 어떻게 그런 질문을 계속 할 수 있어? 너도 알다시피 네가 날 플린트윈치에게 맡겼고, 그가 네 자리를 차지하고 있는 건데."

제러마이어를 곁눈질로 보다가, 클레넘은 그가 턱을 문지르며 벽에 기대서 플로라의 얘기를 듣는 체하고 있지만 사실은 자신과 어머니의 얘기에 귀 기울이고 있다는 사실을 그의 바로 그 각반을 보고 깨달았다. 플로라는 고등어와 그네를 타고 있는 에프 씨의 숙모가 풍뎅이나 주류업과 뒤얽히는 혼란스런 주제에 대해 정신 사납게 장광설을 늘어놓고 있었다.

"살인죄로 프랑스 감옥에 갇혔던 죄수라고 했지." 클레넘 부인이 아들이 했던 이야기를 착실하게 검토하면서 되풀이했다. "그것이 그와 감옥에 함께 있던 죄수에게 들어서 알고 있는 전부니?"

"실질적으로는 그래요."

"그리고 그 동료 죄수 역시 그와 한패이고 살인자니? 그러나 당연히 자기 친구보다 스스로에 대해 좋게 설명했을 테니, 물어볼 필요도 없겠지. 그런 얘기를 들으니 여기 있는 다른 사람들과 이야기할 거리가 새로 생기는구나. 캐스비, 아서가 말하길 – "

"잠깐만, 어머니! 잠깐, 잠깐만요!" 아서는 그녀의 말을 급히 가로막았다. 그녀가 자기가 해준 말을 다른 사람들에게 숨김없이 알리리라고는 상상도 못했던 것이다.

"또 무슨 일이니?" 그녀가 불쾌하게 여기며 말했다. "무슨 얘길 더하려고?"

"용서를 빕니다, 캐스비 씨 - 그리고 당신의 용서도요, 핀칭 부인 - 어머니와 잠깐만 더 - "

그가 휠체어를 잡고 있지 않았다면 그녀가 발로 바닥을 밀어서 휠체어를 빙 돌려놓았을 것이다. 그들은 여전히 얼굴을 마주 하고 있었다. 카발레토가 털어놓은 이야기가 악명 높은 이야기가 될 수도 있다는 생각이 들어서, 자신이 의도하지 않았고 예측할 수 없었던 어떤 결과가 생길 가능성을 훑어보다가 그 얘기는 하지 않는 게 나았겠다는 결론에 황급히 도달했을 때도, 그녀는 그를 바라보고 있었다. 그러나 어머니가 그 이야기를 당연히 그녀 자신과 그녀의 동업자만 알게 하리라고 생각했다는 거 말고 그에게 다른 뚜렷한 까닭은 없었던 건지도 모른다.

"또 무슨 말이니?" 그녀가 조바심을 내며 다시 물었다. "무슨 얘기야?"

"어머니, 제가 전한 이야기를 다른 사람에게 옮기라는 뜻으로 말씀드린 게 아닙니다. 제 생각에는 옮기지 않는 편이 나을 것 같습니다."

"그걸 조건으로 제시하는 거니?"

"이거 참! 그렇습니다."

"그렇다면, 그렇게 하지! 그 얘기를 비밀로 한 사람은 바로 너야."
그녀가 손을 들어 올리며 말했다. "내가 아니고. 이 집에 의혹과 의심과 설명해달라는 간청을 가져온 것도 아서 너고, 이 집에 비밀을 가져온 것도 아서 너란 말이야. 그 사내가 전에 어디에 있었든, 또는 어떤 사람이었든 내게 어떤 의미가 있을 거 같니? 그런 것이 내게 어떤 의미를 띨 수 있을까? 온 세상 사람들이 알고자 한다면 알 수 있겠지만 내게는 아무것도 아니야. 자, 돌아가야겠다."

그는 어머니의 고압적이지만 의기양양한 시선에 굴복했고, 휠체어를 처음 끌고 왔던 자리에 다시 갖다놓았다. 그렇게 하면서 그는 플린트윈치 씨의 얼굴에서 의기양양한 표정을 보았는데, 플로라의 얘기를 듣고 고무되어서 그런 것이 아니라는 점은 아주 분명했다. 어머니에 대한 자신의 노력이 쓸데없는 짓이라는 사실을 클레넘이 확신하게 된 데에는 어머니의 변함없이 확고부동한 태도 이상으로 자신이 알게 된 정보나 온갖 노력과 계획이 이처럼 자기 자신에게 역으로 겨누어진 탓이 컸다. 옛 친구 애프리에게 간청하는 외에 다른 방법이 없었다.

그러나 그런 간청을 하는 아주 불확실하고 예비적인 단계에 도달하는 것조차 인간의 일 중 가장 가능성이 없는 일인 것 같았다. 애프리는 그들 두 영리한 사람에게 완벽하게 속박되어 있었고, 둘 중 한 명이 볼 수 있는 곳에 있도록 아주 조직적으로 붙들려 있었다. 그뿐만 아니라 집안을 돌아다니는 것도 워낙 두려워했기 때문에 그녀와 단둘이 이야기할 수 있는 기회는 모두 다 사전에 차단된 것 같았다. 게다가 애프리 부인은 모종의 방법을 통해(추측하기 그다지 어렵진 않았으니 그녀 주인님의 빈틈없는 주장을 통해) 어떤 경우에도 어떤 이야기든 하는 것이 위험하다는 사실을 아주 뚜렷하게 확신하고 있어서 자신의 상징적 도구를 가지고 타인들의 접근을 차단하며 그동안 내내 한쪽 귀퉁이에 머물러 있었다. 그래서 플로라가, 심지어는 암녹색 옷을 입고 있는 가부장이 그녀에게 직접 한두 마디 걸어왔을 때도, 그녀는 벙어리인 것처럼 빵 구울 때 쓰는 기다란 포크를 가지고 대화를 막아냈다.

애프리가 식탁을 치우고 찻그릇을 씻는 동안 자기를 보게 하려고 몇 차례 시도했지만 수포로 돌아간 다음에 아서는 플로라라면 고안해냈을 수도 있는 방책이 생각났다. 그래서 플로라에게 속삭였다.

"집을 구경하고 싶다고 말하겠소?"

그러자, 불쌍한 플로라는 클레넘이 어린 시절로 돌아가서 자기를 다시 열광적으로 사랑하게 될 순간이 오리라는 기대를 흔들리면서도 늘 갖고 있었기 때문에, 속삭이는 그 소리를, 속삭였다는 그 이상야릇한 특성 때문에 소중한 것으로, 그리고 그가 사랑한다고 다정하게 공표할 순간을 예비하는 것으로 최고로 기쁘게 받아들이고, 귀띔받은 대로 곧 움직이기 시작했다.

"아 저런 초라하고 낡은 방은," 플로라가 주위를 둘러보며 말했다. "언제나 똑같군요 클레넘 부인 보고 감동 받았어요 좀 더 그을었다는 거 빼고는 말이죠 시간이 흘렀으니 그거야 예상해야죠 우리 모두 그건 예상하고 좋든 싫든 감수해야죠 제가 정확히 더 그을린

게 아니라 내내 같거나 더 나쁜 건데 무서울 정도로 더 살찐 것이라도 감수해야 한다고 여기는 것처럼 말이에요, 아빠가 절 여기에 데려오던 시절을 생각하면 아주 작은 여자아이는 발을 가로장에 걸친 채 의자에 달라붙어서 아서를 – 용서하세요 – 클레넘 씨를 – 아주 무시무시한 주름장식이 달린 옷과 재킷을 입고 있는 아주 작은 사내아이를 빤히 쳐다보는 완벽한 동상凍傷 덩어리였죠 에프 씨가 아직 나타나기 전에 말이에요 비(B)자로 시작하는 독일 어떤 지역의 유명한 요괴[5]처럼 지평선에서 주시하고 있는 어렴풋한 그림자는 인생의 모든 길이 사람들이 석탄을 채취하느라 쇠로 만든 도구 등등을 석탄재로 덮어버리는 잉글랜드 북부에 나 있는 길과 유사하다는 사실을 가르치는 도덕적 교훈이에요!"

플로라는 인생의 불안정성에 대해 한숨이라는 공물을 바친 후에 목적이 있기 때문에 서둘러 말을 이었다.

"언제라도," 그녀가 말을 계속했다. "인생 최대의 원수가 이 집이 쾌활한 집이라고 말할 수 없었던 것은 이 집이 그런 적이 없었고 언제나 대단히 엄숙했기 때문이에요, 실없는 기억이 아서가 – 굳어버린 습관입니다 – 클레넘 씨가 – 곰팡내로 유명한 사용하지 않던

---

[5] 산봉우리 같은 데에서 태양을 등지고 앞쪽에 운무가 끼어있을 때, 빛의 회절에 의해 앞쪽의 운무 속에 자신의 그림자가 보이는 동시에 그 그림자를 광채를 띤 원이 두르게 되는 광학적 현상을 '브로켄의 요괴' 또는 '브로켄 현상'이라고 한다. '브로켄의 요괴'라는 명칭은 이 현상이 브로켄 산에서 자주 나타난다고 하여 붙여졌는데, 브로켄 산은 독일 작센 지방에 위치한 하르쯔 산맥의 최고봉이다.

부엌으로 절 데려가서 평생 거기에 숨겨두고 휴일을 맞아 집에 있을 때는 식사 때 자기가 숨길 수 있는 음식으로 그리고 그 행복한 시절에 너무 자주 일어났던 치욕스런 순간에는 마른 빵으로 절 먹이겠다고 제안했던 때를 판단력이 아직 성숙하기 전인 젊었던 시절의 한때를 회상합니다, 그 현장을 상기할 겸해서 집안을 구경하고 다닐 수 있게 허락해달라고 청하면 불편하거나 너무 지나친 부탁일까요?"

클레넘 부인은 어쨌든 집에까지 찾아온 핀칭 부인의 고운 마음씨에 대해 부자연스러운 호의를 보이다가 – 그러나 (아서가 뜻밖에 찾아오기 전까지) 핀칭 부인의 방문은 순전히 고운 마음씨에서 나온 행동이지 자기만족을 위한 행동이 아니라는 점은 의심할 여지가 없었다 – 집안 전체가 그녀에게 개방되어 있다고 알려주었다. 플로라가 일어나더니 동행하자는 뜻으로 아서를 바라보았다. "알았소," 아서가 큰 소리로 말했다. "그리고 아마 애프리가 촛불을 밝혀줄 거요."

애프리가 "아서 도련님, 제게 아무 부탁도 마세요!"라고 용서를 구하는데, 플린트윈치 씨가 "왜 하지 마? 애프리, 무슨 일이야, 여보? 왜 하지 말라는 거야, 닳아빠져서!"라는 말로 그녀의 입을 막았다. 그렇게 훈계를 받자 그녀는 마지못해 귀퉁이에서 나왔고, 빵 구울 때 쓰는 기다란 포크를 남편 손에 쥐어주고 남편이 다른 손으로 내밀어준 촛대를 잡았다.

"이 바보야, 네가 앞서 가야지!" 제러마이어가 말했다. "올라가시

플로라의 집 구경

겠습니까, 아니면 내려가시겠습니까, 핀칭 부인?"

플로라가 대답했다. "내려가겠어요."

"그럼 앞장서서 내려가, 애프리." 제러마이어가 말했다. "제대로 해, 그러지 않으면 난간을 굴러 내려가서 네게 넘어질 거야!"

애프리가 탐험대의 선두에 섰고 제러마이어가 맨 뒤에 섰다. 그들을 떠날 의사가 없었던 것이다. 클레넘은 뒤를 돌아보고 그가 세 계단 뒤에서 따라오고 있다는 사실을 아주 차분하고 꼼꼼하게 확인한 다음에 작은 소리로 말했다. "그를 떼어낸다는 게 불가능한가!" 플로라가 그를 안심시키기 위해 즉각적으로 다음과 같이 대답했다. "글쎄요 딱 적합한 것은 아니지만 아서 그리고 더 어린 남자나 낯선 사람 앞에서는 생각할 수도 없는 일이지만 그래도 당신이 그토록 특별히 원한다면 그리고 친절하게도 날 너무 꼭 껴안고 데려가지 않는다면 그에 대해서는 개의치 않아요."

그것이 자신이 뜻하는 바가 전혀 아니라는 사실을 설명할 용기가 없어서 아서는 플로라를 부축하던 팔을 뻗어서 그녀를 껴안았다. "오오 어머나," 그녀가 말했다. "당신은 실제로 말을 정말 잘 듣는군요 그리고 그것이 당신의 아주 훌륭하고 신사다운 모습이라는 것은 확실하죠 그렇지만 이보다 좀 더 꼭 껴안더라도 너무 마음대로 한다고 여기진 않을게요."

클레넘은 불안한 그의 마음과는 말로 할 수 없을 정도로 모순되는 터무니없는 그런 자세로 지하층까지 내려갔다. 그리고 다른 곳보다 어두운 곳이 있으면 어디서나 플로라가 한층 더 무겁게 기대왔고 아무리 밝은 곳이라도 마찬가지라는 사실을 깨달았다. 애프리 부인은 이루 말할 수 없이 음울하고 음침한 부엌이 있는 쪽에서 방향을 돌려 아버지가 예전에 쓰던 방으로, 그다음에는 예전에 쓰던 식당으로 촛불을 들고 갔다. 절대 앞지를 수 없는 유령같이 언제나 앞서서 걸어갔으며, 클레넘이 "애프리! 이야기 좀 해!"라고 속삭여도 고개를 돌리거나 대답하지 않았다.

일행이 식당에 갔을 때 플로라는 어린 시절의 아서를 자주 삼키곤 했던 용 무늬 벽장을 들여다보고 싶다는 감상적인 욕망에 휩싸였다 – 대단히 어두운 벽장이어서 들어가면 아마도 찰싹 달라붙을 수 있을 것 같은 장소였기 때문일 것이다. 아서가 완전히 절망에 잠겨서 벽장을 열었을 때 바깥문을 노크하는 소리가 들렸다.

애프리 부인이 비명을 억누르며 앞치마를 머리 위에 뒤집어썼다.

"뭐야? 약을 또 먹어야겠군!" 플린트윈치 씨가 말했다. "약을 먹어야겠어, 여보, 잔뜩 말이야! 아! 당신은 술 한 잔 해야겠군, 끈덕지게 괴롭히는 놈으로 말이야!"

"그동안 문에 나가볼 사람?" 아서가 물었다.

"그동안 **제가** 갈 겁니다." 노인은 여러 가지 어려움에도 불구하고 자기가 가야 한다고 느꼈지만 가고 싶지 않다는 뜻을 명확히 전달할 정도로 예의없이 대답했다. "그동안 여기에 계세요, 모두들! 애프리, 여보, 조금이라도 움직이거나 어리석은 말을 한 마디라도 해봐, 약을 세 배로 먹게 하겠어!"

그가 가자마자 아서는 핀칭 부인을 껴안았던 팔을 풀었다. 부인이 그의 목적을 오해하고 느슨하게 하는 대신 꼭 조일 목적으로 채비했기 때문에 약간의 어려움을 겪고서 풀었다.

"애프리, 지금 말해!"

"절 건드리지 마세요, 아서 도련님!" 그녀가 뒷걸음질 치며 애원했다. "가까이 오지 마세요. 그가 도련님을 볼 거예요. 제러마이어가 본다고요. 오지 마세요!"

"촛불을 불어서 끄면 볼 수 없을 거야." 아서가 자신의 말대로 행동하면서 대답했다.

"도련님 말소리를 들을 거예요!" 애프리가 애원했다.

"자네를 이 어두운 벽장 안에 넣고 여기서 이야기하면 들을 수 없을 거야." 아서가 자신의 말대로 다시 행동하면서 대답했다. "얼굴은 왜 감추는 거지?"

"뭔가를 볼까 봐 두려우니까요."

"이렇게 어두운데 뭐든 볼까 봐 두려워할 필요가 없잖아, 애프리."

"아니에요, 두려워요. 밝을 때보다 훨씬 더요."

"왜 두려운 거야?"

"이 집에는 수수께끼와 비밀이 가득하니까요. 속삭이는 소리와 의논하는 소리가 가득하니까요. 그리고 여러 가지 소리들로 가득하니까요. 이 집처럼 여러 가지 소리가 들리는 집은 없어요. 저는 소리 때문에 죽을 거예요, 제러마이어가 먼저 목 졸라 죽이지 않는다면요. 절 목 졸라 죽일 거라고 예상하거든요."

"어떤 소리든 이 집에서 이렇다 할 만한 소리를 들은 적이 없는 걸."

"아! 하지만 도련님이 이 집에 살면서 저처럼 집안을 돌아다녀야 한다면 들으실 거예요." 애프리가 말했다. "그리고 그것들에 대해 이야기할 가치가 있는데도 이야기하는 것이 허용되지 않아서 스스로 폭발하기 직전이라고 느끼게 될 거예요. 제러마이어가 여길 봐요! 도련님은 절 죽게 만드실 거예요."

"애프리, 진지하게 알려주는데 열려 있는 문에서 나오는 빛이 현관 바닥에 비치니까 내가 그 빛을 볼 수 있어. 자네도 앞치마를 벗고 본다면 볼 수 있을 거야."

"저는 그럴 용기가 없어요." 애프리가 말했다. "절대 없어요, 아서 도련님. 제러마이어가 보지 않을 때는 늘 눈을 가리고 있거든요, 심지어는 그가 볼 때에도 가끔은 눈을 가리고 있고요."

"그가 문을 닫는데 내가 못 볼 순 없어." 아서가 말했다. "나와 있으면 그가 50마일 떨어진 곳에 있는 것처럼 안전할 거야."

("그가 떨어져 있으면 좋겠어요!" 애프리가 흐느꼈다.)

"애프리, 이 집에서 뭐가 잘못되었는지 알고 싶어. 이 집의 비밀을 밝히는 데 도움을 받아야겠어."

"있잖아요, 도련님," 그녀가 말을 가로막았다. "여러 가지 소리가 비밀이에요. 바스락거리는 소리에 몰래 돌아다니는 소리, 집이 흔들리는 소리, 머리 위에서 나는 발소리에 발밑에서 나는 발소리 말이에요."

"그러나 그 소리들이 비밀의 전부는 아니잖아."

"모르겠어요." 애프리가 말했다. "더 이상 묻지 마세요. 도련님의 옛날 애인이 가까이에 있고 그녀는 입이 가벼운 수다쟁이잖아요."

안절부절못하면서 실질적으로 45도 되는 각도로 그에게 기대 있을 정도로 사실 아주 가까이에 있던 그의 옛날 애인이 그때 끼어들어서 애프리 부인에게 직접적으로 단언하기보다는 진지한 태도로 확신시켜주었다. 무슨 이야기를 듣든지 멀리 퍼지지 않도록 신성하게 간직하겠어. "아서를 – 너무 허물없이 끼어든다는 느낌이 드는군 도이스와 클레넘을 위해서라면."

"애프리, 간절히 부탁할게. 어머니를 위해, 자네 남편을 위해, 나를 위해, 우리 모두를 위해, 어린 시절의 기억 중에서 유쾌하게 기억하는 얼마 안 되는 사람 중 한 명인 자네에게 부탁하는 거야. 그 사내가 여기에 찾아온 것과 관련해서 말해주고자 한다면 뭔가를 말해줄 수 있잖아."

"글쎄요, 그러면 말씀드릴게요, 아서 도련님," 애프리가 대답했다 – "제러마이어가 와요!"

"아니야, 정말 아니야. 문이 열려 있어, 그리고 그는 이야기를 하면서 밖에 서 있고."

"그렇다면 말할게요." 애프리가 귀를 기울였다가 말했다. "처음 찾아왔을 때 그 사람도 그 소리를 들었어요. '저 소리가 뭐지?' 제게 물었거든요. '무슨 소린지 모르겠어요,' 그를 붙잡고 말했지요. '그렇지만 저 소리를 몇 번이고 들었어요.' 제가 그 말을 하는 동안 그는 와들와들 떨며 저를 보고 서 있었어요, 그가 그랬어요."

"그 사내가 전에도 여기 자주 왔었어?"

"그날 밤 처음이자 마지막으로 왔던 거예요."

"그날 밤 내가 떠나고 나서 그에 대해 알게 된 거 있어?"

"그들 두 영리한 사람이 그를 완전히 차지했어요. 도련님을 바깥에 모셔다드리고 나니까 제러마이어가 옆으로 춤추듯이 다가왔어요(절 해치려 할 때는 언제나 옆으로 춤추듯이 다가오거든요), 그러고는 말했어요. '자, 애프리,' 그가 말했어요. '이봐, 뒤에서 널 덮쳐서 위층으로 뛰어올라가게 할 거야.' 정말로 제 목 뒤를 잡고 제가 입을 벌릴 때까지 손으로 꽉 쥐었다가 자기보다 앞장세워서 침대로 떠밀었어요, 그동안 내내 손으로 꽉 쥐고 있었고요. 그게 소위 절 위층으로 뛰어올라가게 한다는 건데, 그렇게 했어요. 아, 그는 사악한 사람이에요!"

"애프리, 그 밖에 듣거나 본 거 없어?"

"제가 침대에 보내졌다는 얘길 안 했나요, 아서 도련님! 그가 와요!"

"확실히 말하는데 아직 문간에 있어. 애프리, 자네가 말했던 속삭이는 소리와 의논하는 소리 말인데, 그게 뭐야?"

"제가 어떻게 알아요! 아무것도 묻지 마세요, 아서 도련님. 저리 가세요!"

"그러나 애프리, 자네 남편과 내 어머니 모르게 숨겨져 있는 비밀을 내가 알아내지 못하면 파멸이 닥칠 거야."

"아무것도 묻지 마세요." 애프리가 되풀이했다. "저는 아주 오랫동안 영원히 꿈을 꾸고 있으니까요. 저리 가세요, 저리요!"

"전에도 그 말을 했어." 아서가 대꾸했다. "그날 밤 문간에서 집에 별일 없냐고 물었을 때도 자네는 똑같은 표현을 사용했어. 꿈을 꾸고 있다는 게 무슨 말이야?"

"더 이상 말하지 않을 거예요. 저리 가세요! 도련님이 혼자였어도 말하지 말았어야 했는데, 하물며 옛날 애인이 여기 있으니 말할 것도 없지요."

아서가 간청을 하고, 플로라가 항의를 해도 다 소용없었다. 그동안 내내 벌벌 떨고 몸부림치던 애프리는 아무리 간청해도 들으려하지 않았고, 벽장에서 억지로라도 빠져나오려고 작정하고 있었다.

"이야기를 더 하느니 제러마이어에게 소리 지르겠어요! 아서 도련님, 도련님이 제게 말하는 것을 그만두지 않으면 큰 소리로 그를 부를 거라고요. 자, 그를 부르기 전에 정말 마지막으로 말할게요. 언젠가 도련님이 그들 두 영리한 사람을 이기기 시작하면(도련님이 처음 돌아왔을 때 말씀드렸던 대로 도련님은 그랬어야 했어요. 도련님이 이 집에 오랫동안 살지는 않았기 때문에 저만큼 두렵진 않았을 테니까요), 그렇다면 제 면전에서 그들을 이기세요. 그러고 나서 말씀하세요, 애프리 꿈속에서 들었던 것을 말해봐! 아마, 그러면 제가 말씀드릴 거예요!"

문이 닫혔기 때문에 아서는 대꾸하려다가 멈췄다. 그리고 제러마이어가 그들을 두고 갔던 곳으로 조용히 돌아왔다. 나이 든 그 남자가 돌아오자 클레넘이 한 걸음 앞으로 나서서 자기가 잘못해서 촛불을 꺼뜨렸노라고 알려주었다. 플린트윈치 씨는 현관에 있는 등불로 촛불을 다시 밝히면서 계속 바라보았고, 자기와 이야기를 나눴던 사람에 대해서는 완전히 침묵을 지켰다. 그가 쉽사리 화를 내는 것은 방문자가 자기를 진저리나게 만든 데 대해 보상을 요구하는 것일 수도 있었다. 사실이 어떻든 간에 그는 앞치마를 머리 위까지 뒤집어쓰고 있는 아내를 보자 아주 화가 나서 달려들었고, 앞치마로 가리고 있는 그녀의 코를 엄지와 다른 손가락 사이에 끼우고 있는 힘을 다해서 힘껏 비틀었다.

항구적으로 무겁게 기댈 생각을 하고 있는 플로라는 아서가 옛날에 쓰던 다락방의 침실을 둘러볼 때까지도 그를 놔주지 않았다. 아서의 생각은 둘러보며 돌아다니는 것보다 다른 곳에 쏠려 있었지만, 바람이 통하지 않을 정도로 집이 밀폐되어 있다는 사실을 그때 – 나중에 기억해낼 기회가 있기도 했지만 – 각별히 알아차렸고, 자신들이 위층 바닥에 쌓여 있던 먼지에 발자국을 남겼다는 사실에 주목했다. 그리고 어떤 방의 문을 열려고 하니까 저항이 있어서 애프리가 누군가가 안에 숨어있다고 고함을 질렀고, 그 누군가를 수색했어도 찾아내지는 못했지만 애프리가 계속해서 그렇게 믿게 됐다는 사실에도 주목했다. 그들이 마침내 어머니 방으로 돌아왔을 때 그녀는 난롯불 앞에 서 있는 가부장에게 작은 소리로 말하면서 소모사로 감싼 손으로 얼굴을 가리고 있었다. 가부장의 푸른 두 눈과 윤이 나는 머리, 비단결 같은 머리채가 그들이 들어올 때 그들 쪽을 돌아보면서 자신이 하는 얘기에 가부장답게 헤아릴 수 없는 가치와 무진장한 사랑을 부여했다.

"정말로 너희들은 지금까지 집안을 구경했구나, 집안을 구경했어 – 집안을 – 집안을 말이야!"

그 얘기 자체로는 자비심이나 지혜의 보석이 아니었다. 그렇지만 가부장은 그 얘기를 보통사람이 사본을 가지고 싶어 할 정도로 둘 다의 모범으로 삼았다.

24 길었던 하루의 저녁

저명한 위인이자 위대한 국가적 장식품인 머들 씨는 빛나는 전진을 계속했다. 상류사회에 그렇게 많은 돈을 벌어다주는 공헌을 훌륭하게 수행한 사람을 평민으로 내버려둘 순 없다고 많은 사람들이 생각하기 시작했다. 준남작 지위가 자신 있게 말해졌고, 귀족 지위가 자주 언급되었다. 머들 씨가 준남작 지위에 대해 황금빛 얼굴을 하고 단호히 반대하면서 그것이 자신에게 충분치 않다는 사실을 데시머스 경에게 분명히 알렸고, "안 됩니다. 귀족 지위가 아니면, 평민 머들로 지내겠습니다,"라고 말했다는 소문이 돌았다. 그 말로 인해 데시머스 경은 그렇게 높은 지위에 있는 사람이 가라앉을 수 있는 최대한인 그의 고상한 턱 가까이까지 의심의 수렁에 빠졌었다고 전해졌다. 바너클 일족은 그들 자신이 작위를 수여받은 하나의 집단으로서 그렇게 높은 자리는 자기들 차지라는 생각이 있었고, 육군이나 해군의 병사 또는 변호사가 작위를 받으면 마치 생색내듯이 그 사람을 일가로 맞아들인 다음 곧바로 다시 문을 닫았기 때문이었다. (소문에 의하면) 데시머스가 그런 영향을 미치는 데에 난처해하면서도 선조 대대로 관여했을 뿐 아니라 시대의 걸물이 요구하는 바와 상충하는 요구들, 즉 바너클 가의 일원이 되고 싶다는 요구들이 이미 몇 건 제출되어 있다는 사실을 알고 있다고 했다. 맞든 틀리든 소문은 무성했다. 그리고 데시머스 경은 어려운 그 문제를 품위 있게 숙고하는 동안, 또는 숙고하는 걸로 되어있는 동안, 공적인 행사가 열릴 때 몇 차례에 걸쳐 밀림 같이 무성하게 우거져 있는 판결들 사이로 코끼리 같은 걸음을 빨리 옮기며, 거인 실업가, 영국의 부, 융통성, 명성, 자본, 번영, 그리고 온갖 종류의 축복이라는 뜻을 지니는 머들 씨를 자신의 코 위에 올려놓고 이리저리 흔들어서 그 소문을 은근히 지지했다.

시간이 아주 평온하게 흘러가서 두 명의 영국인 형제[6]를 로마의 외국인묘지에 합장한 지 꼬박 세 달이 지났지만 아무도 그 사실에 주목하지 않았다. 스파클러 부부는 자신들의 집에 정착했다. 그 집은 바르게 말하자면 타이트 바너클 같은 부류의 사람들이 거주하는 작은 저택이었고 불편의 완전한 승리였다. 이틀 전에 먹은 수프와

---

[6] 윌리엄 도릿과 프레드릭 도릿 형제를 지칭.

마차를 끄는 말의 냄새가 영원히 감돌았지만, 거주하기에 적당한 세계의 정확히 한복판에 자리잡고 있어서 대단히 비싼 집이었다. 선망의 대상이 되는 그 집에 살면서(많은 사람들이 정말로 부러워하는 집이었다) 스파클러 부인은 가슴을 파괴하는 일에 곧장 착수할 생각이었으나 가이드가 아버지와 삼촌의 사망소식을 갖고 도착하는 바람에 전쟁 벌이는 것을 보류했다. 스파클러 부인은 무감각하지 않아서 그 소식을 듣고 격하게 슬퍼했으며 그 슬픔은 열두 시간 동안 지속되었다. 열두 시간이 지난 다음에 나타나서 상복을 준비했는데, 자신의 상복이 머들 부인의 상복만큼이나 확실히 잘 어울리는 것이 되게끔 온갖 주의를 기울였다. 그러고 나서 (최고로 품위 있는 소식통에 의하면) 하나 이상의 저명한 가문에 우울의 그림자가 드리워졌고, 그 가이드는 다시 돌아갔다.

스파클러 부부는 우울의 그림자를 드리운 채로 둘만의 저녁식사를 마쳤고, 스파클러 부인은 응접실 소파에 누웠다. 무더운 여름날 일요일 저녁이었다. 거주하기에 적당한 세계의 한복판에 있는 그 집은 불치의 코감기라도 걸린 양 언제나 무겁고 갑갑했지만 그날 저녁은 특별히 숨이 막혔다. 성당 종소리가 귀에 거슬리는 메아리가 되어서 거리에 퍼지는 가운데 땡그랑하고 울리는 것이 최악이었으며, 불을 밝힌 성당 창문은 어스레한 땅거미 속에서 노란색이기를 그치고 불투명한 어둠 속으로 자취를 감췄다. 스파클러 부인은 소파에 누워서 열려 있는 창을 통해 몇 상자의 목서초와 꽃들 위로 맞은편 좁은 길을 바라보다가 싫증이 났다. 남편이 발코니에 서 있는 다른 창을 바라보다가도 싫증이 났다. 상복을 입은 자신을 바라보던 그녀는 다른 두 곳을 바라볼 때만큼은 당연히 아니었지만 자기 모습에도 싫증이 났다.

"우물 속에 누워 있는 것 같아." 스파클러 부인이 누운 자세를 바꾸고 나서 짜증을 내며 말했다. "이거 참, 에드먼드, 할 얘기가 있으면 하는 게 어때요?"

스파클러 씨는 "여보, 할 말이 없어,"라고 솔직하게 대답할 수도 있었다. 그러나 재치 있는 그 대답이 떠오르지 않았기 때문에 발코니에서 안으로 들어왔고 아내의 소파 옆에 서 있는 것을 감수했다.

"어머, 에드먼드!" 스파클러 부인이 한층 더 짜증을 내며 말했다. "목서초를 코에 다 집어넣겠어요! 그러지 마요!"

스파클러 씨는 방심하고 있다가 – 어쩌면 그 표현이 보통 의미하는 것 이상으로 문자 그대로 방심하고 있다가 – 예의 상해를 입기 직전이 될 정도로 손에 든 잔가지의 냄새를 열심히 맡고 있었는데, 미소를 지으며 "용서하시오, 여보,"라고 말하고는 잔가지를 창밖으로 내던졌다.

"에드먼드, 당신이 그러고 서 있으니 머리가 아파요." 일 분이 또 지난 다음에 스파클러 부인이 눈길을 들어 그를 바라보며 말했다. "이 불빛에 보니까 짜증날 정도로 당신이 아주 거구로 보인단 말이에요. 앉아요."

"그렇게 하리다, 여보." 스파클러 씨가 말했다. 그러고는 그 자리로 의자를 갖고 왔다.

“최고로 길었던 날이 이미 지나갔다는 걸 몰랐다면,” 패니가 따분해서 하품을 하며 말했다. “오늘이 최고로 긴 하루였다고 느꼈을 게 분명해요. 오늘 같은 날은 처음이에요.”

“여보, 당신 부채요?” 스파클러 씨가 부채를 하나 집어서 건네주며 물었다.

“에드먼드,” 그의 부인이 한층 더 지루해하며 대꾸했다. “부탁이니 모자라는 질문 좀 하지 마요. 내 것이 아니면 누구 거겠어요?”

“맞아요, 당신 거라고 생각했어요.”스파클러 씨가 말했다.

“그러면 묻지 말았어야죠.” 패니가 쏘아붙였다. 잠시 후 소파에서 돌아눕더니 소리쳤다. “이런, 이거 참, 오늘만큼 길게 느껴지는 날은 없었어!” 또다시 잠시 후에는 천천히 일어나서 왔다갔다하다가 다시 돌아왔다.

“여보,” 불현듯 기발한 생각이 떠오른 스파클러 씨가 말했다. “당신이 안절부절못하는 게 틀림없는 것 같은데.”

“오! 안절부절못한다고요!” 스파클러 부인이 되풀이했다. “그렇지 않아요!”

“사랑스러운 여인이여,” 스파클러 씨가 권고하듯 말했다. “향초香醋를 써 봐요. 어머니가 쓰는 것을 자주 봤는데 원기를 회복시켜 주는 것 같았어요. 어머니는 당신이 아는 것처럼 놀랄 정도로 훌륭한 여성으로서 허튼-”

“이거 참!” 패니가 다시 벌떡 일어나더니 소리쳤다. “도저히 참을 수 없어! 오늘이 세상에서 최고로 지루한 날이 확실해!”

스파클러 씨는 그녀가 방안을 어슬렁거리자 온순하게 그녀 뒷모습을 바라보았는데 약간 겁을 먹은 것 같았다. 그녀는 하찮은 것들을 아무렇게나 이리저리 내던지고 세 면에 나 있는 창을 통해 어둑어둑해지는 거리를 내다본 다음에 소파로 돌아와서 베개 위에 몸을 던졌다.

"자, 에드먼드, 이리 와요! 좀 더 가까이요. 내가 하려는 이야기를 명심할 수 있도록 부채로 당신을 건드릴 수 있게요. 그 정도면 충분해요. 충분히 가까워요. 아, 너무 커 **보여요!**"

스파클러 씨가 그 상황에 대해 사과하고 자기도 어쩔 수 없다고 변명하면서, "친구들이," – 누구 친구인지 좀 더 상세하게 말하지는 않았다 – 자기를 퀸부스 플레스트린 2세[7], 또는 산더미같이 거대한 청년이라고 부르곤 했다고 했다.

"전에 그 얘기를 했어야죠." 패니가 불평했다.

"여보," 스파클러 씨가 약간 만족해하며 대답했다. "당신이 그 얘기에 관심을 가질 줄 몰랐거든요, 알았으면 틀림없이 말했을 거예요."

"됐어요! 제발 입 좀 다물어요." 패니가 말했다. "말할 게 있으니까요. 에드먼드, 더 이상 둘만 있어서는 안 되겠어요. 내가 오늘 저녁에 겪고 있는 지독한 우울증에 다시 빠지지 않도록 조심해야겠어

---

7 퀸부스 플레스트린은 스위프트(Jonathan Swift)의 『걸리버 여행기』(1726)에서 소인국 사람들이 걸리버를 칭하던 호칭.

요."

"여보," 스파클러 씨가 대답했다. "당신이야 잘 알려진 대로 매우 훌륭한 여성으로서 어떤-"

"오, 이거 원!" 패니가 소리쳤다.

스파클러 씨는 소파에서 몸부림치며 일어났다가 다시 풀썩 쓰러지며 절규하는 패니의 기세에 눌려서 아주 불안해졌다. 그래서 일이분이 지난 다음에야 변명 삼아 이야기를 할 수 있었다.

"내 얘기는, 여보, 당신이 상류사회에서 빛을 낼 것 같다고 모두가 생각한다는 거야."

"상류사회에서 빛을 낼 것 같다고요," 패니가 심하게 화를 내며 쏘아붙였다. "그래요, 그렇고말고요! 그런데 어떻게 됐죠? 상류사회와 교제한다는 입장에서 보면, 불쌍한 파파와 불쌍한 삼촌이 사망했다는 충격에서 회복하자마자-누구든지 남 앞에 내놓을 만하지 못하면 죽는 게 훨씬 낫기 때문에 삼촌 경우는 다행스러운 죽음이라는 사실을 감추진 않겠지만-"

"여보, 내 얘기 하는 거 아니죠?" 스파클러 씨가 겸손하게 가로막았다.

"에드먼드, 에드먼드, 당신은 성인聖人이라도 지치게 만들겠어요. 명백히 삼촌에 대해 얘기하고 있지 않나요?"

"당신이 날 아주 의미심장한 표정으로 바라봐서," 스파클러 씨가 말했다. "약간 마음이 불편했거든요. 고마워요, 여보."

"당신이 날 화나게 하니까," 패니가 체념한 듯 부채를 던지며 말했다. “자러 가는 게 낫겠어요.”

“여보, 그러지 말아요.” 스파클러 씨가 간청했다. “좀 더 있다 가요.”

패니는 한참 동안 두 눈을 감고 누워 있다가 마치 현세의 모든 일들을 완전히 단념했다는 듯이 절망한 표정으로 눈쌀을 찌푸렸다. 마침내 최소한의 예고도 없이 두 눈을 다시 뜨고는, 쌀쌀하고 신랄하게 말을 다시 시작했다.

“그런데 어떻게 됐죠? 묻잖아요, 이렇게 됐냐고요? 글쎄요, 상류사회에서 가장 빛을 낼 수 있고, 아주 중요한 이유가 있어서 가장 빛을 내고 싶은 바로 이 시기에 – 상류사회에 출입할 자격이 얼마간 유예되는 상황에 처했다는 것[8]을 알게 된 거예요. 너무해요, 정말로!”

“여보,” 스파클러 씨가 말했다. “그렇다고 해서 집안에만 있을 필요는 없잖아요.”

“에드먼드, 당신은 바보 같아요.” 패니가 아주 화를 내며 대꾸했다. “한창 젊은 나이이고 개인적인 매력이 전혀 없지는 않은 여성이 지금 같은 때에 어느 모로 보나 자기보다 못한 여성과 외모로 경쟁할 거라고 생각해요? 그렇게 생각하는 거라면 당신의 어리석은 생각은 끝이 없군요.”

---

[8] 임신했다는 의미임.

스파클러 씨가 "그건 이겨낼 수 있다,"고 생각했다고 했다.

"이겨낸다고요!" 패니가 헤아릴 수 없을 만큼 경멸하는 투로 되풀이했다.

"당분간 말이오." 스파클러 씨가 말했다.

아주 작은 소리로 내놓은 마지막 말에 주의를 기울이지 않는 방식으로 예우하고 나서 스파클러 부인은 비통하게 단언했다. 정말 너무해요, 그리고 죽고 싶은 기분이 들게 하기에도 분명 충분하고요!

"그러나," 개인적으로 학대받는다는 느낌에서 어느 정도 벗어나자, 스파클러 부인이 말했다. "이런 상황이 약 오르고 잔인하다고 느끼지만 받아들여야 할 것 같아요."

"정말 그러길 바라요." 스파클러 씨가 말했다.

"에드먼드," 그의 부인이 대꾸했다. "결혼을 승낙해서 당신을 예우했던 여성이 불행을 만났을 때, 그녀를 모욕하는 거 말고 달리 적당히 할 일이 없다면 **당신은** 자러 가는 게 나을 거예요!"

스파클러 씨는 이런 비난을 받자 마음이 많이 아팠기에, 아주 상냥하고 진지하게 사과했다. 스파클러 부인은 사과를 받아들인다고 했다. 그렇지만 그에게 소파 반대편으로 돌아가서 커튼이 달려 있는 창가에 앉아 흥분을 가라앉히라고 요구했다.

"자, 에드먼드," 그녀가 부채를 내밀어서 팔을 뻗으면 닿는 거리에서 그를 건드리며 말했다. "당신이 평소처럼 무미건조하게 말하고 귀찮게 굴기 시작했을 때, 우리가 더 이상 단둘이 지내지 않도록 조심해야겠다는 얘기와 내 스스로가 흡족할 만큼 외출할 상황이 못 되면 이러저러한 사람들이 늘 찾아오도록 조치해야겠다는 얘기를 하려던 참이었어요. 오늘 같은 날을 정말로 또다시 겪을 수는 없고 겪지도 않을 거니까요."

그 계획에 대한 스파클러 씨의 의견은 간단히 말해서 허튼 생각이 전혀 아니라는 것이었다. 덧붙여 말하기를, "그뿐만 아니라 당신도 알겠지만 조만간에 동생과-"

"에이미가, 맞아요!" 스파클러 부인이 애정이 섞인 한숨을 쉬며 소리쳤다. "사랑하는 동생이죠! 그러나 에이미가 여기서 혼자 지내지는 않을 거예요."

스파클러 씨가 질문 조로 "아니라고요?" 하고 물으려다가 자신의 위험을 직감하고 동의 조로 말했다. "그럼요. 원, 천만에요. 처제가 여기서 혼자 지내게 둘 순 없죠."

"그래요, 에드먼드. 차분하다는 것이 사랑하는 그 아이의 미덕인데, 그 때문에 그와 대조적인 것이 필요하거든요-미덕이 제 색깔을 드러내게 하고 사람들이 무엇보다 그 미덕을 사랑하게 하려면 주위에 활기와 움직임이 필요하다는 거죠. 그리고 그 아이는 여러 가지 이유 때문에 자극 받을 필요가 있어요."

"바로 그거예요." 스파클러 씨가 말했다. "자극 받는다는 것."

"제발, 에드먼드! 할 이야기도 없으면서 끼어드는 당신 습관 때문에 집중을 못하겠어요. 당신은 그 습관을 고쳐야 해요. 에이미는-내 불쌍한 동생은 불쌍한 파파를 헌신적으로 사랑했기 때문에 그의 죽음을 대단히 애도하고 몹시 슬퍼했을 게 틀림없어요. 나도 그랬으니까요. 지독한 슬픔을 느꼈거든요. 그러나 에이미가 한층 더한 슬픔을 느꼈을 것이 틀림없는 게, 동생은 내내 그 현장에 있었고 마지막 순간에도 불쌍한 파파와 함께 있었잖아요. 불행히도 나는 그렇게 하지 못했지만요."

여기서 패니는 말을 멈추고 흐느끼다가 말을 다시 이었다. 그립고 사랑하는 파파! 파파는 정말 진실로 신사였어요! 불쌍한 삼촌과는 정말 달랐어요!

"그 괴로운 시기의 영향에서," 그녀가 말을 이었다. "내 착한 동생은 자극을 받고 벗어나야 해요. 병에 걸린 에드워드를 오랫동안 간호해 온 영향에서도 벗어나야 하고요. 간호는 아직 끝나지 않았고 얼마간 좀 더 계속될지도 몰라요. 그리고 그동안은 불쌍한 파파의 일이 마무리되지 않아서 우리 모두 불안하겠지요. 그러나 파파의 대리인들이 이곳에 모여 있고, 그 문서들은 파파가 신의 섭리에 의해 영국에 왔을 때 해두었던 대로 모두 다 봉인된 채 자물쇠로 채워져 있기 때문에, 다행히도 에드워드 오빠가 시칠리아에서 건강을 회복한 후 건너와서 시행하든 집행하든 또는 행해져야 하는 게 무엇이든 할 수 있을 때까지 충분히 기다릴 수 있는 상태에 있어요."

"처남이 건강을 되찾게 간호하는 데 처제보다 나은 사람이 있을 순 없지요." 스파클러 씨가 대담하게 생각을 말했다.

"놀랍지만, 당신 생각에 동의할 수 있어요." 그의 부인이 그가 있는 쪽을 살짝 보고 나서 나른하게 대답했다(다른 때는 대개 응접실의 가구에다 대고 이야기하듯이 말을 했다). "그리고 당신 말을 그대로 따라 할 수도 있겠어요. 오빠가 건강을 되찾게 간호하는 데 동생보다 나은 사람이 있을 순 없어요. 동생은 적극적인 생각을 가진 사람을 약간 지치게 할 때도 있지만 간호사로서는 완벽하니까요. 에이미가 제일 잘할 수 있는 일이죠!"

최근에 거둔 성공 덕에 무모해진 스파클러 씨가 말했다. 에드워드가 병치레를, 너무, 오래, 하고 있어요, 여보.

"병치레가, 여보," 스파클러 부인이 말을 받았다. "가벼운 병을 의미하는 속어라면 오빠가 병치레를 하는 거죠. 그러나 그렇지 않다면 에드워드의 누이동생에게 거친 발언을 한 데 대해 더 이상 할 말이 없군요. 그가 어딘가에서 학질에 걸렸다는 것은 – 결국엔 너무 늦게 도착하는 바람에 불쌍한 파파가 돌아가시기 전에 뵙지도 못했지만, 밤낮 쉬지 않고 로마로 오다가 걸렸든 – 아니면 건강에 안 좋은 다른 환경 때문에 걸렸든 – 의심할 나위 없으니까요, 당신이 의미하는 게 그거라면 말이에요. 또한 그가 극히 부주의하게 지낸 탓에 학질에 걸릴 정도로 몸이 아주 안 좋은 사람이 되었다는 것도 사실이니까요."

스파클러 씨는 그것이 서인도제도에서 황열병에 걸린 몇몇 친구들의 사례와 유사하다고 간주했다. 스파클러 부인은 다시 두 눈을 감고, 서인도제도에 있는 몇몇 친구든, 황열병에 걸린 친구든 관심 갖기를 거부했다.

"그래서, 에이미가," 그녀가 두 눈을 다시 뜨고 말을 이었다. "지루하게 걱정하며 보낸 수많은 날들의 영향에서 자극을 받고 벗어날 필요가 있다는 거예요. 그리고 마지막으로는, 그 애의 마음속 깊은 곳에 존재하고 있다는 것을 내가 너무나 잘 알고 있는 저급한 버릇에서도 자극을 받고 벗어날 필요가 있고요. 그게 뭐냐고 묻지 말아요, 에드먼드, 절대 대답하지 않을 거니까."

"묻지 않으리다." 스파클러 씨가 말했다.

"요컨대, 내가 내 착한 동생을 많이 개선시킬 생각이기 때문에," 스파클러 부인이 말을 계속했다. "되도록 빨리 내 곁으로 데려와야 해요. 마음씨 곱고 소중한 아이니까요! 불쌍한 파파의 남은 일을 처리하는 데 관심을 두는 것은 나를 위해서가 전혀 아니에요. 결혼할 때 파파가 아주 후하게 해주셨기 때문에 기대하는 게 거의 또는 전혀 없거든요. 유산을 제너럴 부인에게 물려주는 유서를 작성해서 유산이 그 부인에게 넘어가지 않는 한 만족이에요. 그리운 파파, 그리운 파파!"

그녀가 다시 흐느꼈지만 제너럴 부인이야말로 최고로 잘 듣는 강장제였다. 그 이름이 나오자 그녀는 이내 눈물을 닦고 말을 이었다.

"아빠가 제너럴 부인에게 즉각적으로 급료를 주고 집에서 내보낸 것은, 에드워드가 병을 앓고 있는 상황에서는 대단히 고무적인 일일 뿐 아니라－어쨌든 불쌍한 파파가 돌아가시는 순간까지도－의식이 멀쩡했고 본래의 기백이 꺾이지 않았다는 사실을 단단히 확신시켜주는 것이어서, 그 생각을 하면 다행이다 싶어요. 그 일은 정말 파파가 잘하셨어요. 나라도 했을 일을, 아주 신속하고 아주 정확하게 했기 때문에 파파를 얼마든지 용서할 수 있어요!"

스파클러 부인의 만족감이 최고도에 달했을 때 문을 두 번 노크하는 소리가 들렸다. 아주 이상한 노크였다. 소리를 내서 주의를 끄는 것을 피하려는 듯이 작게 두드렸고, 노크하는 사람이 정신이 팔려서 멈추는 것을 깜빡한 듯이 길게 이어졌다.

"여보!" 스파클러 씨가 말했다. "누굴까!"

"에이미와 에드워드는 아니에요, 아무 기별 없이 그리고 마차도 타지 않고 온 걸 보면요!" 스파클러 부인이 말했다. "내다봐요."

방은 어두웠지만 거리는 등불 때문에 좀 더 밝았다. 발코니 위로 내다보는 스파클러 씨의 머리가 아주 거대하고 묵직해 보였기 때문에 균형을 잃고 떨어져서 아래층에 있는 미지의 사람을 납작하게 만들어 버릴 것 같았다.

"어떤 남자로군," 스파클러 씨가 말했다. "누군지 모르겠어 – 잠깐만!"

그가 다시 생각하더니 발코니로 다시 나갔고 다시 살펴보았다. 하인이 문을 열었을 때 돌아와서 "자기 대장의 실크햇"인 것 같다고 했다. 손에 실크햇을 든 그의 대장이 곧바로 안내를 받고 들어온 것을 보면 그의 짐작이 틀린 것은 아니었다.

"촛불을 가져올게요!" 스파클러 부인이 어두운 것에 대해 사과하면서 말했다.

"내게는 충분히 밝아." 머들 씨가 말했다.

촛불을 가져와서 보니 머들 씨는 문 뒤에 서서 입술을 뜯고 있었다. “널 한 번 찾아와야겠다고 생각했다.” 그가 말했다. “요사이는 꽤나 바빴거든. 우연히 산책하러 나왔다가 널 한 번 찾아와야겠다고 생각했어.”

그가 약식 야회복을 입고 있어서 패니가 물었다. 어디서 저녁식사 자리가 있으셨어요?

“글쎄,” 머들 씨가 말했다. “특별히 이렇다 할 만한 곳은 아니야.”

“식사는 물론 하셨겠죠?” 패니가 물었다.

“글쎄 – 아니야, 엄밀하게는 아직 안 했어.” 머들 씨가 말했다.

그는 황금빛 이마를 손으로 어루만지며 그 점에 대해 확신을 못하겠다는 듯이 생각에 잠겼다. 식사를 좀 하시겠어요, 하고 제안했다. “아니야, 고맙다.” 머들 씨가 대답했다. “먹고 싶지 않아. 네 시어머니와 함께 밖에서 할 예정이었지만, 식사하고 싶은 생각이 없어져서, 막 마차에 타던 네 어머니에게 혼자 가라고 하고 그 대신에 산책을 해야겠다고 생각했어.”

차나 커피를 드시겠어요? “아니, 고맙다.” 머들 씨가 말했다. “클럽에 들렀다가 포도주를 한 병 가져왔어.”

머들 씨는 방문한 후 이때쯤 되어서야 에드먼드 스파클러가 진작 내놓았던 의자에, 처음 스케이트를 신어서 타기 시작할 엄두를 내지 못하는 답답한 사람처럼 이제까지 천천히 자기 앞에 밀쳐놓고만 있던 의자에 앉았다. 그러더니 자기 옆에 있는 다른 의자에 모자를 올려놓고 그것이 대략 20피트 깊이는 되는 양 들여다보다가 다시 말했다. “실은 너를 한 번 찾아와야겠다고 생각했어.”

"저희로서야 우쭐할 일이죠." 패니가 말했다. "아버님이 남의 집을 찾아다니는 분은 아니니까요."

"그-그래." 그때 외투의 양 소맷자락 아래로 스스로를 결박하고 있던 머들 씨가 대답했다. "그래, 내가 남의 집을 찾아다니는 사람은 아니지."

"아버님이 남의 집을 찾아다니기에는 하시는 일이 너무 많잖아요." 패니가 말했다. "아버님, 하시는 일이 많은데 식욕이 없다는 것은 심각한 문제니까 그걸 치료하셔야 해요. 아프시면 안 되잖아요."

"아! 나는 아주 건강해." 머들 씨가 그 점에 대해 숙고한 후에 대답했다. "보통 때처럼 건강하단다. 충분히 건강해. 바라는 만큼 건강하지."

이 시대의 위인은 자신에 대해 가능한 한 말을 적게 하고, 그 말을 하는 데도 언제나 큰 어려움을 겪는 사람이라는 특징에 충실하게 다시 침묵을 지켰다. 스파클러 부인은 시대의 위인이 얼마나 머물 생각인지 궁금해지기 시작했다.

"아버님이 들어오셨을 때 불쌍한 파파 얘기를 하고 있었어요."

"그래? 대단한 우연의 일치구나." 머들 씨가 말했다.

예상했던 대답은 아니었지만 패니는 계속 이야기하는 것이 자기의 의무라고 여겼다. "제가," 그녀가 말을 이었다. "오빠의 병 때문에 파파의 재산을 조사하고 정리하는 일이 지체되고 있다는 얘기를 하던 참이었어요."

"맞아." 머들 씨가 말했다. "맞아. 지체되고 있지."

"그게 중요하단 얘기는 아니에요." 패니가 말했다.

"그래," 머들 씨는 눈에 들어오는 만큼의 천장돌림띠를 모두 살펴본 다음에 동의했다. "그게 중요한 건 아니지."

"제가 유일하게 바라는 것은," 패니가 말했다. "제너럴 부인이 뭐든 받아서는 안 된다는 거예요."

"**그 부인은** 아무것도 갖지 못할 거다." 머들 씨가 말했다.

패니는 그가 그런 의견을 피력하자 기뻤다. 머들 씨는 마치 모자 밑바닥에서 뭔가를 볼 수 있다고 생각하는 것처럼 밑바닥을 다시 살펴본 다음에 머리를 문질렀다. 그리고 마지막으로 했던 말에 확인조로 천천히 덧붙였다. "천만에, 아니고말고. 그 부인은 아니야. 받지 못할 거야."

화제가 고갈된 것 같았고 머들 씨도 지칠 대로 지친 것 같았기 때문에 패니가 물었다. 집에 돌아가실 때는 어머님이 타고 있는 마차에 타실 거죠?

"아니." 그가 대답했다. "나는 제일 빠른 지름길로 돌아갈 거고 집사람은-" 그때 그는 마치 자신의 운세를 점치는 것처럼 두 손의 손바닥을 샅샅이 살펴보았다-"스스로 챙기도록 내버려둘 거야. 집사람이 어떻게든 하겠지."

"그러겠지요." 패니가 말했다.

그러고 나서 오랫동안 침묵이 이어졌다. 그동안 스파클러 부인은 소파에 다시 누운 채로 전처럼 세속적인 일에서 물러나서 두 눈을 감았다가 눈살을 찌푸렸다가 했다.

"그렇지만," 머들 씨가 말했다. "쓸데없이 시간을 지체했구나. 그러니까 널 한 번 찾아와야겠다고 생각했어."

"기쁘게 생각해요." 패니가 말했다.

"그럼 이만 가야겠다." 머들 씨가 일어나면서 덧붙였다. "주머니칼을 좀 빌려주겠니?"

패니가 웃으면서 말했다. 아무리 설득해도 편지도 쓰지 않는 제가 아버님같이 커다란 사업체를 가진 분에게 주머니칼을 빌려드리다니 특이한 일이네요. "그렇지 않나요?" 머들 씨가 그렇다고 동의했다. "그러나 주머니칼이 하나 필요해. 네가 가위와 족집게 등이 달려 있는 작은 주머니칼을 결혼기념품으로 몇 개 갖고 있는 걸로 알고 있다. 내일 돌려줄게."

"에드먼드," 스파클러 부인이 불렀다. "거기 작은 탁자 위에 있는 자개 상자를 열어서(당신이 너무 어설퍼서 간절히 부탁하는데 아주 조심해서 열어요) 아버님께 자개 박힌 주머니칼을 드리세요."

"고맙다." 머들 씨가 말했다. "그러나 손잡이부분이 좀 더 검은색으로 되어있는 주머니칼이 있으면 그게 더 나을 거 같구나."

"거북 등딱지로 만든 걸 빌려드릴까요?"

"고맙다." 머들 씨가 말했다. "그래. 거북 등딱지가 나을 거 같구나."

에드먼드가 그래서 거북 등딱지로 만든 상자를 열고 아버님에게 손잡이가 거북 등딱지로 되어있는 주머니칼을 드리라는 지시를 받았다. 에드먼드가 그렇게 하자마자 그의 부인이 시대의 걸물에게 우아하게 말했다.

주머니칼을 빌리는 머들 씨

"잉크를 묻혀도 용서해드릴게요."

"잉크를 묻히지 않겠다고 약속하마." 머들 씨가 말했다.

그 저명한 방문자가 그때 외투 소맷부리를 내밀어서 스파클러 부인의 손을, 즉 손목과 팔찌 등 모든 것을 잠시 뒤덮었다. 그의 손이 어디까지 움츠러들었는지는 분명치 않았지만, 마치 대단한 공훈을 세운 첼시의 퇴역군인이거나 그리니치의 연금수령자인 것처럼[9] 그 손은 스파클러 부인의 촉각과는 멀리 떨어져 있었다.

그가 방에서 나가자, 패니는 정말 길었던 하루가 마침내 끝을 맺게 되었고, 개인적인 매력이 전혀 없지는 않은 여성 중에서 멍청하고 아둔한 사람들 때문에 이렇게 지친 여자도 없을 거라고 완벽하게 확신하고서 바람을 쐬러 발코니로 갔다. 속상해서 흘리는 눈물이 그녀의 두 눈에 가득 찼고, 그 눈물은 저명한 머들 씨가 길을 내려갈 때 마치 악마들에게 홀려서 내려가는 양 껑충 뛰고 왈츠를 추고 빙빙 도는 것처럼 보이게 만드는 효과를 거두었다.

25 집사장이 공적인 자리에서 물러나다

훌륭한 의사의 집에서 만찬이 열렸다. 변호사가 영향력을 다 지

---

9 육군과 해군에서 퇴역하여 연금을 받는 군인들은 손을 반 이상 가릴 정도로 소매가 긴 외투를 입었다.

니고 참석했고, 퍼디낸드 바너클이 최고로 매력적인 상태로 참석했다. 의사는 모르는 삶의 방식이 거의 없었으며 심지어는 주교보다도 삶의 최고로 어두운 구석을 자주 찾아다녔다. 의사야말로 최고로 매력적이고 최고로 유쾌한 사람이라며, 런던의 훌륭한 귀부인 중에서 그에게 홀딱 빠진 부인들이 있었지만, 이런 세상에, 그의 사려 깊은 눈길이 한두 시간 전에 어떤 광경을 봤었는지, 그리고 그의 침착한 모습이 누구의 병상 곁에 그리고 어떤 집안에 있었는지를 알게 된다면, 자신들이 그와 그렇게 가까이 있다는 사실에 대해 충격을 받을 것이다. 그러나 의사는 침착한 사람이었고, 자신이나 다른 사람들을 떠들썩하게 치켜세우는 법이 없었다. 그는 놀라운 일들을 수없이 보고 들었고, 양립할 수 없는 도덕적 모순을 수없이 겪었다. 그러나 그의 한결같은 동정심이 흔들리지 않는 것은 모든 상처를 치료하는 그리스도의 동정심이 흔들리지 않는 것과 마찬가지였다. 그는 자신이 할 수 있는 선한 일을 모두 다 행하면서, 그리고 그 사실을 교회나 길모퉁이에서 떠벌리지도 않으면서, 의로운 사람과 불의한 사람을 가리지 않고 빗물과 같이 그들 사이에 흘러내렸다.

인간에 대한 폭넓은 지식을 가진 사람은 아무리 조용히 있어도 그런 지식을 가졌기 때문에 특별한 관심을 받을 수밖에 없는 것처럼 의사는 사람들의 마음을 끄는 사람이었다. 그의 비밀에 대해 아는 바가 없고, 그가 "내가 본 것을 와서 보세요!"라고 터무니없이 부적절하게 제안하면 어느 때보다도 깜짝 놀랄 까다로운 신사들과 숙녀들도 그의 매력은 인정했다. 그가 있는 곳에는 진정한 뭔가가 존재했다. 극소량의 다른 어떤 희귀자연물처럼 반 그레인[10]의 현실이면 엄청난 양의 희석제 맛을 내는 법이다.

그래서 의사의 조촐한 만찬은 언제나 사람들의 제일 판에 박히지 않은 모습을 보여주는 자리가 되었다. 손님들은 그런 사실을 의식하든 안 하든 마음속으로 이렇게 생각했다. "우리의 실상을 정말로 알고 있는 사람, 가발을 벗고 화장을 지운 우리 중 몇몇의 모습을 매일같이 보도록 허가받은 사람, 우리가 마음과 표정을 다스릴 수 없을 때 마음이 왔다갔다하느라 지르는 헛소리와 있는 그대로의 표정을 듣거나 본 사람이 여기 있군. 이 사람은 우리보다 우위에 있고 우리가 감당하기에는 너무 강한 사람이니까 이 사람에게는 있는 그대로의 모습으로 대하는 것이 낫겠어." 그래서 의사의 손님들은 그의 둥근 식탁에서 놀라운 모습을 보여주었고 거의 꾸밈없이 행동했다.

인간이라고 불리는 그 배심원 집합체에 대해 변호사가 갖고 있는 지식은 면도칼처럼 예리한 것이었지만, 면도칼은 일반적으로 쓰기에 편리한 도구가 아니었다. 의사의 평범하고 선명한 외과용 메스야말로 훨씬 덜 예리했지만 훨씬 더 다양한 용도에 맞춰 쓸 수 있는 것이었다. 변호사는 사람들이 잘 속는다는 것과 나쁜 짓을 한다는

---

[10] 그레인은 아주 적은 양을 나타내는 무게의 단위로 1그레인은 약 0.065g에 해당한다.

것에 대해 훤히 알고 있었다. 그러나 의사는 일주일만 회진을 해도 사람들의 다정함과 애정에 대한 통찰을 웨스트민스터 홀[11]과 모든 순회재판을 70년 동안 다 합한 것보다도 변호사에게 더 많이 제공할 수 있었다. 변호사는 그 통찰에 대해 늘 미심쩍게 생각했고 어쩌면 기꺼이 의심을 조장했을지도 모른다(세상이 정말로 커다란 법정이라면 사람들은 마지막 개정일[12]이 아무리 빨리 다가와도 지나치지 않다고 생각할 것이기 때문이다). 그래서 그는 다른 직업을 가진 사람들이 그 의사를 좋아하고 존경하는 만큼만 그 의사를 좋아하고 존경했다.

머들 씨의 부재로 식탁에 뱅쿼[13]의 의자가 하나 남았다. 그러나 머들 씨가 그 자리에 있었어도 뱅쿼가 있는 정도의 차이만 있었을 것이므로 그의 부재가 손실은 아니었다. 변호사는 웨스트민스터 홀에 대해 온갖 잡동사니를 주워 모았다. 큰까마귀도 웨스트민스터 홀에서 변호사만큼 많은 시간을 보냈다면 온갖 잡동사니를 주워 모았을 것이다. 그리고 얼마 전에는 볏짚을 잔뜩 집어서, 머들 바람이 어느 쪽으로 부는지 알아보려고 허공에 던져보았다. 이제 그는 그

---

[11] 웨스트민스터 홀은 1825년까지 영국의 최고법정이 열렸던 곳.

[12] 마지막 개정일은 최후심판의 날, 즉 세상의 종말을 지칭.

[13] 뱅쿼는 셰익스피어의 『맥베스』에 등장하는 장군으로 맥베스에 의해 살해된 후 유령이 되어 맥베스를 괴롭히지만 다른 사람들의 눈에는 보이지 않는 인물이다. 따라서 본문은 머들이 그 만찬에 참석했어도 사람들은 그가 참석한 줄도 몰랐을 거라는 의미가 된다.

문제에 대해, 역시 외알 안경 한 쌍을 끼고 임시변통으로 의기소침해하면서 머들 부인에게 슬며시 다가가서 약간의 얘기를 나눴다.

"어떤 사람이," 변호사는 말을 전한 사람이 수다쟁이일 수밖에 없다는 투로 말했다. "이 왕국에 작위를 가진 명사가 한 명 증가할 거라는 얘기를 최근에 우리 변호사들에게 퍼뜨렸습니다."

"정말인가요?" 머들 부인이 물었다.

"그렇습니다." 변호사가 말했다. "그 사람이 우리와는 전혀 다른 귀에 – 사랑스런 귀에 대고 속삭이지 않던가요?" 가까운 쪽에 있는 머들 부인의 귀고리를 그가 의미심장하게 바라보았다.

"내 귀에 대고 속삭였다는 뜻인가요?" 머들 부인이 물었다.

"사랑스런 귀라고 했을 때," 변호사가 말했다. "내가 의미하는 사람은 언제나 부인입니다."

"당신은 아무것도 의미하지 않은 것 같은데요." 머들 부인이(좋아하면서) 대꾸했다.

"아, 잔인하고 부당하십니다!" 변호사가 말했다. "그러나 그 사람이."

"그런 소식은 전혀 듣지 못했어요." 머들 부인이 그녀의 성채를 되는 대로 정리하면서 말했다. "그 사람이 누구죠?"

"부인은 아주 훌륭한 증인이 되겠어요!" 변호사가 말했다. "설령 아주 나쁜 증인이라고 해도 어떤 배심원도(장님 중의 한 명을 배심원으로 선정하지 않는 한) 당신을 무시할 수 없을 거고요. 그러나 부인은 아주 훌륭한 증인이 될 거예요!"

"어째서죠, 웃기는 양반?" 머들 부인이 웃으면서 물었다.

변호사가 용기를 내서 외알 안경 한 쌍을 자신과 가슴 사이에 놓고 서너 차례 흔들어서 대답에 대신했다. 그러고는 교묘하게 환심을 사는 어투로 질문했다.

"최고로 우아하고 세련되었고 매력적인 여성을 지금부터 몇 주 후에, 며칠 후가 될지도 모르죠, 뭐라고 칭해야할까요?"

"당신이 언급했던 사람이 뭐라고 칭할지 알려주지 않았나요?" 머들 부인이 응답했다. "내일 물어보세요, 그리고 다음에 그 사람이 뭐라고 했는지 알려주세요!"

그 얘기를 계기로 두 사람은 비슷한 농담을 추가적으로 주고받았지만 변호사는 날카로운 눈매에도 불구하고 아무것도 알아내지 못했다. 그에 반해서, 의사는 머들 부인을 마차 있는 데까지 데려다주고 부인이 망토를 걸칠 때는 거들어주면서 평상시처럼 차분하고 직접적인 태도로 그의 상황에 대해 물어보았다.

"머들에 대해 들은 이야기가 사실인지 물어도 되겠습니까?" 그가 물었다.

"의사 선생님," 그녀가 대답했다. "선생님께 물어볼까 생각하고 있었던 바로 그 질문을 하시는군요."

"내게 묻는다고요! 어째서 나죠?"

"맹세컨대, 남편이 다른 사람보다 선생님을 많이 믿었던 거 같으니까요."

"정반대예요. 내게는 절대 아무 얘기도 하지 않는걸요, 심지어는 직업과 관련된 얘기도 하지 않아요. 부인은 물론 그런 얘기를 들었겠죠?"

"물론 들었어요. 그러나 남편이 어떤 사람인지 아시잖아요. 얼마나 말이 없고 내성적인지요. 그 이야기에 무슨 근거가 있는지 모르겠지만 사실이었으면 좋겠어요. 뭐하러 선생님에게 그걸 부인하겠어요! 부인해도 선생님이 더 잘 아실 텐데요!"

"맞아요." 의사가 말했다.

"그러나 그 이야기가 전적으로 사실인지, 부분적으로 사실인지, 아니면 전적으로 거짓인지 도통 모르겠어요. 아주 짜증나는 상황이고 아주 이상한 상황이에요. 하지만 선생님이야 남편이 어떤 사람인지 아니까 놀라지 않으시겠죠."

의사는 놀라지 않았다는 말을 한 후 그녀를 마차에 태워주고 잘 가시라고 인사했다. 그리고 현관문에 잠시 서서 우아한 마차가 덜컹거리고 멀어져가는 모습을 차분하게 바라보았다. 위층에 돌아오자 남아있던 손님들이 곧 흩어졌고 혼자 남게 되었다. 그는 온갖 종류의 문헌을 탐독하는 사람이었기 때문에(그런 약점에 대해 한 번도 변명하지 않았다) 그걸 읽기 위해 자리에 편안하게 앉았다.

초인종이 울려서 책상 위에 놓인 시계를 보니 자정이 조금 안 되는 시간을 가리키고 있었다. 그는 소박한 습관을 지닌 사람이어서 하인들을 벌써 자라고 했기 때문에 자신이 문을 열러 아래층으로 내려가야만 했다. 내려갔더니 모자도 외투도 걸치지 않고 셔츠 소매를 어깨까지 단단히 말아 올린 사내가 한 명 서 있었다. 그 사내가 싸움을 했다고 잠시 생각했던 것은, 정확히 말하자면 그가 상당히 흥분했고 숨을 헐떡였기 때문이다. 그러나 다시 살펴보니 그 사내는 각별히 깨끗했고 옷도 앞서의 설명 이상으로 흐트러져 있지는 않았다.

"선생님, 근처 거리를 돌아가서 있는 온천장에서 왔습니다."

"온천장에서 무슨 일로?"

"지금 곧 와주십시오. 저희가 탁자에 놓여 있는 이걸 발견했습니다."

그가 의사의 손에 종잇조각을 쥐어주었다. 의사는 종이에 자기 이름과 주소가 연필로 쓰여 있는 것을 보았다. 그 밖에 다른 것은 적혀 있지 않았다. 그는 적혀 있는 것을 좀 더 자세히 들여다보고 그 사내를 보았다. 그리고 걸이못에서 모자를 집어 들고 문 열쇠를 주머니에 넣고는 함께 서둘러 출발했다.

온천장에 도착했을 때 직원들이 모두 나와 문간에서 그들을 기다리며 복도를 위아래로 뛰어다니고 있었다. "모두들 뒤로 물러나라고 하시오." 의사가 주인에게 큰소리로 말하고 나서 심부름꾼에게 말했다. "이보게, 날 곧장 그리로 안내하게."

심부름꾼이 앞장서서 작은 방들이 몰려있는 곳을 따라 서둘러 걸어가더니, 끄트머리에 있는 어떤 방으로 들어가서 방안을 둘러보았다. 의사는 그의 뒤에 바짝 붙어서 역시 방안을 둘러보았다.

귀퉁이에 물을 급히 빼낸 욕조가 하나 있었다. 머리가 둥글뭉수레하고 이목구비가 거칠고 초라하고 평범하며 무게가 많이 나가는 사람의 몸뚱이가 무덤이나 석관에 눕듯이 욕조 안에 누워 있었고, 휘장 삼아 시트 겸 모포가 욕조 위에 서둘러 쳐져 있었다. 방안에 가득 차 있던 증기를 빼내기 위해 채광창을 열어 두었지만, 증기는 물방울로 응결된 채 사방의 벽에 무겁게 달려 있었고 욕조 안에 누워 있는 사람의 얼굴과 몸뚱이에도 무겁게 달려 있었다. 방안이 여전히 뜨거웠고 욕조의 대리석도 여전히 뜨거웠지만, 얼굴과 몸뚱이는 만져보니 차고 끈적끈적했다. 욕조바닥의 하얀 대리석에는 새빨간 줄이 정맥처럼 뻗어있었다. 측면 선반 위에는 아편제가 들어있던 빈 병과 손잡이를 거북 등딱지로 만든 주머니칼 한 개가 놓여 있었다 – 더럽혀져 있었지만 잉크로 더럽혀져 있는 것은 아니었다.

"경정맥 절단 – 급사 – 죽은 지 최소한 반 시간은 되었음." 의사의 말을 반복하는 소리가 복도와 작은 방들과 온천장 전체에 빠르게 퍼져나갔을 때, 의사는 욕조바닥을 만져보기 위해 허리를 굽혔다가 곧게 세우는 중이었고, 두 손을 욕조 물에 담근 채 여전히 물을 튀기는 중이었다. 빨간색 줄이 대리석에 정맥처럼 뻗어있는 것처럼 욕조 물에 정맥처럼 뻗어 나갔다가 한 가지 색깔로 섞였다.

의사는 소파 위에 놓인 옷에 눈길을 주었다가 탁자 위에 있는 시계와 돈과 수첩에 눈길을 주었다. 편지가 접힌 채로 반쯤은 수첩에 죔쇠로 채워져 있었고 반쯤은 튀어나와 있었는데, 그 모습이 예민하게 관찰하는 그의 눈에 포착되었다. 그가 편지를 손으로 만졌다. 그리고는 수첩에서 편지를 좀 더 뽑아들면서 조용히 말했다. "이 편지는 내게 보내는 거군." 그러고 나서 편지를 펼치고 읽었다.

그가 지시할 사항이 없을 정도로 온천장의 직원들은 어떻게 해야 하는지 잘 알고 있었다. 관계당국이 곧 와서, 일반적으로 시계태엽을 감는 데 따르는 정도로만 태도나 안색을 바꾸면서 침착하고 사무적으로 고인의 시신과 그가 지니고 있던 물품들을 수습했다. 의사는 걸어 나와서 밤공기를 맞으니 기분이 나아졌다 – 경험이 많았지만 잠시 동안 현관의 층계에 앉아있으니까 한층 더 나아졌다. 그만큼 메스껍고 어질어질했던 것이다.

변호사가 근처에 있는 이웃이었다. 그 집에 도착하니 그의 친구가 일을 하느라고 밤늦게까지 종종 깨어있는 방에서 불빛이 새어나오고 있었다. 변호사가 없을 때는 불빛이 절대 그곳에서 새어나오지 않기 때문에 그는 변호사가 아직 잠자리에 들지 않았다고 확신했다. 사실, 이 부지런한 일꾼은 내일 증거와 반대되는 평결을 이끌어내야 했기 때문에 남자 배심원들에게 덫을 놓으면서 시간을 잘 이용하고 있던 중이었다.

의사가 노크하자 변호사는 깜짝 놀랐다. 그러나 누군가가 자기 물건을 도둑질하고 있다거나 또는 그게 아니면 자기를 제압하려고 한다는 얘기를, 다른 누군가가 해주러 왔다는 생각이 곧바로 들었기 때문에, 지체 없이 그리고 조용히 내려왔다. 그는 배심원단 머리에 뜨거운 물을 퍼부을 훌륭한 준비단계로서 자신의 머리를 차가운 화장수로 씻던 중이었고, 반대편 증인의 목을 좀 더 자유롭게 조를 수 있도록 자기 셔츠의 목 부분을 활짝 열고 증거를 읽던 중이었다. 그래서 그가 내려왔을 때 약간 흥분한 듯했다. 전혀 예상하지 못했던 의사를 보자 한층 더 흥분해서 물었다. "무슨 일이에요?"

"당신이 전에 머들의 지병이 뭐냐고 물었던 적이 있어요."

"이상한 대답이군요! 기억나요."

"알아내지 못했다고 했었죠."

"맞아요. 그렇게 말했던 기억이 나는군요."

"마침내 알아냈어요."

"세상에!" 변호사가 뒤로 주춤하더니 손바닥으로 상대의 가슴을 가볍게 쳤다. "나도 알아냈어요! 당신 얼굴에 쓰여 있어요."

그들은 가장 가까운 방으로 들어갔고, 의사가 그에게 편지를 건네주었다. 변호사는 그 편지를 여섯 차례 통독했다. 분량으로 치자면 길지 않았지만 변호사의 꼼꼼하고 지속적인 관심을 많이 요구하는 내용이었다. 변호사는 편지 내용에 대한 실마리를 전혀 찾을 수 없었다는 사실에 대해 이루 다 표현할 수 없을 정도로 유감을 표하면서 중얼거렸다. 최소한의 실마리라도 찾았으면 이 사건에 정통할 수 있었을 텐데! 그리고 그랬으면 아주 쉬운 사건이었을 텐데!

의사가 그 소식을 할리 가에 알려야겠다고 했다. 변호사는 그가 배심원석에서 이제까지 상대했던 배심원단 중 최고로 현명하고 비범한 배심원단을 속이는 일로 곧장 돌아갈 수가 없었다. 그는 박식한 친구에게 얄팍한 궤변을 늘어놓아서는 그들에게 통하지 않을 거 같고, 전문가적 재치와 기술을 부적절하게 남용해서도 설득할 수 없을 거 같다고 말했다(배심원단에게 그런 방법을 써서 시작하려고 했었던 것이다). 그래서 자기도 같이 가서 친구가 그 집에 들어가 있는 동안 근처를 왔다갔다하며 생각 좀 하겠노라고 했다. 둘이 함께 거기로 걸어갔는데, 산들바람이 불어서 냉정을 되찾기가 그만큼 더 좋았다. 의사가 그 집 문을 노크했을 때는, 낮이 밤에게 날개를 퍼덕이고 있었다.

세간의 주목을 받는 무지갯빛 제복의 하인 한 명이 주인을 기다리며 앉아 있었다. – 즉, 부엌에서 촛불 두 개에 의지해 신문을 읽다가 깊이 잠들어서, 사고로 집에 화재가 날 수 있는 가능성의 수학적 확률을 엄청나게 높이는 일을 실지로 해보이고 있었다. 하인이 깨어난 뒤에도 의사는 집사장이 깨어나기를 여전히 기다려야 했다. 마침내 그 고상한 사람이 플란넬 가운을 입고 천 신발을 신은 채 식당으로 들어왔다. 그러나 크러뱃을 여전히 매고 있었으니 과연 집사장다웠다. 이제 아침이 되었다. 의사는 기다리는 동안 햇빛을 보기 위해 한쪽 창의 겉창을 벌써 열어 놓고 있었다.

"머들 부인의 하녀를 불러서 부인을 깨우고, 가능한 한 조용히 나를 볼 수 있게 준비 해주시오. 부인에게 끔찍한 소식을 알려야겠소."

의사가 집사장에게 그렇게 말했다. 손에 촛불을 들고 있던 집사장이 하인을 불러서 촛불을 가져가라고 했다. 그러고 나서 창가로 품위 있게 다가왔고, 정확히 바로 그 방에서 만찬을 지켜보았던 것처럼 의사가 전할 소식을 지켜보았다.

"머들 씨가 사망했네."

"저는," 집사장이 말했다. "사망소식을 한 달간 게시하고 싶습니다."

"머들 씨가 자살했다니까."

"선생님," 집사장이 말했다. "그것은 저와 같은 지위에 있는 사람에게 편견을 불러일으키기에 알맞은 아주 불쾌한 소식입니다. 바로 떠나고 싶군요."

"이보게, 자네는 충격을 받지 않은 것 같은데, 놀랍지도 않은가?" 의사가 흥분해서 물었다.

집사장이 똑바로 서서 다음과 같은 잊지 못할 답변을 차분하게 했다. "선생님, 머들 씨는 절대 신사가 아니었습니다. 그러니 머들 씨가 아무리 신사답지 못한 행동을 했어도 저는 놀라지 않겠습니다. 행해졌으면 하고 바라시는 것 중에서, 제가 떠나기 전에 선생님께 보내드릴 다른 사람이나 지시해둘 다른 사항이 있습니까?"

의사는 위층에서 자기의 책임을 이행한 후에 거리에서 변호사와 합류했다. 그는 머들 부인과의 면담에 대해, 아직 그녀에게 모든 얘기를 하지는 못했지만 자신이 전한 이야기를 썩 잘 참아냈다는 정도로만 전했다. 변호사는 거리에서 기다리던 시간을 이용해 배심원단 전부를 한 방에 잡아버릴 아주 정교한 함정을 만드는 데 전념하고 있었다. 그 문제를 마음속으로 결정한 후에 최근의 참사에 비추어보니 그것은 명료한 문제였다. 그들은 그 문제에 대해 다방면으로 이야기를 나누며 집 쪽으로 천천히 걸었다. 의사 집 현관 앞에서 헤어지기 전에, 일찍 피운 몇몇 난롯불의 연기와 일찍 일어나 돌아다니는 몇몇 사람들의 숨소리와 말소리가 평화롭게 올라가고 있는 햇빛 찬란한 아침하늘을 올려다보고 거대한 도시를 훑어보다가 두 사람은 중얼거렸다. 아직 잠들어있지만 거지가 된 수십만의 사람들이 우리 둘이 이야기한 것처럼 자신들에게 임박한 파멸을 알게 된다면, 비참한 한 영혼을 비난하며 울부짖는 소리가 얼마나 무시무시하게 하늘나라까지 올라갈 것인가!

그 위대한 사람이 죽었다는 소문은 놀랄 정도로 빠르게 퍼졌다. 처음에는 그때까지 알려진 온갖 질병과 필요에 의해 빛의 속도로 발명해낸 몇몇 새로운 병에 걸려서 죽은 걸로 이해되었다. 어렸을 때부터 수종을 감추고 있었다느니, 할아버지에게서 재산으로 많은 양의 체액을 가슴 쪽에 물려받았다느니, 18년간 매일 아침 수술을 받았다느니, 신체의 중요한 정맥이 불꽃놀이를 하듯이 폭발했다느니, 폐에 문제가 있었다느니, 심장에 문제가 있었다느니, 머리에 문제가 있었다느니, 했다. 그 문제 전체에 대해 조금도 들은 바 없이 아침식탁에 앉았던 500명의 사람들은, 의사가 머들 씨에게 "머지않아 급사할 각오를 해야 합니다,"라고 은밀하게 직접 말하는 소리를 들었고, 머들 씨가 의사에게 "사람은 한 번 죽을 뿐입니다,"라고 말하는 소리를 들었다고 아침식사를 마치기도 전에 확신하게 되었다. 오전 열한 시경이 되자 머리에 문제가 있었다는 이야기가 현장과 비교하여 사람들이 제일 선호하는 설이 되었고, 열두 시가 되자 문제는 "혈압"이었던 걸로 분명하게 확인되었다.

혈압설이 대중이 생각하기에 아주 만족스러운 것이었고 모든 사람을 아주 편안하게 해주는 것 같았기 때문에, 변호사가 아홉 시반에 실상을 법정에 알리지 않았으면 그 설이 하루 종일 지속되었을 것이다. 그 결과 한 시쯤에는 머들 씨가 자살했다는 소식이 런던 전역에서 널리 속삭여지기 시작했다. 그러나 혈압설은 그 소식에 의해 폐지되기는커녕 그전보다 사람들이 더욱 좋아하는 설이 되었다. 거리마다 혈압에 대한 일반적인 설교가 행해졌고, 돈을 벌고자 했지만 벌 수 없었던 사람들이 모두들 말했다. 바로 그겁니다! 사람이 돈을 버는 데 몰두하면 곧바로 혈압이 올라가는 겁니다. 게으른 사람들도 그 기회를 비슷하게 이용했다. 그들은, 사람이 일을 하고, 하고, 또 해서, 결국 어떻게 되었는지 보세요! 악착같이 일만 하면 무리하게 되고, 혈압이 오르면 끝장나는 거예요! 라고 말했다. 많은 사람들이 이런 생각을 아주 유력한 걸로 받아들였지만 일을 무리해서 할 위험이 조금도 없는 젊은 점원들과 사무원들이 최고로 유력한 걸로 받아들였다. 그들 모두가 자신들이 사는 동안 그 경고를 절대 잊고 싶지 않다고 하면서, 혈압을 피하게끔 그리고 친구들에게 위로를 주는 자신들을 오랫동안 지킬 수 있게끔 행동을 잘 조절해야겠다고 아주 경건하게 선언했다.

그러나 거래소가 제일 바쁠 시간쯤 돼서 혈압설은 시들해지기 시작했고 끔찍한 풍설이 동서남북으로 퍼지기 시작했다. 처음에 그 풍설은 희미했으니, 다음과 같은 사항들을 의심하는 정도였다. 머들 씨의 재산이 원래 생각했던 만큼 막대할 것인지, 그것을 "현실화시키는" 데 일시적인 어려움이 있지나 않을지, 훌륭한 은행 쪽에서 일시적인(예를 들면 한 달 정도의) 지불정지라도 선포하지 않을지,

하는 정도였다. 풍설이 점차 요란해짐에 따라 – 그때부터 시시각각으로 요란해졌다 – 점점 더 위협적이 되었다. 그는 누구든지 설명할 수 있는 자연적인 성장이나 과정을 거치지 않고 무에서 갑자기 나타났다느니, 어쨌든 천하고 무식한 사람이었다느니, 항상 눈을 내리깔고 있어서 아무도 그의 눈을 볼 수 없었다느니, 전혀 까닭 모를 이유로 온갖 종류의 사람들에 의해 체포된 적이 있었다느니, 자신의 돈을 가졌던 적이 없고 모험적 사업은 앞뒤를 가리지 않는 완전히 무모한 것이었으며 지출이 아주 엄청났다느니, 하는 것들이었다. 저녁이 가까워짐에 따라 그런 이야기를 하는 소리와 그런 이야기를 하겠다는 결심이 꾸준하게 증가했다. 그가 의사 앞으로 보내는 편지 한 통을 온천장에 남겨 놓았고 의사가 그 편지를 손에 넣어서 내일 검시檢屍 때 제출할 텐데, 그 편지는 그때까지 그에게 속고 있던 대중에게는 청천벽력 같은 소식일 거라는 것이었다. 온갖 종류의 전문직과 생업에 종사하는 수많은 사람이 그의 파산으로 인해 파멸하게 될 것이고, 평생 편하게 살았던 나이 든 사람들이 그를 신뢰한 잘못으로 구빈원에서 참회하게 될 것이며, 수많은 여성들과 아이들의 미래 전체가 그 대단한 악당 때문에 황폐하게 될 거라는 것이었다. 그의 장대한 연회에 참여했던 모든 사람들이 가정들을 수도 없이 약탈하는 데 조력했던 걸로 드러날 것이고, 그를 대臺 위에 올려놓는 데 일조했던 비굴한 재물 숭배자들 모두가 악마를 단도직입적으로 숭배하는 편이 나았을 거라는 것이었다. 그래서 석간신문의 확인이 이어지고 판이 거듭됨에 따라 점점 더 요란하고 강렬하게 몰아치던 그 이야기는, 밤이 되자 사람들이 다음과 같은 이야기를 믿게 될 정도로 아주 커다랗게 울부짖는 소리로 변했다. 그 이야기는 세인트폴 성당의 둥근 지붕 위 회랑에 혼자 앉아있던 구경꾼이 머들이라는 이름을 온갖 저주의 말과 결부시킨 채 거칠게 투덜거리는 소리로 밤공기가 가득하다는 사실을 알게 되었다는 거였다.

그때쯤 고 머들 씨의 지병이 단순히 위조와 약탈이었다는 사실이 밝혀졌기 때문이다. 광범위하게 아첨을 받는 세련되지 못한 대상이었고, 위대한 사람들의 연회에 초대받는 위인이었으며, 귀부인들 모임에서 대붕의 알과 같은 존재였고, 상류사회의 배타성을 굴복시킨 위인이었으며, 오만을 납작하게 무너뜨린 위인이었고, 후원자 중 후원자였으며, 에돌림청의 고위직을 놓고 장관나리와 흥정을 벌인 위인이었고, 적어도 200년 동안 영국에서 대중에게 조용히 은혜를 베풀었던 모든 은인들과 자신들에게 유리한 증거가 되는 온갖 작품들과 저작들이 있는 예술과 학문의 모든 주도적 인사들이 받았던 것보다 더 많은 감사의 표시를 기껏해야 약 10년이나 15년 사이에 받게 된 위인인 그가 – 찬란한 경이였으며, 욕조바닥에 놓여 있는 썩은 고기 위에 멈췄다가 사라지기 전까지는, 선물을 가져오는 현인들의 추종을 받는 새로운 별자리였던 그가 – 그때까지 교수대를 용케 벗어났던 자 중 최대의 위조꾼이요 최대의 도둑일 뿐이라는 것이었다.

26 큰 대가를 치르다

팽스 씨가 허둥지둥하는 숨소리와 발소리를 예비적으로 내면서 아서 클레넘의 회계사무실로 뛰어 들어왔다. 검시가 끝났고 편지가 공개되었으며 은행이 파산했고 짚으로 만들어진 다른 모형구조물들은 벌써 불이 붙어서 연기로 변했다. 사람들이 탄복하며 바라보던 해적선이 온갖 등급의 선박과 온갖 크기의 배들로 이루어진 거대한 선단의 한가운데에서 폭발한 것이었다. 대양에는 잔해만이 남았으니, 불타는 선체들과 폭발하는 탄약고들, 친구들과 이웃들을 갈기갈기 찢어놓고 자폭한 커다란 대포들, 바다를 다니기에 적합하지 않은 돛대에 매달렸다가 물에 빠져서 죽은 채로 시시각각 떠내려가는 사람들, 헤엄치다 지쳐서 기진맥진한 채로 물 위에 떠 있는 사람들, 그리고 상어들 이외에는 아무것도 없었다.

공장의 회계사무실에서 평소에 볼 수 있었던 부지런함과 질서는 전복되어 없어졌고, 개봉하지 않은 편지들과 분류하지 않은 서류들이 책상 위에 흩어져 있었다. 쓰러진 원기와 사라져버린 희망을 보여주는 이런 징표들 한가운데에, 회계사무실의 주인이 책상 위에 두 팔을 교차하여 올려놓고 고개는 두 팔 위로 숙인 채 평상시 있던 자리에 우두커니 서 있었다.

팽스 씨는 뛰어 들어왔다가 그를 보고 그 자리에 꼼짝 않고 섰다. 일 분이 지난 다음에는 팽스 씨도 두 팔을 책상 위에 올리고 고개를 두 팔 위에 숙였다. 얼마 동안 그들은 둘 사이에 작은 방만큼의 사이를 둔 채 그런 자세로 가만히 아무 말도 않고 서 있었다.

팽스 씨가 먼저 고개를 들고 입을 열었다.

"클레넘 씨, 당신에게 그걸 권한 사람이 나예요. 그래요. 무슨 얘기든 하세요. 무슨 말을 하든지 내가 자책하는 이상으로 험한 말을 할 수는 없을 테니까요. 들어서 마땅한 말보다 심한 말을 할 수는 없을 거라고요."

"오, 팽스, 팽스!" 클레넘이 대답했다. "마땅하다는 말을 하지 마시오. 내가 뭘 누릴 자격이 있겠소!"

"이보다는 나은 행운이죠." 팽스가 말했다.

"내가," 클레넘이 그의 이야기에 개의치 않고 말을 이어나갔다. "동업자를 파산시켰단 말이에요! 팽스, 팽스, 도이스를 파산시켰다고요! 평생토록 노력했고, 정직하고 자조적이고 포기할 줄 모르는 나이 든 사람을, 수많은 실망에 맞서서 싸워왔던 사람을, 실망을 겪으면서도 아주 착하고 희망적인 본성을 보여주었던 사람을, 나 스스로 정말 안타깝게 여겨서 성실하고 유익하게 도움이 되고자 했던 사람을, 그런 사람을 내가 파산시켰단 말이에요 – 그에게 수치와 치욕을 안겨주었다고요 – 그를 파산시켰어요, 파산시켰단 말이에요!"

클레넘이 이런 생각으로 흥분하여 고통스러워하는 모습을 보기가 너무나 괴로워서, 팽스 씨는 머리카락을 움켜쥐고는 절망에 빠져서 쥐어뜯었다.

"날 비난해요!" 팽스가 부르짖었다. "날 비난하라고요, 그렇지 않으면 내가 스스로에게 벌을 내릴 거예요. 이 바보 녀석, 이 악당 녀석, 이렇게 해봐요. 멍청이야, 어떻게 그럴 수 있어, 짐승 같은 놈, 뭐 하자는 거야! 이렇게 해보라고요. 멱살이라도 잡아요. 내게 욕이라도 해요!" 그러는 내내 팽스 씨는 자신의 억센 머리카락을 아주 무자비하고 잔인하게 쥐어뜯었다.

"팽스, 당신이 이 치명적인 열기에 굴하지 않았더라면," 클레넘이 앙갚음이라기보다는 동정하는 투로 말했다. "당신에게 얼마나 좋았을까, 그리고 내게도 얼마나 좋았을까!"

"계속해요!" 팽스가 자책하느라 이를 갈면서 부르짖었다. "계속 욕하라고요!"

"당신이 그 저주받은 계산을 하지 않았더라면 그리고 계산한 결과를 가증스러울 정도로 뚜렷하게 내놓지 않았더라면," 클레넘이 신음하는 듯한 소리로 말했다. "팽스, 당신에게 얼마나 좋았을까, 그리고 내게도 얼마나 좋았을까!"

"계속해요!" 팽스가 머리카락 잡았던 손을 풀면서 소리쳤다. "계속 욕하라고요, 계속!"

클레넘은 그러나 벌써 진정되기 시작한다고 느꼈다. 하고 싶었던 말을 모두 다, 그리고 그 이상으로 한 셈이었다. 팽스의 손을 꽉 쥐고는 그저 이렇게 덧붙였다. "맹인들의 앞 못 보는 지도자, 팽스! 맹인들의 앞 못 보는 지도자여! 그러나 도이스, 도이스, 도이스, 나의 상처 입은 동업자여!" 그런 말을 하며 고개를 책상 위에 다시 한 번 떨어뜨렸다.

그들이 앞서 취했던 자세와 앞서 지켰던 침묵을 팽스가 다시 한 번 먼저 깨뜨렸다.

"그 소문이 퍼지기 시작한 이후 자리에 누운 적이 없었어요. 불길 속에서 타고남은 재라도 건져낼 수 있을 거라는 희망을 은근히 갖고서 샅샅이 찾아보았지만 모두 쓸데없는 짓이었어요. 모두 사라져 버렸더라고요. 완전히 자취를 감추었어요."

"나도 알아요." 클레넘이 대답했다. "너무 잘 알죠."

팽스 씨는 이야기가 잠깐 멈춘 틈을 영혼의 바로 그 깊숙한 곳에서 나오는 신음소리로 채웠다.

"팽스, 불과 어제," 아서가 말했다. "불과 어제, 월요일에 말이에요, 그것을 팔아서 현실화시키고 그만두어야겠다고 확고하게 작정했었단 말이에요."

"내가 똑같은 얘기를 할 수는 없겠군요." 팽스가 대답했다. "너무 늦은 게 아니었다면, 일 년 365일 중 어제 현실화시키려고 **했던** 사람들이 정말 많았다는 얘기를 들으니 놀랍지만요!"

증기를 내뿜는 것 같은 그의 호흡은 보통 익살맞은 효과를 거두었지만 지금은 수많은 신음소리보다도 더 비극적으로 여겨졌다. 그는 씻지 않아서 도저히 알아볼 수 없는 불운의 여신의 진짜 초상화라고 할 정도로 머리끝에서 발끝까지 아주 더럽고 지저분하게 방치된 상태였다.

"클레넘 씨, 투자할 때 - 전부 다 했었나요?" 그가 마지막 말을 하기 전에 멈췄다가 그 지점을 넘어서서, 그 말을 아주 어렵게 끄집어냈다.

"전부 다 했어요."

팽스 씨는 자신의 억센 머리카락을 다시 잡고 세게 비틀어서 몇 가닥을 뽑아냈다. 사나운 증오의 눈길로 뽑아낸 머리카락을 본 다음에 그것을 호주머니에 넣었다.

"방향을," 클레넘이 얼굴에 소리 없이 흘러내리던 눈물 몇 방울을 훔쳐내면서 말했다. "즉시 잡아야죠. 할 수 있는 한 아무리 형편없는 보상이라도 해야 하고요. 불행한 동업자의 명성이 손상되지 않도록 해야 해요. 나를 위해서는 아무것도 남겨두지 않을 거예요. 채권자들에게 내가 심하게 오용한 경영권을 넘기고, 남은 평생 동안 잘못을 – 또는 범죄를 – 갚을 수 있는 한 갚아야죠."

"현재의 어려움을 극복하기가 불가능한가요?"

"불가능해요. 지금은 어떤 것도 극복할 수 없어요, 팽스. 회사가 내 손을 빨리 떠날수록 좋을 거예요. 이번 주에 갚아야 할 채무가 있는데, 사정을 나만 아는 채로 하루를 지내서 그동안 파국을 유예한다 하더라도 얼마 지나지 않아 파국을 맞을 거예요. 어젯밤 밤새도록 어떻게 해야 할지 생각했어요. 이제 남은 일은 그걸 시행하는 거죠."

"완전히 혼자 할 생각은 아니죠?" 내뿜는 입김이 곧바로 물방울로 변화한 것처럼 얼굴이 축축하게 된 팽스가 침울하게 말했다. "법률적 도움을 좀 받으세요."

"그러는 게 낫겠군요."

"럭과 상의하세요."

"할 일이 많지는 않으니까 그가 다른 사람만큼은 할 수 있겠죠."

"클레넘 씨, 럭을 데려 올까요?"

"당신이 시간을 낼 수 있다면 정말 고맙지요."

팽스 씨는 당장 모자를 쓰고 펜튼빌로 증기를 뿜으며 갔다. 그가 간 동안 아서는 책상에서 고개를 들지 않고 내내 같은 자세를 유지하고 있었다.

팽스 씨가 그의 친구이자 전문적 조언자인 럭 씨를 데리고 왔다. 럭 씨는 오는 도중에 팽스 씨가 지금 비이성적인 상태에 있다는 사실을 충분히 경험했기 때문에 방해가 안 되도록 그에게 비키라고 부탁하는 것으로 자신의 전문적인 심사숙고를 시작했다. 팽스 씨는 희망이 꺾였지만 고분고분하게 복종했다.

"지금의 그는 딸아이를 원고로 해서 '럭 대 보킨스 파혼 소송 건'을 시작했을 때 내 딸의 상태와 같아요." 럭 씨가 말했다. "그는 이번 건에 대해 너무 강하고 직접적인 이해관계를 갖고 있어요. 흥분되어있고요. 우리 직종에서 흥분된 감정을 갖고는 성공할 수가 없거든요."

그는 장갑을 벗어 모자 안에 두면서 한두 차례 곁눈질을 했고, 자기 고객에게 큰 변화가 닥쳤다는 사실을 눈치 챘다.

"그동안 흥분상태로 지냈다니 유감이군요." 럭 씨가 말했다. "자, 제발 그러지 마요, 제발요. 이번 같은 손실은 대단히 통탄스러운 거지만 사태를 정면으로 바라봐야죠."

"내가 날려버린 돈이 전부 다 내 것이었다면, 럭 씨," 클레넘이 한숨지으며 말했다. "훨씬 덜 신경 썼을 겁니다."

"정말인가요?" 럭 씨가 양손을 쾌활하게 비비며 말했다. "나를 놀라게 하시는군요. 특이한 생각이에요. 사람들이 각별히 신경 쓰는 것은 대개 자기 돈이라는 사실을 경험상 알게 되었거든요. 다른 사람들의 돈을 많이 날려버린 후에도 잘 견디는 것을 봐왔으니까요. 정말로 잘 견디더라고요."

이런 말을 위로 삼아 하면서 럭 씨는 책상에 붙은 사무용 스툴에 앉아서 일에 착수했다.

"자, 클레넘 씨, 괜찮다면 이제 일을 보도록 하죠. 실상을 보자고요. 문제는 단순합니다. 평범하고 분명하고 간단하며 상식적인 문제예요. 스스로를 위해 어떻게 할 것인가? 스스로를 위해 어떻게 할 것인가?"

"럭 씨, 내게는 그게 문제가 아니에요." 아서가 말했다. "처음부터 문제를 잘못 이해하셨어요. 문제는 이거예요. 동업자를 위해 무엇을 할 것인가, 그에게 어떻게 최상의 보상을 할 것인가?"

"당신이," 럭 씨가 설득 조로 주장했다. "여전히 흥분상태로 있는 것 같다는 사실을 아세요? 나는 변호사 수중에 있는 방편으로서가 아니면 '보상'이란 용어를 **싫어합니다**. 흥분상태로 있으면 절대 안 된다고 주의를 주어야 할 것 같다고 해도 양해하시겠죠?"

"럭 씨," 클레넘은 용기를 내어 결심한 대로 해야겠다고 작정했다. 그러고는 의기소침한 가운데도 굳게 결심한 목적이 있는 듯한 모습을 보여서 그를 놀라게 했다. "당신은 내가 취하기로 작정한 방향을 따를 마음이 별로 없는 것 같군요. 내가 결심한 방향에 찬성하지 않기 때문에 꼭 필요한 일을 할 마음이 들지 않는다면, 유감이지만 다른 사람의 도움을 구해야겠어요. 그러나 내 결심에 반대한다고 해봤자 쓸데없는 일이라는 얘기는 당장 해야겠습니다."

"좋습니다, 선생님." 럭 씨가 어깨를 으쓱하면서 대답했다. "좋아요. 누군가는 그 일을 해야 하니까 내가 하지요. '럭 대 보킨스 건'의 경우 내 원칙이 그러했고, 대부분의 경우 내 원칙이 그렇습니다."

그러자 클레넘이 럭 씨에게 확고하게 결심한 내용을 설명하기 시작했다. 동업자가 대단히 순진하고 정직한 사람이며, 자신이 하고자 하는 일은 모두 다 무엇보다도 동업자의 품성에 대해 자신이 알고 있는 내용과 동업자의 감정을 중시하는 마음에 이끌린 것이라고 설명했다. 동업자가 그때는 중요한 사업 때문에 자리를 비우고 있었다고 하면서, 다른 나라에 가 있는 동업자의 명예와 명성에 부당하게 붙어있을 수 있는 최소한의 의심 때문이라도, 그가 하는 사업이 위험한 지경에 빠지지 않고 성공적으로 수행될 수 있도록 하기 위해, 자기가 성급하게 벌였던 일에 대한 비난을 자신이 공개적으로 받고 동업자는 그것에 대한 책임문제에 있어서 공개적으로 해방되는 것이 각별히 필요하다고 했다. 동업자의 도덕적 결백을 최대한으로 밝히는 것이, 그리고 자신이, 즉 이 회사의 아서 클레넘이 독자적 행동으로 심지어는 동업자의 경고를 명백히 어기면서까지 최근에 죽은 사기꾼에게 회사 재산을 투자했노라고 공개적으로 주저 없이 선언하는 것이, 자신이 할 수 있는 유일한 현실적인 보상이고, 다른 많은 사람들보다 그 특정한 사람에게 더 나은 보상이며, 따라서 자신이 먼저 해야만 하는 보상이라고 럭 씨에게 얘기했다. 그런 목적에 따라, 앞서 말한 취지로 이미 작성해둔 선언서를 인쇄해서 회사와 거래했던 모든 사람들에게 배포할 뿐 아니라 대중지에 그 내용을 광고로 싣는 것이 자신의 계획이라고 했다. 이 조치와 병행하여(이런 설명을 듣고 있던 럭 씨는 얼굴을 수없이 찡그리고 두 팔을 아주 불안하게 움직였다) 동업자의 무죄를 엄숙하게 밝히는 편지를 모든 채권자들에게 보내겠다고 했다. 또한 같은 편지에서 채권자들의 의향을 알고 동업자와 연락이 될 때까지 회사를 휴업하고, 채권자들의 지시를 겸손히 따르겠다는 뜻을 전달하겠다고 했다. 채권자들이 동업자의 결백을 참작한 덕에 사업을 이익이 나도록 재개하고 현재의 몰락을 이겨내는 흐름으로 사태가 들어설 수 있다면, 자신이 불행하게도 동업자에게 안긴 고통과 손해에 대해 화폐가치로 할 수 있는 유일한 보상이니까 자기 자신의 회사지분은 그에게 돌아가야 마땅하다고 했다. 그리고 자기 자신은 근근이 먹고 살 수 있는 정도로만 적은 봉급을 받고 회사를 위해 성실한 서기로 일하게 해달라고 요청할 거라고 했다.

럭 씨는 클레넘이 그렇게 하는 것을 막을 길이 없다는 사실을 확실히 알았지만 그래도 얼굴을 찡그리고 두 팔을 불안하게 움직이면서 한 마디의 이의제기라도 꼭 하고 싶었다. 그래서 한 마디 했다. "반대하지 않습니다." 그가 말했다. "언쟁하려는 것도 아니고요. 당신의 생각대로 하겠습니다. 그러나 마지못해 하는 겁니다." 그러고 나서 럭 씨는 이의를 제기하는 요점들을 장황하게 서술했다. 요컨대, 도시 전체가, 나라 전체라고 할 수도 있겠죠, 최근에 밝혀진 사건 때문에 일급의 광기상태에 있으므로 희생자에 대한 원한이 아주 강력할 것이기 때문입니다. 사기를 당하지 않은 사람들은 자신들만큼 현명하지 않았다는 이유로 희생자에게 틀림없이 점점 극단적으로 화를 낼 것이고, 사기를 당한 사람들은 자신들의 행동에 대한 변명과 이유－다른 희생자들이 전혀 갖고 있지 못하다고 사실을 그들 모두가 확실히 알고 있는 변명과 이유－를 틀림없이 찾으려 할 것이기 때문입니다. 희생자 누구나 다른 모든 희생자들의 전례가 없었다면 자신이 고생길에 빠지지 않았을 거라고 격하게 분노하며 생각할 가능성이 대단히 많다는 사실은 언급하지 않더라도 말입니다. 지금 같은 때에 클레넘 당신이 선언 같은 것을 하면, 폭풍우와 같은 증오가 틀림없이 당신에게 겨누어져서 채권자들의 관용 내지 합의를 기대하는 것을 어렵게 하고, 당신은 무수하게 쏟아지는 십자포화의 유일한 과녁이 되어서 사방에서 동시에 당신을 쓰러뜨리려 할 것이기 때문입니다.

럭 씨가 하는 이야기를 전부 다 들은 후, 클레넘은 그런 이의제기를 전부 다 인정하더라도 동업자의 무죄를 자발적으로 그리고 공개적으로 밝히겠다는 결심의 효력은 줄어들지 않고 줄어들 수도 없다는 답변만 했다. 그러니 그 일을 신속하게 처리할 수 있도록 즉각적으로 도와달라고 럭 씨에게 딱 잘라서 요청했다. 그 요청에 응해서 럭 씨가 일을 시작했다. 아서는 옷가지와 몇 권의 책, 그리고 약간의 잔돈 이외에는 아무것도 챙기지 않았고, 자기의 얼마 안 되는 돈이 들어있는 통장은 회사 서류와 같은 곳에 두었다.

발표가 이루어졌고 폭풍우가 무시무시하게 휘몰아쳤다. 수많은 사람들이 마구 비난할 수 있는 살아있는 누군가를 찾아 미친 듯이 두리번거리고 있었기에, 널리 알려지고자 애쓰는 유명한 이 사례야말로 그들이 그토록 필요로 하는 살아있는 누군가를 단두대에 세워놓은 것이었다. 그 사례와 아무 관련 없는 사람들도 극악하다고 느끼는데 그것 때문에 돈을 잃은 사람들이 그 사례를 부드럽게 다루리라고 기대할 수는 없는 노릇이었다. 비난과 욕설을 퍼붓는 편지들이 채권자들에게서 쏟아졌다. 매일 높다란 스툴에 앉아서 그 편지들을 모조리 읽고 있던 럭 씨가 영장이 발부될 것 같다는 얘기를 일주일 만에 의뢰인에게 했다.

"내 행동의 결과를 받아들여야죠." 클레넘이 말했다. "영장을 들고 여기 있는 내게 찾아오겠죠."

바로 다음날 아침, 그가 플로니쉬 부인의 집이 있는 모퉁이를 돌아서 블리딩 하트 야드로 들어섰을 때 플로니쉬 부인이 그를 기다리며 문간에 서 있다가, 이상하게도 '행복한 시골집'에 들르라고 간청했다. 거기서 그는 럭 씨를 만났다.

"여기서 당신을 기다리겠다는 생각을 했습니다. 나라면 오늘 아침에는 회계사무실로 가지 않겠습니다."

"왜죠, 럭 씨?"

"내가 아는 한 무려 다섯 명이나 나와 있거든요."

"이 일은 아무리 빨리 끝나도 지나치지 않아요." 클레넘이 말했다. "날 바로 잡아가라고 해요."

"그래요, 하지만," 럭 씨가 문을 가로막으며 말했다. "이유를 들어봐요, 들어보라고요. 그들이 클레넘 씨, 당신을 곧 잡아갈 거라는 사실은 분명하니까요. 그렇지만 이유를 들어봐요. 이런 경우에는 거의 언제나 별로 대수롭지 않은 일이 두드러지고 부각되거든요. 자, 사소한 일이 세상에 알려졌어요 – 그저 팰리스 코트의 재판권[14]이 행해질 정도의 일이니까요 – 이 일에 대해 신문이 제목을 붙여서 보도할 수도 있겠다고 생각할 만한 이유가 있고요. 나라면 이런 일로 잡혀가지는 않겠어요."

"왜죠?" 클레넘이 물었다.

"나라면 제대로 된 일로 잡혀가고 싶으니까요." 럭 씨가 말했다. "체면을 차리는 게 낫습니다. 당신의 전문적 조언자로서 차라리 상급법원에서 발부한 영장에 따라 잡혀가길 바랍니다. 부탁대로 하세요. 그게 더 나아보이거든요."

"럭 씨," 아서가 낙담해서 말했다. "내 유일한 소망은 사건이 마무리되는 거예요. 운에 맡기고 그냥 가겠습니다."

"다른 이유도 들어보세요!" 럭 씨가 큰 소리로 말했다. "자, 바로 이런 **이유입니다**. 다른 것은 취향일 수 있어요, 그러나 이런 이유가

---

[14] 10파운드 이하의 부채 건을 다루는 일이라는 의미. 그 이상의 금액은 상급법원에서 다루었다.

있다고요. 사소한 일로 체포되면 마셜시에 가게 될 겁니다. 그런데 마셜시가 어떤 곳인지 알잖아요. 아주 갑갑한 곳이에요. 지나치게 좁고요. 그 반면 킹스벤치[15]에서는-" 럭 씨는 오른손을 자유롭게 흔들어서 공간이 여유로운 곳임을 표현했다.

"나는," 클레넘이 말했다. "다른 감옥보다는 오히려 마셜시로 끌려가고 싶어요."

"진심인가요?" 럭 씨가 되물었다. "그렇다면 그것도 취향의 문제이니 이제 가도 되겠군요."

럭 씨는 처음에는 약간 감정이 상했지만 금세 눈감아주었다. 그들은 야드를 가로질러 반대편으로 걸어갔다. 블리딩 하트의 사람들은 아서의 파산 이후 그를 본분에 충실해서 자신의 자유를 내놓은 사람으로 간주해서 전보다도 더 많은 관심을 보여주었다. 많은 사람들이 거리로 나와서 그의 뒷모습을 지켜보았고, 제법 감동받은 체하면서 그가 "그것 때문에 허물어졌다,"고 서로 말을 나눴다. 플로니쉬 부인과 그녀의 아버지는 야드 끄트머리에 있는 계단 꼭대기에서서 매우 침울하게 고개를 가로저었다.

아서와 럭 씨가 회계사무실에 도착했을 때 기다리는 사람은 보이지 않았다. 그러나 럼주에 담가서 절인 듯한 차림의, 유대교를 믿는 나이 지긋한 사람이 그들을 바싹 뒤따라왔고, 럭 씨가 그날 온 편지

---

15 마셜시 감옥 근처에 있던 또 다른 채무자감옥. 킹스벤치 수감자는 마셜시 수감자보다 훨씬 자유로웠다.

중 한 통을 미처 뜯기도 전에 유리창으로 들여다봤다. "아!" 럭 씨가 올려다보고 말했다. "안녕하시오? 들어와요. 클레넘 씨, 내가 말했던 사람이 여기 온 것 같군요."

그 남자는 자신이 "샤쇼한 샤무적인 일"[16]때문에 방문했다고 설명하고 법이 정해준 역할을 이행했다.

"클레넘 씨, 같이 갈까요?" 럭 씨가 두 손을 비비면서 정중하게 물었다.

"혼자 가고 싶습니다. 아무쪼록 옷가지나 좀 보내주세요." 럭 씨는 가볍고 대수롭지 않다는 태도로 그러겠다고 대답하고 악수를 나눴다. 그러고 나서 아서와 그의 동행인은 아래층으로 내려가서 제일 먼저 보이는 마차에 올라탔고, 마차를 달려서 낡은 출입문으로 갔다.

"이렇게 들어가리라고는 생각도 못했던 곳인데, 하느님 용서하소서!" 클레넘이 혼자 중얼거렸다.

치버리 씨가 감옥 문을 지키고 있었고 존은 간수실에 있었다. 막 근무를 마쳤거나 자신의 근무시간을 기다리고 있었거나 둘 중의 하나였다. 둘 다 새로 온 죄수가 누구인지 알아보고는 간수가 놀랄 수 있다고 사람들이 생각하는 이상으로 깜짝 놀랐다. 나이 많은 치버리 씨는 부끄러워하는 기색으로 악수를 나누고 나서 말했다. "당신을 보고 지금보다 덜 기뻤던 적은 없었어요." 나이 어린 치버리

---

16 이 시기 소설에서 혀 짧은 발음은 유대인의 정형화된 특징이었다.

군은 좀 더 거리를 두고는 그와 악수를 나누지도 않았다. 그가 워낙 눈에 띄게 주저하면서 클레넘을 바라보았기 때문에 시야가 흐리고 가슴이 무거운 클레넘조차 그걸 알아볼 수 있었다. 잠시 후 존이 감옥 안으로 사라졌다.

클레넘은 잠시 간수실에 머물 필요가 있다는 사실을 알 정도로 이곳에 대해 훤히 알았기 때문에 귀퉁이에 자리 잡고 앉아서 주머니에 있던 편지들을 정독하는 체했다. 편지들이 그의 관심을 집중시키지는 못했다. 그래서 그는 나이 많은 치버리 씨가 죄수들이 간수실에 범접 못하게 하는 모습을, 즉 몇몇 죄수들에게 들어오지 말라고 열쇠를 가지고 신호하는 모습, 다른 죄수들을 팔꿈치로 찔러서 나가라고 하는 모습, 그리고 자신의 비참을 가능한 한 편하게 받아들이게 해주는 모습을 감사하며 지켜보았다.

아서는 바닥에 눈길을 고정시킨 채 과거를 회상하고 현재에 대해 생각하면서, 그렇지만 과거든 현재든 어느 쪽에도 주의를 기울이지 못하면서 앉아있었다. 그때 누군가가 자기 어깨를 건드린다는 느낌을 받았다. 존이었다. 그가 말했다. "이제 가셔도 됩니다."

아서는 일어나서 존을 따라갔다. 안쪽에 있는 철문 내부로 한두 걸음 들어섰을 때 존이 뒤돌아서서 말했다.

"당신이 머물 방이 하나 필요해서 준비했습니다."

"진심으로 고맙네."

존이 다시 몸을 돌려서 그를 낡은 출입구로 데리고 갔고, 낡은 계단을 올라가서 낡은 방으로 들어갔다. 아서가 손을 내밀었다. 존은 그 손을 보고 그의 얼굴을 바라보았다 – 엄격한 표정으로 – 그러고 나서 감정이 북받쳐 목이 멘 채 말했다.

"넘어설 수 있을 줄 몰랐어요. 그래요, 넘어설 수 없을 거 같았어요. 그렇지만 이 방을 좋아하리라고 생각했습니다. 당신이 머물 방입니다."

그렇게 종잡을 수 없는 행동이 불러일으킨 놀라움은, 그가 가고 나자(그는 즉시 사라졌다) 비어있는 그 방을 보고 클레넘의 상처 입은 가슴에 일어나는 감정들로, 즉 그 방을 신성한 곳으로 만들었던 착하고 친절한 단 하나의 인물과 관련해서 밀려오는 연상들로 대체되었다. 자신의 운명이 변했고, 그녀가 이곳에 없다는 사실이, 그 방과 그 방에 있는 자기 자신을 대단히 쓸쓸하게, 그리고 사랑과 진실이 깃든 그 얼굴을 대단히 필요하게 만드는 것이어서, 그는 벽에 기댄 채 마음이 가벼워질 때까지 눈물을 흘리고 흐느꼈다. "오, 나의 작은 도릿!"

***

27 마셜시의 학생

화창한 날이었고, 뜨거운 한낮의 햇볕이 내리쬐는 마셜시는 이례적으로 조용했다. 아서 클레넘은 감옥에 있는 어느 채무자에 못지않게 빛바랜 안락의자에 홀로 주저앉아서 생각에 잠겼다.

두려운 체포를 겪었고 그곳에 끌려왔다는 상황이 불러일으키는 비정상적인 평온함 속에서-감옥이 가장 일반적으로 유발시키는 첫 번째 감정의 변화인데, 그 위험한 휴식처에서 타락과 치욕의 밑바닥으로 수많은 사람들이 수많은 경로로 미끄러져 내려갔다-그는 자신이 겪었던 몇몇 변화에 대해 흡사 그 변화를 계기로 다른 세계로 추방된 것 같다고 생각했다. 자신이 지금 있는 장소, 자신이 맘대로 멀리 할 수 있었을 때 자기를 처음 이곳으로 이끌고 왔던 관심, 그리고 주위의 담장 및 창살과 분리할 수 없을 뿐만 아니라 그것들로 가두어둘 수 없는 근자의 삶에 대한 미묘한 기억과도 마찬가지로 분리할 수 없는 친절한 존재를 고려하면, 자신의 기억이 의지하는 모든 것이 자신을 다시 작은 도릿에게 돌아가게 한다는 사실이 놀라운 일은 아니었다. 그러나 그 사실은 그 자체 때문이 아니라 그 사실이 상기시켜주는 내용 때문에 놀라운 것이었는데, 자신이 보다 나은 결심을 할 수 있도록 소중한 그 여자아이가 얼마나 큰 영향을 미쳤는가를 상기하게 해주었다.

누구에게 또는 무엇에 그런 식으로 빚지고 있는지를 분명히는 모르다가, 빙빙 돌아가던 삶의 수레바퀴가 눈에 띄게 멈추는 바람에 올바른 지각을 하게 되는 경우가 있다. 그러한 지각은 병과 함께 오기도 하고, 슬픔과 함께 오기도 하며, 몹시 사랑하던 사람의 죽음과 함께 오기도 하니, 그것이야말로 아주 흔한 역경의 용도 중 하나인 것이다. 이러한 지각이 역경에 처한 클레넘에게 강력하고 예민하게 생겨났다. "처음 용기를 내서," 그가 생각했다. "지칠 대로 지친 두 눈 앞에 어떤 목적을 세웠을 때, 인정받는 남녀 영웅들 한 부대가 모였어도 피했을 천한 장애물에 맞서서, 누가 내 앞에서 아무 격려나 주목을 받지 못해도 선한 목적 자체를 위해 힘써 일을 했던가? 연약한 여자아이였잖아! 내가 부적절한 사랑을 극복하고 나보다 운이 좋은 사내에게 관대하게 대하려고 노력했을 때, 비록 그는 정중한 말 한 마디로라도 그걸 알아주거나 보답한 적이 없었지만, 누구한테서 인내와 극기, 자기억제와 자비로운 해석, 그리고 최고로 고결하고 관대한 애정을 보았던가? 바로 그 불쌍한 여자아이였잖아! 만일 내가, 남자라는 이점과 수단과 행동력을 지니고서도, 아버지가 잘못한 게 있어도 그것을 비밀로 둔 채 보상하는 것이 제일 먼저 해야 할 일이라는 마음속의 속삭임을 무시한 적이 있었다면, 허약한 발로 축축한 땅을 거의 아무것도 신지 않고 다니고, 여윈 두 손으로는 늘 바느질을 하고, 살을 에는 날씨에도 호리호리한 외양을 고작 절반 정도만 가리고 있는 어떤 젊은 인물이 내 앞에 나타나서 날 부끄럽게 만들었던가? 작은 도릿이었잖아." 그는 빛바랜 의자에 홀로 앉아서 늘 그런 생각을 했다. 늘 작은 도릿을 생각했던 것이다. 그러다가 결국엔 자신이 그녀에게서 벗어나 방랑을 하고, 그녀의 미덕을 기억하지 못하고 아무것이나 끼어들다가 벌 받는 것처럼 느껴졌다.

방문이 열렸다. 나이 많은 치버리가 머리만 조금 밀어 넣고는 클레넘을 보지도 않고 말했다.

"클레넘 씨, 근무가 끝나서 나가는 길입니다. 뭐 해드릴 게 있나요?"

"정말 고맙지만, 없습니다."

"허락도 없이 문을 열어서 죄송합니다." 치버리 씨가 말했다. "그러나 듣지 못하시더라고요."

"노크를 했나요?"

"여섯 번은 했을 겁니다."

클레넘이 정신을 차리고 보니, 감옥은 정오의 선잠에서 이미 깨어났고 수감자들이 그늘 드리워진 마당을 어정거리고 있는 오후 늦은 시간이었다. 몇 시간 동안 생각에 잠겨 있었던 것이다.

"물건은," 치버리 씨가 말했다. "아들이 갖고 올 거예요. 아들이 직접 갖고 가고 싶다고 하지 않았으면 제가 올려 보냈을 텐데요. 좀 더 확실히 말하면, 아들이 직접 갖고 가겠다고 했어요, 그래서 제가 올려 보낼 수 없었던 거죠. 클레넘 씨, 한 말씀 드려도 될까요?"

"제발 들어오세요." 치버리 씨가 머리를 문에 여전히 조금만 밀어 넣어서 양쪽 눈이 아니라 한쪽 귀만 그에게 향하고 있었기 때문에 아서가 그렇게 말했다. 그것이 치버리 씨의 타고난 섬세함－진정한 예의 바름이었던 것이다. 비록 외모는 대단히 간수 같고 조금도 신사 같지 않았지만 말이다.

"고맙습니다." 치버리 씨가 들어오지는 않고 말했다. "제가 들어가도 마찬가지니까요. 클레넘 씨, 개가 아무렇게나 상처를 주고 까

다룹게 굴어도 무시하세요(당신이 정말로 친절하다면요). 인정이 있고 본성이 착한 아이입니다. 저와 걔 엄마가 그 애의 본심이 어떤지 알고 있고 그것이 제대로 자리 잡고 있다는 것을 확인했거든요."

이런 수수께끼 같은 말을 하며 치버리 씨가 자기 귀를 빼더니 문을 닫았다. 그가 가고 10분쯤 지났을 때 그의 아들이 뒤이어 나타났다.

"가방 가져왔습니다." 그가 가방을 조심스레 내려놓으면서 아서에게 말했다.

"정말 친절하군. 자네를 고생시키다니 부끄럽네."

그 말이 끝나기도 전에 그가 사라졌다가 곧바로 돌아와서 정확하게 전처럼 말했다. "검은 상자도 가져왔습니다." 그것 역시 조심스럽게 내려놓았다.

"이것이 배려해주는 것임을 아주 잘 아네. 이젠 악수할 수 있겠지, 존 군."

그러나 존은 왼손 엄지손가락과 가운뎃손가락으로 구멍을 만들고 거기에 오른손 손목을 넣어 돌리면서 뒤로 물러났다. 그러고는 처음에 말했던 것과 같은 말을 했다. "넘어설 수 있을 줄 몰랐어요. 그래요, 넘어설 수 없을 거 같았어요!" 그러고 나서 두 눈에 연민같이 보이는 눈물을 글썽이면서도 험악한 눈빛으로 죄수를 바라보았다.

"이처럼 친절하게 기꺼이 도와주면서도 왜 나한테 화를 내지?" 클레넘이 물었다. "우리 사이에 뭔가 오해가 있는 것이 틀림없어.

내가 뭐든 오해를 불러일으킬 일을 했다면 미안하네."

"오해는 없습니다." 존이 대답하면서 손목을 구멍에 넣고 앞뒤로 돌렸는데 그러기에는 구멍이 약간 빡빡했다. "지금 당신을 바라보는 감정에 오해 같은 것은 없습니다! 클레넘 씨, 제가 어쨌든 당신의 체급을 그런대로 감당할 수 있다면 - 그런데 그렇지 못해요. 그리고 당신이 의심을 받고 있지 않다면 - 그런데 의심을 받고 있어요. 또한 마셜시의 제반 규정에 어긋나는 게 아니라면 - 그런데 어긋나요. 제가 당신을 바라보는 감정은 다른 어떤 것을 제시하기보다 이 자리에서 한 판 붙어서 결판을 내라고 자극하고 있어요."

아서는 약간 놀라기도 하고 살짝 화가 나기도 해서 그를 잠시 바라보았다. "이런, 이런!" 아서가 말했다. "오해가 있군, 오해가!" 몸을 돌리고 깊은 한숨을 쉬며 빛바랜 의자에 다시 주저앉았다.

존이 두 눈으로 그를 좇았다. 그러고 나서 잠시 숨을 돌리더니 큰 소리로 절규했다. "용서해주세요!"

"얼마든지 용서하지." 클레넘이 푹 숙인 고개를 들지도 않고 손사래를 치면서 말했다. "더 이상 말하지 말게. 나는 그럴 만한 가치가 없으니까."

"이 가구는," 존이 상냥하고 부드러운 목소리로 설명했다. "제 겁니다. 방은 있지만 가구는 없는 사람들에게 빌려주곤 했어요. 대단한 것은 아니지만 맘대로 쓰세요. 공짜란 말이죠. 다른 조건으로 사용하게 할 생각은 없으니까요. 무료로 사용하시기 바랍니다."

아서가 다시 고개를 들고 고맙다고 하면서 호의를 받을 수 없다고 했다. 존은 여전히 손목을 돌리고 있었고, 이전의 분열된 방식으로 여전히 자기 자신과 다투고 있었다.

"우리 사이에 뭐가 문젠가?" 아서가 물었다.

"그 이유를 말하지는 않겠습니다." 존이 갑자기 크고 날카로운 소리를 내면서 대꾸했다. "아무 문제없다니까요."

아서가 그의 행동에 대해 어떤 설명이라도 들으려고 다시 그를 바라보았지만 헛수고였다. 잠시 후 아서는 고개를 돌렸고, 존은 얼마 있다가 최고로 상냥하게 말했다.

"당신 팔꿈치 근처에 있는 작고 둥그런 식탁이 – 누구 건지 아시겠어요 – 그분 이름을 들먹일 필요는 없으리라고 생각합니다 – 훌륭한 신사였던 그분은 돌아가셨거든요. 그분이 그것을 건네주었고 그분 다음에 이 방에서 살았던 사람에게서 제가 그 식탁을 구입했어요. 그러나 그 사람은 그분에 필적할만한 인물이 전혀 아니더군요. 대부분의 사람들은 그분 수준에 미치기 어려우니까요."

아서가 작은 식탁을 가까이 당겨서 팔을 올려놓고는 그대로 있었다.

"어쩌면 모르실지 모르겠네요." 존이 말했다. "그분이 런던에 돌아와 계실 때 제가 불쑥 찾아간 적이 있다는 사실을요. 친절하게도 제게 앉으라고 권했고 아버지와 다른 옛날 친구들의 안부를 모두 다 물었지만 전체적으로는 **불쑥 찾아왔다는** 태도였습니다. 어쨌든 아주 비천한 지인들이라는 거겠죠. 많이 변한 것 같이 보여서, 돌아온 다음에 사람들에게 그런 말을 하기도 했습니다. 그분에게 여쭤보기를, 에이미 양이 건강히 – ”

“그래 그녀가?”

“저 같은 사람에게 질문하지 않고도 아실 거라고 생각했는데요.” 존은 크고 눈에 보이지 않는 알약을 삼키는 듯이 조금 있다가 대답을 했다. “질문하신 것에 답을 드릴 수 없어서 유감이군요. 그러나 그분이 그 질문을 무례한 행동으로 간주하고 ‘그것을 왜 내게 묻나?’라고 하셨다는 것은 사실입니다. 제가 불쑥 찾아갔다는 걸 똑똑히 깨닫게 된 것이 그때였거든요. 전에도 그런 걱정을 했었지만 말입니다. 그러나 그 후에는 그분이 아주 인심 좋게 얘기했습니다, 아주 인심 좋게 말입니다.”

그들 둘 다 몇 분 동안 침묵을 지켰다. 존이 그 중간쯤에 이렇게 말한 것을 제외하면 말이다. “그분은 아주 인심 좋게 말하고 행동했습니다.”

질문을 해서 침묵을 깨뜨린 사람은 또다시 존이었다.

“무례한 질문이 아니라면, 먹지도 마시지도 않고 얼마나 지낼 생각이시죠?”

“아직은 아무것도 원하지 않아.” 클레넘이 대답했다. “지금은 식욕이 없어.”

“그럴수록 먹어야 하는 이유가 늘어나는 거예요.” 존이 강조했다. “식욕이 없다고 아무것도 안 먹고 몇 시간이고 계속 여기에 앉아만 있었다면, 식욕이 없어도 먹어야 하고 드셔야 하는 거예요. 제 방에서 차를 마실 작정인데, 무례한 게 아니라면 와서 차 한 잔 하세요.

아니면 2분 내에 여기로 한 접시 갖고 올 수도 있고요."

자신이 거절하면 그가 그런 수고를 스스로 떠맡을 것 같아서, 그리고 또한 나이 많은 치버리 씨의 간청과 나이 어린 치버리 군의 사과를 마음에 간직하고 있다는 사실을 보여주고 싶어서 아서는 일어났다. 그리고 그의 방에서 차 한 잔 하고 싶다고 했다. 존이 함께 나가면서 그를 대신해 방문을 잠그고 열쇠를 그의 주머니에 아주 능숙하게 밀어 넣고는 자신의 방으로 안내했다.

그 방은 출입구에서 제일 가까운 건물 맨 위층에 있었다. 부자가 된 그 가족이 감옥을 영원히 떠나던 날에 클레넘이 서둘러 갔던 방이었고, 의식을 잃고 바닥에 쓰러져 있는 그녀를 들어 올렸던 방이었다. 그 계단에 발을 올려놓자마자 아서는 자신들이 어디로 향하고 있는지를 알 수 있었다. 그 방은 상당히 많이 바뀌어서 이제는 도배를 하고 페인트를 다시 칠했으며 훨씬 편안하게 가구가 비치되어 있었다. 그렇지만 그는 그 방이 바닥에 쓰러져 있던 그녀를 들어 올려서 마차 있는 곳으로 데리고 내려갔을 때 자신이 한 번 보았던 모습 그대로라는 사실을 기억해낼 수 있었다.

존이 손톱을 물어뜯으며 그를 뚫어져라 바라보았다.

"이 방이 기억나시나 보죠, 클레넘 씨?"

"잘 기억하지. 그녀에게 신의 가호가 있기를!"

방문자가 방안을 계속 훑어보는 동안 존은 차 준비하는 것도 잊은 채 손톱을 계속 물어뜯었고 그를 계속 바라보았다. 마침내 존이 찻주전자 있는 데로 움직였고, 차를 담아두는 통에서 차를 다량으로 꺼내 달가닥거리면서 주전자에 거칠게 넣었다. 그리고 뜨거운 물을 채우기 위해 공동주방으로 갔다.

그 방은 상황이 바뀌어 마셜시로 비참하게 돌아오게 된 클레넘의 마음을 무척 울쩍하게 했다. 그녀에 대한 생각으로 그리고 그녀를 상실했다는 생각으로 무척 애처로운 감정이 들어서 혼자 있지 않았더라도 저항하려고 했다면 고통스러웠을 것이다. 혼자였기 때문에 그는 저항하려고 하지도 않았다. 무감각한 벽을 그녀를 만지듯이 애틋하게 만졌고, 그녀의 이름을 작은 소리로 입 밖에 냈다. 그리고 창가에 서서 가장자리에 담장못이 무섭게 박혀 있는 감옥 흙벽을 훑어보았고, 그녀가 부자로서 성공한 삶을 살고 있는 머나먼 나라를 향해 엷은 여름안개를 뚫고 축복의 기도를 속삭였다.

존은 얼마간 방을 비웠다가 돌아왔다. 신선한 버터와 얇게 썬 삶은 돼지고기를 양배추 잎에 각각 싼 것과 미나리와 샐러드용 야채가 담긴 작은 바구니를 갖고 돌아와서 바깥에 나갔다 왔다는 사실을 알려주었다. 그것들을 마음에 들도록 식탁에 차리고 난 후 그들은 차를 마시기 위해 앉았다.

클레넘은 음식에 경의를 표하려고 애썼지만 효과가 없었다. 돼지고기는 구역질나게 했고 빵은 입안에서 모래로 변하는 듯했다. 차 한 잔 외에는 아무것도 억지로 밀어 넣을 수가 없었다.

"푸른색 채소를 좀 드셔보세요." 존이 그에게 바구니를 건네주며 말했다.

클레넘은 미나리 가지를 한두 개 꺾어서 다시 먹어보았다. 그렇지만 빵은 전보다 더 굵은 모래로 바뀌었고, 돼지고기는(그 자체론 충분히 훌륭했지만) 마셜시 전체에 돼지고기의 뜨거운 모래바람을 희미하게 내뿜는 것 같았다.

"푸른색 채소를 좀 더 드셔보세요." 존이 말을 하면서 바구니를 다시 건네주었다.

그것은 새장 안에 기운 없이 갇혀있는 새에게 야채사료를 건네주는 것과 아주 흡사했다. 존이 미나리와 야채가 담긴 작은 바구니를 감옥의 퀴퀴하고 뜨거운 포석과 벽돌을 상쇄할 한 움큼의 신선한 기분전환거리로 사왔다는 사실이 너무 명백해서 클레넘은 미소 지으며 말했다. "이것을 철망 사이로 넣어줄 생각을 하다니 정말 친절하군. 하지만 오늘은 이걸 삼키지도 못하겠어."

그 어려움이 전염성인 것처럼 존도 자신의 접시를 곧 밀쳐내고 돼지고기를 쌌던 양배추 잎을 접기 시작했다. 손바닥에서 잎이 서로 포개지도록 켜켜이 접어서 작은 모양이 되자 두 손에 끼고 납작하게 만들고는, 클레넘을 주의 깊게 바라보기 시작했다.

"제 생각에는," 녹색 뭉치를 약간 힘을 주어 누르다가 마침내 입을 열었다. "자신을 위해 몸을 돌보는 게 스스로에게는 아니더라도 다른 사람을 위해서라면 그럴 만한 가치가 있지 않을까요."

"정직하게 말하자면," 아서가 한숨을 쉬고 미소 지으며 대답했다. "누구를 위해선지 모르겠네."

"클레넘 씨," 존이 흥분하여 말했다. "당신처럼 솔직하게 행동할 수 있는 신사분이 그렇게 답변하는 부끄러운 행동을 할 수 있다니

존 치버리 군과 차를 마시며

놀랍군요. 클레넘 씨, 나름의 동정심을 베풀 수 있는 신사분이 제 마음을 그렇게 무자비하게 다룰 수 있다니 놀라워요. 깜짝 놀랐습니다. 정말로 그리고 진실로 깜짝 놀랐단 말입니다!"

결론 삼아 하는 이야기를 강조하기 위해 일어섰던 존이 다시 앉아서 녹색 뭉치를 오른쪽 다리에 올려놓고 굴리기 시작했다. 그러면서도 클레넘에게서 시선을 결코 떼지 않았고 화가 나서 비난하는 표정으로 그를 뚫어져라 바라보았다.

"저는 그것을 이미 넘어섰습니다." 존이 말했다. "극복해야 **한다는** 것을 알았기 때문에 이미 극복했고, 더 이상 생각하지 않기로 이미 결심했단 말입니다. 당신이 오늘 이 감옥에, 그리고 저로선 불행한 시간에 오지만 않았어도 그 문제를 다시 생각하진 않았을 겁니다!" (흥분한 존은 그의 어머니처럼 문장을 강하게 구성하는 방법을 택했다.) "혼자 있기 좋아하는 피고가 아니라, 마치 유파스 나무[1]를 잡아온 것처럼 당신이 오늘 간수실에 있는 제게 처음 왔을 때, 처음 몇 분간 모든 것을 완전히 쓸어버릴 정도로 만감이 교차하는 감정의 흐름이 다시 일었고, 그 흐름이 일으키는 소용돌이 속에서 저는 빙글빙글 돌았습니다. 그렇지만 이제는 소용돌이에서 벗어났습니다. 몸부림을 쳐서 벗어난 것입니다. 최종적으로 말한다면 최대한의 힘을 다해서 그 소용돌이와 맞싸웠고 벗어났다는 겁니다. 제가

[1] 자바 섬에서 자라는 나무로 근처에 독기를 퍼트린다는 설이 있었음.

무례했다면 사죄해야 마땅하니까, 품위를 떨어뜨린다는 문제와 상관없이 분명히 사죄드리겠습니다. 그런데, 단 한 가지 생각이 제게는 성스러운 생각에 버금가고 다른 모든 생각보다 중요하다는 사실을 보여주고 싶었을 때 – 제가 아주 약하게 그 사실을 암시했을 때, 결국 당신은 발뺌했고 저를 원상태로 되돌려놓았습니다. 그러지 마세요," 존이 말했다. "발뺌했고 절 원상태로 되돌려놓았다는 걸 야비하게 부정하지 마세요!"

아서는 깜짝 놀라서 어쩔 줄 모르는 사람처럼 그를 바라보다가 그저 이렇게 말했다. "뭐야, 무슨 얘기야, 존?" 그러나 어떤 부류의 사람들에게는 답변하는 게 최고로 어려운 일인 경우가 있고, 존이 바로 그런 상태에 있었기 때문에 존은 마구잡이로 말을 계속했다.

"저는 없었어요," 존이 단언했다. "그래요, 모든 게 끝나지 않았다고 생각할 대담성이 없었던 것이 분명해요. 그런 축복을 받을 수 있다는 희망이 전혀 없었거든요, 그래요, 희망이 있었다면 뭣 때문에 없었다고 말하겠어요, 이미 말을 주고받은 다음에 말이에요, 극복할 수 없는 장벽을 쌓아올렸던 것도 아닌데요! 그렇지만, 그것이 제가 기억을 가져서는 안 되고 의견을 가져서도 안 되며 성스러운 자리든 뭐든 가지면 안 되는 이유인가요?"

"도대체 무슨 얘길 하는 거야?" 아서가 소리쳤다.

"그걸 짓밟아도 좋아요," 존은 난폭한 낱말을 찾느라고 대초원을 진짜 샅샅이 뒤지면서 이야기를 계속했다. "짓밟고 나서 자신의 죄를 인정하는 결단을 내릴 수 있다면 짓밟아도 좋아요. 그래도 그것은 거기에 있는 거니까요. 거기에 있지 않았으면 짓밟힐 수도 없었을 테니까요. 그러나 그렇게 하는 것은 신사다운 것도 고결한 것도 아니에요. 사람이 자신의 생각에서 벗어나기 위해 나비처럼 몸부림을 치고 분투한 다음인데 그를 원상태로 되돌려놓은 것을 정당화하는 게 아니란 말입니다. 세상 사람들이 간수를 비웃을 수는 있어요, 그러나 그도 남자입니다 - 여자 죄수들이 바라는 대로 여자가 아니라면 말이에요."

존의 종잡을 수 없는 이야기는 우스꽝스러웠지만 그의 단순하고 감상적인 성격에는 진실성이 있었다. 그리고 모종의 아주 예민한 부분에서 상처를 입었다는 의식이 그의 달아오른 얼굴과 흥분한 목소리, 그리고 흥분한 태도를 통해 표현되어서 그것을 무시했다면 잔인한 행위였음에 틀림없었다. 아서는 이러한 미지의 상처가 생긴 출발점을 다시 생각해보았다. 그러는 동안 존은 녹색 뭉치를 아주 둥글게 말아서 세 조각으로 조심스레 자른 다음에 특별한 진미인 양 그것을 접시 위에 올려놓았다.

"자네가 도릿 양에 대해 약간의 언급을 했던 것은 그저 있을 수 있는 일이라고 생각했네만?" 아서는 미나리에 대해 이야기를 주고받았던 데까지 소급해서 생각했다가 돌아와서 말했다.

"그저 있을 수 있는 일이지요." 존 치버리가 대꾸했다.

"이해를 못하겠군. 이해 못하겠다는 얘길 하면, 자넬 또다시 화나게 만들려고 하는 거라는 생각이 자네에게 들 정도로 내가 불운하지는 않았으면 좋겠어. 화나게 만들려는 의도가 아니니까 말이야."

"선생님," 존이 말했다. "당신은 제가 도릿 양에 대해 주제넘은 사랑이 아니라 흠모와 희생의 감정을 느끼고 있었다는 것을 지금뿐만 아니라 오래 전부터 알고 있었다는 사실을 스스로를 속이면서까지 부정하실 건가요?"

"정말이네, 존, 안다면 속이지 않아. 내가 속인다고 의심하는 이유를 정말로 모르겠군. 자네의 어머님이신 치버리 부인에게서 내가 그녀를 보러 한 번 갔었다는 얘기를 들은 적 있나?"

"없습니다." 존이 짤막하게 대답했다. "그런 얘긴 들은 적이 없습니다."

"하지만 갔었네. 왜 갔었는지 짐작할 수 있겠나?"

"없습니다." 존이 짤막하게 대답했다. "왜 갔었는지 짐작할 수 없습니다."

"들어보게. 나는 도릿 양의 행복을 증진시키기를 갈망하고 있었네. 그래서 도릿 양이 자네의 애정에 대해 애정으로 답할 수 있다면 – "

불쌍한 존 치버리의 귀가 끄트머리까지 빨개졌다. "도릿 양은 결코 그런 적이 없습니다. 보잘것없지만 저는 할 수 있는 한 정직하고 충실하고자 합니다. 그녀가 한 번이라도 그런 적이 있었다거나 그렇다는 사실을 제가 믿게끔 한 번이라도 유도한 적이 있었다고 주장할 마음은 조금도 없습니다. 그렇습니다, 냉정한 이성으로 봤을 때 그녀가 그렇게 하고 싶어 한다거나 그럴 수 있다고 기대하는 것조차 있을 수 없는 일이니까요. 그녀는 모든 면에서 언제나 저보다 훨씬 뛰어났습니다. 그리고," 존이 덧붙였다. "그녀의 품위 있는 가족 역시 마찬가지였고요."

그녀에게 속하는 모든 것에 대한 그의 예의 바른 감정이 그의 작은 키와 약간 힘이 없는 다리, 아주 힘이 없는 머리카락과 공상적인 기질에도 불구하고 그를 아주 존경할 만한 사람으로 만들어서 골리앗 같은 거인이 그의 자리에 앉아 있었어도 아서는 그보다 덜 존중했을 것이다.

"존, 자네는," 그가 진심으로 감탄하며 말했다. "사내답게 말하는군."

"글쎄요," 존이 손으로 두 눈을 비비며 대답했다. "그렇다면 당신도 똑같이 그랬으면 좋겠는데요."

그가 예기치 않은 대꾸를 이처럼 재빨리 하자 아서는 이상하게 여기는 표정으로 그를 다시 바라보았다.

"어쨌든," 존이 찻쟁반 너머로 손을 뻗으며 말했다. "너무 심한 말이었으면 취소합니다! 그렇지만 왜 안 하세요, 왜 안 하시는 거죠? 클레넘 씨, 다른 사람을 위해 몸을 돌보라고 했는데, 제가 아무리 간수라고 해도 어째서 솔직하지 않은 거죠? 당신이 최고로 좋아하리라고 생각하는 방을 제가 왜 구해드렸겠어요? 당신 물건을 왜 갖다드렸겠어요? 그것들이 무거워서가 아니에요. 그 때문에 이 얘길 하는 것도 아니고요, 전혀 그렇지 않아요. 제가 아침부터 당신과 왜 친분을 가지려고 했겠어요? 당신 자신의 장점이 이유였을까요? 아니에요. 당신의 장점이 아주 대단하다는 걸 조금도 의심하지 않습니다만, 그것이 이유는 아니에요. 다른 사람의 장점이 중요했던 것이고 제게는 그것이 훨씬 더 중요합니다. 그런데 왜 솔직하게 얘기하지 않으세요!"

"꾸밈없이 얘기하자면, 존," 클레넘이 말했다. "자네는 아주 착한 사람이고 자네의 성격을 정말로 존경하네. 자네가 오늘 내게 제공해준 친절이 도릿 양이 나를 친구로 믿어준 덕분이라는 사실을 내가 실제 느끼는 것보다 덜 느끼는 것처럼 보였다면 – 잘못을 인정하고 용서를 비네."

"아! 왜 안 하세요." 존이 경멸 조로 대꾸하며 되풀이했다. "왜 솔직하게 얘기하지 않으세요!"

"분명히 말하지," 아서가 대답했다. "자네 말을 이해할 수 없어. 날 봐. 내가 겪고 있는 곤경을 생각해봐. 내가 또 다른 자책, 즉 자네에게 배은망덕하다거나 자네를 속이고 있다는 자책을 일부러 보탤 것 같은가? 자네 말뜻을 모르겠네."

존이 못 믿겠다는 표정을 천천히 누그러뜨리더니 의심스럽다는 표정을 지었다. 일어나서 채광창이 있는 데로 물러나더니 아서에게 그리로 오라고 손짓했다. 그러고서 생각에 잠긴 채 그를 바라보았다.

"클레넘 씨, 모른다는 얘기를 하실 작정이세요?"

"뭘 말인가, 존?"

"맙소사," 존이 숨을 헐떡이면서 담장 위에 박혀 있는 담장못에게 호소하듯이 말했다. "이분이 말하는군, 뭘 말하느냐고!"

클레넘이 담장못을 바라보다가 존을 바라보았다. 그리고 또다시 담장못을 바라보다가 존을 바라보았다.

"이분이 말하는군, 뭘 말하느냐고! 게다가," 존이 당혹감을 느끼면서 애절하게 그를 훑어보다가 소리쳤다. "이분은 실제 그 뜻으로 말한 거 같아! 이 창문이 보이시나요?"

"물론 보이지."

"이 방이 보이시나요?"

"이런, 물론 보여."

"맞은편에 있는 저 담장과 아래에 있는 마당도요? 이것들이 모두 다 밤낮으로 매일, 매주, 그리고 매달, 목격했는데요. 도릿 양은 절 보지 못했지만 여기 서 있는 그녀를 제가 얼마나 자주 보았는데요!"

"뭘 목격했다는 말인가?" 클레넘이 물었다.

"도릿 양의 사랑을 목격했단 말입니다."

"누구를 사랑하는데?"

"당신요!" 존이 말했다. 그러고 나서 손등으로 그의 가슴을 건드리고 의자 있는 데로 물러나서는, 팔짱을 낀 채 그를 향해 고개를 가로젓고 창백한 얼굴로 의자에 앉았다.

그가 클레넘을 가볍게 건드리는 대신에 강타를 가했어도 그를 더 이상 혼란에 빠뜨릴 수는 없었을 것이다. 클레넘은 깜짝 놀란 채 그대로 서서 존을 바라보았다. "나라고!"라는 말을 입 밖에 내지는 못했지만 가끔씩 그 말을 하는 입모양을 흉내 내면서 입술을 벌린 채로 있었고, 두 손은 옆구리에 떨어뜨리고 있었다. 요컨대, 겉모습

전체가 자다가 깨어났는데 충분히 이해할 수 없는 정보 때문에 망연자실하고 있는 모습이었다.

"나라고!" 그가 마침내 큰 소리로 말했다.

"아!" 존이 신음소리를 냈다. "당신요!"

클레넘은 있는 힘을 다해 미소를 지은 후 대답했다. "자네의 상상이야. 완전히 틀렸어."

"제가 틀렸다고요!" 존이 말했다. "**제가** 그 문제에 대해 완전히 틀렸다고요! 아니에요, 클레넘 씨, 그런 말씀 마세요. 제가 통찰력이 있는 인물이라고 주장하는 게 아니에요. 제 결점을 충분히 잘 알고 있으니까, 다른 문제에 대해서는 틀렸을 수 있지요, 그렇게 말씀하고 싶다면요. 그러나 쏟아지는 야만인들의 화살이 느끼게 할 수 있는 이상의 고통을 느끼게 한 문제에 대해 **제가** 틀렸다니요! 무덤이 담배장사 및 아버지와 어머니가 느끼실 슬픔과 양립할 수만 있었다면 – 제가 가끔씩 바랐던 대로 – 절 무덤에 보냈을지도 모르는 문제에 대해 **제가** 틀렸다니요! 사람들 말대로 다 큰 여자아이처럼 지금도 손수건을 꺼내게 만드는 문제에 대해 제가 틀렸다니요! 제대로 자란 남성이라면 모두가 많든 적든 여성을 사랑하는데, 다 큰 여자아이가 어째서 비난의 말이 되어야 하는지 모르겠지만 말이에요. 그런 말씀 마세요, 그런 말씀 마시라고요!"

겉보기는 아주 우스워도 밑바탕은 대단히 훌륭한 인물인 존이 과시하거나 은폐하려는 기색이 전혀 없이 손수건을 꺼냈다. 그가 눈물을 닦을 요량으로 손수건을 꺼냈을 때, 과시하거나 은폐하려는 기색이 전혀 없었다는 것은 속에 많은 장점을 지닌 사람에게서만 볼 수 있는 모습이었다. 그는 눈물을 닦으면서 흐느끼고 코를 훌쩍이는 무해한 사치에 빠졌다가 손수건을 다시 집어넣었다.

손등으로 가슴을 건드린 존의 손길이 강타를 가한 것처럼 여전히 영향력을 미치고 있어서 아서는 그 주제를 마무리하기 위해 많은 이야기를 할 수가 없었다. 존 치버리가 손수건을 주머니에 넣자, 아서는 도릿 양에 대한 그의 사심 없고 충실한 기억에 대단히 경의를 표한다고 확실히 말해주었다. 그가 방금 말했던 인상에 대해서는 - 그때 존이 끼어들어서 말했다. "인상이 아니에요! 확실한 거예요!" - 그것에 대해서는 어쩌면 다음 기회에 말할 수는 있겠지만 지금은 그만 말하자고 했다. 기운이 없고 피곤하기 때문에 허락한다면 방으로 돌아가서 그날 밤은 방안에 있고 싶다고 했다. 존이 동의를 했고, 그는 그늘진 담장 아래로 천천히 움직여서 숙소로 돌아왔다.

지저분한 차림의 노파가 - 그 노파는 잠자리를 펴려고 문밖 계단에 앉아서 기다리고 있었다. 그리고 잠자리를 펴면서 치버리 씨의, "나이 많은 치버리 씨가 아니라 나이 어린 치버리 씨의" 지시를 받고 잠자리를 펴는 것임을 그에게 알려주었다 - 떠난 다음에도, 강타를 맞았다는 느낌이 여전히 강하게 남아있어서 그는 마치 망연자실한 것처럼 두 손으로 머리를 감싸 쥐고 빛바랜 의자에 앉아있었다. 작은 도릿이 그를 사랑한다고! 그에게는 자신의 비참함보다도 훨씬 더 갈피를 못 잡게 만드는 문제였다.

그럴 것 같지 않은 면을 생각해보자. 그는 그녀를 아이라고, 귀엽

둥이라고 부르는 데, 그리고 둘의 나이 차이를 강조해서 그녀의 속내 이야기를 끌어내는 데, 그리고 스스로에 대해 늙어가는 사람이라고 말하는 데 익숙했었다. 그러나 그녀로서는 그가 늙었다고 생각하지 않을 수도 있는 일이었다. 장미가 강물 위로 떠내려갈 때까지는 자기도 스스로를 늙었다고 생각하지 않았다는 사실이 생각났다.

다른 서류와 같이 상자 안에 넣어 두었던, 그녀가 보낸 두 통의 편지를 꺼내서 읽었다. 편지에는 그녀의 듣기 좋은 목소리가 담겨 있는 듯했다. 그 음성은 다양한 어조의 상냥한 말소리로 귀에 들려왔고 새로운 의미로 받아들여졌다. 그런데, 바로 그 방에서 그날 밤에－그녀의 바뀐 운명의 시초를 그가 보게 되었던 그날 밤에, 그리고 지금 굴욕을 맛보며 죄수로 지내는 그가 기억할 수밖에 없는 다른 말들이 그들 사이에 오고갔던 그날 밤에－"안 돼요, 안 돼, 안 돼요,"라고 그녀가 그에게 조용하고 쓸쓸하게 대답했던 말이 불현듯 머리에 떠올랐다.

그럴 것 같지 않은 면을 생각해보자.

그러나 그것은 생각할수록 압도적으로 점점 희미해져갔다. 그와 동시에 자신의 마음에 대한 또 하나의 기이한 탐구가 점점 강하게 일어났다. 그녀가 누군가를 사랑한다는 사실을 믿으려하지 않는 마음속에는, 그 의문을 해결하고자 하는 욕망 속에는, 그리고 누군가에 대한 그녀의 사랑을 돕는 것이 나름대로 훌륭한 일이라는 막연한 의식 속에는, 생겨나자마자 자신이 침묵시켜버린 뭔가가 억눌린 채로 있는 것이 아니었을까? 그녀가 자신을 사랑한다든가 하는 일은 생각하지 말아야 한다고, 그녀의 감사하는 마음을 이용해서는 안 된다고, 자신이 기억하는 경험을 경고이자 질책으로 삼아야 한다고, 젊은 날의 그런 희망들은 친구의 죽은 딸이 사라져버렸듯이 사라져버린 것으로 간주해야 한다고, 그리고 그런 시절은 지나갔고 자신은 너무 우울하고 늙어버렸다고 스스로에게 꾸준히 다짐해야 한다고, 자신에게 속삭였던 적이 있지 않았던가?

그녀가 아주 일관되게 그리고 의미심장하게 망각되었던 날에 바닥에 쓰러져 있는 그녀를 들어 올리면서 입맞춤을 한 적이 있었다. 그녀가 의식이 있었어도 입맞춤을 그냥 했었을까? 차이가 없었을까?

밤이 깊도록 그는 이런 생각들에 몰두하고 있었다. 그날 밤 플로니쉬 부부가 그의 방문을 두드렸다. 그들은 판매는 아주 빨리 되었지만 수익은 아주 천천히 낳는 비치된 상품 중에서 정선한 걸로 골라서 가득 채운 바구니를 갖고 왔다. 플로니쉬 부인은 충격을 받고 눈물을 흘렸다. 플로니쉬 씨는 철학적이지만 명쾌하지는 않은 방식으로, 오르막이 있으면 내리막이 있는 거잖아요, 라고 정감 있게 투덜거렸다. 왜 오르막이 있고 내리막이 있는 거냐고 묻는 것은 쓸데없는 짓인데, 그런 법이라는 거였다. 세상이 돌아감에 따라, 세상이 회전한다는 것은 틀림없잖아요, 아무리 훌륭한 신사라도 거꾸로 물구나무서서 머리카락이 전부 다 소위 우주 쪽으로 거꾸로 흩날려야 하는 때가 정말 있다는 얘기를 들었다고 했다. 그렇다면 좋아요. 플로니쉬 씨가 말했다. 그렇다면 좋아요. 그 신사의 차례가 되면, 머리가 위쪽에 있겠군요. 그 신사의 머리카락이 다시 잘 손질되어서 보기 좋을 때가 있겠어요. 그렇다면 좋아요!

플로니쉬 부인이 철학적이 아니어서 우는 거라는 얘기는 벌써 했다. 게다가 그 부인이 철학적이 아니어서 그녀의 말을 이해할 수 있는 일이 벌어졌다. 그것은 그녀의 약해진 정신 상태, 여성다운 지혜, 여성다운 재빠른 연상 또는 여성다운 몰연상에서 생겨난 것일 수 있었지만, 아서가 숙고하는 바로 그 문제에서 플로니쉬 부인의 말을 이해할 수 있는 일이 웬일인지 추가적으로 일어나게 되었다.

"아빠가 클레넘 씨, 당신에 대해 이야기하는 방식을," 플로니쉬 부인이 말했다. "당신은 믿을 수 없을 거예요. 그 방식이 아빠의 몸을 아주 안 좋게 만들었어요. 아빠의 목소리는, 이번 불행을 겪고 사라져버렸어요. 아시다시피 아빠는 목소리가 정말로 좋은 가수였잖아요. 그러나 제 말을 믿는다면, 그는 차를 마시면서도 자식들을 위해 단 하나의 음도 낼 수 없게 되었어요."

그렇게 말하면서 플로니쉬 부인은 고개를 가로저었고 두 눈의 눈물을 닦았으며 추억에 잠겨서 방안을 둘러보았다.

"밥티스트 씨가," 플로니쉬 부인이 말을 이었다. "이 사실을 알게 되면 어떤 행동을 할지 도무지 상상할 수도 없고 짐작할 수도 없어요. 당신이 맡긴 비밀스런 용무 때문에 외국에 나가지 않았다면 벌써 여기에 왔을 거라는 점은 확신해도 좋아요. 그가 인내심을 갖고 쉬지도 않으면서 그 일을 추적하는 태도는 – 그것은 정말로," 플로니쉬 부인이 이탈리아 사람 같이 말을 마무리했다. "제가 그에게 말한 대로 무샤토니샤 파드로나[2]입니다."

비록 뽐내지는 않았지만 플로니쉬 부인은 자신이 토스카나 말[3]로 된 그 문장을 특유의 우아함으로 멋지게 말했다고 느꼈다. 플로니쉬 씨는 언어학자인 부인의 재주에 대해 우쭐한 기분을 감출 수 없었다.

"그러나 클레넘 씨, 제가 하려는 이야기는," 훌륭한 그 부인이 말을 계속했다. "당신도 인정하리라고 확신하는데 언제나 감사할 무엇이 있다는 거예요. 이 방에서 이야기를 하고 있으니까 예의 그 무엇이 뭔지 생각해내기가 어렵진 않겠죠. 도릿 양이 여기에 없어서 이 사실을 모른다는 것은 정말로 감사해야할 일이에요."

아서는 그녀가 자신을 각별한 표정으로 바라본다고 생각했다.

"도릿 양이 멀리 떨어진 곳에 있다는 것은 정말로 감사해야할 일이에요." 플로니쉬 부인이 되풀이해서 말했다. "이 소식을 모를 수도 있다는 희망을 가질 수 있잖아요. 그녀가 여기에서 이 모습을 보았으면 보나마나 당신의 모습을," 플로니쉬 부인은 그 말을 되풀이했다 – "보나마나 **당신**의 모습을 – 불운과 역경을 겪는 모습을 그녀의 다정한 가슴으로 감당하기에는 너무 버거웠을 거예요. 제가 생각하기론 도릿 양에게 그처럼 좋지 않은 영향을 미칠 일은 달리

---

2 무샤토니샤 파드로나(Mooshattonisha padrona)는 주부를 깜짝 놀라게 만든다는 뜻.

3 토스카나 말은 이탈리아의 표준어이기 때문에 품위 있는 이탈리아어 문장이라는 의미임.

또 없을 것 같아요."

플로니쉬 부인이 그때 친절한 감정 속에 떨리는 저항의 감정 같은 것이 섞인 눈빛으로 그를 바라보았다는 것은 틀림없는 사실이었다.

"그래요!" 그녀가 말했다. "아빠가 오늘 오후에 '메리[4]야, 도릿 양이 현장에서 이 일을 보지 못한다는 것이 대단히 기쁘구나,'라고 말씀하신 것은 아빠가 나이 드셨지만 얼마나 주의하고 있는지를 보여주는 거예요. 아빠가 그렇게 말씀하셨다는 사실을 제가 꾸며내는 것도 아니고 아무렇게나 과장하는 것도 아니라는 점은 '행복한 시골집'이 알고 있어요. 아빠가 하신 말씀 그대로니까요. 아빠가 '도릿 양이 현장에서 이 일을 보지 못한다는 것이, 메리야, 대단히 기쁘구나,'라고 했거든요. 제가 그때 아빠에게 말씀드리기를, '아빠, 아빠 말씀이 맞아요!'라고 했어요. 이것이," 플로니쉬 부인은 아주 꼼꼼한 법정증인 같은 태도로 말을 맺었다. "아빠와 제가 주고받은 내용이에요. 저는 아빠와 제가 주고받은 이야기만 하는 거예요."

플로니쉬 씨는 좀 더 말수가 적은 체질이었기 때문에 끼어들 수 있는 그 기회를 잡아서, 이제 클레넘 씨를 혼자 두어야지, 라고 넌지시 말했다. "사실," 플로니쉬 씨가 엄숙하게 말했다. "그게 어떤 것인지는 내가 알거든, 여보." 그 소중한 말을 여러 차례 되풀이했는

---

[4] 1권 12장에서는 플로니쉬 부인의 이름이 메리가 아니고 샐리였음.

데, 그에게는 그 말이 대단한 도덕적 비밀을 담고 있는 것처럼 여겨졌던 것이다. 마지막으로, 그 훌륭한 부부는 팔짱을 끼고 떠났다.

작은 도릿아, 작은 도릿아. 다시 몇 시간 동안 되풀이했다. 언제나 작은 도릿이었다!

설령 그랬었다고 하더라도 다행스럽게 끝난 것이었고 끝난 게 나았다. 그녀가 자기를 사랑했고, 자신이 그걸 알고 자기도 그녀를 사랑하도록 두었다면, 그녀를 데리고 어떤 길을 갈 뻔했는가 – 그녀를 이 비참한 장소로 다시 끌고 왔을지도 모르지 않는가! 그녀가 그런 길에서 영원히 벗어났다는 생각, 그녀가 결혼을 했거나 곧 할 거라는 생각(그쪽으로 그녀 아버지가 갖고 있던 계획에 대한 막연한 소문이 그녀 언니의 결혼소식과 함께 블리딩 하트 야드에 이미 알려져 있었다), 마셜시의 출입문이 지나가버린 시절의 골치 아픈 가능성들을 모두 다 영원히 차단해버렸다는 생각으로 아서는 많은 위안을 삼아야 했다.

사랑하는 작은 도릿아!

자신의 보잘것없는 과거를 돌아볼 때 그녀는 그 소실점이었다. 그 투시도 속에 들어있는 모든 것들이 그녀의 순수한 모습으로 통하는 것이었고, 그는 그 모습을 향해 수천 마일을 여행했던 것이었다. 이전에 갖고 있던 불안한 희망들과 의심들이 그 모습 앞에서 잘 해결되었으니, 그 모습은 그의 삶에 있어 관심의 중심이었고, 그의 삶에서 좋고 즐거운 모든 일의 귀착점이었다. 그 너머에는 그저 황폐하고 캄캄한 하늘만이 있을 뿐이었다.

아서는 이 황량한 담장 안에서 잠을 자려고 처음 누웠던 밤에 안절부절못했던 것처럼 안절부절못하면서 그리고 이런 생각들을 하면서 그날 밤을 보냈다. 그 시간, 존은 그의 베개 위에 다음과 같은 비문을 써서 정리한 다음에 평온한 잠에 빠져 있었다.

방문자여!
인사하라
존 치버리 2세의 무덤이노라.
늙어서 죽었고
그 나이를 언급할 필요는 없을 것이다.
괴로워하면서 연적을 만나
그와 한 판
벌이고 싶었다.
그러나 사랑하는 사람을 위해,
쓰라린 감정을 극복했고,
관대하게
행동했노라.

28 마셜시에 나타난 인물

시간이 갈수록 감옥 출입문 바깥 사회의 의견이 클레넘에게 고통을 줬다. 그리고 출입문 안쪽 사회에서 친구를 사귀지도 못했다. 걱정을 잊기 위해 마당에 모이는 무리들과 어울리기에는 너무 침울했고, 술집에서 이루어지는 보잘것없는 사교행위에 끼기에도 너무 내향적이고 너무 불행했던 것이다. 그래서 방안에만 있었고 불신을 사게 되었다. 어떤 이들은 오만하다고 했고, 어떤 이들은 침울하고 내성적이라며 싫어했다. 또 어떤 이들은 부채 때문에 수척해져버린 심약한 놈이라는 이유로 경멸했다. 모든 사람들이 이처럼 다양한 기소조항에 근거하여, 특히 마셜시에 대한 일종의 배신을 의미하는 마지막 조항에 근거하여 그를 피했다. 그의 은둔은 곧 확고부동한 것이 되어서, 그가 마당을 유일하게 왔다갔다하는 순간은 저녁의 사교모임이 노래와 건배와 인사말 속에서 열리는 때였고, 마당이 거의 여성들과 아이들 차지가 되는 때였다.

감금의 영향이 그에게 미치기 시작했다. 그는 자신이 빈둥거리고 우울해한다는 사실을 깨달았다. 자기가 지금 지내고 있는 바로 이 방처럼 사방의 작은 벽에 갇혀서 지내는 생활의 영향에 대해 알고 있는 바가 있었기 때문에 스스로에 대해 걱정하게 되었다. 다른 사람들의 눈길을 피하고 자신의 눈길도 피하다보니 아주 눈에 띄게 변하기 시작했다. 담장의 그림자가 그에게 진하게 드리워져 있다는 사실을 누구든 알 수 있었다.

클레넘이 감옥에 들어오고 10주 내지 12주쯤 지난 어느 날, 책을 읽더라도 책에 나오는 가상의 인물들조차 마셜시에서 벗어나게 할 수 없던 어느 날, 어떤 발걸음이 그의 방문에 멈춰 섰고 어떤 손길이 문을 두드렸다. 그가 일어나서 문을 여니까 어떤 사람이 쾌활한 목소리로 인사를 했다. "안녕하세요, 클레넘 씨? 당신을 보러 찾아온 내가 귀찮은 손님이 아니었으면 좋겠습니다."

방문자는 쾌활하고 젊은 바너클인 퍼디낸드였다. 그는 저항하기 어려울 정도로 명랑하고 솔직하기도 했지만, 지저분한 감옥과 대조되어서 대단히 친절하고 매력적으로 보였다.

"클레넘 씨, 날 보고 놀라시는군요." 클레넘이 내어준 의자에 앉으면서 말했다.

"대단히 놀랐다고 인정해야겠죠."

"불쾌하지 않았으면 좋겠습니다만?"

"천만에요."

"감사합니다. 솔직히 말해서," 매력적이고 젊은 바너클이 말했다. "당신이 이곳에 일시적으로 은거할 수밖에 없다는 얘기를 듣고서 대단히 유감스러웠습니다. 그리고 (물론 비밀을 지키는 두 신사끼리 하는 얘기지만) 우리 부서가 이 일과는 아무 관계도 없기를 희망합니다만?"

"당신 부서라뇨?"

"에돌림청 말입니다."

"내가 겪은 실패의 어떤 부분도 그 놀라운 기관 탓이라고 할 수는 없습니다."

"맹세컨대," 젊은 바너클이 쾌활하게 말했다. "그 이야기를 들으니 진심으로 기쁘군요. 그렇게 말해 주어서 아주 안심이 됩니다. 우리 부서가 당신의 곤경과 관계가 있을까 봐 대단히 안타깝게 여겼거든요."

클레넘이 그 부서는 책임이 없다는 사실을 다시금 확인시켜주었다.

"그래요," 퍼디낸드가 말했다. "그런 이야길 들으니 아주 다행이네요. 우리 부서가 당신을 궁지에 빠뜨리는 데 일조했을 수도 있다고 속으로 걱정을 좀 했거든요. 불행히도 우리가 가끔씩 사람을 궁지에 빠뜨린다는 것은 의심할 나위가 없으니까요. 우리는 그걸 원하는 건 아니에요. 그러나 사람들이 재정적으로 쪼들리면, 글쎄요 - 우리도 어쩔 수 없지요."

"당신 얘기에 전적으로 동의하는 것은 아니지만," 아서가 음울하게 대꾸했다. "관심을 가져줘서 대단히 고맙습니다."

"천만에요, 그러나 정말이에요! 우리 부서는," 젊은 바너클이 느긋하게 말했다. "가능한 한 절대 해를 끼치지 않는 곳입니다. 당신은 우리가 협잡꾼이라고 하겠지요. 나도 그렇지 않다고 말하려는 건 아니에요. 그러나 그런 종류의 부서는 모두 다 속임수를 쓰려고 계획된 것이고, 속임수를 써야만 하는 겁니다. 모르시겠어요?"

"모르겠는데요." 클레넘이 말했다.

"그곳을 올바른 관점에서 보고 있지 않군요. 핵심적인 것은 관점이에요. 그저 가만히 내버려두라고 부탁한다는 관점에서 우리 부서를 보세요, 그러면 다른 부서에 못지않게 훌륭한 부서라는 사실을 알 수 있을 테니까요."

"당신네 부서가 가만 내버려두라고 존재한단 말인가요?" 클레넘이 물었다.

"정확히 맞추셨어요." 퍼디낸드가 대답했다. "우리 부서는 모든 것을 가만 내버려두라는 명확한 목적을 가지고 존재하는 거예요. 그것이 우리 부서의 의미이고 목적이지요. 물론 무언가 다른 목적을 위해 존재한다고 보이도록 하기 위해 어떤 형식이 유지되어야 하긴 하지요. 그러나 그건 그저 형식일 뿐이에요. 글쎄, 이런, 우리 부서는 단지 서류양식일 뿐이라니까요! 당신이 겪었던 우리 부서의 수많은 서류양식들을 생각해보세요. 당신이 목적지에 조금이라도 더 가까이 간 적은 한 번도 없잖아요?"

"그래요, 한 번도 없었어요!" 클레넘이 말했다.

"그곳을 올바른 관점에서 보세요, 그러면 이해할 수 있을 거예요 – 공적으로 알 수 있을 것이고 효과적으로 알 수 있을 거예요. 그건 한정된 크리켓 게임과 같아요. 승산이 없는 팀의 수비수가 늘 공공기관을 아웃시키려고 달려들거든요. 우리가 공을 막고 있는데 말이에요."

클레넘이, 투수들은 어떻게 되었나요? 라고 물었다. 젊은 바너클이 쾌활하게 대답했다. 그들은 지쳤고, 녹초가 되었고, 불구가 되었고, 등골이 부러졌고, 하나씩 죽었고, 포기했고, 다른 시합에 참가했어요.

"그러니까," 그가 말을 이었다. "우리 부서가 당신의 일시적인 은거와 아무 관계도 없다고 하니 기쁘다는 얘기를 다시 한 번 해야겠어요. 우리 부서가 관계되었을 가능성도 꽤 있었거든요. 우리를 그냥 내버려두지 않는 사람들에게 아주 불행한 일이지만 우리 부서가 가끔씩 영향을 미친다는 사실을 부정할 수는 없으니까요. 클레넘 씨, 아주 솔직하게 얘기하는 거예요. 우리끼리 이야기하는 거니까 솔직하게 말해도 되리라고 생각합니다. 당신이 우릴 가만 내버려두지 않는 실수를 처음 범했을 때 내가 솔직하게 얘기했던 까닭은 내가 보기에 당신은 경험이 없어서 자신감이 넘쳤을 뿐 아니라 - 이렇게 말해도 싫어하지 않았으면 좋겠습니다 - 약간 우직했기 때문이라고 할까요?"

"싫어하다니요, 천만에요."

"약간의 우직함 말입니다. 그래서 정말 애석하다고 느꼈던 것이고, 내가 당신이라면 스스로를 괴롭히지 않겠다는 취지로 일부러 암시를 줬던 거예요. (그런 암시를 주는 것은 정말 우리 부서 식이 아니죠, 그러나 나는 할 수 있을 때는 우리 부서 식으로 지내지 않아요.) 그렇지만 당신이 스스로를 괴롭혔고, 그 이후로도 계속 스스로를 괴롭히더군요. 자, 더 이상 그러지 말아요."

"그럴 기회도 없을 것 같아요." 클레넘이 말했다.

"아, 예, 글쎄요! 당신은 여길 떠날 거예요. 모든 사람들이 여길 떠나거든요. 여길 떠나는 방법은 한없이 많으니까요. 자, 우리를 다시 찾아오지 마세요. 찾아온 두 번째 목적은 이런 간청을 하기 위해섭니다. 제발 다시 찾아오지 마세요. 명예를 걸고 맹세하는데," 퍼디낸드는 아주 친근하고 신뢰하는 태도로 말했다. "당신이 지난 일을 경계 삼아 우리를 멀리하지 않는다면 크게 화를 낼 겁니다."

"그러면 발명품은요?" 클레넘이 물었다.

"이봐요," 퍼디낸드가 대꾸했다. "맘대로 그렇게 부른 것을 용서하세요. 발명품에 대해서는 아무도 알고 싶어 하지 않아요. 좁쌀만큼도 신경 쓰지 않는다니까요."

"에돌림청에서 근무하는 사람들이 아무도 신경 쓰지 않는단 말이겠죠?"

"에돌림청 바깥사람들도 마찬가지예요. 모두 다 발명품이라면 어떤 것이든 싫어하고 조롱하려고 하잖아요. 가만 내버려두기를 바라는 사람들이 얼마나 많은지 당신은 몰라요. 나라의 풍조가(의회에서 사용하는 이런 표현을 봐주시고 그것 때문에 지루하게 여기지 마세요) 얼마나 그냥 내버려두는 쪽으로 향하고 있는지 당신은 모른다니까요. 내 말을 믿으세요, 클레넘 씨." 쾌활하고 젊은 바너클이 최고로 싹싹하게 말했다. "우리 부서는 전력을 다해 공격해야 하는 사악한 거인이 아니에요. 엄청난 양의 겨를 찧으면서 나라의 바람이 어느 쪽으로 부는지를 알려주는 풍차일 뿐이지요."

"그 얘길 믿는다면," 클레넘이 말했다. "우리 모두의 가능성이 형편없다는 얘기가 되는 거군요."

"저런! 그런 말씀 마세요!" 퍼디낸드가 대꾸했다. "그래도 괜찮으니까요. 우리에게는 속임수가 있어야 해요. 사람들은 모두 속임수를 좋아하거든요. 속임수 없이는 지낼 수 없어요. 약간의 속임수와 관례가 있으니까, 그냥 내버려두면 만사가 훌륭하게 진행될 거예요."

여자에게서 태어나 출세한 바너클들의 우두머리로서 자신이 가진 믿음을 이처럼 희망적으로 고백하고, 자신들은 전적으로 거부하면서 조금도 믿지 않는 다양한 좌우명들을 읊조린 후에 퍼디낸드가 일어났다. 그의 솔직하고 예의 바른 태도보다 더 유쾌한 것은 있을 수 없었고, 찾아오게 된 사정을 이보다 더 신사다운 본능으로 표현할 수도 없었다.

"고인이 된 머들이 이와 같은 일시적 불편의 원인이라는 얘기가 맞는 것인지 물어도 되겠습니까?" 클레넘이 상대의 솔직함과 쾌활함에 대해 진심으로 감사해하면서 손을 내밀었을 때 그가 물었다.

"그가 파산시킨 많은 사람 중 한 명이 나니까 맞는 얘기에요."

"대단히 영리한 친구였던 게 분명하군요." 퍼디낸드 바너클이 말했다.

아서는 죽은 사람에 대한 추억을 찬양할 기분이 아니었기 때문에 잠자코 있었다.

"물론, 극악한 악당이겠죠," 퍼디낸드가 말했다. "그러나 놀랄 정도로 영리해요! 그런 친구에 대해 감탄하지 않을 수 없죠. 속임수의 대가였던 게 분명하니까요. 사람들을 훤히 알고 있고 – 사람들을 완벽하게 해치웠으며 – 사람들을 갖고 아주 많은 일을 했어요!"

그는 예의 느긋한 태도로 정말로 감동받고 진짜로 감탄했다.

"나는," 아서가 말했다. "그와 그에게 사기당한 얼간이들이 사람들에게 다시는 자신들과 관계를 맺지 말라는 경고가 되길 바랍니다."

"친애하는 클레넘 씨," 퍼디낸드가 웃으면서 대꾸했다. "그런 순진한 희망을 정말 갖고 계세요? 다음 사람이 사기를 칠 수 있는 그만큼 큰 능력과 그만큼 진정한 감각이 있다면 그 역시 성공할 텐데요. 미안하지만, 당신은 낡은 양철 솥을 아무것이나 두드리기만 하면 그 소리에 인간 벌들이 얼마나 몰려드는지 정말로 모르는 것 같군요. 인간 벌들을 다스리는 완전한 교범이 바로 거기에 놓여 있는 거예요. 솥이 귀금속으로 만들어져 있다고 벌들이 믿게 할 수 있을 때, 고인과 같은 사람들이 갖고 있는 권력 전체가 바로 그 믿음에 달려 있다니까요." 퍼디낸드가 품위 있게 말했다. "사람들이 훨씬 나은 이유처럼 보이는 것 때문에 속게 되는 경우가 예외적으로 가끔씩 있다는 것은 틀림없지만, 그리고 그런 경우를 찾느라고 멀리 다닐 필요도 없는 거지만, 그런 예외가 그 법칙을 무효화하지는 않아요. 안녕히 계세요! 다음번에 당신을 만나는 즐거움을 누리게 될 때는 지금 겪고 있는 일시적인 먹구름이 햇빛으로 바뀌었기를 바랍니다. 바깥으로 한 발짝도 나오지 마세요. 출구는 잘 아니까요. 안녕히 계세요!"

이런 말들을 하며 최고로 착하고 똑똑한 바너클은 아래층으로 내려갔고, 콧노래를 부르며 간수실을 통과해서 앞마당에 묶어두었던 말에 올라탔다. 그리고 귀족 친척과의 약속을 지키기 위해 말을 타고 출발했다. 그 친척은 상류층의 정치적 능력에 대해 의문을 제기하려고 드는, 믿음이 없는 몇몇 대중의 질문에 의기양양하게 답하기 위해 사전에 약간의 개인교습이 필요했던 것이다.

그는 나가던 길에 럭 씨를 지나친 게 틀림없었다. 일이 분 후에 머리가 불그스레한 그 남자가 나이 지긋한 태양처럼 문간에서 빛났던 것이다.

"오늘은 어떠십니까?" 럭 씨가 물었다. "내가 해드릴 수 있는 일이, 사소한 거라도 있나요?"

"없어요, 고마워요."

럭 씨는 가정부가 식초에 절이고 소금에 절이는 것을 즐기는 것처럼, 또는 여자세탁부가 산더미 같은 세탁물을 즐기는 것처럼, 또는 청소부가 쓰레기로 흘러넘치는 쓰레기통을 즐기는 것처럼, 또는 전문직에 종사하는 다른 사람이 엉망인 상황을 사무적으로 즐기는 것처럼 당황스러운 상황을 즐겼다.

"아직도 가끔씩 둘러봅니다." 럭 씨가 쾌활하게 말했다. "나중에 발부된 구금연장영장이 출입문에 쌓여 있는지 확인하려고요. 영장들이 예상했던 만큼 꽤 많이 발부되었더군요."

그는 두 손을 힘차게 문지르고 고개를 약간 흔들면서 그 상황이 마치 축하할 일이라는 듯이 언급했다.

"많이 발부되었어요," 럭 씨가 되풀이해서 말했다. "우리가 이성적으로 예상했던 대로요. 영장으로 샤워할 수 있을 정도거든요. 사무실을 둘러보면서도 당신을 자주 찾아오지 않았던 것은 당신이 손님 맞는 것을 별로 좋아하지 않을 뿐 아니라 날 보고 싶으면 간수실에 전갈을 남겨놓았을 테니까요. 하지만 여기에 거의 매일 왔습니다. 지금이 적절하지 않은 때일까요?" 럭 씨가 달래듯이 물었다. "내가 의견을 말하기에 말입니다."

“여느 때에 못지않게 적절한 때입니다.”

“흠! 당신에 대해 이야기하느라고 다들 바쁩니다.” 럭 씨가 말했다.

“그러겠지요.”

“어쨌든 여론에 조금만 양보하는 편이 현명하지 않을까요?” 럭 씨가 한층 더 달래는 투로 물었다. “우리 모두 어떤 식으로든 양보하고 살잖아요. 사실, 양보해야만 하고요.”

“내가 옳다고 주장할 순 없어요, 럭 씨. 앞으로 그런 주장을 할 거라고 기대해서도 안 되고요.”

“그런 말 말아요, 말라고요. 재판에 회부되어도 비용은 거의 안 들 거예요. 그리고 당신이 재판을 받아야 한다고 사람들이 확실히 생각한다면, 글쎄요 – 사실 – ”

“럭 씨, 당신은 결론을 내린 것 같군요,” 아서가 말했다. “여기에 그냥 있겠다는 내 결심이 취향의 문제라고 말입니다.”

“이런, 글쎄요! 하지만 그것이 괜찮은 취향일까요, 그럴까요? 바로 그것이 문젭니다.” 럭 씨는 아주 애처롭게 보일 정도로 달래고 설득하려고 했다. “진짜 하려던 얘기를 하면, 그것이 괜찮은 생각일까요? 당신이 처한 대체적인 상황은 다음과 같아요. 누구든 일이 파운드 때문에 끌려올 수 있는 이곳에 당신이 그냥 있는 것이 어울리지 않는다고들 합니다. 어울리지 **않는다고들 해요**. 얼마나 많은 사람들이 그렇게 말하는지 일일이 말로 할 수 없을 정도예요. 나 자신이 가끔씩 들여다보지 않았으면, 최상의 법률가들이라고 칭했을 수도 있는 사람들이 자주 드나드는 휴게실에서 그 일에 대해 비판하는 소리를 지난밤에 들었어요 – 듣게 되어서 유감인, 그 일에 대한 비판을 거기서 들었다고요. 내 고객에 대한 이야기로 내 기분을 상하게 한 거지요. 그리고 또 오늘 아침에 식사할 때도 그랬어요. 내 딸아이는(겨우 여자가, 라고 지적할지 모르겠군요. 그러나 그런 일들에 대해 생각이 있고, '럭 대 보킨스 건'의 원고로서 약간의 개인적 경험마저 있는 아이입니다) 천만뜻밖이라고 하더군요. 천만뜻밖이라고요. 자, 이런 상황 속에서, 그리고 우리 중 누구도 절대 여론을 이길 수 없다는 사정을 고려하면, 여론에 약간 양보하는 것이 – 자, 선생님!" 럭 씨가 말했다. "최고로 저급한 논거에 의거해서 말하는 거지만, 낫지 않을까요?"

아서는 다시 한 번 작은 도릿을 생각하고 있었기 때문에 그 질문에 대해 답하지 않았다.

"나는," 럭 씨는 자신의 웅변 때문에 그가 결정을 못 내리고 망설이는 것이기를 바라면서 말을 이었다. "고객의 뜻이 현안으로 걸려 있을 때는 나 자신을 생각하지 않는 것을 원칙으로 삼고 있습니다. 그러나 당신의 사려 깊은 성격과 대체로 남을 돕고 싶어 하는 소망을 알기 때문에 당신이 재판받기를 원한다는 말을 다시 한 번 하겠습니다. 당신의 사례는 유명해져서 전문가가 관여해도 명예로운 일이 되었습니다. 당신이 재판을 받는다면 나는 내 고객들을 더 나은 입장에서 대할 수 있겠지요. 이런 것들이 당신의 결정에 영향을 미치지 않았으면 좋겠습니다. 그저 사실을 말한 거 뿐이니까요."

죄수의 관심은 고독과 낙담 속에서 이미 길을 잃고 있었을 뿐 아니라 늘 위압하는 듯한 벽에 갇혀서 말없이 지내던 단 한 명의 인물과 교감하는 데만 익숙해져 있었기 때문에, 클레넘은 일종의 마비상태를 떨쳐버린 다음에야 럭 씨를 바라볼 수 있었고, 그가 하는 이야기의 맥락을 기억할 수 있었으며, 서둘러 말할 수 있었다. "내 결심은 변하지 않았고 변하지도 않을 거예요. 제발, 내버려둬요, 내버려두라고요!" 럭 씨는 짜증이 날 뿐 아니라 굴욕감마저 느낀다는 사실을 감추지 않고서 대꾸했다.

"아! 물론이지요! 당신에게 요점을 제시하겠다는 본론에서 벗어난 거 같군요. 그러나 사실은 여러 친구들이, 특히 아주 훌륭한 친구들이, 고향 섬나라의 영광스러운 특권 덕에 재판을 받을 수 있는데도 마셜시에 그냥 있는 것은 – 타관사람에게는 아무리 어울린다고 하더라도 – 영국인의 기개에 상응하는 게 아니라고 이야기하는 소리를 들었기 때문에, 내게 그어져 있는 협소한 직업적 경계를 벗어나서 그 얘길 해주어야겠다고 생각한 겁니다. 개인적으로는," 럭 씨가 말했다. "그런 주제에 대해 별다른 의견이 없지만요."

"그거 잘됐군요." 아서가 대꾸했다.

"아! 전혀 없습니다!" 럭 씨가 말했다. "만일 의견이 있었다면, 내 고객이 승마용 말을 타고 다니는 명문가 출신 신사의 방문을 이런 곳에서 몇 분 전에 받는 모습을 볼 이유가 없었겠지요. 그러나 그건 내 관심사가 아니에요. 만일 의견이 있었다면, 군인 같은 외모를 하고 지금 간수실에서 기다리고 있는 또 다른 신사에게 내 고객은 이곳에 머물 작정을 한 적이 없기 때문에 더 나은 거처로 옮겨갈 거라고 얘기할 수 있는 권한을 지금이라도 부여받고 싶겠지요. 그러나 전문직에 있는 기계 같은 사람으로서 내가 할 행동은 분명합니다. 나는 그런 일과 아무런 관계도 없는 사람이니까요. 그 신사를 기꺼이 만나겠습니까?"

"날 만나려고 기다리는 사람이 누구라고 했죠?"

"내가 전문가답지 못한 결례를 저질렀습니다. 당신의 전문적 조언자라는 얘기를 듣고선 내가 얼마 안 되는 역할을 마칠 때까지는 끼어들지 않겠다고 하더군요. 다행히도," 럭 씨가 빈정대는 투로 말했다. "그 신사의 이름을 물어볼 정도로 내가 본론에서 멀리 벗어나지는 않았지만요."

"만나보는 외에 다른 방법이 없는 것 같군요." 클레넘이 피곤한 듯 한숨을 쉬었다.

"그러면 **기꺼이** 만나시겠습니까?" 럭이 쏘아붙였다. "나가면서, 그 신사에게 그렇게 이야기하라는 당신의 지시를 받들까요? 그럴까요? 고맙습니다. 가겠습니다." 그가 적당히 화를 내며 작별인사를 했다.

군인 같은 외모의 신사라는 말도 지금 같은 상태에서는 클레넘의 호기심을 완전하게 깨울 수가 없었다. 그래서 계단에서 들려오는 둔중한 발자국소리를 듣고 깨어났을 때, 그런 방문자가 언급되었다는 사실을 절반쯤 망각한 상태가 그의 정신 상태를 거의 언제나 어둑하게 만드는 칙칙한 장막의 일부로서 벌써 다가와 있었다. 그 발자국은 계단을 신속하게 또는 자발적으로 올라오는 것 같지 않았다. 그렇지만 모욕을 주려는 큰 걸음과 찰가닥거리는 소리를 과시하면서 올라왔다. 발소리가 문밖 층계참에서 잠시 멈췄을 때 클레넘은 자신이 특이한 그 소리와 관계가 있긴 있는 것 같은데 무슨 관계가 있는지 기억할 수가 없었다. 생각할 시간이 그에게는 잠시 밖에 없었다. 쿵 하는 소리가 나더니 방문이 곧바로 활짝 열렸고, 문간에는 수많은 걱정의 원인 제공자인 실종되었던 블랑두아가 서 있었다.

"살베[5], 죄수 친구!" 그가 말했다. "당신이 날 찾는 것 같더군. 여기 왔소!"

분노와 놀람이 뒤섞인 탓에 아서가 미처 입을 열기도 전에 카발레토가 그를 따라 안으로 들어왔고 팽스 씨가 카발레토를 따라 들어왔다. 두 사람은 지금 이 방을 차지하고 있는 사람이 이 방을 점유한 이래 이곳에는 처음이었다. 팽스 씨는 숨을 가쁘게 쉬며 옆걸음질로 창가로 가서 모자를 바닥에 내려놓았다. 그리고 두 손으로 머리를 곧추세우고는 힘든 하루 일과를 마치고 쉬러 온 사람처럼 팔짱을 꼈다. 밥티스트 씨는 두려운 옛날 감방동료에게서 눈을 떼지 않은 채 등을 문에 기대고 발목을 두 손으로 각각 잡고서 조용히 바닥에 앉았다. 요컨대, 마르세유의 무더운 어느 날 아침, 또 다른 감옥의 더 짙은 어둠 속에서 바로 그 사람 앞에 앉아있었던 자세를

---

5 '안녕하시오'라는 뜻을 가진 라틴어.

(지금은 방심하지 않고 경계하고 있다는 사실을 나타내는 것 빼고는) 다시 취한 것이었다.

"이 두 미치광이 놈들이 증언을 해서 알게 되었소." 블랑두아 씨가, 그렇지 않으면 라니에가, 그렇지 않으면 리고가 말했다. "죄수 형제, 당신이 날 찾는다는 사실을 말이오. 여기 왔소!"

낯이어서 뒤집어 놓은 침대 틀을 그가 경멸 조로 훑어보다가, 모자를 벗지도 않은 채로 쉴 수 있는 자리 삼아 그곳에 등을 기댔다. 그러고는 양손을 주머니에 넣고 도전적인 자세로 늘어지게 기댔다.

"이 재수 없는 악당 같으니!" 아서가 소리쳤다. "자넨 내 어머니 집에 일부러 무시무시한 의혹을 덮어씌웠어. 왜 그랬나? 무엇 때문에 그렇게 흉악한 일을 꾸민 거야?"

리고 씨가 잠시 그를 노려본 다음에 소리 내어 웃었다. "이 훌륭한 신사 말을 들어봐! 온 세상 사람들이여, 고결한 이 사람의 말에 귀 기울여보시오! 그러나 조심하게, 조심하라고. 친구여, 자네의 열정이 약간 남부끄러운 것이 될 수도 있거든. 제기랄! 그럴 수 있다니까."

"선생님!" 카발레토가 역시 아서를 부르며 끼어들었다. "우선, 제 말을 들어보세요! 그를, 리고를 찾아오라는 지시를 선생님에게서 받았습니다, 그렇지요?"

"사실이네."

"그래서어 제가 갔습니다." 부사를 이와 같이 가끔씩 늘려서 구사하는 것이 그가 구사하는 영어의 주된 결점이라고 플로니쉬 부인이 확신했다면 커다란 걱정이 되었을 것이다. "먼저, 동포들에게 갔습니다. 그들에게 런던에 도착한 외국인에 대한 소식을 물었습니다. 그다음에는 프랑스 사람들에게 갔습니다. 그다음에는 독일 사람들에게 갔고요. 그들이 모두 말해주었습니다. 우리 대부분은 다른 사람이라면 잘 알고 있네, 라고요. 그러나! - 그에 대해서는, 리고에 대해서는 아무 말도 해주지 않았습니다. 열다섯 번이나," 카발레토는 손가락을 모두 편 채로 왼손을 세 번씩이나 뻗었는데, 시각視覺이 따라갈 수 없을 정도로 그 동작을 빨리 취하면서 말했다. "외국인들이 드나드는 모든 장소에서 그에 대해 물어보았습니다. 그리고 열다섯 번이나," 똑같은 동작을 재빨리 반복했다. "그들은 아무것도 모른다고 했습니다. 그러나! -"

"그러나"라는 낱말에서 이탈리아 사람 식으로 의미심장하게 말을 멈추고 오른손의 집게손가락을 어깨 위로 들어 올려서 뒤쪽에다 대고 흔들었다, 아주 조금 그리고 아주 조심스럽게.

"그러나! - 한참 지난 후 그가 여기 런던에 있는지조차 알 수 없었을 때, 모처에 은둔해서 비밀리이에 살고 있는 백발의 - 저기요? - 지금 이 사람 같은 머리카락은 아니었습니다 - 백발이었으니까요 - 어떤 군인에 대해 누군가가 이야기해주었습니다. 그러나! -" 그 낱말을 말하면서 또다시 말을 멈췄다. "저녁을 마친 후에 가끔씩 산책을 하고 담배를 피우는 군인에 대해서요. 이탈리아 사람들이 말하는 것처럼 (그리고 불쌍한 그들이 알고 있는 것처럼) 인내심을 발휘할 필요가 있었고, 저는 인내심이 있었습니다. 그 모처가 어디냐고 물

옛날 감방에서

었습니다. 어떤 사람은 여기라고 했고, 또 어떤 사람은 저기라고 했습니다. 뭐라고요, 글쎄요! 그곳은 여기도 아니고 저기도 아니었습니다. 저는 참을성 있게 기다렸고 마침내 그곳을 찾아냈습니다. 그다음에는 지켜보았고 숨어있었습니다. 그가 산책을 하고 담배를 피울 때까지 말입니다. 그는 머리가 희끗희끗한 군인 모습이었습니다 – 그러나! – " 정말로 아주 확실하게 말을 멈추었고, 집게손가락을 어깨 위로 들어 올려서 좌우로 아주 활발하게 흔들었다 – "그 사람이 선생님이 보고 있는 바로 이 사람입니다."

그가 리고를 그렇게 지목한 후에도, 자기보다 신분이 높다는 사실을 일부러 내세우는 사람에게 공손하게 순종하곤 하던 옛날 습관 탓에 혼란스러워하면서 리고에게 고개를 숙였다는 것은 주목할 만한 일이었다.

"뭐라고요, 글쎄요, 선생님!" 그가 아서를 다시 부르며 큰 소리로 결론 삼아 말했다. "저는 좋은 기회를 기다리면서 팡코 선생님에게 몇 자 적어 보냈습니다." 그런 이름으로 불리자 팽스 씨는 신기해했다. "와서 도와달라고요. 창가에 서 있는 그를, 리고를, 팡코 선생님께 보여드렸고, 주간에는 선생님이 종종 염탐했습니다. 밤에는 제가 그 집 문 가까이에서 잤고요. 오늘에서야 비로소 저희가 마침내 들어갔고, 지금 선생님이 그를 보고 있는 겁니다! 그가 저명한 그 변호사가 같이 있는 곳으로는," 밥티스트 씨는 럭 씨를 그처럼 영광스런 이름으로 불렀다. "올라가려고 하지 않았기 때문에, 저희는 저 아래에서 함께 기다렸고 팡코 선생님이 거리를 감시했습니다."

그 이야기가 끝날 때쯤 아서는 뻔뻔하고 사악한 얼굴에 눈길을 주었다. 아서와 눈길이 마주치자 그의 코가 콧수염 위로 내려왔고 콧수염이 코 아래로 올라갔다. 코와 콧수염이 다시 자기 자리를 잡자, 리고 씨는 딱 하는 소리가 요란하게 나도록 손가락을 여섯 차례나 꺾어보였다. 그리고 허리를 숙여서 아서에게 딱 하는 소리를 갑자기 던졌으니, 그것이야말로 그가 아서의 얼굴에 집어던지는 무기가 명백한 것 같았다.

"자, 철학자 양반!" 리고가 말했다. "내게 무슨 볼일이 있소?"

"내가 알고 싶은 것은," 아서가 혐오감을 감추지 않고 대답했다. "어째서 감히 내 어머니 집에 살인이라는 의혹을 씌웠냐는 거야?"

"감히 라니!" 리고가 큰 소리로 외쳤다. "허허! 이 사람 말 좀 들어봐! 감히 라고? 감히 라고 했나? 맹세하지만, 작은 친구, 약간 경솔하군!"

"난 그런 의혹이 없어지기를 원해." 아서가 말했다. "자넬 그리로 데리고 갈 거고 공개적으로 확인할 거야. 덧붙여서, 내가 자네를 아래층으로 팽개치고 싶은 욕망을 강하게 느꼈을 때 자네가 거기서 무슨 용무를 보고 있었는지 알고 싶어. 이봐, 날 노려보지 마! 자네가 약자를 괴롭히는 겁쟁이라는 사실을 파악할 정도로는 충분히 알고 있으니까. 자네에게 이처럼 분명한 사실을, 그리고 자네도 잘 알고 있는 사실을 말하기 위해서라면 이 비참한 장소의 영향을 받지 있도록 원기를 되살릴 필요도 없으니까."

입술까지 하얗게 질린 리고가 콧수염을 쓰다듬으며 중얼거렸다.

"맹세하지만, 작은 친구, 자네는 내 마나님인 자네의 훌륭한 어머니의 명성을 조금 손상시키고 있어" – 그러고 나서 어떻게 행동할지 결정을 못하고 잠시 망설이는 듯했지만, 망설임은 곧 사라졌다. 그가 위협조로 거들먹거리며 주저앉더니 말했다.

"포도주 한 병 갖고 와. 자네는 여기서 포도주를 살 수 있을 거야. 미치광이 놈 중 한 명을 보내서 포도주를 갖고 오란 말이야. 술이 없으면 자네와 얘기하지 않겠어. 자! 갖고 올 거야, 말 거야?"

"카발레토, 이 사람에게 원하는 걸 갖다 주게." 아서가 돈을 꺼내면서 경멸하는 투로 말했다.

"밀수꾼 놈아," 리고가 덧붙였다. "포트와인으로 갖고 와! 포르토-포르토 아니면 안 먹어."

그러나 밀수꾼 놈이 그 자리에 있는 모든 사람들에게 문간에 있는 자기 자리를 절대 떠나지 않겠다는 뜻을 손가락으로 의미심장하게 확실히 전달하자, 팡코 선생님이 갔다 오겠다고 나섰다. 그는 포도주 한 병을 갖고 곧 돌아왔는데, 그 병은 코르크 마개뽑이가 없는 학생들 사이에서 유래한 그곳의 관례대로 (없는 것이 그 밖에도 많았다) 마실 수 있게끔 이미 따져 있었다.

"미치광이 놈! 큰 잔 하나 줘." 리고가 말했다.

팡코 선생님이 컵을 그의 머리에 내던질까 잠시 갈등하다가 큰 컵을 그 앞에 내놨다.

"하하!" 리고는 자랑 삼아 말했다. "한번 신사는 영원한 신사인 거야. 처음부터 신사면 죽을 때까지 신사인 거지. 도대체 뭐야! 신사라면 시중드는 사람이 있어야 한다고 생각하는데? 시중을 받는 것이 내 성격의 일부거든!"[6]

그런 말을 하면서 컵을 반쯤 채웠고, 말을 마치고는 안에 든 것을 쭉 비웠다.

"하아!" 입맛을 다셨다. "**그렇게** 오래된 죄수는 아니군! 안색을 보아하니, 훌륭한 양반, 자네는 톡 쏘는 이 포도주가 부드럽게 되기도 전에 갇혀 있는 탓에 혈기가 꺾이겠어. 익어가고 있군 - 몸과 혈색을 벌써 잃고 있다고. 자네에게 경의를 표하지!"

반쯤 채운 잔을 또다시 단숨에 들이켰는데, 자신의 작고 하얀 손을 과시하기 위해 마시기 전과 마신 다음 두 차례에 걸쳐 잔을 위로 치켜들었다.

"용건을 위해 건배." 입을 계속 놀렸다. "대화를 위해 건배. 자네가 맘대로 하는 건 몸이 아니라 말이군."

"자네에 대해 자네 자신이 알고 있는 바를 솔직하게 얘기한 거야. 우리 모두가 아는 대로 자네도 본인이 그 이상으로 훨씬 나쁘다는 사실을 알잖아."

"신사라는 얘기를 언제나 추가하게, 그러면 괜찮아. 그 점을 제외하면 우린 아주 똑같은 거니까. 예컨대 자네는 죽어도 신사가 될 수 없어. 나는 평생 신사 말고 다른 사람이 될 수 없는 거고. 정말

---

[6] 이 부분 역시 2003년 펭귄 판에 일부 누락이 있어서, 옥스퍼드 판(1979; 1999)과 또 다른 펭귄 판(1967)을 참조했음.

큰 차이지! 좀 더 할까. 말은 카드놀이나 주사위놀이의 진행에 영향을 미친 적이 없어. 그 사실을 아나? 정말 알아? 나도 놀이를 하지만 말로는 영향을 미칠 수 없거든!"

그는 카발레토와 맞닥뜨려서 자신의 내력이 다 알려졌다는 사실을 알았기 때문에 – 얄팍하게 숨기고 있던 것을 모두 다 내려놓고는 악랄한 놈이라는 맨얼굴로 대담하게 맞섰다.

"영향을 미칠 수 없어, 젊은이," 그가 손가락을 딱 소리나게 꺾으면서 말을 이었다. "이런저런 말에도 불구하고 나는 끝까지 놀이를 할 거야, 몸과 영혼이 다 개떡 같군! 결국엔 이길 거야. 자네는 자네가 중단시켰던 그런 자잘한 장난을 내가 벌이는 이유가 알고 싶겠지? 그렇다면 내 마님인 자네의 훌륭한 어머니께 판매할 상품을 내가 하나 갖고 있었다고, 그리고 지금도 갖고 있다고 – 내 말을 이해하겠나? 지금 갖고 있단 말이야 – 이해하게. 나는 내가 갖고 있는 값비싼 상품을 설명하고 가격을 정했어. 그 거래에 관해 자네의 훌륭한 어머니는 조금 지나치게 차분하고 너무 무신경할 뿐 아니라 너무 태연자약하고 조각상같이 행동하더군. 간단히 말해, 자네의 훌륭한 어머니가 날 짜증나게 만들었어. 내 처지에 다양성을 주기 위해, 그리고 스스로 즐거움을 누리기 위해 – 뭐라고! 신사는 다른 사람의 비용으로 즐겨야 하는 거야! – 사라지겠다는 멋진 생각을 한 거지. 자네의 독특한 어머니와 나의 플린트윈치라도 충분히 기쁘게 실행했을 생각 아닐까. 아! 흥, 체, 체, 높은 곳에서 낮은 곳을 내려다보듯 날 보지 마! 다시 말하지. 충분히 기쁘게, 아주 황홀하게,

그리고 진심으로 기뻐하면서 실행했을 거야. 자네라면 얼마나 강하게 주장했을까?"

그가 잔의 찌꺼기를 바닥에 버리는 바람에 찌꺼기가 카발레토에게 튈 뻔했다. 그 일을 계기로 그는 카발레토에게 새로 관심을 갖게 된 것 같았고, 잔을 내려놓더니 말했다.

"내가 잔을 채우진 않아. 뭐라고! 나는 시중을 받으려고 태어났거든. 그러니 이리 와, 카발레토, 잔을 채워!"

그 작은 사람이 클레넘을 바라보았지만, 클레넘은 리고를 보느라 정신이 없었다. 막는 기색이 없자, 바닥에서 일어나 병에 든 것을 잔에 따랐다. 그가 술을 따를 때 옛날에 순종만 하던 태도가 뭔가 재미있다는 느낌과 섞이는 기색, 그 기색이 눈 깜짝할 사이에 불을 낼 수도 있는(신사로 태어난 사내가 그를 세심하게 주시하는 걸 보면 그 사내는 그럴 가능성을 생각하는 듯도 했다) 마음에 사무친 어떤 잔인성과 겨루는 기색, 그리고 그 모두가 바닥에 다시 앉으려고 하는 두드러지게 온화하고 무심한 성향에 쉽게 굴복하는 태도가 대단히 놀라운 성격적 결합을 이루었다.

"훌륭한 양반, 그 멋진 생각은," 리고가 잔을 비운 다음에 다시 말을 시작했다. "여러 가지 이유로 멋진 생각인 거야. 그 생각이 내게는 기쁨을 주었고, 자네 어머니와 나의 플린트윈치에게는 걱정을 안겨주었어. 그리고 자네에게는 고통의 원인이 되었지(신사에게 예의 바르게 대하라고 가르쳐주는 수업료야). 자네에게 전적으로 헌신하는 인물이 두려워할 사람이라는 사실을 관련된 모든 상냥한 이들에게 암시해준 거지. 분명히, 그는 두려워할 사람이야! 그 외에도 그 생각 덕에 내 마님인 자네 어머니는 제정신이 들 수 있을 거야 - 자네가 현명하게 인식한 대로, 무시하기 힘든 의혹을 조금이라도 사고 있는 상황이니까, 마침내 그녀를 설득해서 어떤 계약의 난점이 중요한 당사자가 나타나야 없어질 거라는 얘기를 신문에 은밀하게 발표하도록 할 수도 있겠지. 그렇게 할 수도 있고 그렇게 하지 않을 수도 있어. 그러나, 자네가 말을 가로막는군. 자, 하려는 말이 뭔가? 원하는 게 뭐야?"

클레넘은 자신이 감금되어 있는 죄수라는 사실을 자기 앞에 있는 사내를 데리고 어머니 집까지 갈 수 없는 지금보다 더 절실하게 느낀 적이 없었다. 언제나 두려워했던 온갖 어려움과 위험들이 손이나 발을 움직일 수 없게 되자 형체를 식별할 수도 없게 몰려오는 것이었다.

"어쩌면, 친구여, 철학자여, 고결한 이여, 바보 같은 이여, 당신 좋을 대로 아무개여, 어쩌면," 리고가 잔을 비우다가 멈추고는, 끔찍한 미소를 짓고 잔 너머로 바라보면서 말했다. "자네는 날 그냥 내버려두는 게 낫지 않았을까?"

"아니지! 최소한," 클레넘이 말했다. "자네가 살아있고 무사하다는 사실을 알게 되었으니까. 최소한 이 두 증인을 피할 수는 없으니까, 그리고 이들이 자넬 아무 정부당국에나 또는 수백의 사람들 앞에 내보일 수도 있으니까."

"그러나 한 사람 앞에는 내보이지 못할걸." 리고가 의기양양하게 협박하는 투로 딱 소리가 나게 손가락을 다시 꺾으면서 말했다. “자네 증인은 집어치워! 내보여지고 어쩌고 하는 건 집어치우라고! 자네가 뭐라 하건 알게 뭐야! 뭐라고? 그러니까, 좋은 생각이 났다고? 그러니까, 내가 판매할 수 있는 상품을 갖고 있다고? 흥, 형편없는 채무자 같으니! 자네가 지금까지 내 작은 계획을 방해했지만 눈감아주겠어. 그럼, 어쩌면 좋을까? 뭐가 남았지? 자네에겐 아무것도 없고 내게는 모든 게 남았군. **날** 내보인다고! 그게 자네가 원하는 건가? 내가 스스로 내보이지, 다만 너무 빠르지만 말이야. 빌수꾼! 펜과 잉크와 종이를 갖고 와.”

카발레토가 전처럼 다시 일어나서 그것들을 그의 앞에 전과 같은 태도로 내려놓았다. 리고는 악당처럼 잠시 생각하고 미소를 짓더니 다음과 같이 써서는 큰 소리로 읽었다.

클레넘 부인에게.

답을 기다리고 있습니다.
마셜시 감옥.
부인 아들의 감방에서.

부인,

오늘 이곳의 죄수(이유가 있어서 신중하게 은거하고 있는 나를 친절하게도 정보원을 고용하여 찾아내는군요) 편에 부인이 내 안전에 대해 걱정한다는 이야기를 듣고서 절망했습니다.

부인, 안심하세요. 나는 건강합니다, 튼튼하고 한결같아요.

부인 집으로 날아가듯 달려가고 싶어서 못 견디겠습니다. 그러나 지금 상황에서는 부인에게 영광스럽게 제시했던 내 보잘것없는 제안을 부인이 아직 명확하게 처리하지 못했을 거라는 생각이 드는군요. 오늘부터 일 주일 후에 마지막으로 찾아가겠습니다. 그때는 부인이 내 제안을 조건 없이 받아들이든, 거부하든, 각각의 결과가 이어질 겁니다.

내가 부인을 껴안고 이 재미있는 거래를 마무리하고자 하는 열망을 자제하는 것은 우리 둘 다 완벽하게 만족할 수 있도록 부인이 세부사항들을 조정할 시간을 갖도록 하기 위해섭니다.

그러는 동안 호텔에서 숙식하는 비용을 부인께 지불해달라고 청해도(여기 있는 죄수가 내 살림살이를 엉망으로 만들어놨거든요) 너무 지나친 건 아니겠지요.

부인, 최고로 숭고하고 가장 고귀한 배려에서 나오는 내 확약을 믿으시기 바랍니다.

리고 블랑두아.

친애하는 플린트윈치에게 무수한 우정을 전합니다.
플린트윈치 부인의 손에 입을 맞추는 바입니다.

리고는 편지를 다 적자, 그것을 접어서 과장된 몸짓으로 클레넘의 발치에 내던졌다. "이봐! 내보인다는 것에 대해 말인데, 누군가를 시켜서 저 편지를 그 주소에 내보이도록 하고 답장은 여기로 내

보이도록 하게.”

“카발레토,” 아서가 말했다. “이 사람의 편지를 그 주소로 갖다 주겠나?”

그러나 카발레토는 자기 자리는 리고를 지킬 수 있는 문간이고 그 자리의 임무는 리고를 지켜보며 자기 발목을 잡고 바닥에 앉아서 문에 기대 있는 것이라는 뜻을 손가락으로 의미심장하게 다시 한 번 나타내면서 매우 곤란하다는 의사를 표현했다 – 팡코 선생님이 또 다시 자원하고 나섰다. 다녀오겠다는 팡코 선생님의 뜻이 받아들여지자, 카발레토는 그가 비집고 나갈 수 있을 정도의 폭으로만 문을 열도록 했고, 그가 나가자 곧바로 문을 닫았다.

“내게 손가락 하나라도 대봐, 내게 욕 한 마디라도 해봐, 포도주를 마시면서 내 맘대로 여기 앉아있는데 내 우월한 신분에 의문을 제기하기만 해봐.” 리고가 말했다. “그러면 편지를 쫓아가서 한 주라는 유예기간을 없애버리겠어. **자네가** 날 찾았다고? 이제 찾았어! 어떻게 할 건가?”

“알다시피,” 클레넘은 쓰라리지만 속수무책이라고 느끼면서 대답했다. “자넬 찾았을 때 나는 죄수가 아니었어.”

“자네와 자네의 감옥은 집어치워.” 리고가 주머니에서 담배 재료가 든 상자를 꺼내 당장 피울 몇 대를 술술 말면서 느긋하게 대꾸했다. “너희 둘 다 맘에 안 들어. 밀수꾼! 불 가져와.”

다시 카발레토가 일어나서 그가 찾는 것을 갖다 주었다. 손가락을 뱀처럼 유연하게 꼬고 서로 감기게 하면서 차갑고 하얀 두 손을 소리 없이 움직이는 솜씨에는 무시무시한 뭔가가 있었다. 클레넘은 마치 뱀이라는 피조물이 들어있는 굴을 지켜보는 것처럼 속으로 몸서리치지 않을 수 없었다.

"어이, 돼지야!" 리고는 카발레토가 마치 이탈리아의 말이나 노새인 것처럼 요란하게 자극하는 소리로 고함을 쳐서 불렀다. "이런! 그 지긋지긋한 옛날 감옥도 여기에 비하면 훌륭한 곳이야. 그곳의 창살과 돌에는 품위가 있었어. 그곳은 사내대장부들을 수감하는 감옥이었지. 그러나 여기는? 체! 바보들을 위한 시설 같군!"

그가 담배를 피웠는데, 추악한 미소를 짓고 카발레토의 얼굴을 뚫어져라 보며 피워서, 기괴한 그림에 나오는 상상의 괴물처럼 입이 아니라 아래로 처져 있는 매부리코로 담배를 피우는 것 같았다. 여전히 불이 붙어있는 첫 번째 담배의 꽁초로 두 번째 담배에 불을 붙이고 나서 클레넘에게 말했다.

"미치광이 놈이 없더라도 시간은 보내야 해. 말도 해야 하고. 독한 술을 하루 종일 마실 수는 없으니까. 그렇지 않으면 한 병 더할 텐데 말이야. 그녀는 매력적이더군. 내 마음에 정확히 드는 것은 아니었지만 그래도 매력적이었어, 제기랄! 자네가 사모하던 것을 축하하네."

"누굴 얘기하는지 모를 뿐만 아니라 묻지도 않겠어." 클레넘이 말했다.

"이탈리아에서 사람들이 부르던 대로 미인인 가원 부인 말이야. 화가 가원의 아름다운 가원 부인 말이야."

"자네가 그녀 남편의 – 부하라며?"

"이봐? 부하라니? 무례하군. 친구네."

"자네는 친구들을 모두 돈 받고 파나?"

리고는 입에서 담배를 빼들고 잠시 동안 깜짝 놀란 기색을 보이며 그를 쳐다보았다. 그러나 태연하게 대답하면서 담배를 다시 입술 사이에 물었다.

"나는 값나가는 것은 뭐든 팔아. 소위 변호사들, 소위 정치가들, 소위 음모가들, 소위 증권거래소 사람들은 어떤가? 자네는 어때? 감옥에는 어쩌다가 왔어? 자네는 친구를 판 적이 없나? 맙소사! 판 적이 있을 거 같은데!"

클레넘은 그를 외면하고 창 쪽으로 시선을 돌려 담장을 바라보고 앉았다.

"사실상," 리고가 말했다. "상류사회는 스스로와 나를 팔고 나는 상류사회를 파는 거야. 자네는 다른 여성과도 아는 사이더군. 역시 매력적이었어. 강한 정신을 가졌고. 어디 보자. 이름이 뭐였더라? 웨이드였어."

그는 대답을 듣지 못했지만 제대로 맞췄다는 사실을 쉽게 알아차릴 수 있었다.

"그래!" 그가 말을 계속했다. "매력적이고 강한 정신의 소유자인 그 여성이 거리에서 내게 말을 했고, 나는 의식불명이 아니었기 때문에 대답을 했어. 매력적이고 강한 정신의 소유자인 그 여성이 친절하게도 툭 터놓고 이야기하더군. '나는 알고 싶은 게 있고 원통한

게 있어요. 당신이 보통 사람보다 더 정직한 건 아니겠죠?' 내가 단언했지. '부인, 태어나서부터 신사였고 죽을 때까지 신사로 지내겠지만 보통 사람보다 더 정직한 건 **아닙니다**. 그처럼 근거 없는 상상은 경멸합니다.' 그러자 그녀가 기뻐하며 칭찬하더군. '당신과 다른 사람들의 차이는,' 그녀가 응답했어, '당신은 그런 말을 한다는 거예요.' 그녀는 상류사회를 아는 거야. 나는 그녀의 칭찬을 정중하고 공손하게 받아들였어. 공손함과 약간의 정중함이 내 성격의 본질적인 일부거든. 그러자 그녀가 제안을 했는데, 요컨대, 우리가 함께 있는 모습을 자주 봤었다는 얘기, 잠시 나를 그 집에 사는 여자 꽁무니를 쫓아다니는 사내이자 그 가족의 친척으로 여겼었다는 얘기, 자기는 호기심과 원통함 때문에 그들의 움직임을 알고 있어야겠다는 생각이 들었고, 그들의 생활방식뿐 아니라 아름다운 가원 부인이 얼마나 사랑받고 얼마나 귀염을 받는지 등등을 알아야겠다는 생각이 들었다는 얘기를 했어. 자기가 부자는 아니지만 일을 하느라 들이는 약간의 수고와 혼란에 대해 이러이러한 보상을 보잘것없지만 하겠다고 하더군. 나는 우아하게 – 어떤 일을 하든 우아하게 하는 것이 내 성격의 일부거든 – 그것을 받는 데 동의했네. 아, 그래! 세상은 그렇게 돌아가는 거야. 그런 방식으로 돌아가는 거라고."

그가 이야기를 하는 동안, 즉 처음부터 마칠 때까지 클레넘이 등을 돌리고 있었지만 그는 너무 가까이 몰려 있는 자신의 반짝이는 두 눈을 클레넘에게서 떼지 않았다. 그리고 앞뒤 가리지 않고 자랑하는 태도로 한 구절 한 구절 이야기할 때, 다름 아니라 상대방 머리의 움직임을 보고도, 자신이 하는 이야기 중 클레넘이 미처 모르던 내용은 전혀 없다는 사실을 분명히 알 수 있었다.

"와! 아름다운 가원 부인!" 아주 가벼운 입김으로도 그녀를 날려 버릴 수 있다는 듯이 그는 소리를 지르며 세 번째 담배에 불을 붙이고 나서 말했다. "매력적이야, 그렇지만 신중치 못하더군! 아름다운 가원 부인이 옛날 애인들한테 받은 편지를 남편이 보지 못하게 산 위의 침실에서 비밀로 둔 것은 잘한 행동이 아니니까. 그럼, 아니고말고. 잘한 게 아니지. 와! 가원 부인이 그 점에선 판단을 잘못했어."

"내가 간절히 바라는 것은," 아서가 큰 소리로 소리쳤다. "팽스가 빨리 왔으면 좋겠다는 거야. 자네의 존재가 방안을 오염시키니까."

"옳소! 그러나 나는 여기서나 어디서나 잘 지낼 거야." 리고가 의기양양한 표정으로 딱 소리 나게 손가락을 꺾으면서 말했다. "나는 언제나 잘 지냈고 앞으로도 잘 지낼 거야!" 그러고는 클레넘이 앉아 있는 의자를 제외하면 그 방에 세 개밖에 없는 의자에 팔다리를 뻗고 누워서 노래를 불렀다. 그리고 노래에 나오는 용감한 인물이 자기라며 자신의 가슴을 두드렸다.

"누가 늦은 시간에 이 길을 지나가나요?
마졸렌의 동무여!
누가 늦은 시간에 이 길을 지나가나요?
언제나 쾌활하게!

후렴을 불러, 돼지야! 다른 감옥에 있을 때는 부를 수 있었잖아. 부르라니까! 그러지 않으면 돌에 맞아 죽은 모든 성인들에 맹세코, 나는 모욕을 당한 거고 체면을 손상당한 거야. 그러면 아직 죽지 않은 몇몇 사람들은 성인과 같이 돌에 맞아 죽는 게 나았을 거야!

왕의 모든 기사 중 꽃 같은 기사죠,
마졸렌의 동무여!
왕의 모든 기사 중 꽃 같은 기사죠,
언제나 쾌활하게!"

부분적으로는 복종하는 옛날 습관에 따라, 또 부분적으로는 복종하지 않으면 자기 은인에게 손해를 입힐까 봐, 그리고 또 부분적으로는 다른 일을 하느니 노래를 부르고 싶었기 때문에, 이번에는 카발레토가 후렴을 같이 불렀다. 리고는 소리 내어 웃더니 두 눈을 감은 채 담배를 피우기 시작했다.

팽스 씨의 발자국소리가 계단에서 들리기까지 아마 15분 정도 지났을 것이다. 그러나 그 시간이 클레넘에게는 견딜 수 없을 정도로 길게 느껴졌다. 그의 발자국에 이어서 다른 발자국소리도 들렸다. 카발레토가 문을 열고 팽스 씨와 플린트윈치 씨를 들어오게 했다. 후자가 보이자마자 리고가 그에게 급히 가서 거칠게 그를 껴안았다.

"어떻게 지냈나?" 플린트윈치 씨는 격식을 거의 차리지 않고 상대를 떼어내려고 애썼고 떼어내자마자 말했다. "고맙지만 됐네. 더 이상은 원하지 않아." 그 말은 정신을 되찾은 친구가 애정을 보이려고 또다시 위협하는 것과 관련하여 한 말이었다. "글쎄요, 아서 도련님. 잠자는 개와 잃어버린 개에 대해 제가 드린 말씀을 기억하시죠. 그 말이 들어맞았군요."

그는 어느 모로 보나 여느 때처럼 태연했으며 방안을 둘러보면서 설교하듯이 고개를 끄덕였다.

"이곳이 채무 때문에 갇히는 마셜시 감옥이군요!" 플린트윈치 씨가 말했다. "하아! 돼지 같은 녀석들을 아주 변변치 않은 시장에 끌고 왔군요, 아서 도련님."

아서는 인내심이 있었지만 리고는 없었다. 자신의 귀여운 플린트윈치를 외투의 두 깃을 이용해서 장난치듯이 잡고는 사납게 소리쳤다.

"시장은 집어치워, 돼지 같은 녀석들은 집어치워, 그리고 돼지를 모는 녀석도 집어치워! 자! 내 편지에 대한 답이나 내놔."

"자네가 형편을 보아 잠시 놔줄 수 있다면," 플린트윈치 씨가 대꾸했다. "아서 도련님께 갖고 온 짤막한 편지를 먼저 전해야겠네."

그가 편지를 전달했다. 편지는 종이쪽지에 그의 어머니가 엉망으로 휘갈겨 쓴 것이었는데, 고작 다음과 같은 말을 담고 있었다.

"네가 네 자신을 파산시킨 걸로 충분하길 바란다. 더 이상의 파산은 없도록 해라. 제러마이어 플린트윈치는 내 심부름꾼이자 대리인이다. 클레넘 부인이."

클레넘이 말없이 편지를 두 차례 읽고 나서 갈가리 찢었다. 그 사이에 리고는 의자 있는 쪽으로 가서, 앉는 부분에 발을 올리고 등받이에 걸터앉았다.

"자, 훌륭한 플린트윈치," 편지가 찢겨지는 것을 열심히 지켜보던 그가 말했다. "내 편지에 대한 답장은?"

"블랑두아 씨, 클레넘 부인은 손이 경련을 일으켰을 뿐 아니라 내가 말로 전하는 것도 괜찮다고 생각했기 때문에 답장을 쓰지 않았소." 플린트윈치 씨가 그 이야기를 쥐어짜냈는데 마지못해 그리고 쉰 목소리로 짜냈다. "부인은 안부를 전하면서 전체적으로 자네 요구가 부당하다고 말하고 싶진 않기 때문에 동의하겠다고 했네. 그리고 내주의 오늘을 의미하는 그 약속을 망치지 않겠다고 했어."

리고 씨는 한바탕 웃은 다음에 옥좌 같이 높이 앉았던 곳에서 내려왔다. "좋아! 내가 호텔을 찾아보지!" 그때 그의 두 눈이 여전히 자리를 지키고 있던 카발레토와 마주쳤다.

"자, 돼지야," 그가 덧붙였다. "내 뜻과 달리 널 수하로 데리고 있었던 적이 있었지만, 이제는 네 뜻과 달리 널 수하로 데리고 있어야겠다. 이 비열한 놈아, 나는 시중을 받아야 하는 운명을 타고 났단 말이야. 내주 오늘까지 이 밀수꾼이 하인으로 시중들어야 한다고 요구해야겠소."

뜻을 물어보는 카발레토의 눈길에 답해서 클레넘이 가라고 손짓하면서도 큰 소리로 덧붙였다. "그를 두려워하지 않는다면 가게." 카발레토는 손가락을 흔들어서 아주 단호하게 두려워하지 않는다는 뜻을 표현했다. "그렇지 않습니다, 선생님. 그가 한때 저의 감방 동료였다는 사실이 더 이상 비밀이 아닌 한 두렵지 않습니다." 리고는 마지막 담배에 불을 붙이고 걸어갈 채비를 갖출 때까지 두 사람의 말을 무시했다.

"나를 두려워하잖아." 그러고 나서 그들 모두를 둘러보며 말했다. "와! 내 자식들, 내 새끼들, 내 귀여운 인형들, 너희들 모두 나를 두려워하잖아. 나에게 여기서는 포도주를 한 병 선사하고, 저기서는 고기와 술과 숙소를 선사하잖아. 손가락 하나, 욕설 한 마디로도 나를 감히 건드리지 못하잖아. 그래. 남을 이기는 게 내 성격이니까! 와!

왕의 모든 기사 중 내가 꽃 같은 기사죠,
그리고 언제나 쾌활해요!

그는 후렴을 자신에 맞춰 그렇게 개작해 부르면서 카발레토가 바짝 뒤따르는 가운데 성큼성큼 걸어 나갔다. 카발레토를 떼어내기가 쉽지 않을 거라는 사실을 익히 알았기 때문에 자신의 시중을 들어야 한다고 고집부린 건지도 모른다. 플린트윈치 씨는 턱을 문지르며, 돼지와 시장을 신랄하게 경멸하는 투로 주위를 둘러본 다음에, 아서에게 고개를 끄덕이고는 따라갔다. 팽스 씨 역시 여전히 후회하고 의기소침해하면서 뒤를 따랐는데, 그전에 아서에게서 한두 마디 비밀스런 지시사항을 아주 주의하여 들었고, 지기가 이 일을 끝까지 지켜보고 돕겠다고 속삭였다. 죄수는 다시 혼자 남게 되자, 자신이 전보다 좀 더 멸시받고 좀 더 경멸받는다고, 그리고 좀 더 버림받고 좀 더 무력해졌다고, 요컨대, 좀 더 비참해졌고 좀 더 추락했다고 느꼈다.

29 마셜시에서의 간청

사람을 초췌하게 만드는 걱정과 후회야말로 창살이 쳐져 있는 감방에서 함께 지내기에는 나쁜 친구들이다. 하루 종일 걱정을 되씹고 밤에도 거의 자지 않아서는 누구라도 고난에 맞서서 무장할 수 없기 때문이다. 다음날 아침 클레넘은 원기가 이미 빠진 것처럼 쇠약해졌다고 느꼈고, 무거워서 고개를 숙이게 만드는 압박감이 자신을 압도한다고 느꼈다.

매일 밤 그는 비참한 잠자리에서 열두 시나 한 시에 깨어서 마당에 걸려 있는 흐린 등불을 바라보았고, 하늘이 모습을 드러내기 수 시간 전부터 창가에 앉아서 하루의 창백한 첫 번째 흔적을 찾아 하늘을 올려다보았다. 이제는 밤이 와도 옷을 벗어야 한다고 스스로를 설득할 수조차 없었다.

지독한 불안에 사로잡혔고, 감옥에 갇혀 있다는 사실에서 비롯하는 괴로운 조급함과 감옥에 갇힌 채 비탄에 잠겨 죽을 것이라는 확신 때문에 이루 말할 수 없이 고통스러웠기 때문이다. 감옥에 대한 공포와 혐오가 워낙 강렬해서 이곳에서 숨 쉬는 것도 고역이었다. 가끔씩 질식사할 거 같다는 느낌에 사로잡혀서 창가에 서서 목을 잡고 헐떡거리곤 했다. 그와 동시에 감옥 바깥의 다른 공기에 대한 열망, 그리고 출구가 없는 온벽 너머에 대한 동경 때문에 자신이 미쳐가는 것이 분명하다고 느꼈다.

그 이전에도 수많은 다른 죄수들이 그런 상태를 겪었고, 그 상태의 격렬함과 지속성이 그들을 지치게 했듯이 그도 지치게 만들었다. 이틀 밤 하루 낮이 지나자 그런 상태가 거의 가셨다. 그런 상태로 가끔 발작적으로 돌아왔지만 점점 희미해졌고, 간격도 점점 길어졌다. 쓸쓸한 고요가 이어졌고, 그 주 중반쯤에 이르자 실의에 빠졌고 서서히 미열이 생겼다.

카발레토와 팽스는 다른 곳에 가고 없었기 때문에 그로서는 플로니쉬 부부 외에는 걱정해야 할 방문자가 없었다. 그 훌륭한 부부와 관련해서 그는 그들이 가까이올까 봐 걱정했는데, 병적으로 불안한 상태에서 혼자 있고 싶었을 뿐 아니라 심하게 우울하고 연약해진 모습을 다른 사람에게 보여주고 싶지 않았기 때문이다. 플로니쉬 부인에게 일 때문에 너무 바쁘고 그 일에 전념해야 할 필요성 때문에 당분간 그녀의 친절한 얼굴을 바라보는 유쾌한 방해조차 없었으면 좋겠다고 설명하는 편지를 써서 보냈다. 간수들이 교대 하는 일정한 시간에 뭐든 해줄 일이 있는지 물어보기 위해 매일 들르는 존에게는, 늘 뭔가를 쓰는 일에 몰두하고 있는 체했으며 필요한 게 없다고 쾌활하게 답변했다. 두 사람이 오랫동안 이야기를 나눴던 단 하나의 화제를 다시 꺼낸 적은 없었다. 그러나 이와 같이 비참한 변화를 겪는 내내 그 화제가 클레넘의 마음에서 멀어진 적은 한 번도 없었다.

약속한 한 주에서 여섯 번째 되는 날은 습하고 덥고 안개가 낀 날이었다. 마치 감옥의 빈곤과 누추함과 불결함이 무더운 대기 속에서 자라나는 것 같았다. 클레넘은 아픈 머리와 지친 마음을 안고 빗방울이 마당 인도에 떨어지는 소리를 들으면서 그것이 시골 대지에 한결 부드럽게 내리는 모습을 상상했다. 그리고 그날 밤을 비참하게 지새웠다. 하늘에는 태양 대신에 누런 안개에 싸인 흐릿한 햇무리가 솟아올랐고, 그 햇무리가 담장에 비치는 부분을 남루한 감옥의 한 조각처럼 지켜보았다. 출입문이 열리는 소리가 들려왔다. 좋지 않은 신발을 신고 밖에서 기다리던 사람들이 발을 끌며 들어왔고, 청소하고 물을 퍼 올리고 돌아다니기 시작했다. 감옥의 아침이 시작된 것이었다. 그는 세수를 하는 동안에도 여러 차례 쉬어야 할 정도로 아프고 어질어질해서 결국에는 열린 창 옆 의자로 기어갔다. 그가 의자에 앉아서 조는 동안 그의 방을 정리해주는 노파가 아침 청소를 마쳤다.

그는 잠이 부족하고 먹은 것도 부족해서(식욕이, 심지어는 미각조차도 그를 버렸던 것이다) 현기증이 났다. 밤중에 의식이 엉뚱한 길로 접어든다는 느낌이 두세 차례 들었고, 실재가 아니라는 것을 스스로도 알고 있는 선율과 노래의 일부분이 따뜻한 바람결에 실려오는 소리를 듣기도 했다. 피로해서 꾸벅꾸벅 졸기 시작하다가 그 소리를 다시 들었다. 그에게 말을 거는 듯한 목소리들이 들려서 그가 대답을 했고 깜짝 놀랐다.

일 분이 한 시간일 수도 있고 한 시간이 일 분일 수도 있을 정도로 시간을 계산할 힘도 없이 졸면서 꿈을 꾸다보니, 정원 - 습기를 머금은 따뜻한 바람이 그 향기를 부드럽게 뒤섞어주는 꽃밭 - 에 와 있는 듯한 느낌이 지속적으로 밀려들었다. 정원이든 다른 것이든 살펴볼 목적으로 고개를 들려니 아주 고통스럽게 애를 써야 해서, 주위를 둘러보았을 때에는 이미 그 느낌이 아주 오래되었고 성가시다는 생각이 들 정도였다. 그때 그는 활짝 핀 꽃다발이 탁자 위 찻잔 옆에 놓여 있는 것을 보았다. 최상급의 최고로 아름다운 꽃 한 움큼이 멋지게 놓여 있었다.

그렇게 아름다운 꽃은 본 적이 없었다. 클레넘은 꽃을 집어 들고 향기를 들이마셨다. 꽃을 들어서 뜨거운 이마에 대었다가 내려놓았고, 난롯불의 온기를 쬐려고 차가운 손을 펴는 것처럼 그 꽃들을 향해 말라붙은 두 손을 폈다. 얼마 동안 꽃들을 보며 즐거워하다가, 누가 그것을 보냈을지 궁금해져서, 꽃을 거기에 갖다놓았을 노파에게 어떻게 배달되었는지 묻기 위해 문을 열었다. 그러나 노파는 가고 없었다. 노파가 그를 위해 탁자에 차려 놓았던 차가 차가워진 걸 보면 간 지 한참 된 것 같았다. 차를 조금 마시려고 했지만 그 향기를 견딜 수가 없었다. 그래서 열려 있는 창 옆 자기 의자로 천천히 돌아가서, 낡고 작고 둥근 탁자에 꽃을 올려놓았다.

돌아다닌 탓에 생겼던 어지럼증이 가시자 다시 이전 상태로 빠져들었다. 밤에 들리던 선율 중 하나가 바람결에 들려왔고, 누군가가 가벼운 손길로 밀쳐서 방문을 여는 것 같았다. 소리가 잠시 멈추더니 검은 망토를 두른 어떤 사람이 조용히 서 있는 듯했다. 그 사람이 망토를 벗어서 바닥에 떨어뜨리는 듯했는데, 옛날의 낡은 옷을 입고 있는 그의 작은 도릿 같았다. 그 사람은 온몸을 떨며 양손을 꼭 쥐고 미소를 짓더니 울음을 터뜨리는 것 같았다.

그가 정신을 차리고 비명을 질렀다. 그러고 나서 사랑과 연민과 슬픔에 찬 그 소중한 얼굴을 보고 마치 거울을 보듯이 자신이 얼마나 변했는가를 깨달았다. 그녀가 다가와서 그가 의자에 그냥 있도록 그의 가슴에 자신의 두 손을 댔다. 그리고 그의 발치에 무릎을 꿇고 입술을 들어 올려 그에게 입을 맞추고, 빗물이 하늘에서 꽃밭 위로 떨어지듯이 눈물을 그에게 떨어뜨리더니, 작은 도릿이 살아있는 존재로 나타나 그의 이름을 불렀다.

"오, 최고로 친절했던 후원자여! 클레넘 선생님, 우는 모습을 보이지 마세요! 절 보고 기뻐서 우는 게 아니라면 말이에요. 기뻐서 우는 거였으면 좋겠어요. 당신의 불쌍한 아이가 돌아왔으니까요!"

아주 충실하고 다정하며 운명의 여신에 의해 전혀 훼손되지 않은 모습이었다. 목소리의 음성과 두 눈의 눈빛과 두 손의 촉감이 천사같이 위안을 주고 진실하구나!

그가 그녀를 껴안자 그녀가 말했다. "당신이 아프다는 얘기를 그들이 해주지 않았어요." 그러고 나서 그의 목 주위에 부드럽게 팔을 둘러서 그의 머리를 자기 가슴에 대고 손으로 이마를 짚었다. 그다음에는 자기 뺨을 그 손에 대고, 그녀가 다른 사람들에게 베풀던 온갖 돌봄을 오히려 그들에게서 받을 필요가 있는 단순한 어린아이였을 때 그 방에서 아버지를 돌보았던 것처럼, 다정하게, 그리고 하느님만이 아시는데 순결하게, 그를 돌보았다.

입을 열 수 있게 되자 클레넘이 말했다. "마침내 나를 찾아온 거니? 이런 옷을 입고서?"

"다른 옷보다 이 옷을 입은 저를 더 좋아할 거라고 생각했어요. 잊지 않으려고 이 옷을 항상 갖고 다녔거든요, 비록 그럴 필요는 없었지만요. 혼자 온 게 아니에요. 옛날 친구를 데리고 왔어요."

주위를 둘러보니 매기가 오랫동안 쓰지 않던 커다란 모자를 쓰고 옛날처럼 팔에 바구니를 든 채 몹시 기뻐하면서 싱긋이 웃는 모습이 보였다.

"오빠와 함께 런던에 온 게 겨우 어제 저녁이었어요. 도착하자마자 당신 소식을 듣기 위해 그리고 돌아왔다는 사실을 당신께 알려드리기 위해 플로니쉬 부인에게 사람을 보냈어요. 그때 이곳에 계신다는 이야기를 들었어요. 밤에 혹시 제 생각을 하셨어요? 제 생각을 조금이라도 하셨을 거라고 믿어요. 저는 아주 걱정스레 당신 생각을 했고, 아침까지가 아주 길게 느껴졌거든요."

"나도 네 생각을 했어-" 그는 그녀를 뭐라 부를지 망설였다. 그녀가 그 사실을 즉시 감지했다.

"당신은 저를 아직 제게 꼭 맞는 이름으로 부르지 않았어요. 언제나 불러주셨던 제게 꼭 맞는 이름이 무엇인지 아시잖아요."

"작은 도릿, 여기에 온 이후, 매일, 매시간, 매분, 네 생각을 했어."

"그러셨어요? 정말요?"

클레넘은 기쁨으로 빛나는 그녀의 얼굴이 홍조로 타오르는 것을 보면서 부끄럽다는 느낌이 들었다. 자기는 망가졌고 파산했고 병들고 수치스러운 죄수였기 때문이다.

"출입문이 열리기 전부터 와 있었지만 당신께 곧장 오기가 두려웠어요. 처음에는 도움이 되기보다 해를 끼칠 것 같다는 생각이 들었거든요. 감옥이 아주 낯익으면서도 아주 낯설었을 뿐 아니라 불쌍한 아빠와 당신에 대한 기억을 워낙 많이 상기시켜서 처음에는 그것에 압도되었으니까요. 그렇지만, 저흰 출입문으로 가기 전에 치버리 씨께 먼저 갔어요. 그가 저희를 안에 들어오게 했고 존의 방을 내주더군요 - 제가 옛날에 쓰던 초라한 방 말이에요 - 저희는 거기에서 약간 기다렸어요. 꽃다발을 문에 갖다놓았지만 당신은 제 소리를 듣지 못하시더라고요."

작은 도릿은 떠날 때보다 훨씬 더 여성스러워 보였고 이탈리아 태양의 숙성시키는 손길이 얼굴에 드러났다. 그러나 그 외에는 전혀 변하지 않았다. 그가 그녀에게서 늘 보았지만 아무 감정 없이 대한 적이 한 번도 없었던, 바로 그 불가해하고 소심한 진지성도 여전히 보였다. 그것이 그를 크게 감동시키는 새로운 의미를 지니게 되었다면, 그것은 그녀가 아니라 그의 인식이 변했기 때문이었다.

작은 도릿은 낡은 보닛을 벗어 예전 자리에 걸어놓고, 조용히 매기의 도움을 받아서 그의 방을 가능한 한 시원하고 깔끔하게 청소하고, 좋은 냄새가 나는 향수를 뿌렸다. 그 일이 끝나자 포도와 다른 과일들이 가득 들어있는 바구니를 열어서 안에 든 것들을 조용히 꺼냈다. 바구니에 들었던 내용물을 다 꺼내자, 다른 누군가를 보내서 바구니를 다시 채워 오게 하라고 매기에게 잠시 속삭였다. 새로운 물품으로 다시 채운 바구니가 곧 돌아왔는데, 그 바구니에서 먼저 꺼낸 것이 당장 먹을 양식으로는 시원하게 식힌 음료와 젤리였고, 장래의 양식으로는 통닭구이와 포도주와 물이었다. 이런 다양한 준비가 끝나자 그녀는 그의 창문에 달 커튼을 만들기 위해 낡은 바늘통을 끄집어냈다. 그리하여 그렇지 않았으면 감옥의 떠들썩함 속으로 흩어졌을 고요가 방 안에 가득한 가운데, 클레넘은 작은 도릿이 자기 옆에서 바느질을 하고 자신은 의자에 차분하게 앉아있다는 사실을 깨달았다.

바느질을 하느라고 고개를 다시 얌전하게 숙이고 있는 모습과 예전에 하던 일을 하느라고 손가락을 바쁘고 민첩하게 움직이는 모습을 보면서 – 그러나 그녀는 그 일에 완전히 몰두하고 있는 것은 아니어서 그의 얼굴을 보느라고 동정적인 눈길을 자주 들어올렸다. 그리고 눈길을 다시 아래로 향했을 때는 두 눈에 눈물이 어렸다 – 위로를 받고 위안을 얻었지만, 그리고 이 훌륭한 사람이 헌신적인 사랑을 역경에 처한 자신에게 집중하여 무진장하게 풍부한 친절을 베풀고 있다고 여겼지만, 클레넘의 떨리는 목소리나 손은 진정되지 않았고, 우유부단한 그가 강하게 되지도 않았다. 하지만 그것은 그의 사랑과 함께 고조되는 내적인 꿋꿋함을 그에게 불어넣었다. 이제, 자신이 그녀를 얼마나 깊이 사랑하는지, 어찌 말로 다 표현할 수 있을까!

둘이서 담장의 그림자가 지는 곳에 나란히 앉았을 때 담장의 그림자는 그에게 햇빛처럼 다가왔다. 그녀가 말할 기회를 별로 안 줬기 때문에 그는 그녀를 바라보며 의자에 기대 있었다. 가끔씩 그녀가 일어나서 음료를 마실 수 있게 잔을 건네주거나 머리를 대고 있는 곳을 평탄하게 만져주었다. 그러고 나서 그녀는 그 옆의 자기 자리에 천천히 다시 앉았고, 바느질을 하느라고 다시 고개를 숙였다.

그림자가 태양의 움직임을 따라 같이 움직였지만 그녀는 시중 들 때를 제외하고는 그의 곁에서 움직이지를 않았다. 태양이 졌을 때도 그녀는 여전히 그 자리에 있었다. 그리고 이제 바느질을 끝냈다. 좀 전에 그를 돌본 이후 그가 앉아있는 의자의 팔걸이에서 머뭇거리던 그녀의 손길은 아직도 거기에서 머뭇거리고 있었다. 그가 그녀의 손에 자기 손을 포개자 그녀는 간청하듯 떨면서 그의 손을 꼭 쥐었다.

"클레넘 선생님, 가기 전에 드릴 말씀이 있어요. 그 얘기를 매시간 자꾸 미뤘지만 이제는 해야겠어요."

"나도 그렇다, 작은 도릿아. 해야만 할 얘기를 지금까지 연기했어."

그녀는 그의 이야기를 멈추려고 하는 듯이 그의 입술 쪽으로 초조하게 자기 손을 움직였다. 그러다가 그 손이 떨리면서 원래 있던 자리로 돌아왔다.

"외국에 다시 나가지 않을 거예요. 오빠는 나갈 거지만 저는 아니에요. 오빠는 늘 저를 사랑했고 요사이는 제게 아주 고마워하고 있어요 – 자기가 아플 때 마침 제가 함께 있었다는 이유만으로 너무 고마워하고 있어요 – 그래서 제가 제일 있고 싶은 곳에 있어도 좋고, 제일 하고 싶은 일을 해도 좋다고 했어요. 제가 행복하기를 바랄 뿐이라고요."

하늘에는 별 하나가 밝게 빛나고 있었다. 그녀는 자기 위에서 빛나는 그 별이 마치 마음속에 간절하게 품고 있는 목적인 것처럼 이야기를 하는 내내 그 별을 올려다보았다.

"말씀 안 드려도 오빠가 귀국한 것이 아빠의 유서를 찾아서 재산을 물려받기 위해서라는 사실은 아마 아실 거예요. 오빠는 유서가 있다면 제게 상당한 재산이 남겨졌으리라고 확신한다면서, 유서가 없어도 절 부자로 만들어주겠다고 했어요."

그는 말을 하려다가, 그녀가 떨리는 손을 다시 들어 올리자 그만두었다.

"제게는 돈이 필요 없어요, 돈을 바라지도 않고요. 당신을 위해서가 아니라면 돈은 제게 아무런 가치도 없으니까요. 당신이 여기 있는데 제가 부자로 지낼 수는 없으니까요. 당신이 고통을 겪으면 저는 가난할 때보다 언제나 훨씬 더 불행할 수밖에 없으니까요. 제가 가진 모든 것을 당신께 빌려드릴 수 있게 해주세요. 그걸 당신께 드릴 수 있게 해주세요. 제가 여기에 살 때 당신이 절 보호해주신 것을 지금까지 잊지 않고 있고, 잊을 수도 없다는 것을 증명하게 해주세요. 클레넘 선생님, 제가 세상에서 제일 행복한 사람이 될 수 있게 해주세요, 승낙해서 말이에요! 오늘 밤은 아무 말도 마시고 당신이 그것을 호의적으로 생각하실 거라는 희망으로, 그리고 저를 위해 – 당신을 위해서가 아니라 저를 위해, 오로지 저를 위해! – 제가 세상에서 누릴 수 있는 최고의 기쁨을, 당신께 보탬이 된다는 사실뿐 아니라 애정과 감사라는 커다란 부채를 조금은 갚았다는 사실을 경험하는 기쁨을 베푸실 거라는 희망을 갖고 방을 나서도록 해서, 당신을 여기에 두고 떠나는 제가 가능한 한 최대의 행복을 느끼게 해주세요. 드리고 싶은 말을 제대로 할 수가 없네요. 제가 오랫동안 살았던 곳에 계시는 당신을 찾아와서 으레 그래야 하는 만큼 차분하게 위로드릴 수가 없어요. 제가 수많은 경험을 했던 곳에 당신이 계신 것을 생각하면 으레 그래야 하는 만큼 차분하게 위로드릴 수가 없다고요. 눈물이 흐르지만 억제할 수가 없어요. 그러나, 제발, 제발, 제발, 고통을 겪고 있는 지금, 작은 도릿의 청을 외면하지 마세요! 제발, 제발, 제발, 아픈 맘을 다해서 간청하고 애원하는 거예요, 후원자님 – 선생님! – 제가 가진 전부를 받아주세요, 그래서 그것이 제게 축복이 되게 해주세요!"

그녀가 포개진 두 사람의 손 위로 얼굴을 숙인 그때까지 별빛은 그녀의 얼굴을 비추고 있었다.

클레넘이 팔로 그녀를 에워싼 채 그녀의 얼굴을 들어 올리고 부드럽게 대답한 것은 한층 더 어두워진 다음이었다.

"안 돼, 사랑하는 작은 도릿. 안 된다, 얘야. 그런 희생을 들어줄 수는 없어. 그런 값을 치르고 구입한 자유와 희망은 너무 비싸서 내가 그 무게를 지탱할 수 없을 뿐 아니라 그것들을 갖고 있다는 비난도 견딜 수 없을 거야. 그러나 내가 얼마나 열렬한 감사와 사랑을 느끼며 이런 얘길 하는지는, 하늘에 맹세할 수 있어!”

“하지만 당신은 제가 고통을 겪고 있는 당신께 헌신하지 못하도록 하실 건가요?”

“글쎄다, 사랑하는 작은 도릿, 그러나 나는 네게 헌신하도록 노력할게. 이곳이 네 집이었고 이 옷을 네가 입고 있었던 지난날에 내가 내 마음을(오로지 내 마음을 말하는 거야) 좀 더 잘 알았고 내 마음 속의 비밀을 좀 더 분명하게 알아차렸더라면, 빛이 멀리 사라져버린 지금에 와서야 밝게 볼 수 있고 나의 약한 걸음걸이로는 도저히 따라갈 수 없는 빛을 진즉에 신중함과 자기불신을 통해 인식했더라면, 내가 너를 사랑하고 존경한다는 사실을, 널 불렀던 대로 불쌍한 아이로서가 아니라, 충실한 손길로 나를 높이 고양시키고 훨씬 더 행복하고 훌륭한 사람이 되게 할 수 있었던 한 여성으로서, 너를 사랑하고 존경한다는 사실을 그때 알고서 네게 말했더라면, 이제는 돌이킬 수 없는 그 기회를 그렇게 이용했더라면 – 내가 바라는 대로 그렇게 했으면, 오, 그렇게 했으면! – 그리고 내가 적당히 부자이고 네가 가난했을 때 뭔가가 우리를 갈라놓았더라면, 얘야, 네가 너의 재산을 숭고하게 내놓는 것에 대해 지금과는 다른 말로 대답했을지 모르지. 그래도 거기에 손을 대기는 부끄러웠을 거야. 하지만 지금 그것에 손을 댈 순 없어, 절대로 없어!”

그녀는 기원하듯이 작은 손을 들어서 말로 할 수 있는 이상으로 애처롭고 진지하게 간청했다.

"나의 작은 도릿, 나는 충분히 불명예를 겪었어. 그렇게까지 저급하게 타락할 수는 없어. 그리고 너를－정말 소중하고 관대하고 착한 너를－나와 함께 끌어내릴 수도 없는 거야. 신의 축복이 있기를, 신이여 보상하소서! 다 지난 일이야."

클레넘은 그녀가 마치 딸이라도 되는 것처럼 그녀를 두 팔로 껴안았다.

"내가 언제나 훨씬 더 나이가 많고 훨씬 더 거칠고 훨씬 덜 훌륭했으니까 과거의 나마저도 우리 둘 다 잊어버려야 해. 나를 오로지 지금의 내 모습대로만 봐야 하는 거야. 얘야, 네 뺨에－나와 좀 더 가까워질 수는 있었지만 지금보다 좀 더 소중한 사람이 될 수는 없었던 너에게－작별의 입맞춤을 해야겠다. 너의 길은 이제 겨우 시작이지만, 길이 다 끝났고 너와는 크게 동떨어져 있으며 영원히 분리되어 있는 파산한 사람으로서 말이야. 굴욕을 겪는 내 모습을 잊어달라고 청할 용기는 없지만, 그저 현재의 내 모습을 기억해달라는 청은 해야겠구나."

방문자들에게 떠나라고 경고하는 종소리가 울리기 시작했다. 클레넘은 벽에 걸린 그녀의 망토를 집어서 그녀의 몸을 친절하게 감쌌다.

"나의 작은 도릿, 한 마디만 더 할게. 하기 힘든 말이지만 꼭 해야겠구나. 너와 이 감옥이 뭐든 공동으로 갖고 있던 때는 이미 오래전에 지나갔어. 내 말 알아듣겠니?"

"오! 더 이상 오지 말라는 말은 절대 하지 마세요!" 그녀가 통곡을 하고 깍지 낀 두 손을 애원조로 치켜들면서 울부짖었다. "절 정말로 버릴 건 아니잖아요!"

"할 수 있으면 그렇게 말하고 싶어. 그러나 이 소중한 얼굴을 완전히 내쫓고 이 얼굴이 다시 올 거라는 희망 일체를 버릴 용기는 없구나. 그러나 곧바로 오진 마, 자주 오지도 말고! 지금 이곳은 썩은 장소야, 그리고 이곳의 병독이 내게 달라붙어 있다는 사실도 분명하고. 너는 훨씬 더 밝고 훌륭한 곳에 속해 있어. 나의 작은 도릿, 이곳을 뒤돌아보면 안 돼. 전혀 다르고 훨씬 더 행복한 길이 있는 쪽으로 시선을 돌려야지. 다시 한 번 말할게, 그 길에서 신의 축복이 있기를! 신이여 보상하소서!"

아주 의기소침해 있던 매기가 그때 울음을 터뜨렸다. "오, 선생님을 병원에 입원시켜. 엄마, 선생님을 병원에 입원시키라니까! 병원에 입원시키지 않으면 선생님의 본모습을 다시는 볼 수 없을 거야. 그러면 물레에서 늘 실을 잣던 그 작은 여자가 공주와 같이 찬장에 가서 말할 거야. 뭐하려고 거기에 병아리 요리를 갖고 있죠? 그러면 사람들이 그 요리를 꺼내서 선생님에게 줄 거야. 그러면 모두가 행복해질 수 있을 거고!"

종소리가 거의 끝나가고 있었기 때문에 그렇게 가로막은 것은 적절한 것이었다. 아서는 작은 도릿을 망토로 다시 한 번 친절하게 감싼 후 안고서(그녀가 찾아오지 않았더라면 대체로 너무 약해서 걸을 수도 없었을 테지만) 아래층으로 데리고 갔다. 그녀가 간수실에서 밖으로 나간 마지막 방문자였고, 출입문이 그녀 뒤로 육중하고 절망적인 소리를 내며 닫혔다.

그 소리가 아서의 가슴에 장례식의 뗑그렁 하는 소리로 울리면서 힘이 하나도 없다는 느낌이 되돌아왔다. 위층 방까지 올라가는 길은 고된 길이어서, 이루 말할 수 없는 고통을 느끼면서 어둡고 외로운 방안으로 다시 들어갔다.

자정이 거의 다 되어 감옥이 조용해진 지도 한참 지났을 무렵 조심스레 삐걱거리며 계단을 올라와 열쇠로 조심스레 그의 방문을 두드리는 소리가 들렸다. 존이었다. 그는 긴 양말을 신은 채 안으로 미끄러지듯 들어오더니 문이 닫혀 있도록 잡고서 작은 소리로 속삭였다.

"제반 규정에 어긋나는 거지만 개의치 않아요. 제가 해내야겠다고, 당신께 가야겠다고 작정했거든요."

"무슨 일인가?"

"별일 아니에요. 도릿 양이 나왔을 때 안마당에서 그녀를 기다리고 있었어요. 그녀가 안전하게 돌아갔다는 사실을 누군가가 확인해 주기를 바라실 것 같아서요."

"고맙다, 고마워! 존, 네가 그녀를 집에까지 데려다줬니?"

"호텔에 들어가는 걸 봤어요. 도릿 씨가 머물렀던 곳과 같은 호텔이더군요. 걸어가는 내내 도릿 양이 제게 아주 친절하게 말을 건네서 깜짝 놀랐어요. 그녀가 마차를 타지 않고 왜 걸어갔다고 생각하세요?"

"모르겠는걸, 존."

"선생님에 대해 이야기하기 위해서예요. 제게 말하더군요. '존, 너는 언제나 훌륭했어. 내가 없을 때 그분을 돌보아주겠다고, 그리고 도움이나 위로가 절대 부족하지 않게 해주겠다고 약속하면 나는 어느 정도 안심할 수 있을 거야.' 그녀에게 약속했습니다. 선생님 곁을 지키겠다고요," 존 치버리가 말했다. "영원히요!"

클레넘은 대단히 감동을 받아 그 정직한 인물에게 손을 내밀었다.

"그 손을 잡기 전에," 존이 문에서 다가오지는 않고 그 손을 쳐다보기만 하면서 말했다. "도릿 양이 제게 어떤 전갈을 전해달라고 했을지 맞혀보세요."

클레넘이 고개를 가로저었다.

존이 떨리지만 뚜렷한 목소리로 그녀의 말을 전했다. "'그에게 전해줘요. 작은 도릿이 영원한 사랑을 보낸다고요.' 이제 전달한 겁니다. 제가 명예롭게 행동한 건가요?"

"그래, 아주 많이!"

"도릿 양에게 제가 명예롭게 행동했다고 말씀해주실 거죠?"

"정말 그럴게."

"악수하지요." 존이 말했다. "선생님 곁을 영원히 지키겠습니다."

충심에서 나오는 악수를 굳게 나눈 후에, 그는 계단을 삐걱거리면서 변함없이 조심스레 사라졌고 마당 인도를 신발도 신지 않은 채 살금살금 걸어갔다. 그러고는 자기 뒤로 출입문을 닫고 신발을 벗어두었던 건물 앞쪽으로 들어갔다. 바로 그 길이 이글거리는 보습으로 덮여 있었더라도 존은 아마 똑같은 목적을 위해 똑같이 몰두해서 가로질러 갔을 것이다.

***

30 끝이 다가오다

약속한 한 주의 마지막 날이 마셜시 출입문 쇠창살에 도달했다. 작은 도릿이 나가고 그녀 뒤로 출입문이 쾅 하는 소리와 함께 닫힌 이후 밤새 검은색이던 쇠창살이 일찍부터 작열하는 햇볕을 받아 황금색으로 바뀌었다. 밝은 햇살이 멀리 시내를 비스듬히 가로질러서, 시내의 뒤죽박죽인 지붕들 위로, 그리고 성당 탑의 장식무늬가 있는 열려진 창을 통해서, 이승이라는 감옥의 쇠창살을 길게 비추었다.

낮에는 방문자들이 출입구 안쪽 낡은 건물에까지 찾아와서 성가시게 굴지 않았다. 그러나 태양이 지평선 가까이에 걸리자 세 남자가 출입구로 들어서서 다 허물어져가는 건물 쪽으로 향했다.

리고는 앞장서서 담배를 피우며 혼자 걸었다. 밥티스트 씨는 다른 것은 전혀 보지 않고 뒤에 바짝 붙어서 두 번째로 걸었다. 팽스 씨는 세 번째로, 날씨가 대단히 무더웠기 때문에 가만히 못 있는 머리카락을 해방시킬 요량으로 모자를 벗어서 옆구리에 끼고 걸었다. 그들 모두가 현관 계단에서 합류했다.

"너희 두 미치광이 같은 놈들!" 리고가 고개를 돌리고 말했다. "아직 가지 마!"

"갈 마음도 없소." 팽스 씨가 대꾸했다.

리고가 대답에 대한 답례로 그를 사악하게 한 번 훑어본 다음에 요란하게 노크를 했다. 그는 자신의 놀이를 마저 하기 위해 술로 충전했고 놀이를 시작하고 싶어 안달했다. 오랫동안 울려 퍼지던 노크소리가 그치자마자 다시 쇠고리를 잡고 두드렸다. 그 소리가 비처 끝나기도 전에 제러마이어 플린트윈치가 문을 열었고, 그들 모두가 돌로 된 현관으로 들어서자 문이 철컥 하고 닫혔다. 리고는 플린트윈치 씨를 밀어제치고 곧장 위층으로 올라갔다. 두 사람이 수행원같이 그의 뒤를 따랐고, 플린트윈치 씨가 그들을 뒤따라서, 모두 클레넘 부인의 조용한 방으로 우르르 들어갔다. 그 방은 창문 하나가 활짝 열려 있고, 애프리가 창턱 밑에 붙여 놓은 구식 의자에 앉아서 긴 양말을 수선하고 있는 것을 제외하면 평소 그대로였다. 작은 탁자 위에는 평소에 있던 물품들이 그대로 놓여 있었고, 벽난로에는 평소같이 약하게 해놓은 불길이 타고 있었으며, 침대에는 평소와 같은 관보가 덮여 있었다. 그리고 모두의 여주인이 관대 같은 검은색 소파에 앉아있었는데, 사형집행인의 받침나무처럼 각이 진 검은색 받침대가 그 소파를 받치고 있었다.

그러나 방안에는 뭔가 모르게 준비해 놓은 느낌이 감돌았으니, 마치 이때를 맞아 긴장하고 있는 것 같았다. 그런 느낌이 어디서 유래하는지는 – 방안에 있는 갖가지의 자잘한 사물들은 몇 년 동안 놓여 있던 자리에 모두 다 고정되어 있었으므로 - 방안의 여주인을 주의 깊게, 그것도 그녀의 원래 표정에 대한 사전지식을 갖고 바라보지 않고는 알 수 없는 노릇이었다. 여주인은 주름까지 모두 다 정확히 예전 그대로의 검정색 옷을 변함없이 입고 있었고 변함없이 엄격한 태도를 유지하고 있었지만, 얼굴표정을 아주 살짝 추가적으로 굳게 하고 이맛살을 침울하게 찌푸린 것이 아주 두드러졌기 때문에 그런 느낌이 주위의 모든 것에 나타났던 것이다.

"이 사람들은 누구지!" 수행원처럼 두 명이 따라 들어오자 그녀가 이상히 여기면서 물었다. "이들이 여기서 원하는 게 뭐야?"

"부인, 이 사람들이 누구냐고요?" 리고가 대답했다. "정말로, 이들은 죄수인 부인 아들의 친구들이에요. 그리고 이들이 여기서 원하는 게 뭐냐고요? 개떡같이, 부인, 나도 몰라요. 이들에게 직접 물어보는 게 나을 거예요."

"자네가 문간에서 우리에게 아직 가지 말라고 했잖아." 팽스가 말했다.

"자네가 문간에서 갈 마음도 없소, 라고 했잖아." 리고가 대꾸했다. "요컨대, 부인, 죄수가 보낸 정보원 두 명을 소개하겠습니다 - 미치광이 같은 놈들이지만 정보원은 정보원입니다. 부인과 내가 잠시 이야기를 나누는 동안 이들이 여기에 그냥 있길 원하면 그렇게 하세요. 아무 상관없으니까요."

"이들이 여기에 그냥 있기를 왜 원해야 하지?" 클레넘 부인이 물었다. "내가 이들과 무슨 관곈데?"

"그렇다면, 부인," 리고가 낡은 방이 흔들릴 정도로 안락의자에 몸을 무겁게 던지면서 말했다. "이들을 내쫓는 게 나을 겁니다. 부인 일이니까요. **내가** 데리고 온 정보원도, **내가** 데리고 온 놈들도 아니거든요."

"잘 듣게! 팽스," 클레넘 부인이 화가 나서 이맛살을 찌푸리고 말했다. "자넨 캐스비의 직원이지! 자네 사장님 일과 자네 일에나 신경 써. 가게. 같이 온 저 사람도 데리고 가고."

"고맙습니다, 부인." 팽스 씨가 대답했다. "저희 둘이 가는 데 반대할 이유가 없다는 사실을 기꺼이 말씀드리겠습니다. 클레넘 씨를 위해 하고자 했던 일은 전부 다 마쳤으니까요. 클레넘 씨는 쾌활한 이 신사분을 그가 인사도 없이 사라졌던 이 집으로 데려와야 한다고 계속해서 걱정하고 있었습니다(죄수가 된 이후에는 한층 더 심각하게 걱정했고요). 여기 그를－데려왔습니다. 고약하게 생긴 이 사람에게 해줄 말은," 팽스 씨가 덧붙였다. "그가 세상에서 완전히 사라진다고 해서 세상이 더 나빠질 것 같지는 않다는 겁니다."

"자네 생각을 묻진 않았어." 클레넘 부인이 응수했다. "가게."

"부인이 더 나은 사람들과 지내시게 하지 못하고 떠나는 게 유감이군요." 팽스가 말했다. "그리고 클레넘 씨가 이 자리에 참석할 수 없는 것도 유감이고요. 그건 제 잘못입니다."

"자네 얘기는 그 아이의 잘못이라는 거겠지." 그녀가 대꾸했다.

"아닙니다, 제 잘못이라는 겁니다, 부인." 팽스가 말했다. "제가 불운하게도 파멸을 초래한 투자로 그를 이끌었으니까요." (팽스 씨는 여전히 투기라고 하지 않고 그 낱말을 고수했다.) "비록 계산상으로는," 팽스 씨가 불안한 안색으로 덧붙였다. "훌륭한 투자가 틀림없었다는 사실을 지금도 증명할 수 있지만 말입니다. 실패한 이후 매일같이 그것을 검토했었는데, 결과는 – 계산상으로는 – 크게 성공하는 것이었습니다. 지금이," 팽스 씨는 계산한 수치를 넣어 다니는 모자를 몹시 보고 싶은 눈초리로 얼핏 보고 나서 말을 이었다. "계산 얘기를 꺼낼 시간이나 장소는 아니지만, 계산 자체는 반박할 여지가 없습니다. 클레넘 씨가 지금쯤은 틀림없이 쌍두마차를 타고 다녀야 하고, 저는 삼천 내지 오천 파운드가 틀림없이 있어야 했다는 말입니다."

팽스 씨는 설령 주머니에 그만한 액수를 갖고 있었어도 절대 넘어설 수 없을 것 같은 확신에 찬 모습으로 머리카락을 똑바로 세웠다. 반박할 여지가 없는 계산이었다는 사실을 강조하는 것이 투자했던 돈을 잃은 이후 시간 날 때마다 그가 하는 일이었으며 죽는 날까지 그에게 위로를 줄 운명이었던 것이다.

"그러나," 팽스 씨가 말했다. "그 얘긴 그만하죠. 알트로, 이봐, 자네가 그 계산을 지켜보았으니 어떻게 계산한 건지 알잖아." 그쪽으로는 자기 자신을 벌충할 최소한의 계산능력도 없는 밥티스트 씨가 빛나는 이빨을 보기 좋게 보이면서 고개를 끄덕였다.

그때 그를 보고 있던 플린트윈치 씨가 말했다.

"오! 자넨가? 얼굴을 본 적이 있다는 생각이 들었지만 이빨을 보기 전까지는 확신하지 못했어. 아! 그래, 틀림없어. 참견하기 좋아하는 이 도망자가," 제러마이어가 클레넘 부인에게 말했다. "아서 도련님과 수다쟁이가 여기에 왔던 날 밤[1]에 문을 두드리고 블랑두아 씨에 대해 제게 질문을 퍼부었습니다."

"맞습니다." 밥티스트 씨가 쾌활하게 인정했다. "그를 보세요, 부인! 결과적으로 제가 그를 찾아냈습니다."

"내가 반대하지 말았어야 했는데," 플린트윈치 씨가 응수했다. "자네가 결과적으로 어리석은 짓을 해서 망신을 자초하는 것을 말이야."

"그럼," 팽스 씨가 창턱 밑에 붙여 놓은 의자와 거기에서 수선하고 있는 긴 양말에 은밀하게 자꾸 눈길을 주다가 말했다. "가기 전에 딱 한 마디만 더 하겠습니다. 만일 클레넘 씨가 여기 있다면 – 그러나 불행히도 아픈 채로 감옥에 갇혀 있습니다, 비록 지금까지는 이 훌륭한 신사분을 그의 의사와 달리 이 집에 돌아오게 할 정도로 압도했지만 말입니다 – 아픈 채로 감옥에 갇혀 있단 말입니다, 불쌍한 사람이죠 – 만일 그가 여기 있다면," 팽스 씨는 창턱 밑에 붙여 놓은 의자 쪽으로 슬쩍 한 발짝 움직여서 오른손을 긴 양말에 올려놓고 말했다. "이렇게 말할 겁니다. '애프리, 꿈속에서 들었던 것을 말해봐!'"

팽스 씨는 유령같이 경고하는 태도로 오른손 집게손가락을 자신

---

[1] 아서와 플로라가 클레넘 부인의 집에 찾아왔던 2권 23장의 장면 참조.

의 코와 긴 양말 사이에 치켜들었다가 몸을 돌리고 증기를 내뿜으며 밥티스트 씨를 예인해 갔다. 그들 뒤로 현관문이 닫히는 소리가 들렸고, 안마당 인도 위로 그들이 떠나는 발소리가 음울하게 울려 퍼졌다. 그러나 아무도 이야기를 보태지는 않았고, 클레넘 부인과 제러마이어는 눈빛만 교환했다. 그러고 나서 아주 부지런히 양말을 수선하고 있는 애프리를 바라보고 또 바라보았다.

"자!" 플린트윈치 씨가 창턱 밑에 붙여 놓은 의자를 향해 한두 차례 얼굴을 찌푸리다가, 마치 손바닥으로 뭔가를 하려고 준비하는 것처럼 양손의 손바닥을 웃옷 뒷자락에 문지르고 나서 마침내 입을 열었다. "우리끼리 해야만 할 이야기는 그게 무엇이든 더 이상 시간 낭비하지 말고 시작하는 편이 낫겠죠. 그러니, 애프리, 여보, 자리를 비켜!"

애프리가 곧바로 양말을 내려놓고 벌떡 일어나더니, 오른손으로 창턱을 잡고 그쪽에 붙여 놓은 의자에 오른쪽 무릎을 올린 채 단단히 자세를 잡았다. 그러고 나서 자신을 공격하려는 그를 물리치기 위해서인 듯 왼손을 마구 휘저었다.

"아뇨, 가지 않겠어요, 제러마이어 – 싫어요, 가지 않을래요 – 그래요, 가지 않겠어요! 가지 않을 거예요, 여기 있겠어요. 내가 모르는 이야기를 전부 다 듣고, 내가 아는 전부를 말하겠어요. 그러다가 마지막에 죽는 한이 있어도 그러겠어요. 그럴 거예요, 그럴 거라고요, 그럴 거라니까요, 그럴 거예요!"

분노와 경악으로 얼굴이 굳어진 플린트윈치 씨가 한쪽 손 손가락에 침을 묻히고 그 손가락으로 다른 손 손바닥에 살살 원을 그리면서 자기 부인을 향해 위협조로 이를 드러내고 얼굴을 계속 찡그렸다. 다가오면서 무슨 말인가를 헐떡거리며 했는데, 분노로 말문이 막혔기 때문에 "약을 잔뜩 먹어야겠군!"이라는 소리만이 들렸다.

"한 발짝도 더 다가오지 마요, 제러마이어!" 애프리가 허공을 계속 휘저으면서 울부짖었다. "한 발짝도 더 다가오지 말라고요, 더 다가오면 이웃을 깨우겠어요! 창밖으로 몸을 던질 거예요. 불이야, 살인이야! 하고 외칠 거예요. 죽은 자라도 깨우겠어요! 거기 멈춰요, 그러지 않으면 죽은 자라도 깨울 수 있게 비명을 지를 거예요!"

클레넘 부인이 단호하게 "멈추게!"라고 했다. 제러마이어가 벌써 멈춘 다음이었다.

"플린트윈치, 끝이 다가오고 있어. 그냥 놔둬. 애프리, 오랫동안 섬기다가 이제 와서 배반할 거야?"

"그럴 거예요, 제가 모르는 이야기를 듣고 알고 있는 얘기를 하는 게 마님을 배반하는 거라면요. 이제 저는 벗어났고 돌아갈 수도 없어요. 그렇게 하기로 결심했어요. 그렇게 하겠어요. 그럴 거예요, 그럴 거라고요, 그래야겠어요! 그게 마님을 배반하는 거라면, 그래요, 당신네 두 영리한 사람을 배반하겠어요. 아서 도련님이 처음 돌아왔을 때 도련님께 마님과 맞서라고 했었어요. 제가 마님을 평생 두려워했다고 해서 도련님이 두려워할 이유는 없는 거라고 했어요. 그때 이후 온갖 종류의 일들이 진행되었지만 더 이상 제러마이어에게 지지는 않을 거예요. 또한 더 이상 멍하니 있거나 겁먹지도 않을 거고 뭔지도 모르는 일에 끼지도 않을 거예요. 그러지 않을 거예요, 그러지 않을 거라고요, 그렇지 않겠어요! 도련님에게 남은 게 없고, 몸이 안 좋고, 감옥에 갇혀 있고, 스스로를 위해 나설 수 없다면, 저라도 도련님을 위해 나서겠어요. 그렇게 하겠어요. 그럴 거예요, 그럴 거라고요, 그러겠어요!"

"이 혼란뭉치야, 어떻게 아니?" 클레넘 부인이 엄격하게 물었다. "네가 이렇게 행동하는 것이 아서에게 도움이 되는지 어떻게 알아?"

"저야 뭐든 정확히 아는 게 없지요." 애프리가 말했다. "마님이 평생에 옳은 말을 한 적이 있다면 그건 절 혼란뭉치라고 부르신 거예요. 당신네 두 영리한 사람이 절 그렇게 만들려고 전력을 다했으니까요. 제가 좋아하든 싫어하든 절 결혼시켰고, 그 이후 줄곧 들어본 적도 없을 정도로 무시무시한 꿈을 꾸는 삶을 살도록 썩 잘 이끌어오셨잖아요. 그랬는데 제가 혼란뭉치 말고 뭐가 되기를 기대하세요? 마님이 절 그렇게 만들고 싶으셨던 것이고 제가 그런 사람이 된 거예요. 그러나 앞으로는 더 이상 따르지 않겠어요. 그래요, 따르지 않을 거예요, 따르지 않겠어요, 따르지 않을 거라고요, 따르지 않겠다고요!" 그녀는 가까이올 수 있는 모든 사람들에 맞서서 여전히 허공을 휘저었다.

클레넘 부인이 그녀를 말없이 지켜보다가 리고에게로 시선을 돌렸다. "이 어리석은 여자가 하는 짓을 보고 들었겠지. 집중을 방해하더라도 이 여자가 여기에 계속 있는 데에 반대하나?"

"부인, 내가요?" 그가 대꾸했다. "내가 반대하냐고요? 그건 부인의 문젠데요."

"나는 반대하지 않아." 그녀가 음울하게 말했다. "지금은 선택의 여지가 별로 없어. 플린트윈치, 끝이 다가오고 있잖아."

플린트윈치 씨는 복수심으로 충혈된 눈길을 자기 처에게 보내는 걸로 응답을 대신했다. 그러고 나서 자기 처를 공격하지 못하게 양팔을 묶는 것처럼 팔짱 낀 팔을 양복조끼의 가슴께에 고정시키고, 턱을 한쪽 팔꿈치에 아주 가깝게 대고는, 구석에 서서 아주 이상한 태도로 리고를 지켜보았다. 리고는 의자에서 몸을 일으켜 탁자에 앉더니 두 다리를 달랑거렸다. 그처럼 느긋한 태도로 클레넘 부인의 굳은 얼굴을 마주보았고, 콧수염이 올라가고 코가 내려왔다.

"부인, 나는 신사입니다-"

"자네에 대해," 그녀가 흔들림 없는 말투로 상대방의 말허리를 잘랐다. "프랑스감옥과 살인죄와 관련하여 비난하는 말을 들었어."

그가 과장스럽게 정중한 동작으로 그녀에게 키스를 보냈다. "완벽합니다. 정확해요. 역시 어떤 부인에 대한 혐의겠죠! 전혀 터무니없어요! 도무지 신뢰할 수 없고요! 그때 대성공을 거두었거든요. 이번에도 대성공을 거두고 싶습니다. 부인의 두 손에 입을 맞추겠습니다. 부인, (내가 하려는 얘기는) '지금 앉은 자리에서 이 일 또는 저 일을 분명히 마칠 작정입니다,'라고 하면 그 일을 분명히 마치는 신사가 나라는 겁니다. 우리가 사소한 일을 놓고 마지막으로 논의하는 자리에 앉아있는 거라는 사실을 부인에게 알리는 바입니다. 부인께서는 내 말을 따라오고 이해하고 계시죠?"

그녀는 인상을 쓰면서 그에게 시선을 고정시키고 있었다. "그랬네."

"게다가 나는 단순히 돈을 목적으로 하는 장사나 흥정에 대해서는 아는 바가 없지만 쾌락을 추구하는 수단으로서의 돈은 언제나 받을 수 있는 신사입니다. 부인께서는 내 말을 따라오고 이해하고 계시죠?"

"물을 필요도 없어. 그랬다니까."

"게다가 최고로 싹싹하고 친절한 성격을 지닌 신사이지만 누가 나를 하찮게 보면 격분하는 신사입니다. 고결한 성품을 지닌 사람은 그런 상황에 처하면 격분하게 되는데 내가 고결한 성품을 지닌 사람이거든요. 사자가 깨어나면 – 즉, 내가 격분하면 – 원한을 충족시키는 것이 내게는 돈을 버는 것만큼 기쁜 일이 됩니다. 부인께서는 줄곧 내 말을 따라오고 이해하고 계시죠?"

"그랬다니까." 그녀가 이전보다 약간 큰 소리로 대답했다.

"내가 부인을 흐트러뜨리지 않았으면 합니다. 제발 마음을 차분하게 가지세요. 우리가 지금 마지막으로 논의하는 거라는 얘기를 했으니까, 전에 두 번에 걸쳐서 논의했던 내용을 상기하고자 합니다."

"그럴 필요 없어."

"개떡같이, 부인," 그가 갑자기 소리를 질렀다. "그러고 싶다니까요! 게다가 그렇게 해야 길이 명확해지고요. 처음 만났을 때 논의했던 내용은 한계가 있었습니다. 그때 부인과 알게 되었고 – 편지를 보여드렸지요. 부인, 나는 당신을 섬기는 근면의 기사[2]입니다. 그러나 나는 세련된 태도 덕에 당신네 나라 사람들 사이에서 여러 언어를 능숙하게 사용하는 사람으로 대성공을 거둘 수 있었습니다. 영국인들은 자기네들끼리는 녹말가루처럼 뻣뻣하게 대하다가도 세련된 태도를 지닌 외국신사에게는 기꺼이 관대하게 대하니까요 – 그때 이 훌륭한 집에 대해 한두 가지 사소한 사실을 알게 되었습니다." 그가 방안을 훑어보며 미소를 지었다. "확실하게 할 필요가 있는 사실을 알게 되었고, 내가 찾던 부인과 기쁘게도 아는 사이가 되었다는 사실을 확신하게 되었습니다. 그렇게 됐습니다. 그러고는 친애하는 플린트윈치에게 명예를 걸고 돌아오겠다는 맹세를 하고 품위 있게 떠났습니다."

부인은 동의를 드러내지도, 반대를 드러내지도 않았다. 그가 말을 멈추었을 때도, 말을 하고 있을 때도 부인은 내내 똑같이 찌푸린 채로 주의 깊게 경청하는 표정을, 그리고 앞서 말한 대로 그녀가 이 경우를 맞아 용기를 낸 것이라는 사실을 우울하게 나타내는 표정을 그때까지도 계속해서 짓고 있었다.

"내가 품위 있게 떠났다고 말한 것은 부인을 불안하게 만들지 않고 물러난 것이 품위 있는 행동이기 때문입니다. 육체적으로 만큼이

---

[2] 근면의 기사(knight of industry)는 프랑스어로 사기꾼을 뜻하는 'chevalier d'industrie'의 문자적 번역임.

나 정신적으로도 품위 있게 처신하는 것이 리고 블랑두아의 성격의 일부니까요. 날짜를 정해놓지 않고 떠나서 약간의 걱정을 하며 날 다시 기다리게 한 것 역시 부인을 위협하는 뭔가를 남겨 놓은 것이기에 현명한 겁니다. 그러나 부인의 하인도 현명하더군요. 분명히, 부인, 현명하더라고요! 본론으로 돌아가죠. 약정하지 않았던 날에 내가 부인 집에 다시 나타난 것은 뭔가 팔 게 있다는 사실을 알려드리기 위해섭니다. 그런데 그걸 사지 않으면 대단히 존경하는 부인의 명성이 더럽혀질 겁니다. 내 뜻을 개괄적으로 설명하자면, 내가 요구하는 액수는 - 천 파운드입니다. 내 말 중에 정정할 부분이 있나요?"

결국 이야기를 할 수밖에 없게 되자 그녀가 스스럽게 대꾸했다. "천 파운드나 요구하는군."

"이제 이천 파운드를 요구하겠습니다. 지체한 죄입니다. 그래도 다시 한 번 본론으로 돌아가겠습니다. 우리는 일치하는 바가 없어요, 그 이유로 달라지는 거죠. 나는 장난기가 많은 사람입니다. 장난기가 많은 것이 내 상냥한 성격의 일부거든요. 장난조로 나는 살해되고 숨겨진 사람으로 지냈습니다. 내 이상야릇한 생각이 불러일으킨 의심에서 벗어나는 것만으로도 부인에게는 내가 요구하는 금액의 절반 정도의 가치가 있을 거예요. 사건과 정보원들이 섞여서 장난기가 많은 나를 방해하고 수확을 망쳤을지 모르겠습니다 - 누가 알겠어요? 부인과 플린트윈치만 아는 거지요 - 막 익었는데 말입니다. 그래서 부인, 내가 여기 마지막으로 온 겁니다. 잘 들으세요!

분명히 마지막입니다!"

그는 그녀의 찌푸린 얼굴을 오만하게 마주보면서 삐져나온 신발 뒤축을 탁자 날개판에 대고 찼다. 그러고는 말투를 좀 더 험악하게 바꾸기 시작했다.

"쳇! 잠깐 멈춰요! 차근차근 나아가자고요. 계약에 따라 당신이 지불해야 할 호텔비용 청구서가 여기 있습니다. 5분 후에 우리는 칼부림을 할지도 모르죠. 그때까지는 청구서를 맡기지 않을 겁니다, 청구서를 맡기면 부인이 날 속일지 모르니까요. 돈을 내놔요! 돈을 세서 달라고요!"

"플린트윈치, 그가 갖고 있는 것을 받고 돈을 주게." 클레넘 부인이 말했다.

노인이 청구서를 받으러 다가오자 그는 그의 면전에 대고 청구서를 마구 흔들었다. 그러고는 손을 내민 채로 시끄럽게 되풀이했다. "돈을 내놔! 돈을 세어서 내놔! 좋은 벌이군!" 제러마이어는 청구서를 집어 들고 총계를 핏발 선 눈으로 보더니 주머니에서 캔버스 천으로 만든 자그마한 지갑을 꺼냈다. 그러고 나서 돈을 세서 그의 손에 쥐어주었다.

리고는 동전 소리를 잘랑잘랑 내었다가 손에 쥐고 무게를 달아보았다. 그러고 나서 동전을 약간 위로 던졌다가 받고는 다시 잘랑잘랑 소리를 냈다.

"용감한 리고 블랑두아가 이 소리를 들으니 호랑이가 신선한 고기 맛을 본 것과 마찬가지네요. 그건 그렇고, 부인, 말해보세요. 얼마를 지불할 건가요?"

그는 돈을 쥐어서 무거워진 손으로 위협조의 동작을 취하면서 그녀가 있는 쪽으로 갑자기 몸을 돌렸는데 마치 그 손으로 그녀를 공격하려는 것 같았다.

"전에도 말했던 대로 이 집에 사는 우리가 자네 생각만큼 부자가 아니라는 이야기와 자네 요구가 과하다는 이야기를 다시 해야겠네. 설령 그러고 싶어도 지금은 그런 요구에 응할 돈이 없어."

"설령이라고!" 리고가 소리쳤다. "설령이라고 하는 이 부인 얘기 좀 들어봐! 그럴 뜻이 없다고 얘기하는 건가요?"

"나는 내게 든 생각을 말한 거지, 자네에게 든 생각을 말한 게 아니야."

"그러면 말하시죠. 뜻에 따라서요. 빨리요! 뜻대로 하자고요, 그러면 나도 어떻게 할지 결정할 테니까요."

그녀는 답변을 더 빠르게도, 더 느리게도 하지 않았다. "내가 틀림없이 되찾고 싶은 서류가 – 또는 서류뭉치가 – 자네 수중에 있는 것 같군."

리고는 요란하게 웃으면서 탁자를 뒤꿈치로 쿵쿵 차고 동전 소리를 잘랑잘랑 냈다. "내 생각도 그래요! 그 점에서는 그렇다고 해두죠!"

"그 서류가 상당한 돈을 들일 가치가 있을 수도 있겠지. 하지만 얼마나 많은 가치가 있을지, 또는 별 가치가 없을지는 모르겠네."

"도대체 무슨 얘기야!" 그가 사납게 질문했다. "일주일의 유예기간을 갖고 궁리해본 다음에도 모르겠다니?"

"모르겠네! 돈도 얼마 없는데 – 다시 말하지만 이 집에 사는 우리는 부자가 아니라 가난하거든 – 최소와 최대가 각기 어느 정도인지도 모르는 힘에 대해 값을 제시하지는 않겠어. 자네는 이번까지 세 번에 걸쳐 암시를 하고 위협을 가하는군. 툭 터놓고 말하게, 그러지 않을 거면 가고 싶은 곳으로 가서 하고 싶은 대로 하고. 쥐가 돼서 고양이의 변덕에 시달리느니 갈가리 찢기더라도 단번에 찢기는 게 낫지."

그가 그녀를 가까이 몰려 있는 두 눈으로 날카롭게 노려보는 바람에 사악하게 노려보는 한쪽 눈의 눈길이 사악하게 노려보는 다른 쪽 눈의 눈길과 교차하면서 매부리코의 콧날이 구부러져 보였다. 오랫동안 노려본 후에 악마 같은 미소를 추가적으로 지으면서 말했다.

"용감한 여성이군!"

"결심이 굳은 여성이지."

"언제나 그랬지. 뭐라고? 언제나 그랬다고. 그렇지 않은가, 귀여운 플린트윈치?"

"플린트윈치, 이 사람에게 아무 말도 하지 마. 지금 여기서 할 수 있는 얘기를 전부 다 하는 것이 그가 할 일이니까. 아니면 이 집에서 나간 후에 할 수 있는 바를 전부 다 하든가. 우리가 결정했던 내용이잖아. 그 결정에 따라 알아서 행동하게 내버려둬."

그녀는 리고가 사악하게 곁눈질을 해도 움츠러들지 않았고 눈길을 피하지도 않았다. 그가 사악하게 다시 곁눈질했지만 그녀는 시선을 고정시켰던 지점을 차분하게 계속 주시했다. 리고는 탁자에서 내려와 소파 가까이에 의자를 하나 가져오더니 의자에 앉았다. 그러고 나서는 그녀의 소파를 손으로 건드리면서 그 소파와 가까운 쪽에 있는 소파에 팔을 기댔다. 그녀는 얼굴을 늘 찡그리고 있었고 주의하고 있었으며 굳은 표정을 하고 있었다.

“그렇다면, 부인, 가족이 조금 모여 있으니까 가문의 내력을 살짝 말해도 괜찮겠군요.” 리고가 그녀의 팔에 손가락을 대고 경고 조로 나긋나긋하게 움직이면서 말했다. “내가 어느 정도 의사 흉내는 낼 줄 아니까 부인의 맥을 짚어보겠습니다.”

그녀는 그가 손목을 잡도록 내버려두었다. 손목을 잡은 채 그가 계속해서 말했다.

“이상한 결혼과 이상한 모친, 그리고 복수와 은폐에 대한 이야깁니다. 아, 예, 예? 맥박이 이상하게 뛰는군요! 맥을 짚고 있는 동안 맥박이 두 배로 빨라진 것 같아요. 이건 부인이 앓고 있는 병 때문에 생기는 일상적인 변화인가요?”

그녀가 불구가 된 자신의 팔을 비틀어서 떼어내려고 할 때 팔에는 몸부림치는 기색이 있었지만 얼굴은 여전히 평온했다. 리고의 얼굴에는 미소가 감돌았다.

“나는 모험적인 삶을 살았습니다. 모험을 좋아하는 성격이고 모험가들을 많이 알고 있었거든요. 재미있는 사람들이고 – 스스럼없는 사람들이지요! 그들 중 한 명에게서 정보와 증거를 얻었습니다 – 다시 말하지요, 훌륭한 마님 – 내가 이야기하려고 하는 매혹적인 가문의 내력에 대한 작은 - 증거 말입니다. 부인도 그 이야기를 들으면 매혹될 거예요. 그러나 쳇! 깜빡했네요. 이야기에 제목을 붙여야지요. 어떤 집의 이야기라고 할까요? 그러나 또, 쳇. 집이야 수 없이 많잖아요. 그냥 이 집 이야기라고 할까요?"

그는 소파 위로 상체를 구부린 채 의자의 두 다리와 왼손 팔꿈치로 균형을 잡았다. 그러고는 자기 말을 깊이 주입시키기 위해 그쪽 손으로 부인의 팔을 자꾸 두드렸다. 그뿐만 아니라 두 다리를 꼬고, 오른손으로는 가끔씩 머리카락을 정리하기도 하고 콧수염을 매만지기도 하고 코를 두드리기도 했으니, 모두가 그녀를 언제나 위협하는 것이었다. 그는 거칠고 무례하고 탐욕스럽고 잔인하고 확실하게 위협하면서 이야기를 여유 있게 이어나갔다.

"그러면 간단히 말해 이 집 이야기라고 하겠습니다. 이야길 시작할게요. 이 집에 가령 삼촌과 조카가 살았다고 합시다. 삼촌은 강한 성격을 가진 융통성 없는 노인이었고, 조카는 늘 소심하고 억눌려 있었으며 속박 속에서 지냈습니다."

말아 올린 앞치마 끄트머리를 물어뜯고 온몸을 떨면서, 창턱 밑에 붙여 놓은 의자에서 가만히 귀 기울 여 듣고 있던 애프리 부인이 그때 부르짖었다. "제러마이어, 내게서 떨어져! 아서 도련님의 아버님과 그의 삼촌에 대한 이야기를 꿈속에서 들은 적이 있어. 이 사람은 그분들 이야기를 하는 거야. 여기서 일하기 전이었지만, 아서 도련님의 아버님이 어렸을 때 겁을 먹고 모든 것을 빼앗긴 채 고아가 되어버린, 불쌍하고 우유부단하고 겁 먹은 사람이었다는 얘기를, 그리고 심지어는 부인을 택할 때도 발언권이 없었고 삼촌이 부인을 골라주었다는 얘기를 꿈속에서 들은 적이 있어. 저기 그분의 부인이 앉아있군요! 그 얘기를 꿈속에서 들었는데, 당신이 그 얘기를 바로 저 부인에게 하고 있었어."

플린트윈치 씨가 그녀에게 주먹을 흔들어대고 클레넘 부인이 그녀를 가만히 응시하는 동안 리고는 그녀에게 키스를 보냈다.

"정확해요, 플린트윈치 부인. 부인은 꿈꾸는 데 소질이 있군요."

"당신 칭찬은 필요 없어요." 애프리가 대꾸했다. "당신과는 얘기하고 싶지도 않고요. 그러나 제러마이어가 그것이 꿈이라고 했기 때문에 꿈이라고 하는 거예요!" 그러고는 마치 다른 사람의 입을 막으려는 것처럼 앞치마를 자기 입에 다시 넣었다 – 어쩌면 잔인하고 냉혹하게 협박하면서 이빨을 딱딱거리고 있는 제러마이어의 입을 막으려는 것 같기도 했다.

"우리 사랑하는 플린트윈치 부인이," 리고가 말했다. "갑자기 섬세한 감수성과 영성을 계발했는지 놀랄 정도로 정확히 말하는군요. 맞습니다. 이야기대로입니다. 삼촌이 조카에게 결혼을 명했습니다. 그분이 조카에게 요컨대, 다음과 같이 말했을 겁니다. '조카야, 나처럼 강한 성격을 지닌 숙녀를 소개하마. 결심이 굳고 단호한 숙녀란다. 약자들을 가루가 되도록 부술 수 있는 의지를 가졌지. 동정심이나 사랑하는 마음이 없고, 무자비하고 복수심에 불타며, 돌처럼 차갑지만 불처럼 걷잡을 수 없는 숙녀란다.' 아! 정말 불굴의 정신을 가졌더라고요! 아, 지적인 능력이 정말 탁월하더라고요! 삼촌인 그분이 말했으리라고 내가 상상하여 묘사한 대로 정말 당당하고 훌륭한 성격을 가졌더군요. 하, 하, 하! 개떡같아, 나는 상냥한 여자가 좋거든요!"

클레넘 부인의 안색이 변했다. 두드러지게 어두운 빛이 어렸고 이맛살을 좀 더 찌푸렸다. "부인, 부인," 리고가 그의 잔인한 손으로 악기를 두드리는 것처럼 그녀의 팔을 가볍게 두드리며 말했다. "부인이 내 이야기에 관심을 보인다는 사실을 알았습니다. 내 이야기가 부인의 공감을 불러일으킨다는 사실을 알았다고요. 계속하겠습니다!"

그러나 말을 계속하기 전에 그는 아래로 내려오는 코와 위로 올라가는 콧수염을 하얀 손으로 잠시 가려야만 했다. 그 정도로 자신이 만들어낸 효과를 즐겼던 것이다.

"조카는 플린트윈치 부인이 명료하게 말한 대로 겁에 질려서 모든 것을 빼앗기고 굶주린 채 고아가 되어버린 불쌍한 사람이었는데 - 조카는 고개를 조아리고 대답했습니다. '삼촌, 명령을 내리는 것은 삼촌입니다. 뜻대로 하세요!' 삼촌인 그분이 자신의 뜻대로 했습니다. 그는 늘 그렇게 했으니까요. 상서로운 결혼식을 올렸습니다. 막 결혼한 부부가 이 멋진 저택에 돌아왔고요. 그 부인이 가령 플린트윈치의 환영을 받았다고 합시다. 어이, 나이 든 음모꾼?"

제러마이어는 자기 처를 주시하느라 대꾸하지 않았다. 리고가 두 사람을 번갈아 보다가 못생긴 코를 두드리면서 혀를 쯧쯧 찼다.

"부인은 곧 기묘하고 재미있는 사실을 한 가지 발견했습니다. 그래서 분노와 질투심과 복수심으로 가득차게 된 그녀는 – 아시잖아요, 부인! – 응징할 계략을 교묘하게 짜서, 찍소리도 못하게 된 남편이 그녀의 적을 가차 없이 응징하게 했을 뿐 아니라 스스로도 가차 없이 응징하도록 했습니다. 대단히 뛰어난 지능이지요!"

"저리 가, 제러마이어!" 애프리는 가슴이 울렁거려서인지 입에서 앞치마를 다시 꺼내고 소리쳤다. "그러나 당신이 어느 겨울 해질녘에 마님과 다투면서 – 마님이 저기 앉아있었고 당신은 마님을 보고 있었어 – 아서 도련님이 돌아와도 그가 자기 아버지를 의심하는 것만은 막아야 한다고, 마님이 언제나 힘과 권력이 있으니까 아서 도련님의 아버지를 위해 아서 도련님에게 좀 더 맞서야 한다고 얘기하는 소리를 꿈속에서 들었어. 같은 꿈속에서 당신이 마님에게 말하길, 마님이 아니라고 했어 – 뭔가가 아니라고 했는데, 마님이 갑자기 굉장히 소릴 지르고 당신 말을 가로막았기 때문에 뭐가 아니라고 했는지는 듣지 못했어. 당신도 나만큼이나 그 꿈에 대해 알고 있을 거야. 당신이 양초를 들고 아래층 부엌에 내려와서 앞치마를 내 머리에서 끌어내렸을 때니까. 당신이 내게 꿈을 꾸고 있다고 말했던 때야. 소리가 들린다는 내 얘기를 믿지 않으려고 했던 때라고." 애프리는 이야기를 그렇게 폭발적으로 털어놓은 다음에 앞치마를 다시 자기 입에 넣었다. 손을 언제나 창턱에 올려놓고 무릎도 그쪽에 붙어있는 의자에 올려놓고서, 그녀의 주인님 겸 지배자가 가까이 오면 언제라도 비명을 지르거나 뛰어내릴 채비를 하고 있었다.

리고는 그 이야기를 한 마디도 놓치지 않았다.

"하하!" 그가 눈썹을 치켜 올리고 팔짱을 낀 채 의자에 기대앉아서 큰 소리로 말했다. "맞아요. 플린트윈치 부인은 신탁을 전하는 사제 같군요! 부인과 나, 그리고 나이 든 음모꾼, 우리는 이 신탁을 어떻게 해석해야 하죠? 음모꾼이 당신이 아니라고 했다면서요 - ? 그리고 당신은 갑자기 소릴 지르고 음모꾼의 말을 가로막았다면서요! 당신이 아닌 것이 무엇이었을까요? 당신이 아닌 것이 뭘까요? 말해 봐요, 부인!"

그처럼 모진 조롱을 받자 그녀는 좀 더 가쁘게 숨을 몰아쉬고 입을 달싹였다. 입술을 가만히 두려고 최대한으로 노력했지만 입술이 떨려서 벌어졌다.

"자, 부인! 말해 봐요! 나이 든 음모꾼이 당신이 아니라고 했고 - 당신은 그의 입을 막았어요. 그가 말하려고 했던 게 당신이 - 뭐가 아니라는 거였죠? 이미 알고 있지만 당신이 비밀을 좀 털어놓았으면 좋겠어요. 어떻게 된 거죠? 뭐가 아니라는 거예요?"

클레넘 부인이 자제하려고 다시 애쓰다가 격렬하게 소리쳤다. "아서의 어머니가 아니라는 거야!"

"좋습니다." 리고가 말했다. "부인은 말을 잘 듣는군요."

딱딱하게 굳어 있던 얼굴표정이 버럭 화를 내는 바람에 온통 찢어지고, 연기만 피우면서 오랫동안 갇혀 있던 불길이 찢어진 모든 이목구비로부터 터져 나오는 가운데 그녀가 소릴 질렀다. "내가 직접 말하겠어! 자네가 말하는 이야기는, 그것도 자네의 사악함이라는 얼룩이 묻어있는 이야기는 듣지 않겠어. 그것을 확인해야 한다면 내가 서 있던 관점에서 확인하도록 하겠어. 더 이상 말하지 마. 내 말을 들어!"

"부인이 내가 알고 있던 것보다도 더 완고하고 고집 센 여성이 아니라면," 플린트윈치 씨가 끼어들었다. "리고 씨, 블랑두아 씨, 비엘지법 씨[3]가 자기 방식으로 이야기하도록 내버려두는 게 나을 겁니다. 그가 전부 다 알고 있는데 무슨 의미가 있겠어요?"

"그가 알고 있는 게 전부가 아니야."

"자신이 관심을 가진 것은 전부 다 안다니까요." 플린트윈치 씨가 퉁명스럽게 강조했다.

"그는 **날** 몰라."

"그가 왜 당신에게 관심을 가질 거라고 생각하죠, 교만한 부인 같으니?" 플린트윈치 씨가 말했다.

"플린트윈치, 내가 말할 거라니까. 이렇게 된 바에는 그동안 무슨 생각을 했었는지 내 입으로 말하겠어. 뭐라고! 그동안 내가 이 방에서 결핍이든 감금이든 아무 고통도 겪지 않았으니까, 결국에는 부끄러움을 무릅쓰고 **이처럼** 온실에 틀어박혀 있던 스스로를 성찰해야 한다고! 자네는 이 사람을 그냥 보고 있을 수 있어? 이 사람이 말하는 것을 그냥 듣고 있을 수 있냐고? 자네 처가 지금보다 백배는 더 배은망덕한 사람이더라도, 그리고 이 사람이 침묵해도 자네 부인에

---

3 우리말 성서의 바알세불. 사탄의 다른 이름.

게 입을 다물라고 설득하는 문제에 대해 내가 지금보다 천배는 더 절망하고 있더라도, 이 사람에게서 그런 말을 듣는 고통을 견디느니 직접 말하겠어."

리고는 의자를 약간 뒤로 물리고 두 발을 앞으로 곧장 폈다. 그러고 나서 팔짱을 낀 채 그녀와 마주보고 앉았다.

"자네는 몰라," 그녀가 계속해서 그에게 말했다. "엄격하고 엄중하게 양육된다는 게 어떤 건지를. 내가 그렇게 양육되었거든. 내 젊은 시절은 죄 많은 환락과 쾌락이 가득한 경망한 날들이 아니라 건전한 억압과 처벌과 두려움으로 가득한 날들이었어. 타락한 우리의 마음과 사악한 우리의 습관, 우리에게 내려진 저주와 우리를 둘러싼 공포 – 이런 것들이 내 어린 시절의 주제였던 거야. 그것들이 내 성격을 만들어냈고 죄짓는 사람에 대한 증오로 날 가득 채웠지. 길버트 클레넘 노인이 고아인 그의 조카를 내 남편감으로 아버지에게 제의했을 때, 아버지는 그도 나와 마찬가지로 엄격한 규제를 받으며 양육되었다는 사실을 명심하라고 했어. 정신적으로 훈육을 받았을 뿐 아니라 방탕과 환락을 모르는 집에서 그리고 매일 그 전날과 마찬가지로 수고와 시련으로 가득한 날을 살아가는 집에서 위축된 채 성장했다고 했어. 또한, 그의 삼촌이 다 큰 어른으로 인정하기 여러 해 전에 이미 어른이 되었고, 학창시절부터 그 시간까지 삼촌의 집이 신앙심이 없고 방탕한 무리의 오염에서 그 자신을 지키는 성소였다고 했어. 결혼하고 열두 달이 채 안 돼서, 아버지가 내게 남편감에 대한 이야기를 했던 그 시점에, 이미 그는 죄지은 여자가 내 자리를 차지하게 해서 주님께 죄를 범했고 날 능욕했다는 사실을 알게 되었어. 그런 사실을 알게 되었을 때 주님이 내게 그 사실을 발견하도록 명하셨고, 지옥에 떨어질 그 인물에게 처벌의 손길을 대도록 명하셨다는 사실을 의심해야 했을까? 곧바로 잊어버려야 했을까－내가 죄를 지은 게 아닌데－내가 어떤 사람인데! 내가 양육되었던 대로 죄를 완전히 거부하고 죄와 대판 싸우는 걸 잊어버려야 했을까?"

그녀가 탁자 위에 놓여 있던 시계에 노기등등하게 손을 얹었다.

"그럴 순 없지! '잊지 말라.' 그 문장의 머리글자가 지금도 이 안에 장식되어 있고, 그때도 이 안에 장식되어 있었거든. 낡은 그 문자가 그의 비밀서랍 안에 이 시계와 같이 있었고, 그 문장을 언급하는 문자를, 그리고 그 문장이 무슨 의미인지, 누가 쓴 문장인지, 또한 그 문장이 어째서 장식돼 있는지를 알려주는 문자를 찾아내도록 내가 정해져 있었던 거야. 그렇게 정해져 있지 않았다면 발견할 수도 없었을 테지. '잊지 말라.' 그 문장이 분노한 구름 위에서 들리는 음성처럼 나를 꾸짖었어. 크나큰 죄를 잊지 말라, 발견하도록 정해져 있었던 까닭을 잊지 말라, 고통을 주도록 정해져 있었던 까닭을 잊지 말라. 나는 잊지 않았어. 기억했다는 게 내 죈가? 내 죄냐고! 나는 그저 종이고 대리인에 불과한 걸. 그들이 죄라는 끈으로 묶여서 내게 인도되지 않았다면 내가 그들을 어떻게 지배할 수 있었겠어!"

이 단호한 여인의 흰머리 위로 그녀가 회상하던 때로부터 40년 이상의 세월이 지나갔다. 그녀가 복수심에 불타는 자신의 자존심과 분노를 어떤 이름으로 부르든 그 본질은 영원히 바뀔 수 없다는 속삭임과 다투고 싸움을 벌인 지 40년 이상의 세월이 흘렀던 것이다. 그러나 40년 이상의 세월이 지났고, 네메시스가 찾아와서 그녀의 얼굴을 빤히 쳐다보는데도 그녀는 옛날의 불경한 생각을 여전히 고수했다 – 여전히 창조의 질서를 뒤집었고, 창조주를 닮은 흙으로 빚은 형상에 그녀 자신의 숨결을 불어넣었다. 여행자들이 괴물 같은 우상들을 수많은 나라에서 수없이 봤다는 것은 참으로 진실이다. 그러나 신성을 지닌 형상 중에서, 우리 흙으로 빚은 피조물들이 우리 자신의 나쁜 열정으로 우리 자신과 흡사하게 만들어낸 형상보다 더 무모하고 역겹고 충격적인 형상을 본 사람은 아무도 없었다.

"그 여자의 이름과 사는 곳을 말하라고 남편을 다그친 것이," 그녀는 분노의 말들과 변명하는 말들을 계속해서 마구 퍼부었다. "그리고 비난을 받자 그 여자가 얼굴을 가리고 내 발치에 쓰러진 것이, 내가 모욕을 준 건가? 비난하는 말들을 그 여자에게 퍼부은 건가? 옛날에 사악한 왕들에게 가서 그들을 책망하라는 명을 받았던 선지자들[4] – 그들은 대리인 아닌가, 종 아닌가? 내가 하찮은 존재일 뿐 아니라 그들과는 촌수도 머니까 죄를 고발하면 안 되는 건가? 그 여자가 자신의 젊음과 그의 비참하고 힘든 생활(그가 저버렸던 고

---

[4] 구약에 나오는 사무엘, 엘리야 등의 선지자를 지칭.

결한 훈육을 그 여자는 그렇게 표현하더군), 그들 사이에 비밀리에 거행했던 신성모독적인 결혼식, 내가 그들을 처벌하는 도구로 처음 지정되었을 때 그들 둘 다를 압도했던 빈곤과 수치에 대한 공포, 그리고 사랑했기 때문에(그 여자는 내 발치에서 내게 그 낱말을 사용하더군) 내게 그를 맡기고 떠났노라고 변명했을 때, **내** 원수가 내 발을 올려놓는 받침이 된 건가! **내가** 격노하여 하는 말들이 그 여자를 움츠리고 떨게 만든 건가! 그렇게 된 것은 내 탓이 아니야, 그 여자의 속죄를 짜낸 것도 내 탓이 아니고!"

클레넘 부인이 손가락조차 자유자재로 움직이지 못한 지 오랜 세월이 흘렀다. 그런데 그런 그녀가 벌써 여러 차례 주먹을 꽉 쥔 채 탁자를 강하게 내려치고, 이런 말을 하면서 마치 흔히 하던 행동인 것처럼 팔을 허공으로 치켜들었다는 것은 주목할 만한 일이었다.

"그 여자의 딱딱한 가슴과 검게 타락한 마음에서 억지로 짜내는 참회가 무슨 의미가 있냐고? 내가 복수심이 가득하고 무자비하다고? 의로움을 모를 뿐만 아니라 사탄과의 약속 말고 다른 약속은 모르는 자네 같은 사람에게는 그렇게 보일 수도 있겠지. 웃으려면 웃어. 그러나 나는 내가 아는 대로 그리고 플린트윈치가 아는 대로 알리고 싶어. 비록 고작 자네와 이 얼빠진 하녀에게 알리는 거지만 말이야."

"당신 자신에게 알리는 거란 말도 덧붙여야죠, 부인." 리고가 말했다. "부인이 오히려 자기 합리화를 하려고 애쓴다는 느낌이 어렴풋이 드는걸요."

“잘못된 느낌이야. 그렇지 않아. 그럴 필요가 없잖아.” 그녀가 아주 힘 있게 그리고 몹시 화를 내며 말했다.

“정말요?” 리고가 쏘아붙였다. “하하!”

“내가 질문하지. 내가 그 여자에게 요구했던 참회의 행동이 뭐였을까? ‘자네는 아이가 있고 나는 없어. 자네는 아이를 사랑하고. 그 아이를 내게 맡기게. 아이는 자신이 내 아들이라고 믿게 될 것이고, 모든 사람들이 그 아이를 내 아들이라고 믿을 거야. 자네가 드러나지 않도록 하기 위해, 아이 아버지는 자네와 더 이상 만나거나 연락하지 않겠다고 맹세할걸세. 마찬가지로 그가 삼촌에게 재산을 박탈당하는 것을 막기 위해, 그리고 자네 아이가 거지가 되는 것을 막기 위해, 자네도 두 명 모두와 더 이상 만나거나 연락하지 않겠다고 맹세하게. 그렇게 한다면, 그리고 내 남편이 주었던 현재의 재산을 포기한다면 자넬 도와주지. 그러면 자네는 은둔처를 알리지 않고 내 반대 없이 떠날 수 있어. 나 말고는 아무도 모르는 곳으로 가서 좋은 평판을 누리겠다는 거짓을 원한다면 말이야.’ 그게 전부야. 그 여자는 죄 많고 수치스러운 애정의 결과를 제물로 바쳐야 했어, 그뿐이야. 그러고 나면 그 여자는 비밀리에 자유롭게 죄의 짐을 질 수 있고, 비밀리에 자유롭게 비탄에 잠길 수 있는 거였어. 현재의 그런 고통을 통해(그 여자에게는 충분히 가벼운 고통이지!) 끝없는 고통으로부터 구원을 얻는 거야, 그럴 수 있다면 말이지. 이승에서 내가 그 여자를 처벌한다면 그 여자에게 내세에서의 길을 열어주는 셈이 되는 거 아닌가? 그 여자가 만족할 줄 모르는 복수심과 끌 수 없는 불길이 자신을 둘러싸고 있다는 걸 깨달았다고 해서 그 복수심과 불길이 내 탓인가? 그때 그리고 그 이후에도 내가 공포로 그 여자를 에워싸고 위협했다고 해서, 내가 그 공포를 오른손에 쥐고 있는 건가?"

클레넘 부인은 탁자 위에 놓여 있던 시계를 뒤집어서 열고는, 안쪽에 장식되어 있는 문자를 굳은 표정으로 바라보았다.

"그들은 잊지 **않았어**. 죄인들이 죄를 경계하여 잊을 수 없도록 지정되어 있었거든. 아서의 존재가 그의 아버지에게 매일매일 질책이 되고, 아서의 부재가 그의 어머니에게 매일매일 고통이 된다면, 그것이야말로 여호와의 올바른 섭리지. 깨어난 양심의 가책이 그 여자를 미치게 만들고, 그 여자가 미친 채 사는 것이 만물을 주재하는 분의 뜻이라는 생각이 오랫동안 내게 충만했다고 하는 게 낫겠군. 나는 그렇게 하지 않았으면 죄인의 운명을 지고 방황했을 아이를 교정하기 위해, 그 아이에게 순결하게 태어났다는 세평을 부여하기 위해, 그 아이를 두려움과 전율 속에서 키우고, 이 저주받은 세상에 태어나기도 전에 그 아이를 짓누르던 죄에 대해 실질적인 참회를 하면서 성장하도록 하기 위해 전념했어. 그게 잔인한 행동인가? 나 역시 내가 연루되지도 않은 최초의 죄의 결과 때문에 고통을 안 받은 줄 알아? 아서의 아버지와 나는 이 집에서 같이 지낼 때도 지구 반 바퀴를 사이에 둔 듯이 떨어져 지냈어. 그가 죽으면서 이 시계를 '잊지 말라'는 글자와 함께 돌려보냈지. 그가 해석하는 대로 해석하지는 않지만 나는 결코 잊지 않아. 이 글자를 보면서 그런 일들을 하라고 지명된 걸로 해석하니까 말이야. 이 세 글자[5]를 이 탁자 위에 올려놓은 이래 줄곧 그렇게 해석했고, 이 글자가 수천 마일 떨어져 있을 때도 분명히 마찬가지로 그렇게 해석했어."

그녀가 조금도 의식하지 못하는 채로 손을 새롭게 자유자재로 사용해서 시계 상자를 손에 들고, 자기의 결심을 바꾸려고 하는 그것에 저항하듯이 상자를 보고 눈살을 찌푸렸을 때, 리고가 손가락으로 요란하게 딱 하는 소리를 내면서 경멸 조로 크게 말했다. "자, 부인! 시간이 다 지났소. 자, 독실한 부인, 틀림없이 다 지났단 말이오! 부인이 하는 얘기는 다 아는 얘기요. 훔친 돈 얘기나 하시오, 아니면 내가 하겠소! 개떡 같아, 부인의 종잡을 수 없는 얘기라면 진절머리가 나는군. 훔친 돈 얘기로 곧장 가시오!"

"자네는 야비한 사람이야." 그녀가 두 손으로 머리를 감싼 채 대꾸했다. "플린트윈치가 어떤 치명적인 실수를 해서, 이 일을 거들었던 유일한 인물이고 그것을 맡아가지고 있던 유일한 인물인 그가 어떻게 불완전하게 처리해서, 불에 타서 재가 된 서류를 누가 그리고 왜 서로 붙여가지고, 자네가 그 유언보충서를 소유하게 되었는지 모르겠군. 자네가 이 집에서 자네의 나머지 영향력을 어떻게 획득했는지 모르는 것처럼 말이야-"

"그러나," 리고가 끼어들었다. "길버트 클레넘 씨의 유서에 덧붙

---

[5] 잊지 말라, 원문으로는 'Do not forget'이라는 세 글자를 의미함.

여서, 어떤 부인이 써넣고 동일한 부인과 늙은 음모꾼이 증인으로 서명한 바로 그 짧고 얼마 안 되는 보충서를 내가 알고 있는 장소에서 편리하게 손에 넣었다는 것은 기묘한 행운이죠! 아, 쳇, 늙은 음모꾼, 허리가 구부러진 작은 꼭두각시! 부인, 계속해요. 시간이 없어요. 부인이 마저 말할 건가요, 아니면 내가 할까요?"

"내가 하지!" 그녀가 좀 더 단호하게 대답했는데, 그럴 수 있다면 그렇게 했다는 것이다. "자네가 내 모습을 끔찍하게 왜곡시킨 채로 제시하는 것을 견딜 수 없기 때문에, 그리고 그런 모습을 누구도 보게 할 수 없기 때문에 내가 하겠어. 악명 높은 외국의 감옥과 죄수선을 겪은 자네는 나를 움직였던 것이 돈이라고 생각할 테지. 그러나 돈이 아니야."

"쳇, 쳇, 쳇! 잠시 정중함을 제쳐두고 말해야겠네요. 거짓말, 거짓말, 거짓말이에요. 당신이 그 증서를 감추고 돈을 차지했잖아요."

"돈이 목적이 아니야, 비열한 인간!" 그녀는 마치 벌떡 일어나려는 것처럼, 심지어는 맹렬한 분노 탓에 불구가 된 발로 디디고 서서 거의 다 일어선 것처럼 몸부림을 쳤다. "길버트 클레넘이 죽는 순간에 저능아가 되어서 조카가 한때 좋아했다고 들었던 여자 - 자신이 그 마음을 짓밟아버렸고, 그 후에 풀이 죽어서 우울증 내지는 자기를 아는 모든 사람들을 기피하는 상태에 빠져들었던 여자 - 를 상상으로라도 약간 가엽게 여기는 망상에 시달리게 되었다면, 만일 그렇게 어리석은 상태에서 부당한 고통을 가했다고 여겨지는 것을 보상할 생각으로 그 여자에게 유산을 주라고, 인생이 그 여자의 죄 때문에 어둡게 되었고, 그 여자의 손과 입술을 통해 그 여자의 사악함을 확인하도록 지명되었던 내게 지시했다면, 부당한 그런 지시를 일축하는 것과 단순히 돈을 탐내는 것은 다르잖아? 자네나 자네의 감옥 동료들은 아무한테서나 돈을 훔쳤을 테지만 말이야."

"시간이 없어요, 부인. 조심하시오!"

"이 집이 지붕에서 바닥까지 화염에 휩싸인다고 해도," 그녀가 대꾸했다. "나는 내 의로운 동기가 자객이나 도둑의 동기와 같은 걸로 분류되는 것에 맞서서 스스로의 정당성을 증명하기 위해 집안에 남아있겠어."

리고가 조롱하듯이 그녀의 면전에서 딱 소리가 나게 손가락을 꺾었다. "부인이 죽음에 이르도록 천천히 몰아붙였던 어린 미인에게 줘야 할 몫이 천 기니요. 그녀의 후원자가 50세 때 데리고 있을 막내딸이나 (딸이 없다면) 그의 형의 막내딸에게 그 딸이 성년이 되면 '의지할 데 없는 어린 고아여성을 사심 없이 보호했던 기념이자 최고로 맘에 들 수 있는 기념으로' 줘야 할 몫이 천 기니고. 합해서 이천 기니군. 뭐라고! 돈 얘기를 하지 않겠다고?"

"그 후원자가," 그녀가 맹렬하게 말을 이으려는데 그가 그녀의 말을 막았다.

"이름을 대시오! 프레드릭 도릿 씨라고 하란 말이오. 더 이상 어물쩍 넘기지 말아요!"

"그 프레드릭 도릿이 이 모든 일의 발단이야. 그가 연주자가 아니었다면, 그리고 그가 젊고 부유했던 시절에, 가수들, 연주자들, 그리고 그와 같은 악의 자식들이 빛을 등지고 어둠을 바라보는 쓸데없는 집을 운영하지 않았다면, 그 여자는 하찮은 위치에 그냥 있었을 것이고, 거기에서 높은 데로 끌어올려졌다가 내던져지지도 않았을 거야. 그러나 그러지 않았어. 사탄이 그 프레드릭 도릿 속에 들어가서, 당신이야말로 친절하게 행동하는 순수하고 칭찬할 만한 취미를 지닌 사람이라고 속삭이면서, 노래를 부를 만한 목소리를 가진 불쌍한 여자가 한 명 있다고 했어. 그래서 그가 그 여자에게 노래를 배우게 한 거야. 그때 고결한 체하는 무식한 버릇 탓에 예술이라고 불리는 그 저주받은 덫을 비밀리에 줄곧 갈망하던 아서의 아버지가 그 여자와 알게 되었지. 그래서 가수가 되도록 훈련 받았던 볼품없는 고아가 그 프레드릭 도릿의 주선으로 나에 맞서 승리를 거두었고, 나는 하찮게 되고 기만을 당했어! – 다시 말해서, 내가 아니야," 그녀가 안색을 붉히며 재빨리 덧붙였다. "나보다 더 대단한 사람이지. 내가 누군데?"

그녀를 향해 서서히 얼굴을 찡그리다가 그녀도 모르는 사이에 그녀의 팔꿈치 아주 가까이까지 와 있던 제러마이어 플린트윈치는 그녀가 이렇게 말하자 반대한다는 투로 얼굴을 특별히 찡그렸다. 그리고 그런 핑계가 자기 다리에 박힌 작은 가시와 마찬가지인 것처럼 각반을 확 잡아당겼다.

"마지막으로," 그녀가 말을 계속했다. "이 일이 마무리되면 그들에 대해 더 이상 얘기하지 않을 것이고 자네도 더 이상 얘기하지 못할 테니까, 남는 문제는 그들에 대한 정보를 이 자리에 있는 우리끼리만 간직할 것인지의 여부를 결정하는 거겠지. 마지막으로, 아서의 아버지와 이야기를 하고 내가 그 서류를 감췄을 때-"

"그러나 아서 아버지의 동의를 얻지는 않았잖아요." 플린트윈치 씨가 말했다.

"그의 동의를 얻었다고 누가 말했는데?" 그녀는 제러마이어가 아주 가까이 있는 것을 발견하자 깜짝 놀랐다. 그러고 나서 점점 더 의심하는 눈빛으로 그를 바라보고 고개를 뒤로 젖혔다. "이 사내가 나에게 그것을 내놓으라고 하고 나는 내놓지 않으려고 하는데, 자네는 곧잘 우리 사이에 끼어서, 내가 그의 동의를 얻어서, 라고 했으면 내 말을 부정하려고 했던 거군. 내가 말하려는 것은, 내가 그 서류를 감췄을 때 그것을 파기하려고 한 것이 아니라, 오랫동안 여기 이 집에, 내 옆에 간직하려고 했다는 거야. 길버트 재산의 나머지는 아서 아버지에게 상속되었기 때문에, 그 두 개의 셈 외에 추가적으로 어지럽히지 않고도 아무 때고 그것을 알게 된 척할 수 있었지. 그러나 내가 노골적인 거짓말을 해서(중요한 의무였으니까) 그러한 속임수를 지원했다는 거 말곤 이 집에서 시련을 겪는 내내 그걸 밝혀야할 새로운 이유는 못 찾겠더군. 그것은 죄의 응보이고 망상의 잘못된 결과였어. 나는 내가 행하도록 지정된 바를 했던 것이고, 사방이 벽으로 둘러싸인 이 집에서 내가 겪도록 지정된 바를 겪었던 거야. 그 서류가 내 면전에서 마침내 파기되었을 때-파기되었다고 생각했을 때-그 여자는 죽은 지 오래 되었고, 그녀의 후원자인 프레드릭 도릿은 당연하게도 파산하고 정신박약이 된 지 한참이 지난 다음이었어. 프레드릭에게는 딸이 없었지. 그 전에 내가 그의 조카딸을 찾아냈고. 내가 그의 조카딸에게 해줬던 것은 그녀에게 아무 소용이 없었을 돈을 준 것보다 훨씬 더 잘한 거였어." 잠시 있다가 마치 시계에게 말을 하듯이 덧붙였다. "그녀 자신은 순결하더군. 내가 죽을 때 잊지 않고 그 돈을 그녀에게 양도했을 수도 있고." 그 말을 하고 나서 시계를 바라보았다.

"훌륭한 부인, 당신께 뭔가를 상기시켜드릴까?" 리고가 말했다. "보잘것없는 그 서류는 우리 친구인 죄수가 - 내 영혼의 감방 동료가 - 외국에서 돌아왔던 날 밤에도 이 집에 있었어. 당신께 뭔가를 좀 더 상기시켜드릴까? 깃털이 다 난 적이 없는 그 보잘것없는 명금鳴禽은, 여기 이 늙은 음모꾼이 아주 잘 알고 있는 새장에, 당신이 지명한 관리인에 의해 오랫동안 보관되어 있었어. 늙은 음모꾼에게 그 새를 마지막으로 본 게 언제인지 말해달라고 구슬려볼까?"

"내가 말할게요!" 애프리가 입을 막고 있던 것을 뽑아내며 큰 소리로 말했다. "내가 꿨던 꿈 중에서 제일 먼저 꾼 게 그 꿈이거든요. 제러마이어, 내게 가까이 오면 세인트폴 성당에서 들릴 정도로 비명을 지를 거야! 이 사람이 말한 사람은 제러마이어의 쌍둥이 동생이에요. 그가 아서 도련님이 돌아왔던 날 한밤중에 여기 왔었어요. 그리고 제러마이어가 그 서류를, 뭔지 모르는 다른 것과 함께 직접 그에게 주었고요. 그는 그 서류를 철제상자에 넣어서 갖고 갔어요. 사람 살려! 살인이야! 제러-마이-어에게서 구해줘요!"

플린트윈치 씨가 그녀에게 달려들었지만 리고가 중간에서 그의 두 팔을 잡았다. 그와 잠시 몸싸움을 벌인 후에 플린트윈치는 단념하고 두 손을 주머니에 넣었다.

"이봐!" 리고가 플린트윈치를 팔꿈치로 찌르고 밀쳐내고 조롱하면서 큰 소리로 외쳤다. "꿈꾸는 데 대단한 재능을 지닌 부인을 공격하려고? 하, 하, 하! 이런, 그녀는 전시물로서 당신의 재산이잖아. 그녀가 꿈꾼 것이 전부 다 들어맞았잖아. 하, 하, 하! 당신은 그와, 즉 동생 플린트윈치와 아주 닮았군. 안트베르펜 부둣가의 작은 거리에 있는 '세 당구대 식당'이라는 지붕이 높은 집에서 알고 지내던 그와 (그때 주인장에게 그를 위해 영어를 처음 말해주었거든) 아주 닮았어! 아, 그러나 그는 술 마시는 데 훌륭한 녀석이었어. 아, 그러나 담배 피우는 데도 훌륭한 녀석이었어! 아, 그러나 그는 아담한 독신자 방에서 지냈어 – 가구가 비치되어 있는 6층집에 살았고, 아래층에는 장작과 목탄을 파는 상인, 여성복재단사들, 의자제작자들, 그리고 통제작자들이 살았지 – 그 방에서 그를 알게 되었지. 그 방에서 그는 코냑과 담배 탓에 하루에도 열두 번씩 잠을 잤고 한 번씩 졸도했는데, 마침내는 지나치게 졸도했다가 하늘나라로 가버렸어. 하, 하, 하! 그의 철제상자에 들어있던 서류를 어떻게 입수했는지가 뭐가 중요해? 그가 당신 대신에 그것을 내게 맡겼을 수도 있고, 그것이 자물쇠로 잠겨 있어서 내 호기심을 돋우었을 수도 있고, 내가 그것을 숨겼을 수도 있겠지. 하, 하, 하! 내가 그것을 안전하게 갖고 있는데 그게 뭐가 중요해? 플린트윈치, 그 점에 대해 까다롭게 따질 거 없잖아, 응? 그 점에 대해 까다롭게 따질 거 없어요, 그렇잖아요,

부인?"

플린트윈치 씨는 그보다 앞서 팔꿈치를 사납게 반대로 잡아당기며 뒷걸음질해서 원래 있던 귀퉁이로 돌아갔다. 그곳에서 그는 양손을 주머니에 넣고 한숨 돌리고 난 후 자신을 빤히 쳐다보는 클레넘 부인을 마주 보았다. "하, 하, 하! 그런데 이게 뭐야?" 리고가 소리쳤다. "당신들은 마치 서로가 서로를 모르는 것 같군. 은폐한 클레넘 부인, 음모를 꾸민 플린트윈치 씨를 소개합니다."

플린트윈치 씨는 한쪽 손을 주머니에서 꺼내 턱을 쓰다듬으며 한두 걸음 다가왔다. 그러고 나서 클레넘 부인의 시선을 여전히 마주보며 이렇게 말했다.

"자, 당신이 두 눈을 크게 부릅뜨고 날 쳐다보는 게 무슨 뜻인지 알지만, 나는 그걸 좋아하지 않으니까 그렇게 수고할 필요 없어. 오래 전부터 당신이야말로 최고로 독선적이고 고집 센 여성이라고 했었잖아. 그게 바로 **당신**이야. 당신은 스스로를 비천하고 죄 많은 여성이라고 칭하지만, 사실은 최고로 오만한 여성이지. 그게 바로 **당신**이라고. 우리가 말다툼을 벌일 때마다 내가 말했던 대로, 당신은 모든 것이 당신 앞에 굴복하기를 바라지만 나는 굴복하지 않을 거야 – 모든 사람을 산 채로 삼키고 싶어 하지만 나는 산 채로 삼켜지지 않을 거라고. 당신은 처음 그 서류를 손에 넣었을 때 왜 파기하지 않았지? 파기하라고 충고했지만 그렇게 하지 않았어. 충고를 따르는 것은 당신 방식이 아니니까. 당신은 정말로 충고대로 했어야 했어. 어쩌면 언젠가는 정말 충고대로 했을지 모르지. 마치 내가 그 정도밖에 안 된다는 듯이 말이야! 서류를 곁에 두고 있었다고 의심받을 가능성 때문에 자존심 강한 당신이 충고대로 하는 모습을 보게 됐을지도 모르지. 그러나 당신은 스스로를 그런 식으로 속이는 거야. 당신이 엄격한 여성이고, 경멸과 원한, 권력과 불관용에 온통 사로잡힌 여성이어서가 아니라, 종이고 대리인이고, 그 일을 하도록 지명되었기 때문에 그 모든 일을 했던 체하면서 스스로를 속이는 것과 마찬가지로 말이야. 당신이 그 일을 하도록 지명되었다니, 당신이 누군데? 그것이 당신에게는 신앙일지 모르지만 내게는 속임수에 불과해. 말을 꺼낸 김에 사실대로 모두 말하자면," 플린트윈치 씨가 팔짱을 낀 채 집요하게 화를 내는 사람을 분명히 빼쏜 모습에 어울리게 말했다. "당신이 나에게조차, 그 정도로 어리석지는 않은 나에게조차, 그토록 우위를 점하려고 하는 것이 신경에 거슬렸어 - 지난 40년 동안 거슬렸어. 그 결과는 냉혹하게 나를 밑바닥에 눌러 두는 것이었으니까. 당신이 고집이 세고 비상한 재능을 지닌 여성이어서 대단히 존경했지만, 아무리 고집이 세고 아무리 비상한 재능을 지녔어도 40년 동안 계속 신경을 거슬리면 상대의 감정을 상하게 할 수밖에 없는 거야. 그래서 당신이 지금 날 보는 눈길이 맘에 안 들어. 자, 서류 얘기를 할 테니 내가 하는 말을 잘 들어봐. 당신은 그것을 어딘가에 치우고 치운 장소를 비밀로 했어. 그때는 당신이 활발하게 움직일 수 있었으니까 서류를 가져오고자 한다면 가져올 수 있었겠지. 하지만, 잘 들어! 갑자기 지금 같은 상태에 처하게 돼서 설령 그 서류를 가져오려고 해도 가져올 수 없게 됐어. 그래서 그 서류가 오랫동안 그곳에 숨겨져 있었던 거지. 마침내 아서가 언제든 집에 돌아올 거라는, 아무 때고 올 수 있다는 소식이 전해졌고, 그가 집안을 얼마나 샅샅이 뒤질지 알 수 없었기 때문에, 당신이 그 서류에 닿을 수 없다면 그걸 난롯불에 넣을 수 있게끔 내 손이 닿게 해달라고 5,000번은 부탁했어. 그러나 말해주지 않았지 – 그것이 어디에 있는지 당신 말고 다른 사람이 알면 안 되니까, 그게 권력이니까. 당신이 스스로를 아무리 겸손한 이름으로 칭하더라도 당신은 권력을 탐하는 여자 루시퍼야! 어느 일요일 밤에 아서가 돌아왔어. 이 방에 들어온 지 10분도 안 지나서 그가 아버지의 시계 얘기를 꺼내더군. 그의 아버지가 그 시계를 보냈을 때 '잊지 말라'고 한 그 부탁은 – 이야기의 다른 부분은 완전히 다 끝난 상태였기 때문에 – '은폐한 것을 잊지 말라, 배상하라!'는 의미를 지닐 수밖에 없다는 사실을 당신은 잘 알고 있었어. 아서의 행동이 당신을 약간 놀라게 했기 때문에 그 서류를 결국 불태워야 했지. 그래서 화들짝 놀란 저 계집년이자 제저벨[6]이," 플린트윈치 씨가 자기 처에게 이빨을 드러내고 웃었다. "당신을 잠자리에 누이기 전에, 그 서류를 어디에 두었는지 당신이 내게 마침내 말해줬어. 지하실에 있는 낡은 장부들 사이에 두었다고 했는데, 아서가 바로 그 다음날 아침에 지하실을 돌아다니더군. 그러나 일요일 밤에는 그것을 태울 수 없었어. 안 된

---

6 우리말 성서의 이세벨. 아합 왕의 아내로 성적으로 방종했음. 구약 열왕기하 9장 참조.

다고 했잖아, 당신은 엄격하니까, 당신이 말이야. 열두 시간 이상 기다려서 월요일이 되어야 한다고 했어. 자, 그 모든 것이 날 산 채로 삼키는 것이어서 신경에 거슬렸어. 나는 약간 기분이 나빴을 뿐 아니라 당신만큼 엄격하지는 않았기 때문에, 서류의 겉모습을 선명히 기억하기 위해 자정이 되기 전에 그걸 들여다봤어 - 그리고 지하실에 잔뜩 있던, 그것과 흡사한 누렇고 낡은 종이를 하나 접었지 - 월요일 새벽이 되면, 내가 등잔불에 의지하여 저쪽 침대에 누워 있던 당신에게서 이쪽 벽난로로 걸어와서, 마술사같이 살짝 바꿔치기를 한 다음에 적당히 태워야 했으니까. 내 동생 이프레임은 미치광이를 지키는 감시인이었어(내 생각에 정작 자유를 구속받아야 할 놈은 그놈인데 말이야). 동생은 당신이 시켰던 지루한 일이 끝난 다음에도 많은 일을 했었지만 신통찮았어. 그의 처가 죽었고(그게 중요하다는 건 아니야. 내 처가 대신 죽었을 수도 있는데 그랬으면 고마운 거지) 정신병원에 투자했던 것이 실패했거든. 환자가 제정신을 차리게 하기 위해 환자를 지나치게 데우는 것[7]과 관련하여 곤경에 처했다가 빚을 졌어. 긁어모을 수 있었던 돈 전부와 내게서 얻은 약간의 돈을 가지고 무리했던 거지. 그 월요일 새벽에 그는 이 집에서 조수가 바뀌기를 기다리고 있었어. 간단히 말해, 안트베

[7] 18세기, 19세기 초에 정신병원에서 행해졌던 잔인한 치료법 중의 하나. 광기의 열병을 태워서 없앤다는 구실로, 환자를 아주 뜨거운 욕탕에 집어넣고 난롯불을 오랫동안 쬐게 했다.

르펜으로 갈 작정이었지. 그곳에서 (내 말을 들으면 당신이 충격을 받을 거야, 빌어먹을 놈 같으니!) 이 남자를 알게 되었던 거야. 먼 길을 왔던 참이었기에 그때 나는 동생이 그저 졸고 있다고 생각했었지만, 지금 생각해보면 술에 취해 있었던 것 같아. 예전에 동생과 제수씨가 아서 어머니를 보살폈을 때 그녀는 늘 뭔가를 끊임없이 썼어 - 주로 당신 앞으로 보내는 고백의 편지였고 용서를 비는 기도문이었지. 동생은 가끔씩 그런 종이들을 내게 잔뜩 넘겨줬어. 나는 그것들이 산 채로 삼켜지게 하느니 내가 갖고 있는 게 낫다고 생각했지. 그래서 그것들을 상자에 넣어서 갖고 있다가 보고 싶을 때 들여다보곤 했어. 서류가 아서 손에 들어갈 수 있으니까 서류를 치우는 게 낫겠다고 생각해서, 그것도 바로 같은 상자에 넣고 전체를 두 개의 자물쇠로 채웠지. 상자를 동생에게 맡기면서, 그것을 가져가서 내가 편지를 보낼 때까지 갖고 있으라고 했어. 그 후 편지를 보냈지만 답장이 없었어. 이 남자가 우리를 처음 찾아왔을 때까지는 그걸 어떻게 생각해야할지 몰랐지. 어떻게 된 일인지 그때 짐작이 가기 시작한 건 당연하고. 이제는 이 남자의 말을 듣지 않아도, 내가 갖고 있던 편지들과 당신의 서류를 읽고서, 또한 동생이 코냑을 마시고 담배를 피우며 한 이야기를 듣고서(동생이 자기 입에 재갈을 물렸으면 좋았을 거야) 이 남자가 사실을 알게 되었다는 걸 짐작할 수 있겠지. 자, 우둔한 여인이여, 하고 싶은 이야기가 딱 한 가지 더 있는데, 그건 유언보충서에 대해 내가 당신께 걱정거리를 안겨준 적이 있었는지 없었는지 도통 모르겠다는 거야. 내 생각엔 없었던 거 같아. 그렇지만 내가 당신을 이겼고 당신에 대한 지배권을 쥐고 있다는 사실만으로도 썩 만족한다는 얘길 하고 싶어. 지금 상황에선 내일 저녁 이 시간까지도 당신에게 추가적으로 설명할 건 없어. 그러니 당신은," 플린트윈치 씨는 얼굴을 찡그리면서 자신의 연설을 마무리했다. "눈을 부릅뜨고 다른 사람을 쳐다보는 게 나을 거야, 눈을 부릅뜨고 날 쳐다봐도 소용없으니까."

플린트윈치 씨가 말을 그치자 그녀는 천천히 눈길을 돌렸고 이마를 한쪽 손에 떨어뜨렸다. 그러고 나서 다른 손으로 탁자를 세게 밀었는데, 마치 일어나려고 하는 것 같은 묘한 움직임을 또다시 볼 수 있었다.

"그 상자는 다른 곳에서는 이곳에서 팔리는 가격에 절대 팔릴 수 없어. 그 정보도 다른 사람에게 팔아서는 내게 파는 만큼의 이윤을 안겨줄 수 없을 거고. 그렇지만 지금은 자네가 요구한 액수를 마련할 방법이 없네. 난 부자가 아니거든. 지금 얼마를 받고, 다음에 얼마를 받겠나? 그리고 자네가 침묵을 지키리라는 걸 내가 어떻게 확신하지?"

"나의 천사," 리고가 대답했다. "얼마를 받을 건지 이미 말했잖소, 그리고 시간이 없소. 이 집에 오기 전에 그 서류 중 제일 중요한 부분의 사본을 다른 이에게 맡기고 왔거든. 마셜시의 출입문이 밤이 되어서 닫힐 때까지 지불시간을 연기해보시오, 그러면 너무 늦어서 처리할 수 없어요. 죄수가 그걸 읽은 다음일 테니까."

그녀가 두 손을 다시 머리에 대고 큰 소리로 절규하더니 벌떡 일어났다. 마치 쓰러질 것처럼 잠시 비틀거렸으나 꿋꿋이 섰다.

"어떻게 할 건지 말해. 어떻게 할 건지 말하라고, 이놈아!"

똑바로 선 자세에 오랫동안 익숙하지 않았던 탓에 아주 뻣뻣하게 서 있는 그녀의 유령 같은 모습을 보고, 리고가 뒤로 물러나더니 목소리를 낮추었다. 세 사람 모두에게 마치 죽었던 여자가 일어난 것 같았다.

"도릿 양이," 리고가 대답했다. "즉, 바다 건너 저쪽에서부터 알고 있던 프레드릭 씨의 작은 조카딸이 그 죄수를 사랑하고 있소. 프레드릭 씨의 작은 조카딸 도릿 양이 지금 병든 그 죄수를 간호하고 있단 말이오. 여기 오는 길에 감옥에서 그녀에게 꾸러미 하나를 직접 맡겼소. '**그를 위해**'라고 쓰여 있는 지시서와 함께 말이오 - 그를 위해서라면 그녀는 뭐든 할 거요 - 오늘 밤 출입문을 닫는 시간이 되기 전에 돌려달라고 할 경우를 대비해서 봉인을 뜯지 말고 갖고 있으라고 했소. 감옥의 종소리가 울리기 전에 돌려달라고 하지 않으면 그것을 그 죄수에게 주라고 했고, 그 안에는 그녀 앞으로 보내는 또 다른 사본이 들어있는데 그것은 그가 틀림없이 건네줄 거라고 했소. 뭐라고! 우리는 아주 멀리 왔고 당신들과 같이 있으면 안심할 수 없기 때문에 내가 가진 비밀에 제2의 생명을 준 거야. 그리고 그것이 다른 곳에서는 이곳에서 팔리는 가격에 팔리지 않을 거라는 얘기는, 그렇다면 말해보시오, 부인. 그 작은 조카딸이 - 그를 위해 - 그 사실을 숨기기 위해 지불할 가격을 부인이 제한하고 결정했단 말이오? 한 번 더 말하지, 시간이 없소. 오늘 밤 종이 울리기 전에 그 꾸러미를 되찾지 않으면, 당신은 돈을 주고도 그걸 살 수가 없소. 그때는 작은 여자아이에게 팔 거니까!"

그녀가 한 번 더 움직이고 몸부림을 치더니 벽장으로 달려갔고, 벽장문을 찢어서 열었다. 그러고 나서 두건이든 숄이든 끄집어내서 그것을 머리에 둘렀다. 깜짝 놀라서 그녀를 지켜보던 애프리가 방 한가운데 있는 그녀에게 쏜살같이 달려가서 그녀의 옷을 붙잡고 무릎을 꿇었다.

"이러지 마세요, 이러지 마세요, 이러지 마시라고요! 뭐 하시려고요? 어디 가시게요? 무서운 분이지만 저는 마님께 어떤 원한도 없어요. 지금은 불쌍한 아서 도련님에게 어떤 도움도 줄 수 없고요, 그건 제가 알아요. 그러니 마님은 절 두려워할 필요가 없어요. 마님의 비밀을 지킬게요. 나가지 마세요, 길에서 쓰러져 죽을지 몰라요. 그저 약속하세요. 이 집에 불쌍한 그녀를 남몰래 데리고 있다면 제가 그녀를 맡아서 돌볼 수 있게 해주겠다고요. 그것만 약속하세요, 그리고 절 두려워마세요."

클레넘 부인이 한창 서두르다가 잠시 가만히 서더니 깜짝 놀라서 단호하게 말했다.

"이 집에 데리고 있다고? 그 여자가 죽은 지 20년도 넘었는데. 플린트윈치에게 물어봐 – **이 사람에게도** 물어보고. 아서가 외국에 나갔을 때 그녀가 죽었다는 얘기를 두 명이 다 해줄 수 있을 거야."

"그렇다면 더 안 좋은 거군요." 애프리가 온몸을 떨며 말했다. "그렇다면 그녀가 이 집에 유령으로 출몰하는 거니까요. 그녀가 아니면 누가 먼지를 조용히 떨어뜨려서 신호를 하고 바스락대고 다니겠어요? 그녀가 아니면 누가 우리 모두 잠자리에 들었을 때 왔다갔다하고 벽에 길게 비뚤비뚤 손을 대서 흔적을 남기겠어요? 그녀가 아니면 누가 가끔씩 문을 잡고 있겠어요? 그래도 나가지 마세요-나가지 마시라고요! 마님, 길에서 죽을지 몰라요!"

애프리의 마님은 간청하는 그녀의 손길을 옷에서 그저 떼어낸 후에 리고에게 말했다. "돌아올 때까지 여기서 기다려!" 그러고 나서 방에서 뛰어나갔다. 그들이 창에서 보니 그녀는 안마당을 미친 듯이 지나서 출입문 밖으로 달려갔다.

잠시 동안 그들은 꼼짝 않고 있었다. 애프리가 제일 먼저 움직여서 두 손을 꼭 쥐고 마님을 쫓아갔다. 다음은 제러마이어 플린트윈치였다. 한 손은 주머니에 넣고 다른 손으로는 턱을 쓰다듬으며 천천히 문 쪽으로 뒷걸음질 쳤고, 말없이 몸을 돌려 과묵하게 바깥으로 나갔다. 리고는 혼자 남게 되자, 옛날 마르세유 감옥에서 취하던 자세를 취한 채로 열려 있는 창의 창턱 밑에 붙여 놓은 의자에 앉았다. 그리고 담배와 부시통을 바로 가까이에 놓고 담배를 피우기 시작했다.

"와! 지긋지긋한 옛날 감옥만큼 따분하군. 그때보다 더 더워, 그렇지만 음침하기는 거의 비슷하고. 그녀가 돌아올 때까지 기다릴까? 그럼, 물론이지. 그렇지만 그녀는 어디로 간 거지? 그리고 언제 오지? 상관없어! 리고 라니에 블랑두아, 귀여운 놈, 자네는 돈을 받을 거야. 부자가 될 거야. 신사로 살아왔고 신사로 죽을 거야. 귀여운 녀석, 자네가 승리했군. 그러나 승리하는 게 자네의 성격이잖아. 와!"

신변에 닥칠 위험

그가 승리를 거둔 그 시간에, 각별히 만족하여 머리 위 커다란 대들보에 추파를 던졌을 때 콧수염이 올라가고 코가 내려왔다.

31 끝에 다다르다

태양이 지고 칙칙한 땅거미 속에서 거리가 어둑어둑해졌을 때 오랫동안 거리에 익숙하지 않았던 한 인물이 서둘러 거리를 걸어갔다.

낡은 그 집 바로 근처에는 극소수의 사람들만이 돌아다니고 있었기 때문에 그 인물에 주목하는 사람이 거의 없었다. 그러나 런던브리지로 통하는 구불구불한 길을 강가에서부터 올라가서 커다란 간선도로로 들어서자 사람들이 경악하여 그 인물을 둘러쌌다.

그 인물은 단호하고 흥분한 눈빛으로 걸음을 빨리했지만 허약했고 자신이 없었다. 또한 눈에 잘 띄는 검은 옷을 입고 머리에 허둥지둥 두건을 둘렀으며 수척하고 비현실적으로 창백했는데, 몽유병자만큼이나 군중을 개의치 않고 서둘러 나아갔다. 남의 눈에 띄도록 받침대 위에 세워진 것 이상으로, 군중 속에 있으면서도 그들과는 동떨어진 외모를 하고 있는 탓에 더 두드러진 그 인물이 모든 사람들의 눈길을 끌었다. 산책하던 사람들이 바짝 관심을 보이며 그 인물을 주시했고, 바쁘게 지나가던 사람들도 그 인물과 엇갈린 후에는 걸음을 늦추고 뒤돌아보았다. 걸음을 멈추고 한쪽으로 비켜서 있던 사람들이 막 지나간 이 유령 같은 여자를 보라고 서로에게 속삭였으니, 그 인물은 휩쓸고 지나가면서 가장 게으른 자들과 가장 호기심 많은 자들을 자기 쪽으로 끌어당기는 소용돌이를 만들어내는 것 같았다.

빤히 쳐다보는 다수의 시선들이 다년간 독방에서 지내던 자신에게 사납게 밀려들었기 때문에, 어떻게 될지 모르겠다는 느낌도 혼란스러웠지만 일어나서 움직이고 있다는 한층 더 혼란스러운 느낌 때문에, 어중간하게 기억하던 대상들의 예기치 않은 변화 때문에, 그리고 자신이 격리된 채 지내던 현실에 대해 상상력을 발휘하여 자주 그려보았던 통제 가능한 모습들과 압도적으로 밀려오는 현실 사이에 유사성이 부족했기 때문에, 그녀는 아찔한 현기증을 느꼈다. 그러면서도 외부의 사람들과 시선보다는 마음을 산란하게 하는 생각들에 둘러싸여 있는 것처럼 똑바로 길을 갔다. 그러나 다리를 건넌 후 어느 정도 계속 앞으로만 전진했기 때문에 방향을 물어보아야겠다고 생각했다. 걸음을 멈추고, 질문해도 괜찮을 것 같은 곳을 찾아 고개를 돌려 주위를 둘러보던 바로 그때, 사람들이 자신을 둘러싸고 열심히 쏘아보고 있다는 사실을 깨달았다.

"왜 나를 둘러싸고 있지?" 그녀가 떨리는 목소리로 물었다.

아주 가까이에 있던 사람들은 아무도 답을 주지 않았다. 그러나 바깥쪽을 둥글게 둘러싸고 있던 사람 중에서 한 사람이 날카롭게 소릴 질렀다. "당신이 미쳤기 때문이야!"

"나는 여기 있는 어느 누구에 못지않게 제정신이야. 마셜시 감옥에 가고 싶소."

바깥쪽을 둘러싸고 있던 그 사람이 다시 날카롭게 대꾸했다. "바로 맞은편에 있는 감옥을 찾고 있으니, 다른 것은 차치하더라도 그것이 바로 당신이 미쳤다는 걸 보여주는 거야!"

이런 답변에 대해 와 하는 함성소리가 이어질 때 상냥하고 얌전해 보이는 키 작은 젊은이가 그녀에게 다가오더니 입을 열었다. "가시고자 하는 곳이 마셜시인가요? 그곳에 근무하러 가는 길입니다. 같이 길을 건너시죠."

그녀가 그의 팔을 잡자, 그는 그녀를 데리고 길 건너편으로 갔다.

그녀를 놓칠지도 모른다는 생각 때문에 약간 화가 난 군중이 앞과 뒤 그리고 양 옆에서 북새통을 이루며 베들럼[8]으로 가라고 권했다. 바깥쪽 마당에서 잠시 소란이 있는 후에 감옥의 문이 열렸다가 그들 뒤로 닫혔다. 바깥의 소음과 대조되어서 피난처이자 평화로운 곳으로 보이는 간수실에서는 노란 등잔불이 감옥의 어둠과 벌써 겨루고 있었다.

"아니, 존!" 그들을 안으로 들어오게 했던 간수가 물었다. "무슨 일이니?"

"별일 아니에요, 아버지. 그저 길을 모르는 이 부인이 남자아이들한테 괴롭힘을 당하고 있어서요. 부인, 누굴 찾으시죠?"

"도릿 양을 찾아. 그녀가 여기 있니?"

젊은이가 좀 더 관심을 보였다. "예, 여기 있어요. 부인 성함이?"

"클레넘 부인이야."

"클레넘 씨의 어머님이신가요?" 젊은이가 물었다.

그녀가 입술을 꽉 다물고 대답을 주저했다. "맞아. 그의 어머니가 찾아 왔다고 하는 게 낫겠어."

"있잖아요," 젊은이가 말했다. "교도소장님은 가족이 지금 시골에 살기 때문에 도릿 양에게 관사에 있는 방 중 하나를 내주면서 원할 때 사용하라고 했어요. 부인은 그리로 가고 제가 도릿 양을

---

[8] 정확하게는 베슬럼 정신병원.

데려오는 게 나을 거 같은데요?"

그녀가 동의하자, 그가 자물쇠를 벗기고 측면 계단을 통해 위층 관사로 안내했다. 그리고 그녀를 어두워진 방으로 들여보낸 다음에 방에서 떠났다. 그 방에서는 어두워진 감옥 마당이 내려다보였는데, 재소자들이 여기저기서 산책하거나 창밖으로 몸을 내밀고 있거나 떠나는 친구들과 가능한 한 떨어져서 이야기를 나누고 있었다. 요컨대, 이 여름날 저녁에 모두들 할 수 있는 한 감금을 잘 견뎌내고 있었다. 공기는 후텁지근하고 더웠으며, 좁은 감옥은 숨이 막힐 듯했다. 그리고 제멋대로 지르는 소리가 머리와 가슴이 아픈 사람의 신경을 자극하는 기억처럼 바깥에서부터 갑자기 들려왔다. 갈피를 못 잡고, 말하자면 그녀 자신의 또 다른 감옥에서 그 감옥을 내려다보며 창가에 서 있을 때, 불시에 들려온 한두 마디의 부드러운 말이 그녀를 깜짝 놀라게 했다. 작은 도릿이 그녀 앞에 서 있었다.

"클레넘 부인, 다행히 회복하실 수 있어서-"

작은 도릿은 자기를 향해 돌린 얼굴에서 만족해하는 기색이나 활력을 찾을 수 없었기에 입을 다물었다.

"이건 회복된 것도 아니고 기운을 되찾은 것도 아니야. 뭔지 모르겠어." 그녀는 흥분해서 손사래를 치며 그 모든 것을 제쳐놓았다. "오늘 밤 감옥 출입문이 닫히기 전까지 돌려달라는 요구가 없으면 아서에게 주기로 되어 있는 꾸러미 하나를 네가 맡아가지고 있을 텐데."

"맞아요."

"그걸 돌려달라고 해야겠다."

작은 도릿이 가슴에서 그것을 꺼내 그녀의 손에 건네주었다. 그 손은 꾸러미를 받은 다음에도 계속 내밀고 있었다.

"안의 내용물에 대해 짚이는 바가 있니?"

작은 도릿은 그녀가 움직일 수 있는 힘을 새로이 발휘해서 그곳에 왔다는 사실에 소스라치게 놀라면서 "모르겠어요,"라고 답했다. 그러나 그 힘은 부인 자신의 말대로 기운을 되찾은 것이 아니었다. 그리고 마치 초상화나 조각상을 살려낸 것처럼 바라보기에 비현실적인 것이었다.

"내용물을 읽어보렴."

작은 도릿이 여전히 내밀고 있는 부인의 손에서 꾸러미를 집어 들고 봉인을 뜯었다. 그러자 클레넘 부인은 수신인이 작은 도릿으로 되어있는 안쪽 꾸러미를 그녀에게 주고 다른 꾸러미는 자신이 챙겼다. 한낮에도 방안을 어둠침침하게 만드는 담장과 감옥 건물의 그림자가 방안을 너무 어둡게 만들었기 때문에, 게다가 땅거미가 빨리 짙어졌기 때문에, 창가가 아니라면 방에서는 글자를 읽을 수도 없었다. 작은 도릿은 여름 저녁하늘에 조금 남아있는 밝은 빛이 자신을 비출 수 있는 창가에 서서 내용물을 읽었다. 놀라움과 두려움이 섞인 절규를 단속적으로 한두 마디 뱉고는 말없이 읽었다. 다 읽고 나서 주위를 둘러보니 옛날 주인님이 그녀 앞에 무릎을 꿇고 있었다.

"내가 무슨 짓을 했는지 이제 알겠지."

"그런 것 같아요. 유감이지만 그런 것 같아요. 비록 제가 워낙 경황이 없고 슬퍼서 그리고 너무나도 애처로운 마음이 들어서 읽은 내용을 전부 다 이해할 수는 없지만요." 작은 도릿이 떨리는 목소리로 말했다.

"네게 주지 않고 빼앗았던 것을 돌려줄게. 날 용서해줘. 용서할 수 있겠니?"

"그럴 수 있어요, 그리고 확실히 그럴게요! 제 옷에 입 맞추지 말고 제게 무릎 꿇지도 마세요. 제게 무릎 꿇기에는 부인이 너무 고령이세요. 이러지 않으셔도 기꺼이 용서 드려요."

"아직 부탁할 게 남았어."

"이 자세로는 안 돼요." 작은 도릿이 말했다. "부인의 백발이 제 머리보다 아래쪽에 있는 걸 보니까 이상한걸요. 제발 일어나세요. 제가 도와드리죠." 그렇게 말하면서 작은 도릿은 클레넘 부인을 일으켰고, 약간 겁내면서도 진지하게 그녀를 바라보았다.

"네게 간절히 부탁하는 것은(그 부탁에서 생겨나는 부탁이 하나 더 있어), 자비롭고 친절한 네 마음을 믿고서 간절히 청하는데, 내가 죽을 때까지 이 사실을 아서에게 알리지 말아달라는 거야. 시간을 두고 생각해보고, 내가 살아있더라도 그 사실을 아는 것이 아서에게 도움이 되겠다는 생각이 든다면, 그렇다면 말해도 좋아. 그러나 그런 생각이 들지는 않을 거야. 그런 생각이 들지 않을 경우에는 내가 죽을 때까지 두고 봐주겠다고 약속하겠니?"

"제가 워낙 슬픔에 싸여있어서 그리고 읽은 내용 때문에 워낙 혼란스러워서," 작은 도릿이 대답했다. "확실하게 답변 드릴 순 없어요. 그 사실을 알아봤자 클레넘 씨에게 아무 도움도 되지 못할 거라는 확신이 든다면 – "

"네가 아서를 사랑하고 그를 가장 중요한 사항으로 고려하리라는 걸 안다. 그를 가장 중요하게 고려하는 거야 옳은 일이지. 나도 그걸 부탁하는 거고. 그러나 그를 중요하게 생각하면서도 내가 지상에 남아있을 얼마 안 되는 시간 동안 날 봐줄 수 있겠다는 생각이 든다면, 그렇게 해주겠니?"

"그러겠어요."

"신의 축복이 있기를!"

그녀가 그늘 속에 서 있었기 때문에 햇빛을 받으며 서 있는 작은 도릿이 보기에는 베일을 쓴 형체일 따름이었다. 그러나 고맙다는 그 세 마디를 하는 그녀의 목소리는 열렬하면서도 고르지 못했다. 굳어진 다리에 움직이는 것이 익숙하지 않은 것처럼 굳어진 두 눈에 익숙하지 않은 감정 탓에 고르지 못했던 것이다.

"어쩌면 궁금해할지 모르겠구나." 클레넘 부인이 한층 더 강한 어조로 말했다. "내게 나쁜 짓을 한 원수의 아들보다 내가 나쁜 짓을 한 너에게 그 사실이 알려지는 것을 견디는 게 나한테 왜 나은지 말이야. 그 여자가 내게 나쁜 짓을 했거든! 주님께 지독한 죄를 범했을 뿐 아니라 내게도 나쁜 짓을 했어. 그 여자가 아서 아버지를 내게 빈 껍질로 만들었으니까. 우리가 결혼한 날부터 아서 아버지는 날 두려워했어, 그 여자가 날 그렇게 만든 거야. 내가 둘 다에게 골칫거리였던 것도 그 여자가 원인이었던 거고. 너는 아서를 사랑하니까 (네 얼굴이 빨개지는구나. 너희 둘 다에게 좀 더 행복한 날들이 시작되기를 바란다!) 아서가 너처럼 자비롭고 친절하다는 생각을 벌써 하고서, 내가 너에게 털어놓는 것처럼 어째서 아서에게는 빨리 털어놓지 않는 거지, 라고 생각했을지 모르겠구나. 그런 생각 안 해봤니?"

"클레넘 선생님은 친절하고 관대하고 훌륭한 분이니까 늘 믿을 수 있고, 그래서 당연히 그런 생각이 들었어요." 작은 도릿이 말했다.

"그 점을 의심하진 않아. 그러나 내가 이 세상에 사는 동안에는 온 세상 사람 중에서 그 사실을 감추고 싶은 유일한 사람이 아서야. 그가 처음 기억하는 시절부터 내가 어린 그를 제지하고 바로잡았었어. 부모의 죄가 자손에게 돌아온다는 사실과 아서가 태어났을 때 분노의 낙인이 찍혀 있었다는 사실을 확신했기 때문에 엄격하게 대했던 거지. 아서 부자와 함께 있었을 때 아버지의 약점이 그에게 펼쳐지려고 하는 것을 보고서, 아이가 속박과 곤경에서 해방될 수 있게 그 약점을 물리치려고 했던 거야. 작은 책을 보다가 자기 에미의 얼굴 표정을 하고 외경심에 사로잡혀서 나를 올려보는 모습과, 나를 딱딱하게 만드는 에미의 방법으로 나를 부드럽게 만들려고 애쓰는 모습을 봤었거든."

그녀의 말을 듣고 있던 작은 도릿이 몸을 움츠리자 회상 조의 음울한 목소리로 거침없이 이야기를 이어가던 그녀가 잠시 말을 멈추었다.

"그의 행복을 위해서야. 내가 상처를 준 것에 사죄하기 위해서가 아니고. 내가 어떤 모습으로 보이든 하늘의 저주 앞에서 그게 무슨 가치가 있겠니! 그 아이가 커가는 모습을 지켜보았는데, 하느님에게 선택된 식으로 경건하지는 않았지만(그러기에는 에미의 죄가 너무 무겁게 드리워져 있었지) 그래도 올바르고 정직했고 내 말에 순종적이었어. 날 사랑할 수도 있겠다고 한때 어설프게 생각했었지만－우리 인간은 그렇게 약한 존재야, 그래서 육체의 타락한 애정이 인간의 희망 또는 과업과 싸움을 벌이는 거고－날 사랑하지는 않더구나. 그러나 언제나 날 존경했고 예의바르게 행동했어. 이 시간까지도 그래. 아서가 그 의미를 절대 알 수 없는 마음의 공허감 때문에 날 외면하고 다른 길을 갔지만, 그 길조차도 사려 깊게 그리고 경의를 표하며 갔어. 나와 아서의 관계는 그런 것이었어. 너와의 관계는 훨씬 짧은 기간에 걸쳐 있는 훨씬 사소한 것이었고. 내 방에서 바느질을 할 때 너는 날 두려워하면서도 내가 친절하게 대해준다고 생각했을 거야. 이제 좀 더 잘 알게 되었으니까 내가 네게 손해를 입혔다는 사실을 깨달았겠지. 그래도 내가 그렇게 했던 이유와 동기에 대한 너의 오해와 곡해는 아서가 갖고 있을 오해와 곡해에 비하면 견디기 수월하단다. 나는 상상할 수 있는 세상의 온갖 보상을 받을 수 있어도 이제까지 내가 그 애 앞에서 차지하고 있던 자리에서 그 애가 순식간에 나를 넘어뜨리도록 두고 싶지는 않아, 아무리 앞뒤를 가리지 않아도 말아야. 존경심을 내팽개칠 어떤 존재로 나를 완전히 달리 여기게 두고 싶지도 않고, 내 정체를 간파했고 적발했다고 생각하도록 두고 싶지도 않단 말이야. 그렇게 해야만 하겠으면, 내가 이승을 떠난 후에 그렇게 하라고 해. 아직 살아있을 동안은 번개가 태우고 지진이 삼켜버린 사람처럼 그의 면전에서 사라지고 완전히 소멸한다는 느낌이 들지 않게 해줘."

그녀가 자기 생각을 그렇게 표현했을 때 그녀가 보여준 자존심은 아주 대단했을 뿐 아니라 자존심과 옛날 열정에서 생겨나는 고통 또한 아주 극심했다. 다음과 같은 말을 덧붙였을 때도 덜하지는 않았다.

"마치 예전에 내가 너에게 잔인하게 행동했었다는 듯이 지금도 **너는** 날 겁내는구나."

작은 도릿은 그 얘기를 부정할 수 없었다. 겁내는 모습을 보이지 않으려고 했지만 아주 거세게 타올랐고 아주 오랫동안 지속되었던 심리 때문에 겁에 질려서 움츠러들었다. 그러한 심리가 아무런 궤변 없이 그 자체로 솔직하게 나타났던 것이다.

"나는 내가 하도록 맡겨졌던 일을 했던 거야." 클레넘 부인이 말했다. "악에 반대했던 거지, 선에 반대했던 게 아니거든. 나는 죄에 반대하는 엄격한 도구였어. 나처럼 단순한 죄인들은 언제나 죄를 때려눕히도록 임명된 거 아니니?"

"언제나요?" 작은 도릿이 되풀이했다.

"내 잘못이 날 압도했고 내 복수심이 날 움직였다고 해도 내가 했던 행위는 도저히 정당화될 수 없는 걸까? 순결한 사람이 죄인과 함께 죽었던 옛날에는 절대적인 것이 없었잖아? 그때는 죄 많은 자를 미워하는 사람의 분노가 피를 봐도 누그러지지 않았고 오히려 힘을 얻었잖아?"

"오, 클레넘 부인, 클레넘 부인," 작은 도릿이 말했다. "분노의 감정과 용서하지 않는 행동은 부인과 제게 위로도 지침도 될 수 없어요. 저는 초라한 이 감옥에서 평생을 살았고 제가 받은 가르침이래봤자 아주 부족할 뿐이에요. 그렇지만 나중에 올 더 좋은 날들을 기억하시라고 간청 드릴게요. 병든 자를 치료하고 죽은 자를 일으키신 분, 고통 받고 버림받은 모든 사람들의 친구, 질병에 걸린 우리를 보고 동정의 눈물을 흘리신 인내심 있는 예수 그리스도의 인도만 받으세요. 다른 것은 모두 다 제쳐놓고 만사를 그분을 기억하며 한다면 올바르게 행동할 수밖에 없을 테니까요. 그분의 삶에서는 복수도, 타인에게 고통을 주는 것도 없었잖아요. 다른 발자국을 따르지 말고 그분을 따르면 혼란이 있을 수 없을 거예요!"

창으로 들어오는 은은한 빛에 비추어보니, 일찍이 시련을 겪었던 현장에 서서 밝게 빛나는 하늘을 바라보는 작은 도릿이 어둠 속에 검은색으로 서있는 인물과 대립되는 정도는, 작은 도릿이 의존하는 삶과 교리가 그 인물의 내력과 대립되는 정도에 비해 약한 것이었다. 클레넘 부인은 고개를 다시 낮게 숙이고 한 마디도 하지 않았다. 그리고 떠나라고 경고하는 종소리가 처음 울리기 시작할 때까지 그 자세로 있었다.

"잘 들어!" 클레넘 부인이 깜짝 놀라며 소리쳤다. "부탁할 게 하나 더 있다고 했지. 일각의 유예도 허락하지 않는 거란다. 이 꾸러미를 네게 맡겼고 현재 증거서류를 갖고 있는 남자가 돈을 받으려고 지금 내 집에서 기다리고 있어. 아서에게 이 사실을 비밀로 하려면 자기를 돈으로 매수해야 한다는 거지. 막대한 금액을 요구했어. 지체 없이 지불하기 위해 내가 모을 수 있는 액수 이상이야. 가격을 깎아줄 수 없다고 하면서, 나한테 실패하면 너에게 가겠다고 위협하더구나. 나와 함께 가서 이미 알고 있다는 사실을 그가 알 수 있도록 해주겠니? 함께 가서 그를 설득해주겠니? 가서 그를 설득하는 것을 도와주겠니? 내가 감히 아서를 위해 부탁하는 것은 아니지만, 아서의 이름으로 부탁하는 것을 거절하지 않았으면 좋겠다!"

작은 도릿은 기꺼이 승낙했다. 잠시 감옥 안으로 미끄러져 들어갔다가 돌아와서는 갈 준비가 되었다고 했다. 그들은 간수실을 피해 다른 계단으로 나갔다. 그러고 나서 아주 조용하고 인적이 끊긴 앞쪽 마당으로 해서 거리에 다다랐다.

하루 중 최고로 어두운 때는 땅거미가 장시간 드리워졌을 때라고 여겨지는 그러한 여름날 저녁이었다. 거리와 다리의 모습이 분명히 보였고, 하늘은 조용하면서도 아름다웠다. 사람들이 아이들과 놀기도 하고 저녁을 즐기기도 하면서 문간에 서 있거나 앉아 있었고, 바람을 쐬러 산책하는 사람들도 많았다. 요컨대, 낮 동안의 걱정 근심이 거의 사라졌고 그들 둘 이외에는 서두르는 사람도 거의 없었다. 그들이 다리를 건널 때, 많은 예배당의 뾰족탑들이 일반적으로 그것들을 감싸고 있는 어둠에서 앞으로 나와서 훨씬 가까이 다가와 있는 것처럼 선명하게 보였다. 하늘로 올라가는 연기는 거무죽죽한 색깔을 잃고 밝은 빛을 띠었다. 일몰의 아름다운 모습이 지평선에 길고 평화롭게 걸쳐 있는 엷은 안개 같은 구름에서 완전히 사라지지는 않았다. 환하게 빛나는 중심에서 나오는 커다란 빛줄기들이 고요한 창공의 가로세로 전체에 걸쳐 일찍 뜬 별들 사이로 흘렀는데, 가시면류관을 영광으로 바꿔놓은 후대의 평화와 희망에 대한 축복받은 맹약을 나타내는 신호 같았다.

클레넘 부인은 혼자가 아니었을 뿐만 아니라 좀 더 어두워졌기 때문에 덜 두드러졌다. 그래서 작은 도릿을 옆에 데리고 방해받지 않으면서 발걸음을 재촉했다. 올 때 간선도로로 들어섰던 모퉁이에서 간선도로를 빠져나와 조용하고 인적이 없는 옆길로 그들은 구불구불한 길을 내려갔다. 출입구에 이르렀을 때 천둥과 같은 소리가 갑작스레 들렸다.

"뭐야! 서둘러 들어가자." 클레넘 부인이 소리쳤다.

그들이 출입구 안으로 들어섰다. 작은 도릿이 귀청을 찢을 듯한 비명을 지르며 그녀를 제지했다.

그 남자가 창가에서 담배를 피우고 있는 낡은 그 집이 곧바로 그들 앞에 나타났다. 천둥 치는 소리가 한 번 더 들리더니, 그 집이 위로 올라갔다가 바깥쪽으로 흔들렸고 쉰 조각으로 갈라져서 무너지고 붕괴했다. 그 소리에 귀가 먹먹해지고, 먼지 때문에 숨이 막히고 질식할 지경이고 앞이 안 보이게 된 두 사람은 얼굴을 가린 채 그 자리에 꼼짝 않고 섰다. 그들과 평온한 하늘 사이에 휘몰아치던 먼지폭풍이 잠시 갈라지더니 별들이 드러났다. 도와달라고 미친 듯이 외치면서 하늘을 올려다볼 때, 홀로 서 있던 웅장한 굴뚝이 회오리바람을 맞은 탑처럼 흔들리고 부러지더니, 마치 으스러진 그 비열한 놈을 한층 더 깊게 파묻을 작정인 것처럼 무너져 내리는 모든 파편들이 잔해더미 위로 우박이 쏟아지듯 쏟아졌다.

피어오르는 쓰레기 입자들 때문에 알아볼 수 없을 정도로 검게 변한 그들은 울부짖고 비명을 지르며 출입구에서 길로 뛰어왔다. 거기서 클레넘 부인은 돌로 된 보도에 푹 쓰러졌다. 그리고 그 시간 이후 손가락 하나 다시 움직이지 못했고 말 한 마디 할 힘도 잃어버렸다. 3년 이상 휠체어에 기대서 주위 사람들을 주의 깊게 바라보았는데 주위 사람들이 하는 이야기는 이해하는 것 같았지만 오랫동안 지켜왔던 침묵이 그녀에게 늘 엄격하게 부과되어 있었다. 요컨대, 두 눈을 움직일 수 있었다는 것과 고갯짓을 해서 긍정과 부정을 희미하게 표현할 수 있었다는 것 외에는 조각상처럼 살다 죽었다.

애프리는 감옥에서 그들을 찾다가 멀리 다리 위에서 그들을 찾아냈다. 다가와서 나이 많은 주인님을 두 팔로 안고 근처의 집안으로 옮길 수 있게 거들었으며 헌신적으로 행동했다. 수수께끼 같았던 소리가 이제는 사실로 드러났으니, 위대한 인물들처럼 애프리는 사실에 있어서는 언제나 옳았지만 그 사실에서 추론해내는 의견에서는 언제나 틀렸던 것이다.

먼지폭풍이 걷히고 여름밤이 다시 조용해지자 수많은 사람들이 그 집으로 접근하는 길을 모두 다 메웠고, 땅을 파는 사람들은 무리를 이루어서 서로서로 교대하며 잔해를 파냈다. 집이 무너질 때 안에 백 명이 있었다느니, 쉰 명이 있었다느니, 열다섯 명이 있었다느니, 두 명이 있었다느니, 했다. 소문에 따르면 숫자가 최종적으로는 두 명이라고 했고, 외국인과 플린트윈치 씨라고 했다.

땅을 파는 사람들은 너울거리는 가스파이프 불빛에 의지해서 짧은 밤 동안 밤새도록 잔해를 파냈다. 그들은 일찍 뜨는 태양이 떠오를 때 태양과 같은 높이에 있다가, 태양이 하늘 제일 높은 곳으로 솟아올랐을 때 태양 아래로 점점 더 깊이 내려갔고, 태양이 기울었을 때 태양과 비스듬하게 있다가, 태양이 저물었을 때 태양과 다시 같은 높이에 있었다. 기운차게 땅을 파고 삽으로 담아서, 짐수레, 손수레, 바구니를 이용하여 운반하는 일이 낮이고 밤이고 중단 없이 계속되었다. 둘째 날 밤이 되었을 때 더러운 쓰레기더미를 발견했다. 그 외국인의 위에 걸려 있다가 그를 으스러뜨린 커다란 대들보에 의해 머리가 유리처럼 산산조각나기 전까지는 그 외국인의 모습을 하고 있던 더미였다.

그러나 아직 플린트윈치를 발견하지는 못했다. 그래서 기운차게 땅을 파고 삽으로 담고 운반하는 일이 낮이고 밤이고 중단 없이 계속되었다. 낡은 그 집에는 훌륭한 지하실이 있었다는 소문이 돌았고 (실제 있었다), 플린트윈치가 그때 지하실에 있었거나 지하실로 대피할 시간이 있었기 때문에 튼튼한 아치형의 지하실 아래 안전하게 숨었으며, 지하에서 내는 소리같이 힘 없고 숨 막히는 어조로 "나 여기 있소!"라고 외치는 소리가 들렸다는 소문까지 퍼졌다. 심지어

시내의 반대편 끄트머리에서는, 발굴자들이 파이프를 통해 그와 연락을 개시할 수 있었고, 그가 그 경로를 통해 수프와 브랜디를 받아먹었으며, 이보게들, 나는 쇄골 외에는 괜찮아, 라고 감탄할 정도로 꿋꿋하게 말했다고 알려졌다. 잔해가 다 파헤쳐지고 지하실이 햇빛에 드러날 때까지 땅을 파고 삽으로 담고 운반하는 일이 중단 없이 계속되었다. 그러나 살았든 죽었든, 멀쩡하든 멀쩡하지 않든, 플린트윈치는 곡괭이나 삽에 의해 발굴되지 않았다.

그때쯤 해서 집이 무너질 시점에 플린트윈치가 집에 있지 않았다는 사실이 알려지기 시작했다. 그때쯤 해서 그가 유가증권을 바꿀 수 있는 최대한의 많은 돈으로 예고도 없이 갑자기 바꾸느라고, 그리고 회사를 대행할 수 있는 자신의 권한을 그 자신만 이익을 보도록 돌려놓느라고, 다른 곳에서 꽤 바쁘게 지냈다는 사실이 알려지기 시작했다. 애프리는 영리한 그 사람이 24시간 후에 자기 입장을 추가적으로 해명하겠다고 말했던 것을 기억하고는, 그가 챙길 수 있는 것을 모조리 챙겨서 그 안에 떠났다는 사실이 그가 약속했던 해명의 더할 나위 없이 최종적인 요점이라고 혼자 단정했다. 그렇지만 그에게서 벗어난 것을 진심으로 고맙게 생각했기 때문에 침묵을 지켰다. 파묻힌 적이 없는 사람은 발굴될 수도 없다고 결론 내리는 것이 합리적이었기 때문에, 땅을 파던 사람들은 자신들의 일이 끝나자 그를 단념했고, 그를 찾아서 땅속 깊은 곳까지 파내려가지는 않았다.

플린트윈치가 런던의 지층 어딘가에 누워 있다고 끝까지 믿는 많은 사람들은 그것을 나쁘게 받아들였다. 그들의 믿음은 또한 목도리를 한쪽 귀 아래에 매고 영국인인 걸로 아주 잘 알려져 있는 어떤 노인이, 폰 플린테빙에 씨라는 호칭 내지 명칭으로 헤이그 운하의 기묘한 제방 위에서 그리고 암스테르담의 술집에서 네덜란드인들과 어울려 지낸다는 정보를 머지않아 되풀이해서 듣고도 별로 흔들리지 않았다.

32 결말을 향해 가다

아서가 마셜시에서 여전히 심하게 앓아눕고, 럭 씨가 법조계의 하늘에서 사업을 확장할 수 있겠다는 희망을 제공해주는 틈새를 발견하지 못했을 때, 팽스 씨는 자책 때문에 절망적인 고통을 겪고 있었다. 아서가 감금된 채 수척해지는 게 아니라 쌍두마차를 타고 다녀야 한다는 사실과, 팽스 씨 자신이 사무원의 급료로 제한되는 게 아니라 즉시 맘대로 사용할 수 있는 돈을 삼천에서 오천 파운드 사이로 갖고 있어야 한다는 사실을 틀림없이 입증해주는 계산이 없었다면, 이 불행한 산술가는 아마도 병으로 드러누웠을 것이고, 고 머들 씨의 위대성에 바치는 마지막 제물로서 얼굴을 벽에 돌리고 죽음을 맞은 많은 무명소졸 중 한 명이 되었을 것이다. 의문의 여지가 없는 자신의 계산에 의해서만 지지받는 팽스 씨는 불행하고 불안한 나날을 살았다. 요컨대, 계산한 숫자를 모자에 넣어서 언제나 갖고 다녔으며, 가능할 때마다 직접 그 숫자를 검토했을 뿐 아니라 부탁할 수 있는 모든 사람에게 같이 그 숫자를 검토해보고 그것이 얼마나 분명한 경우였는지 의견을 말해달라고 간청했다. 블리딩 하트 야드의 저명한 주민 중에서 팽스 씨가 증명한 결과를 알려주지 않은 주민은 하나도 없었다. 계산이 매력적이었기 때문에 계산을 하는 홍역 같은 것이 그 지역에 발생했고, 그 영향을 받아 야드 전체에 현기증이 났다.

속으로 느끼는 불안감이 커질수록 팽스 씨는 가부장을 점점 더 참을 수 없게 되었다. 최근에는 회의를 할 때 코를 킁킁거리며 가부장에게 좋지 않은 징조인 짜증 섞인 소리를 내기도 했다. 가부장의 융기한 두상을, 살아있는 모델을 찾는 화가나 가발제작자와는 전혀 다른 시선으로 쌀쌀맞게 바라보는 경우 또한 여러 번 있었다.

그러나 그는 가부장이 자기를 가까이 두고 싶어 하는가 아닌가에 따라서 안쪽의 작은 선창으로 증기를 뿜으며 들어갔다가 증기를 뿜으며 나왔다. 그리고 하던 일을 계속 했다. 제철에 팽스 씨가 블리딩 하트 야드에 써레질을 했고, 제철에 캐스비 씨가 블리딩 하트 야드를 수확했다. 요컨대, 팽스 씨가 그 일의 모든 힘들고 단조로운 부분과 모든 오물을 자기 몫으로 챙겼고, 캐스비 씨가 모든 이익과 천상의 모든 증기와 모든 달빛을 **자기** 몫으로 챙겼던 것이다. 자비롭게 미소 짓는 그 사람이 한 주의 결산을 마친 다음에 굵은 엄지손가락을 빙빙 돌리며 토요일 저녁마다 보통 하던 말을 빌리자면, "만사가 모든 당사자에게 만족스럽군 - 모든 당사자에게 - 모든 당사자에게 만족스러워."

팽스 호라는 증기예인선이 들어있는 선창은 지붕을 납으로 만들었는데, 그 지붕을 아주 뜨거운 직사광선에 구우면 그 배를 뜨겁게 가열할 수도 있었다. 어쨌든 간에 타는 듯이 더운 어느 토요일 저녁 느릿느릿 움직이던 암녹색 배가 큰 소리로 부르자 예인선은 대단히 가열된 상태로 선창에서 즉시 빠져나왔다.

"팽스 씨," 가부장이 말했다. "자네는 근자에 태만하군, 태만하다고."

"그게 무슨 말입니까?" 퉁명스럽게 대꾸했다.

가부장은 언제나 차분하고 침착했지만 그날 저녁에는 짜증나게 할 정도로 각별히 평온한 상태였다. 인간의 목록에 속하는 다른 사람들은 모두 다 더웠지만 가부장은 완벽하게 서늘했다. 모든 사람들이 목이 말랐지만 가부장은 뭔가를 마시고 있었다. 가부장의 주위에서는 라임이나 레몬 향기가 났고, 마치 저녁 햇빛을 마시고 있는 것처럼 큰 컵에 들어있는 빛나는 금빛 셰리주를 마시고 있었다. 그것도 안 좋았지만 최악은 아니었다. 최악은 다음과 같았다. 크고 푸른 두 눈과 윤이 나는 머리, 백발의 긴 머리카락을 지니고 있을 뿐 아니라, 암녹색의 두 다리를 앞으로 뻗어서 편한 신발을 발등에서 편하게 교차시킨 모양을 하고 있는 그가, 환한 표정을 지으면서 자기 자신은 인간적 친절이라는 젖만을 원하지만 많은 자비심을 발휘하여 인류를 위해 셰리주를 마시는 체한다는 점이었다.

그래서 팽스 씨가 물었다. "그게 무슨 말입니까?" 그러고 나서 아주 불길한 전조를 비치며 두 손으로 머리카락을 쓸어 올렸다.

"팽스 씨, 내 말은 자네가 사람들에게 좀 더 모질게 대해야 한다는 거야. 사람들에게 좀 더 모질게, 훨씬 모질게 대하라는 거지. 자네는 그들을 쥐어짜지 않아. 쥐어짜지 않는다고. 자네가 받아온 액수가 기대에 못 미쳐. 자네는 그들을 쥐어짜야 하는 거야, 그러지 않으면 우리 관계가 내가 바라는 만큼 만족스러운 상태로 모든 당사자에게 지속될 순 없어. 모든 당사자에게 말이야."

"제가 그들을 쥐어짜지 **않는다고요**?" 팽스 씨가 쏘아붙였다. "제가 그 밖에 다른 무엇을 하라고 만들어졌는데요?"

"팽스 씨, 그 밖에 다른 것을 하라고 만들어진 게 아니야. 본분을 다하라고 만들어졌는데도 본분을 다하지 않는다는 거지. 자네는 쥐어짜내라고 돈을 받는 거니까, 돈을 내놓으라고 쥐어짜게." 가부장은 자기가 조금이라도 예상했거나 의도하지 않았지만 존슨 박사풍의 훌륭한 표현을 했다는 것에 대해 대단히 깜짝 놀랐고 소리 내어 웃었다. 그러고 나서 엄지손가락을 빙빙 돌리고 젊은 시절의 초상화를 향해 고개를 끄덕이며 아주 만족스럽게 되풀이했다. "쥐어짜내라고 돈을 받는 거니까, 돈을 내놓으라고 쥐어짜게."

"아!" 팽스가 물었다. "더 하실 말씀이 있나요?"

"있지, 있고말고. 더 있네. 팽스 씨, 월요일 아침에 우선 첫 번째로 야드를 다시 쥐어짜게."

"아!" 팽스가 말했다. "너무 빠르지 않나요? 오늘 야드를 바싹 쥐어짰는데요."

"허튼소리. 기대치 가까이도 못 갔어, 기대치 가까이도 못 갔다고."

"아!" 가부장이 혼합한 액체의 상당량을 자비롭게 꿀꺽꿀꺽 마시는 모습을 지켜보다가 팽스가 물었다. "더 하실 말씀이 있나요?"

"있지, 있고말고. 더 있네. 팽스 씨, 딸아이가 전혀 맘에 안 들어, 전혀 맘에 안 든다고. 그 아이가, 클레넘 부인의, 지금 처해있는 처지가 - 모든 당사자들을 만족시킬 수 있을 것 같지 않는 클레넘 부인의 안부를 묻기 위해 너무 자주 찾아갈 뿐 아니라, 팽스 씨, 내가 크게 오해하는 게 아니라면 감옥에 있는 클레넘 씨의 안부를 묻기 위해서도 가더군. 감옥에 있는 사람인데 말이야."

"그가 아프거든요, 아시다시피," 팽스가 말했다. "아마도 친절한 마음씨 탓이겠죠."

"체, 체, 팽스 씨. 딸아이는 그곳과 아무 관련도 없어, 아무 관련도 없다고. 그걸 허락할 수 없어. 그에게 채무를 갚고 나오라고 해, 나오라고 하란 말이야. 채무를 갚고 나오라고 하라고."

팽스 씨는 머리카락이 튼튼한 철사처럼 일어서 있었지만 양손을 이용하여 수직방향으로 또다시 자극을 가한 후 그의 주인님에게 아주 흉물스런 미소를 지었다.

"팽스 씨, 딸아이에게 내가 그걸 허락할 수 없다고, 허락할 수 없다고 말해주게." 가부장이 부드럽게 말했다.

"아!" 팽스가 말했다. "직접 말씀하실 순 없는 건가요?"

"없네, 없고말고. 자넨 그 말을 하라고 돈을 받는 거야." 어설프고 나이 든 멍청이가 앞서 사용한 표현을 다시 한 번 써보고 싶은 유혹을 참을 수 없었던 것이다. “그러니 자네는 돈을 갚기 위해 그 말을 해야 하는 거야, 돈을 갚기 위해 그 말을 해야 하는 거라고.”

“아!” 팽스가 물었다. “더 하실 말씀이 있나요?”

“있고말고. 팽스 씨, 내가 보니까 자네도 그쪽으로, 그쪽으로 말이야, 너무 자주, 너무 많이 다니더군. 팽스 씨, 충고하는데 자네의 손해든 다른 사람들의 손해든 아예 잊어버리고 자네 일이나 잘 하게, 자네 일이나 잘 하라고.”

팽스 씨가 “아!”라는 단음절어를 이례적으로 갑자기 그리고 짧고 크게 입 밖에 내면서 그 충고에 대해 감사의 뜻을 표했기 때문에, 가부장은 다루기조차 불편한 푸른 두 눈을 약간 급하게 움직여서 그를 쳐다보았다. 팽스 씨가 그 소리에 상응하는 강도로 코를 한 차례 훌쩍이고는 덧붙였다. “더 하실 말씀이 있나요?”

“지금은 없어, 지금은 없어. 나는,” 가부장은 혼합한 액체를 다 마시고 쾌활하게 일어나면서 말했다. “산책을 조금 하려고 해, 산책을 조금 하려고 한다고. 내가 돌아왔을 때도 자네가 여기에 그냥 있을지 모르겠군. 그렇지 않다면, 본분을, 본분을 다하게. 쥐어짜, 쥐어짜라고, 쥐어짜라니까, 월요일에 말이야. 월요일에 쥐어짜게!”

팽스 씨는 머리카락을 다시 한 번 뻣뻣하게 만든 다음에, 가부장이 챙 넓은 모자를 쓰는 모습을 망설임과 모욕감이 순간적으로 서로 다투는 기색을 보이면서 바라보았다. 또한 처음보다 조금 더 흥분했고 숨결도 조금 더 거칠어졌다. 그러나 그는 더 이상 말하지 않고 캐스비 씨가 나가도록 내버려두었다가 자그마한 녹색 블라인드 너머로 그를 슬쩍 바라보았다. "내 생각대로군." 그가 중얼거렸다. "네놈이 어디로 갈지 알겠어. 좋았어!" 그러고 나서 선창으로 증기를 뿜으며 돌아가서 그곳을 주의 깊게 정돈한 후, 모자를 벗고 둘러보며 "안녕!"이라고 말하고는, 혼자서 숨을 몰아쉬며 떠났다. 그는 블리딩 하트 야드의 플로니쉬 부인이 사는 끄트머리로 곧장 가서, 이전 어느 때보다 더 달아오른 채 계단 꼭대기에 섰다.

팽스 씨는 '행복한 시골집'에 들어와서 아버지와 함께 앉아 있으라는 플로니쉬 부인의 거듭되는 권유 – 토요일 말고 다른 날 밤이었으면 무수히 많이 권유했겠지만, 장사를 돈 말고 다른 모든 것으로 아주 친절하게 후원하는 지인들이 아낌없이 주문하는 토요일 밤이라, 그로서는 한시름 놓게도 그다지 많이 권유하지는 않았다 – 를 거절하고, 언제나 반대편 끄트머리를 통해 야드로 들어오는 가부장이 환하게 웃으며 천천히 다가와서 청원자들에게 둘러싸일 때까지 계단 꼭대기에 서 있었다. 때가 되자 그는 계단을 내려가서 증기압을 최고로 내뿜으며 가부장을 향해 돌진했다.

평상시같이 인자한 기색을 띠고 사람들에게 다가오던 가부장은 팽스 씨를 보고 깜짝 놀랐지만 그가 월요일까지 미루지 않고 바로 쥐어짜야겠다고 자극받은 걸로 생각했다. 야드 주민들은 두 사람의 회동에 깜짝 놀랐다. 가장 나이 든 블리딩 하트의 주민이 기억하는 한에서도 두 세력자가 그곳에서 회동하는 모습을 본 적이 없었기 때문이다. 그러나 그들은 곧 형언할 수 없는 놀라움에 압도되었다.

팽스 씨가 최고로 덕망 있는 사람에게 다가가서 암녹색 조끼 앞에 멈춰 섰고, 오른손 엄지손가락과 집게손가락을 방아쇠 모양으로 만들어 챙 넓은 모자의 챙에 대고는, 특이할 정도로 기민하고 정확하게 방아쇠를 당겨서, 마치 커다란 구슬처럼 윤이 나는 가부장의 머리에서 모자를 떨어뜨렸던 것이다.

팽스 씨는 가부장적인 그 사람에게 그처럼 약간 버릇없게 굴더니, 모두가 들을 수 있게 이렇게 이야기를 해서 블리딩 하트의 주민들을 한층 더 놀라게 했고 모여들게 했다. "자, 달콤한 말을 늘어놓는 이 사기꾼, 네놈과 결판을 낼 작정이다!"

즉각적으로 팽스 씨와 가부장을 중심으로 사람들이 몰려들어 주시하고 귀 기울이고 북새통을 이루었다. 창들이 활짝 열어젖혀졌고 현관 계단에는 사람들이 몰려들었다.

"네놈이 뭘 사칭하는 거야?" 팽스 씨가 물었다. "네놈이 벌이는 도덕적 속임수가 뭐야? 네놈이 좋아하는 게 뭐야? 자비심이라고? **네놈이** 자비롭다고!" 그때 팽스 씨는 그를 때리려는 의도는 전혀 없이 그저 마음의 긴장을 풀고 남아도는 힘을 건강에 좋은 운동에 사용하려는 생각으로 캐스비의 융기한 두상에 주먹을 뻗었고, 융기한 두상은 고개를 숙여서 그 주먹을 피했다. 그 특이한 동작이 팽스 씨의 연설이 한 마디 끝날 때마다 반복되었기 때문에 구경꾼들의 감탄이 계속해서 늘어났다.

"네놈 섬기는 일은 이제 그만두겠어." 팽스가 말했다. "네놈의 정체를 네놈에게 말해주기 위해서 그만두겠어. 네놈은 세상에서 만날 수 있는 모든 작자 중에서도 최악이라고 할 수 있는 사기꾼 중 한 놈이야. 둘 다에게 당한 피해자로서 말하자면, 너 같은 놈에게 당하느니 머들 같은 놈에게 당하는 게 나을 거야. 네놈은 정체를 숨기고 있는 몰이꾼이고 대리인을 시켜서 착취하는 놈이야. 대리인을 통해 비틀어 짜는 놈이고 쥐어짜는 놈이고 고리대금업을 하는 놈이지. 박애의 탈을 쓴 도둑이고 비열한 사기꾼이야!"

(그러면서 앞서의 동작을 되풀이하자 한바탕 폭소가 일었다.)

"이 선량한 사람들에게 둘 중 누가 냉혹한 사람인지 물어보게. 팽스 자네라고 할 거야."

"그럼요!" "옳소!" 하는 함성이 그 말이 사실임을 확인해주었다.

"하지만 들어보세요, 선량한 여러분 – 캐스비! 온순함의 이 무더기, 사랑의 이 덩어리, 암녹색 조끼를 입고 미소를 짓는 이놈, 이 자가 여러분을 모는 몰이꾼입니다!" 팽스가 말했다. "산 채로 여러분의 가죽을 벗겨먹을 사람을 보고 싶다면 – 바로 여기 그런 사람이 있는 겁니다! 한 주에 30실링을 받고 일하는 내게서 그런 사람을 찾지 말고, 한 해에 얼마를 벌어들이는지 나도 모르는 캐스비에게서 그런 사람을 찾으세요!"

"옳소!" 몇몇 사람들이 외쳤다. "팽스 씨의 말을 들어봅시다!"

"팽스 씨의 말을 들어보자고요?" 그 신사가(인기 있는 앞서의 동작을 되풀이한 다음에) 소리쳤다. "그래요, 내 생각도 그래요! 이제 대체로 팽스 씨의 말을 들어볼 시간이 됐으니까요. 오늘 밤에 자기 얘기를 들어달라고 팽스 씨가 일부러 야드에 왔으니까요. 팽스는 기계장치일 뿐이고, 그 조종자가 여기 있으니까요!"

캐스비의 길고 백발이고 비단결 같은 머리채와 챙 넓은 모자만 없었으면, 청중은 남자든 여자든 아이든 상관없이 모두 다 팽스 씨의 말을 믿었을 것이다.

"여기 연주할 곡조를 정하는 음전이 있어요." 팽스가 말했다. "곡조는 단 하나뿐인데 그 제목을 소개하자면, '갈아라, 갈아라, 갈아라!' 입니다. 여기 주인님이 있고 부지런히 일하는 그의 일꾼이 있습니다. 글쎄요, 선량한 여러분, 오늘 밤에 그가 윙윙 소리를 내며 인자하게 천천히 돌아가는 팽이처럼 부드럽게 회전하면서 야드를 돌아다닐 때, 여러분은 부지런히 일하는 일꾼에 대한 불만을 갖고 그의 주위에 몰려들던데 그건 이 주인이 얼마나 큰 사기꾼인지 몰라서 하는 행동입니다! 여러분은 모든 비난을 월요일에 내가 받도록 해놓고, 자신은 오늘 밤에 모습을 보인 것에 대해 어떻게 생각하세요? 내가 여러분을 충분히 쥐어짜지 않는다고, 바로 오늘 저녁에 날 호되게 질책한 것에 대해 어떻게 생각하시느냐고요? 월요일에 당신들을 바싹 쥐어짜라는 특별지시를 내가 지금 받고 있다는 것에 대해서는 또 어떻게 생각하시는데요?"

대답으로 "창피한 일이야!" "수치스런 일이군!"이라고 중얼거리는 소리가 들려왔다.

"수치스런 일이라고요?" 팽스가 코를 킁킁거렸다. "맞아요, 내 생각도 그래요! 캐스비 같은 놈은 최고로 수치스런 놈이거든요. 일꾼들에게는 형편없이 적은 수당을 주면서, 자기들은 하기가 부끄럽거나 두려운 일, 그래서 하지 않는 체하지만 앞으로도 계속 시킬 것이고, 하지 않으면 일꾼에게 휴식도 주지 않을 일을 하라고 시키니까요! 일꾼들에게는 비난만을 주고 자기들에게는 명예만을 달라고 당신들에게 강요하니까요! 글쎄요, 거짓말을 하고 18펜스의 대가를 받는, 이 도시 최악의 사기꾼이라도 여기 있는 '캐스비 님의 머리'라는 풋말에 비하면 그 절반도 안 되는 사기꾼일 겁니다!"

"맞는 말이오!" "그 사람은 더 이상 가부장이 아니야!"라는 외침들이 들렸다.

"그 외에도 이런 녀석들에 대해 여러분이 뭘 알고 있는지 보도록 합시다." 팽스가 말했다. "윙윙 소리를 내며 여러분 곁에서 아주 매끄럽게 회전하기 때문에 그 위에 어떤 무늬가 그려져 있는지, 또는 어떤 작은 구멍이 나 있는지 여러분이 짐작도 못하는 이 값비싼 팽이에 대해 뭘 더 알고 있는지 보자고요! 잠시 내게 주목해주세요. 내가 사근사근한 종류의 사람은 아니지만, 그 점은 잘 알거든요."

그 점에 대해 청중의 의견은 갈렸다. 좀 더 완고한 성원들은 "맞아, 당신은 사근사근한 사람이 아니야"라고 외쳤고, 좀 더 예의바른 성원들은 "아니에요, 당신은 사근사근한 사람이에요"라고 외쳤다.

"나는 일반적으로," 팽스 씨가 말했다. "꾸준히 그리고 열심히 일만 하는 무미건조하고 거북하고 따분한 사람입니다. 그것이 소생이지요. 그가 직접 그려서 여러분에게 제시한, 그와 꼭 빼닮은 그의 전신초상화가 여기 있습니다! 하지만 이런 녀석을 주인님으로 모시고 있는 사람이 어떤 사람이겠습니까? 그 사람에게서 뭘 기대하겠습니까? 삶은 양고기나 케이퍼 소스가 코코아열매에서 자라는 것을 본 적이 있습니까?"

그들의 재빠른 반응을 보아하니 블리딩 하트의 어느 누구도 그런 것을 본 적이 없는 게 분명했다.

"자," 팽스 씨가 말했다. "이런 주인을 모시고 나처럼 열심히 일만 하는 사람에게서는 유쾌한 자질을 찾을 수 없겠지요. 어릴 때부터 열심히 일만 했으니까요. 지금까지 내 삶이 어땠을 거 같아요? 열심히 일하고 갈아, 열심히 일하고 갈라고, 바퀴를 돌려, 바퀴를 돌리라고! 라는 거였습니다. 스스로에게 사근사근했던 적이 없으니까 다른 사람에게도 그랬을 것 같지는 않군요. 10년이라는 시간이 지난 후에 내 값어치가 주당 1실링 덜 나가면 이 사기꾼은 내게 주당 1실링을 덜 줄 것이고, 나만한 값어치가 나가는 사람을 6펜스 싼값으로 고용할 수 있으면 나 대신에 6펜스 싼값으로 그 사람을 고용할 겁니다. 흥정과 판매지요, 제기랄! 확고한 원칙이에요! '캐스비 님의 머리'는 굉장히 훌륭한 풋말입니다." 팽스 씨가 그 머리를 감탄 말고 다른 감정으로 훑어보면서 말했다. "그러나 그 회사의 진짜이름은 '사기꾼의 팔'이고, 그 회사의 표어는 '열심히 일하는 녀석을 쉬지 말고 늘 일하게 하라,'입니다. 이 자리에," 팽스 씨가 말을 멈추고 주위를 둘러보며 물었다. "영문법을 아는 신사분이 있나요?"

블리딩 하트 야드는 그런 지식이 있다고 주장하기를 꺼렸다.

"그건 중요하지 않아요." 팽스 씨가 말했다. "주인님이 내게 부과한 과제가 '쉬지 말고 늘 일해라'라는 동사의 명령법 현재시제 활용을 절대 그만두지 말라는 것이었다는 사실을 지적하고 싶었을 뿐이니까요. 자네 쉬지 말고 늘 일하게. 그가 쉬지 말고 늘 일하게 해. 우리 또는 이쪽은 쉬지 않고 늘 일하네. 그대들 또는 그쪽 또는 자네들도 쉬지 말고 늘 일하게. 그들이 쉬지 말고 늘 일하게 해. 이것이 캐스비라는 이름을 가진 여러분의 자비로운 가부장이고, 그의 황금률입니다. 그를 보는 것은 굉장히 유익한 일이지만 나를 보는 것은 전혀 그렇지 않지요. 그는 꿀처럼 달콤하지만 나는 도랑에 괸 물같이 칙칙하니까요. 그가 역청을 제공하고 내가 그것을 만지면 역청은 내게 달라붙는 거죠. 자," 팽스 씨가 이전의 주인을 야드의 주민들에게 좀 더 잘 보이게 하기 위해 그에게서 약간 뒤로 물러났다가 다시 다가가면서 말했다. "사람들 앞에서 이야기하는 데 익숙하지 않기 때문에, 그리고 모든 상황을 감안하면 다소 장황한 연설을 했기 때문에, 네놈에게 그만 끝내자고 부탁하는 것으로 내 말을 맺어야겠어."

마지막 가부장은 심하게 비난받았을 뿐 아니라 무슨 말인지 이해할 충분한 여유와 그 말을 돌려줄 추가적인 여유가 필요했기 때문에 한 마디도 대꾸할 수 없었다. 그가 미묘한 입장에서 빠져나갈 모종의 가부장적인 방법을 숙고하고 있는 듯 보였을 때, 팽스 씨가 오른손을 방아쇠 모양으로 만들어서 그의 모자에 다시 한 번 갑자기 댔고, 전처럼 기민하게 방아쇠를 당겨서 모자를 다시 한 번 떨어뜨렸다. 전에는 블리딩 하트 야드 주민 한두 명이 모자를 아첨 조로 집어서 그 주인에게 돌려주었지만, 지금은 팽스 씨의 말이 청중을 감동시켰기 때문에 가부장은 모자를 직접 집기 위해 몸을 돌려 상체를 숙여야 했다.

얼마 전부터 오른손을 상의주머니에 넣고 있던 팽스 씨가 커다란 가위 한 자루를 번개처럼 빠르게 뽑아 들고 가부장을 뒤에서 급습했다. 그리고 그의 어깨 위로 드리워져 있던 성스러운 머리채를 싹둑 잘라냈다. 폭발적으로 갑자기 증오에 휩싸인 팽스 씨가 그다음에는 큰 충격을 받은 가부장의 손에서 챙이 넓은 모자를 빼앗아들었고, 그것을 스튜냄비에 불과한 모양으로 잘라서 가부장의 머리에 씌워주었다.

막가는 그 행동의 끔찍한 결과를 보고 팽스 씨 자신이 깜짝 놀라서 주춤했다. 머리를 아주 짧게 깎고 눈을 희번덕거리고 머리통이 크고 둔중한 인물이 조금도 인상적이거나 존경할 만하지 않게 팽스 씨를 노려보았는데, 캐스비가 어떻게 되었는지 묻기 위해 땅속에서 갑자기 나타난 것 같았기 때문이다. 팽스 씨는 그 유령에 대한 외경심에 사로잡힌 채 말없이 거꾸로 노려보다가, 커다란 가위를 내던지고 자신이 저지른 범죄의 결과로부터 숨어 있을 수 있는 은신처로 도망갔다. 그가 도망갈 때 대기에 잔물결을 일으켰다가 다시 울려퍼지는 블리딩 하트 야드의 웃음소리만이 그를 쫓아왔지만 그는 가능한 한 날래게 도망가는 것이 현명하다고 생각했다.

33 결말을 향해 계속 가다!

열병에 걸린 감방의 변화는 더디게 진행되었지만 열병에 걸린 세상의 변화는 빠르고 돌이킬 수 없었다.

두 종류의 변화를 모두 섬기는 것이 작은 도릿의 운명이었다. 그녀가 클레넘을 위해 생각하고 일하고 간호할 뿐 아니라 그를 떠나서도 최대의 사랑과 돌봄을 여전히 그에게 쏟는 동안 마셜시의 담장은 하루 중 일정 시간 동안 그녀를 감옥의 아이로서 자신의 그늘 안에 다시 받아들였다. 출입문 바깥의 삶 또한 그녀에게 절박하게 요구하는 부분이 있어서 그녀는 지칠 줄 모르고 인내하며 그 요구에도 응답했다. 이즈음에 패니는 거만하고 변덕스럽고 엉뚱했을 뿐 아니라 시아버지에게 거북 등딱지로 만든 주머니칼을 빌려주었던 날 저녁에 그녀를 대단히 안달하게 했던 문제－상류사회에 출입하는 문제－에서 추가적으로 자격이 유예된 상태였다. 자신이 위로받아야 한다고 늘 작정하고 있으면서도 위로 받지 않겠다고 작정하고 있었고, 심하게 부당한 취급을 받는다고 결론 내리고 있으면서도 누구도 대담하게 자신이 그런 취급을 받는다고 생각해서는 안 된다는 결론 또한 내리고 있었다. 이즈음에 그녀의 오빠는 약하고 잘난 체하며 술에 취해 비틀거리는 나이 젊은 늙은이로서 전신을 떨고 있었다. 그 자신이 자랑했던 돈의 일부가 목구멍으로 넘어갔지만 꺼낼 수 없는 것처럼 불분명하게 이야기를 했고, 인생의 어떤 막幕에서는 혼자서 걸을 수가 없다고 했으며, 누이가 자기를 이끌게 내버려두는 것은 자기 나름으로 사랑하는 누이에게 선심을 쓰기 위한 행동인 체했다. (언제나 그렇게 부정적인 장점이 있었으니, 텁은 불운했고 잘못 시작했던 것이다!) 이즈음에 머들 부인은 망사로 만든 상복을 입고－원래 상복에 맞춰서 썼던 모자는 아마도 발작적인 슬픔 속에서 갈기갈기 찢었을 것이고 파리의 시장에서 사온 아주 어울리는 모자로 대체한 것이 틀림없었다－패니와 정면으로 다퉜으며, 낮에는 황량한 가슴으로 매시간 그녀와 맞섰다. 이즈음에 불쌍한 스파클러 씨는 어떻게 둘 사이에 평화를 가져오게 할지는 몰랐지만, 둘 다 매우 훌륭한 여성이고, 둘 다 허튼 생각은 전혀 하지 않는다고 합의 보는 게 제일 낫겠다는 의견을 겸손하게 내비쳤다－조심스럽게 그런 권고를 하자 둘이 힘을 합쳐 무섭게 그에게 덤벼들었다. 또한 이즈음에 외국에서 귀국한 제너럴 부인은 프룬과 프리즘을 우편으로 하루걸러 보냈으며, 이러저러한 비어있는 자리에 천거하는 형태로 새로운 추천서를 요구해왔다. 이 뛰어난 귀부인에 대해서는, 그녀만큼 지상의 아무 빈자리에나 탁월하게 적합한 부인은 분명히 없다는 사실을 수많은 사람들이(열광적인 추천서들이 증명하는 대로) 완벽하게 확신한다고 최종적으로 말할 수 있었을지도 모른다. 사실, 이 부인에게는 열렬하고 저명한 숭배자들이 많이 있었지만 마침 그들은 대단히 불운하게도 어떤 역할로도 그녀가 필요치 않았던 것이다.

저명한 머들 씨의 사망소식을 처음 접했을 때 많은 유력인사들은 머들 부인과의 관계를 끊어야할지, 그녀를 위로해야할지 결정할 수 없었다. 그러나 그녀가 지독한 속임수에 걸려들었다고 인정해주는 것이 자신들이 처한 상황의 설득력을 높이는 데 필수적일 것 같았기 때문에, 그들은 관대하게도 인정해주었고 그녀와 계속 아는 사이로 지냈다. 그래서 머들 부인은 비천한 야만인의(머들 씨는 작은 욕조에서 발견되는 순간 머리끝에서 발끝까지 비천한 야만인이었다는 사실이 드러났으므로) 간계에 희생되었고, 훌륭한 교양을 갖춘 상류사회의 여성으로서 그녀가 속한 계급에 의해 그 계급을 위해 적극적으로 옹호되어야 했다. 그녀는 고인이 된 흉악한 사람에 대해 자신이 다른 누구보다도 한층 더 격노하고 있다는 사실을 남들이 깨닫게 해서 그러한 신의에 대해 신의로써 답했다. 그래서 전체적으로 보자면 그녀는 용광로에서 현명한 여자처럼 대단히 잘 빠져나왔다.

스파클러 씨의 각하라는 지위는 어떤 신사를 바너클 기중기로 좀 더 수익성이 좋은 고지에까지 들어 올릴 까닭이 없다면 다행히도 평생 동안 치워 놓았다고 간주될 수 있는 선반 중 하나였다. 애국적인 그 관리는 그래서 자신의 깃발(네 개의 4등분이라는 깃발)을 고수했고, 넬슨 제독[9]과 똑같이 그것을 돛대에 고정시켜 두었다. 스파클러 부인과 머들 부인은 그의 용맹함에 기대서, 이틀 전에 먹은 수프와 마차를 끄는 말의 냄새가 죽음이 사람에게 변함없는 만큼이

[9] Lord Nelson (1758~1805): 나폴레옹전쟁 때 영국 해군의 영웅이었음.

나 변함없이 감도는 품위 있고 불편한 작은 신전의 서로 다른 층에 각각 거주했고, 상류사회의 경기장에서 철천지원수로 끝까지 싸우려고 진용을 정렬했다. 작은 도릿은 이런 모든 일들을 지켜보면서, 머지않아 그 품위 있는 집에서 태어날 패니의 아이들이 어느 구석진 귀퉁이에 쑤셔 넣어지게 될 것인지, 그리고 아직 태어나지 않은 그 어린 희생자들을 누가 돌볼 것인지 불안해 하면서 걱정할 수밖에 없었다.

아서가 너무 아파서 그의 감정을 자극하거나 걱정할 문제에 대해 그와 이야기를 나눌 수 없었기 때문에, 그리고 그의 회복이 그의 심신쇠약을 진정시킬 수 있는 휴식에 크게 달려 있는 것이었기 때문에, 이 힘겨운 시기에 작은 도릿이 유일하게 의지할 수 있는 사람은 미글스 씨뿐이었다. 미글스 씨는 아직 외국에 있었지만, 작은 도릿은 마셜시에 갇혀 있는 아서를 처음 본 직후 그리고 그 후에도 그의 딸을 통해 자신이 아주 걱정하는 문제들에 대해, 특별히 한 가지 문제에 대해 그에게 걱정을 털어놓는 편지를 써서 보내곤 했다. 미글스 씨가 마셜시에 나타나서 아서를 위로하는 대신에 외국에 계속 머무는 것은 그 한 가지 이유 때문이었다.

작은 도릿은 리고가 갖고 있던 문서의 정확한 성격을 밝히지 않고 이야기의 대략적인 개요를 미글스 씨에게 털어놓았고, 리고의 운명 역시 그에게 알려주었다. 미글스 씨는 저울과 국자를 조심스레 사용하던 옛날 습관 덕에 서류 원본을 되찾는 일이 중요하다는 것을 즉시 알아차렸다. 그렇기 때문에 작은 도릿에게 답장을 써서, 그건에 대해 그녀가 표현했던 걱정에 강하게 동의하면서, "그 서류를 찾기 위해 어느 정도의 노력을 해보지 않고는" 영국으로 돌아가지 않겠다고 덧붙였다.

그때쯤 헨리 가원 씨는 미글스 부부와 연락하지 않는 것이 좋을 거라는 결론에 도달했지만 사려 깊게도 그렇게 하도록 자기 부인에게 명령하지는 않았다. 그러나 미글스 씨에게 자기 생각에는 장인어른과 잘 지내는 것 같지 않다고, 그래서 세상에서 제일 좋은 친구라도 떨어져 지내는 게 최선이라는 합의에 – 품위 있게, 그리고 소동 같은 게 전혀 없이 – 도달한다면 좋을 거 같다고 얘기했다. 불쌍한 미글스 씨는 딸이 있는 데에서 자신이 끊임없이 무시당하면 딸이 행복하게 사는 데 도움이 안 된다는 사실을 이미 알고 있었다. 그래서 "좋네, 헨리! 자네가 펫의 남편이지. 자네가 날 대신하는 게 당연해. 자네가 그러고 싶다면, 좋네!"라고 대답했다. 그러한 합의는 헨리 가원이 예상하지 못했던 뜻밖의 이점을 포함하는 것이어서, 미글스 부부는 딸과 어린 손주하고만 연락하면 되었기 때문에 전에 비해 딸과 좀 더 자유롭게 지낼 수 있었다. 그리고 고상한 정신을 가진 가원은 출처를 알아야 하는 모멸을 겪을 필요 없이 돈을 더 잘 공급받을 수 있었다.

이러한 때에 미글스 씨가 그 일에 아주 열정적으로 매달리는 것은 당연했다. 그는 딸을 통해 리고가 자주 갔었던 마을들과 얼마 전에 묵었던 호텔들에 대한 정보를 얻었다. 그가 스스로에게 부과했던 일은 그 곳들을 아주 신중하게 그리고 아주 빨리 찾아가는 것이었고, 리고가 어디서든 방값을 내지 않고 떠났거나 상자 또는 꾸러미를 남겨두고 떠난 경우 그 방값을 지불하고 그 상자나 꾸러미를 가지고 돌아오는 것이었다.

미글스 씨는 애 엄마만을 데리고 그 순례의 길을 떠났고 수많은 사건들을 겪었다. 그가 겪은 어려움 중 적지 않은 부분이 사람들이 자신에게 하는 말을 이해하지 못한다는 사실과 자신이 하는 말을 이해하지 못하는 사람들 틈에서 조사를 한다는 사실에서 비롯하는 것이었다. 그러나 그는 영어가 아무튼 전 세계의 모국어인데 사람들이 너무 무식해서 영어를 모를 따름이라는 생각이 확고했다. 여관주인에게 아주 입심 좋게 열변을 토하고 최고로 복잡한 종류의 설명을 큰 소리로 늘어놓았으며, 응답자가 모국어로 답하는 것을 "모두 허튼소리"라며 완전히 퇴짜 놓았다. 가끔 통역사를 부를 때도 있었지만, 미글스 씨는 그에게 즉시 침묵하고 입 다물라고 관용적인 표현으로 말했다 – 그것이 상황을 더 악화시켰다. 그러나 계산하는 저울에 달아보면, 그가 손해를 많이 본 것은 아닐 수도 있었다. 비록 리고의 물품을 찾아내지는 못했지만, 수많은 채무 그리고 그가 유일하게 알아들을 수 있는 단어인 그 고유명사와 불명예스럽게 연결된 수많은 사항들과 맞닥뜨려서 거의 어디를 가나 모욕적인 비난에 압도되었기 때문이다. 미글스 씨는 네 차례나 경찰에 불려가서 '근면의 기사'이고 아무짝에도 쓸모없는 사람이며 도둑이라는 비난을 들었다. 그는 모욕적인 그 말을 모두 다 아주 선한 기분으로 견뎌냈고(그 말이 무슨 의미인지 몰랐던 것이다), 증기선과 대중마차에 아주 수치스럽게 태워져서 다른 곳으로 보내질 때에도 쾌활하고 거침없이 말을 하는 영국인답게 애 엄마를 끼고 내내 이야기를 나눴다.

그러나 모국어를 사용할 때의 그리고 머릿속으로 생각할 때의 미글스 씨는 명석하고 빈틈없고 굴하지 않는 사람이었다. 순례여행 중에 자기 말대로 파리 쪽으로 "방향을 바꾸지만" 그때까지 전적으로 실패했을 때에도 그는 낙담하지 않았다. "그를 쫓아 영국에 가까이 갈수록, 애 엄마," 미글스 씨가 주장했다. "서류를 찾든 못 찾든 서류에 가까이 갈 가능성이 그만큼 커지는 거예요. 그가 서류를 영국에 있는 사람들로부터 안전할 수 있는 어딘가에, 그렇지만 자신은 접근하기 쉬운 곳에 두었을 거라고 결론내리는 것이 유일하게 합리적이니까요."

파리에 도착한 미글스 씨는 작은 도릿이 보낸 편지가 와 있다는 사실을 알게 되었다. 편지에는 사라진 사람에 대해 클레넘 씨와 일이 분 이야기를 나눌 수 있었는데, 당신을 만나러 오던 친구 미글스 씨가 사라진 그 사람에 대해 가능하다면 뭔가를 확인하고 싶어 한다고 하자, 그 사람이 그때 칼레의 어떤 거리에 살고 있던 웨이드 양을 알고 있었다는 얘기를 전해달라고 했다는 내용이 적혀 있었다. "오호!" 미글스 씨가 중얼거렸다.

그 후에 합승마차를 타던 시절치고는 최대한 빨리 미글스 씨가 갈라진 출입문에 서서 갈라진 소리를 내는 종을 울렸다. 출입문이 삐걱 소리를 내며 열렸고, 여자농군이 어두운 문간에 서서 물었다. "이봐요! 보세요! 누굴 찾아왔죠?" 미글스 씨는 그렇게 부르는 소리에 대한 답례로, 그 여자를 포함하여 자신들이 뭘 하려고 하는지에 대해 정말로 뭔가 아는 바가 있는 칼레 사람들은 양식이 있는 거라고 혼자 중얼거리면서 대답했다. "웨이드 양을 찾아왔소." 그다음에 웨이드 양이 있는 곳으로 안내 받았다.

"만난 지 좀 되었군요." 미글스 씨가 헛기침을 하며 말했다. "웨이드 양, 그동안 잘 지냈습니까?"

웨이드 양은 그든 다른 누구든 잘 지냈기를 바란다는 인사도 없이, 무슨 일로 다시 찾아오셨죠? 라고 물었다. 그러는 동안 미글스 씨는 방안을 전부 둘러보았지만 상자 형태를 한 물건은 찾을 수 없었다.

"글쎄요, 사실은, 웨이드 양," 미글스 씨가 구슬리는 목소리라고 할 수는 없었지만 편안하고 오지랖 넓은 목소리로 말했다. "목하 캄캄한 상태에 있는 사소한 어떤 일에 당신이 빛을 던져줄 수도 있어서요. 우리 사이에 있었던 불쾌한 옛일은 지난 일이라고 생각하길 바랍니다. 이제 와서 어쩔 수도 없잖아요. 내 딸을 기억하죠? 시간이 흘러 정말 많이 변했어요! 벌써 엄마가!"

순진한 미글스 씨가 이보다 더 나쁜 주음을 누를 수는 없었을 것이다. 재미있는 표현을 생각하기 위해 잠시 말을 멈추었지만 쓸데없는 일이었다.

"당신이 말하고자 하는 주제가 그것은 아니잖아요?" 그녀가 말없이 차갑게 있다가 입을 열었다.

"그럼요, 그럼." 미글스 씨가 대답했다. "그건 아니에요. 내 생각엔 당신이 친절하니까-"

"내 친절을 기대할 수 없을 거라는 사실은 알 거 같은데요." 그녀가 미소를 띠고 말을 가로막았다.

"그런 말 말아요." 미글스 씨가 말했다. "당신은 스스로를 부당하게 평가하고 있어요. 그러나 요점으로 돌아가서," 넌지시 돌려 말하는 식으로 그 문제에 접근해서는 아무것도 얻을 수 없다는 사실을 깨달았기 때문이다. "친구 클레넘에게서 듣자하니, 당신이 들으면 유감이겠지만 그는 얼마 전부터 아주 아팠고 지금도 아주 아픈데-"

그가 또다시 말을 멈추었지만 그녀는 또다시 침묵을 지켰다.

"-최근 런던에서 끔찍한 사건으로 사망한 블랑두아라는 사람을 당신이 약간 알고 있다면서요. 아, 오해하지 마요! 내 말은 약간 알았다는 거니까." 미글스 씨는 웨이드 양이 분노를 터뜨려 말을 가로막을 것 같은 낌새를 눈치 채자 교묘하게 선수 쳐서 말했다. "그 점은 충분히 알고 있습니다. 약간 아는 정도였다는 것을요. 그러나 문제는," 미글스 씨의 목소리가 다시 편안해졌다. "그가 지난번 영국으로 가는 길에 서류상자 또는 서류꾸러미 또는 이러저러한 용기에 든 이러저러한 문서를-아무 문서든-당신에게 맡겼나요? 자신이 필요로 할 때까지 여기에 잠시 동안 두게 해달라고 간청하면서 말이에요."

"문제라고요?" 그녀가 되풀이했다. "누구의 문제라는 거죠?"

"내 문제지요." 미글스 씨가 말했다. "내 문제일 뿐 아니라 클레넘의 문제이고 다른 사람들의 문제이기도 해요. 자," 펫에 대한 사랑으로 가득 차 있는 미글스 씨가 말을 계속했다. "당신이 내 딸에 대해 고약한 감정이 있을 리 없다고 확신합니다. 그런 건 불가능하지요. 그래요! 그 애의 각별한 친구가 주의 깊게 관심을 갖는 문제이니까 그 애의 문제이기도 한 거죠. 그래서 솔직하게 그것이 **문제라는** 애기를 하고, 물어보기 위해 여기 온 겁니다. 자, 그가 맡기고 갔나요?"

"확실히," 그녀가 대꾸했다. "내가 한때 고용했다가 돈을 지불하고 해고했던 남자에 대해 조금이라도 알고 있는 사람들에게는 질문할 표적이 나인가보군요!"

"아, 그러지 마요," 미글스 씨가 이의를 제기했다. "그러지 말라고요! 세상에서 제일 간단한 질문이고 누구에게나 물을 수 있는 거니까 기분 상해하지 말아요. 내가 말한 문서는 그의 것이 아니라 그가 불법적으로 습득해서 갖고 있었던 거예요. 그리고 그 문서는 순진한 사람이 보관하고 있다가는 장차 언젠가 골치 아픈 것이 될 수도 있어요, 또한 지금은 문서의 진짜 주인이 찾고 있단 말입니다. 블랑두아는 칼레를 거쳐서 런던에 갔는데, 그때 그것들을 가지고 가서는 안 될 이유가 있었던 거예요. 그것들을 손쉽게 자기 수중에 넣을 수 있기를 바랐던 이유가, 그리고 그것들을 자기와 같은 부류의 사람들에게 믿고 맡길 수 없었던 이유가 있었다니까요. 그것들을 여기에 맡겼나요? 분명히 말하지만, 당신 기분을 상하지 않게 질문할 수 있는 방법을 안다면 그렇게 하기 위해 어떤 노력이든 다하겠습니다. 질문을 개인적으로 했지만 질문 자체에 개인적인 뜻은 없습니다. 누구에게나 이런 질문을 할 수 있는 것이고, 벌써 많은 사람들에게 했으니까요. 서류를 여기에 맡겼나요? 여기에 뭐든 맡겼나요?"

"아니오."

"그렇다면, 웨이드 양, 불행하게도 당신은 그것에 대해 아는 바가 전혀 없나요?"

"전혀 없어요. 당신의 이해할 수 없는 질문에 대해 대답하자면, 그는 그것을 여기에 맡기지 않았고 나는 그것에 대해 아는 바가 전혀 없어요."

"저런!" 미글스 씨가 일어나면서 말했다. "그렇다니 유감이군요. 질문은 다 끝났습니다. 큰 해를 끼친 게 아니면 좋겠군요. 태티코럼은 건강한가요, 웨이드 양?"

"해리엇이 건강하냐고요? 아, 예!"

"또 실수를 했군요." 잘못을 그렇게 지적당한 미글스 씨가 말했다. "그 점에 대해선 실수를 안 할 수가 없는 것 같아요. 그 문제에 대해 신중히 생각했다면 그 아이에게 짤랑거리는 이름을 붙이진 않았을 테니까요. 그러나 사람이 젊은 사람들과 친절하고 재미나게 지내려고 할 때 신중하게 생각하며 하진 않잖아요. 웨이드 양, 전해줘도 무방하다고 생각한다면 그 애의 늙은 친구가 상냥한 인사말을 남기더라고 전해주세요."

그녀는 그 부탁에 대해 아무 말도 하지 않았다. 미글스 씨는 그의 정직한 얼굴이 햇빛처럼 빛나던 우중충한 방에서 나와 미글스 부인을 남겨두고 왔던 호텔로 갔고, 거기에서 이렇게 보고했다. "졌어, 애 엄마. 아무 결과도 못 얻었어!" 야간에 운행하는 런던행 정기증기선을 탔고 마셜시로 갔다.

미글스 부부가 해질녘에 쪽문에 나타난 것은 존이 성실하게 근무하던 때였다. 도릿 양은 지금 여기 없어요, 그가 말했다. 그러나 아침에 다녀갔고 저녁에는 반드시 돌아올 겁니다. 클레넘 씨는 서서히 회복 중인데, 매기와 플로니쉬 부인과 밥티스트 씨가 교대로 돌봅니다. 도릿 양은 오늘 저녁 종이 울리기 전에 반드시 돌아올 거예요. 교도소장님이 그녀에게 빌려준 방이 위층에 있는데 원하신다면 그 방에서 기다리셔도 됩니다. 미글스 씨는 준비 없이 아서를 만나면 그에게 위험할 수도 있겠다는 생각이 들어서 그 제안을 수락했다. 방으로 들어간 그들은 방문을 닫고 창살이 쳐져 있는 창을 통해 감옥을 내려다보았다.

감옥의 답답한 안뜰이 미글스 부인에게 상당한 영향을 미쳐서 그녀는 흐느끼기 시작했고, 미글스 씨에게도 상당한 영향을 미쳐서 그는 헐떡이기 시작했다. 방안을 왔다갔다하고, 헐떡이고, 손수건으로 열심히 부채질을 하느라 한층 더 헐떡이다가, 문이 열리는 바람에 그쪽을 돌아보았다.

"응? 세상에!" 미글스 씨가 말했다. "도릿 양이 아니네! 이런, 애엄마, 봐요! 태티코럼이야!"

다름 아닌 태티코럼이었다. 그리고 그녀는 두 팔로 2평방피트 정도 되는 철제상자를 들고 있었다. 애프리 플린트윈치가 첫 번째 꿈을 꿨을 때, 제러마이어와 꼭 닮은 사람이 겨드랑이에 끼고 한밤중에 낡은 집에서 갖고나가는 것을 봤던 바로 그 상자였다. 태티코럼은 그 상자를 옛날 주인의 발밑에 내려놓았다. 그러고는 그 옆에 무릎을 꿇고 두 손으로 상자를 두드리며 환희와 절망, 웃음과 눈물을 반반씩 섞어서 이렇게 흐느꼈다. "용서하세요, 주인님. 절 받아주세요, 마님. 여기 상자가 있어요!"

"태티!" 미글스 씨가 외쳤다.

"주인님이 찾던 거예요!" 태티코럼이 말했다. "여기 있어요! 저는 주인님을 만나지 못하게 옆방에 갇혀 있었어요. 그녀에게 상자에 대해 묻는 소리와 그녀가 상자를 갖고 있지 않다고 하는 소리를 들었고요. 그가 상자를 맡겼을 때 제가 거기 있었어요. 자러 갈 시간에 상자를 갖고 나왔고요. 여기 있어요!"

"이런, 얘야," 미글스 씨가 전보다 좀 더 숨을 가쁘게 쉬며 큰 소리로 물었다. "뭘 타고 왔니?"

"주인님과 같은 배를 타고 왔어요. 외투로 감싸고 반대편 끄트머리에 앉아 있었고요. 주인님이 부두에서 마차에 탔을 때 저도 다른 마차를 타고 여기까지 쫓아왔어요. 주인님이 상자를 찾고 있다고 말한 이상 그녀는 상자를 절대 내놓지 않았을 거예요. 차라리 바다에 빠뜨리거나 불에 태웠겠죠. 그렇지만 여기 갖고 왔어요!"

"여기 갖고 왔어요!"라고 하면서 여자아이는 홍조를 띠고 기쁨에 싸여서 어찌할 바를 몰랐다.

"그녀는 상자를 맡으려고 하지 않았다는 말씀은 드려야겠어요.

하지만 그가 그것을 두고 갔어요. 그리고 제가 확실히 아는 사실은, 주인님이 한 말이 있고 자신이 부정한 말이 있으니까 그녀는 그것을 절대 내놓지 않았을 거라는 점이에요. 그렇지만 여기 갖고 왔어요! 주인님, 마님, 절 다시 받아주세요, 그리고 소중한 예전 이름으로 절 다시 불러주세요! 이 상자를 보고 저를 용서해 주세요. 여기 갖고 왔어요!"

미글스 부부는 고집불통의 그 업둥이를 다시 품어주어서 자신들의 이름을 더욱 빛냈다.

"아! 저는 아주 비참했어요." 태티코럼은 미글스 부부가 자신을 품어주기 전보다 품어준 후에 한층 더 흐느끼고 울부짖었다. "언제나 아주 불행했고 아주 후회했어요! 처음 보았을 때부터 그녀가 두려웠어요. 제 안에 있는 못된 것을 이해하고 있기 때문에 저를 마음대로 지배한다는 것을 아주 잘 알았으니까요. 제 안에 있는 못된 것은 제가 가진 광기인데 그녀는 원할 때마다 그것을 불러일으킬 수 있었거든요. 그런 상태에 빠지면 저는 출생 때문에 사람들이 모두 다 제게 적대적이라고 생각하곤 했어요. 사람들이 저를 친절하게 대해 주면 대해 줄수록 사람들을 점점 더 비난했고요. 절 이겨서 좋아한다고, 그리고 자신들을 부러워하게 만들고 싶어 한다고 주장했지만, 그들이 그런 생각을 한 적이 없다는 사실을 이젠 알아요 - 사실 그때도 알려고 하면 알 수 있었죠. 그리고 제 아름다운 젊은 아가씨는 그녀가 의당 행복해야 하는 만큼 행복하지는 못했어요, 제가 그녀를 버리고 도망가 버렸으니까요! 절 짐승 같고 비열한 인간이라고 생각할 게 틀림없어요! 하지만 두 분이 저를 위해 아가씨에게 한 마디 해주실 거죠? 두 분이 저를 용서하신 만큼 저를 용서하라고요. 제가 예전만큼 그렇게 못돼 먹지는 않았으니까요." 태티코럼이 간청했다. "충분히 못돼 먹었지만 예전만큼 그렇게 못되지는 않았어요, 정말로요. 그동안 웨이드 양의 모습을 지켜보면서 제가 나이 들었을 때의 모습을 봤거든요 – 모든 것을 잘못된 길로 접어들게 하고 모든 선한 것을 악한 것으로 일그러뜨리더라고요. 지금껏 그녀를 지켜보았는데, 저를 자기만큼이나 비참하고 의심하고 아픈 존재로 붙잡아두는 것 말고는 어디서도 즐거움을 찾지 못하더라고요. 그렇게 하기 위해 그녀가 한 일이 많았다는 건 아니에요." 태티코럼이 마지막으로 엄청나게 괴로워하면서 흐느꼈다. "제 자신이 더할 수 없이 못돼 먹었으니까요. 단지 드리고자 하는 말은, 지금까지 겪은 바가 있으니까 다시는 그렇게 못돼 먹지 않겠다는 거고, 아주 조금씩이라도 차차 나아지게 할 거라는 거예요. 아주 열심히 노력할게요. 스물다섯에서 멈추지 않을 거예요, 주인님. 이천오백까지, 아니 이만오천까지 셀게요!"

문이 다시 열리자 태티코럼은 조용해졌고 작은 도릿이 들어왔다. 미글스 씨가 자부심과 기쁨을 느끼며 상자를 보여주자, 작은 도릿의 부드러운 얼굴이 행복과 기쁨으로 감사해하며 환해졌다. 비밀은 이제 안전한 것이다! 자기와 관련된 비밀을 아서가 모르도록 할 수 있고, 자기의 손해에 대해 아서가 알아서도 안 되는 것이었다. 장차 그에게 중요한 일은 전부 다 알아야겠지만 자기에게만 관련된 일은 그가 알 필요 없는 것이었다. 그것은 완전히 지나간 일이고 완전히 용서한 일이며 완전히 잊어버린 일이었다.

"자, 도릿 양," 미글스 씨가 말했다. "나는 실무적인 사람이오 - 또는 최소한 실무적인 사람이었소 - 그래서 그런 자격으로 즉시 조치를 취하려고 하는데, 아서를 오늘 밤에 만나도 괜찮겠소?"

"오늘 밤은 좋지 않을 거 같아요. 제가 가서 어떤 상태인지 확인해볼게요. 하지만 오늘 밤은 보지 않는 편이 나을 것 같아요."

"전적으로 자네 의견대로 하지." 미글스 씨가 말했다. "그렇다면 이 음침한 방을 나가서 그에게 좀 더 가까이 가지는 못하겠군. 그러니까 앞으로 얼마 동안은 그를 못 볼지도 모르겠어. 자네가 돌아오면 어떻게 할 작정인지 말해주지."

작은 도릿이 방을 나갔다. 미글스 씨는 창문의 창살을 통해 그녀가 아래층 간수실을 거쳐 감옥마당으로 들어서는 것을 지켜보다가 부드럽게 말했다. "태티코럼아, 잠시 이리 오겠니, 착한 아이야."

그녀가 창가로 다가갔다.

"방금 여기 있었던 저 젊은 여자가 보이니? - 저기 지나가는 작고 조용하고 연약한 인물 말이야, 태티. 자세히 봐. 그녀가 지나갈 수 있게 사람들이 비켜서는구나. 남자들이 - 저 불쌍하고 초라한 사람들을 봐 - 그녀를 향해 아주 공손하게 모자를 벗는구나. 그녀가 이제 저쪽 출입구로 조용히 들어가는구나. 그녀가 보이니, 태티코럼?"

"예."

"태티, 그녀는 한때 이곳의 아이라고 자주 불렸다고 하더구나. 여기서 태어났고 여기서 오랫동안 살았다고 했어. 나는 여기서 숨도 쉴 수 없는데 말이야. 태어나고 자라기에는 음울한 곳 아니니, 태티코럼?"

"정말 그래요!"

"그녀가 계속 자기 생각만 했다면, 그리고 사람들이 이곳을 자기에게 벌로 내렸고 자기에게 불리하게 만들었으며 자기에게 내던졌다고 단정했다면, 아마 짜증을 잘 내는 쓸모없는 삶을 살았을 거야. 그러나 태티코럼아, 어린 시절 그녀의 삶이 적극적인 인종과 착함, 그리고 고결한 봉사의 삶이었다는 얘기를 들었단다. 방금 여기에 있었던 그녀가 그러한 표정을 지니기 위해 항상 무슨 생각을 했을 거 같은지 내 짐작을 말해줄까?"

"예, 말씀해주세요."

"의무에 대해 생각했을 거야, 태티코럼. 일찍부터 의무를 다하고 잘 수행해라, 그러면 태생이나 지위가 어떻든 간에 전능한 주님이나 우리 자신과의 관계에서 스스로에게 불리하게 작용한 전례가 없으니까 말이야."

그들은 그녀가 돌아오는 모습을 볼 때까지 창가에 있었고, 애 엄마도 그들과 합류해서 죄수들을 동정했다. 작은 도릿이 곧 방으로 들어와서, 아서가 차분하고 편안하게 있는 걸 보고 왔으니까 오늘 밤에는 찾아가지 말라고 권했다.

"좋아!" 미글스 씨가 쾌활하게 말했다. "그게 최선이라는 걸 의심하지 않아. 그렇다면 안부 전하는 것을 상냥한 보호자인 자네에게 맡기겠어. 부탁하기에 자네보다 알맞은 사람은 없으니까. 내일 아침에 다시 떠나야지."

작은 도릿이 깜짝 놀라서 물었다. 어디로 가실 건데요?

"아가씨," 미글스 씨가 말했다. "나는 숨을 쉬지 않고는 살 수가 없어. 그런데 이곳에선 숨을 못 쉬겠어, 그리고 아서가 풀려날 때까지는 다시 숨을 쉴 수 없을 것 같아."

"그것이 어떻게 내일 아침에 다시 떠날 이유가 되죠?"

"내가 이해시켜주지." 미글스 씨가 말했다. "오늘 밤 우리 셋은 '시티 호텔'에 묵을 거야. 애 엄마와 태티코럼은 내일 아침 트위크넘으로 내려갈 건데, 거실 창가에 앉아서 버컨 박사의 간호를 받고 있던 티킷 부인이 이들을 한 쌍의 유령으로 간주할지도 모르겠군. 나는 도이스를 찾으러 다시 외국에 갈 거야. 여기에 댄이 있어야 하거든. 자, 아가씨, 사실 불확실한 간격과 거리를 두고 이러저러한 것에 대해 편지를 쓰고 계획을 짜고 조건부로 추측해봐야 아무 소용도 없어. 도이스가 있어야 해. 내일 아침 새벽부터 도이스를 여기로 데리고 오는 데 전념하겠어. 가서 그를 찾아낸다는 게 내게는 쉬운 일이니까. 노련한 여행자인 내게는 모든 외국어와 모든 풍습이 마찬가지야 – 그중 어떤 것도 이해하지 못하거든. 그러니 어떤 불편도 느낄 수 있지. 내가 즉시 가야 하는 게 이치에 맞아. 자유롭게 숨을 쉬지 못하면 살 수가 없는데, 아서가 이 마셜시에서 풀려날 때까지는 내가 자유롭게 숨을 쉴 수 없거든. 지금도 숨이 막혀. 겨우 이만큼 말하고도, 자넬 위해 이 소중한 상자를 아래층으로 갖고 갈 수 없을 정도로 숨이 찬단 말이네."

종이 울리기 시작했을 때 그들은 거리로 나섰고 상자는 미글스 씨가 들고 있었다. 작은 도릿이 탈것을 대기시켜 놓지 않아서 그는 약간 놀랐다. 그가 그녀를 위해 마차를 불러서 타게 했다. 그리고 그녀가 자리에 앉자, 상자를 그녀 옆자리에 놓았다. 기쁨과 감사를 느끼면서 그녀가 그의 손에 입에 맞췄다.

"아가씨, 이건 맘에 안 들어." 미글스 씨가 말했다. "**자네가** – 마셜시의 출입문에서 – **내게** 경의를 표하다니, 내가 올바르다고 생각하는 것과 맞질 않아."

그녀가 허리를 앞으로 굽히고 그의 뺨에 입을 맞췄다.

"자네 때문에 옛날 생각이 나는군." 미글스 씨가 갑자기 풀이 죽어서 말했다 – "그래도 그 애는 남편을 너무 좋아해서 그의 결점을 감추고는 아무도 그걸 보지 못할 거라고 생각하더군 – 그가 훌륭한 친척을 두었고 대단히 좋은 가문 출신이라는 거야 확실하지만 말이야!"

그것이 그가 딸을 잃고서 스스로를 달랜 유일한 방법이었다. 그 방법을 최대한으로 활용한다고 해서 누가 그를 비난할 수 있겠는가?

34 결말을 맺다

건강에 좋은 어느 가을날, 아직 힘은 없지만 그 외에는 건강을 회복한 마셜시의 죄수가 책 읽어주는 소리를 들으며 앉아있었다. 건강에 좋은 그 가을날, 수확을 끝낸 황금들판은 밭을 다시 갈았고 여름의 과일은 익었다가 시들었다. 그 가을날, 바쁘게 수확하는 사람들에 의해 홉이 우거졌던 녹색 벌판이 베어진 모습이 멀리 보였다. 그리고 과수원에 주렁주렁 달려 있는 사과들은 적갈색을 띠었고 마가목 열매가 노랗게 물드는 잎 사이에서 진홍색으로 빛났다. 숲에서는 다가오는 배짱 좋은 겨울이 맑게 빛나는 나뭇가지 틈 사이로 뚜렷한 경치를 벌써부터 예사롭지 않게 언뜻 보였는데, 그 경치는 자두나무에 꽃이 피어있는 것처럼 자기 위에 놓여 있던 졸리는 전성기의 여름 날씨에서 벗어나 있었다. 그래서 바다가 더위 속에 잠들어 있는 모습을 해변에서는 더 이상 볼 수 없었다. 대신에 바다에서 반짝이는 천 개의 눈동자들은 열려 있었고, 해변의 서늘한 모래부터 나무에서 떨어진 단풍잎처럼 수평선 위를 미끄러져 가는 작은 돛단배에 이르기까지 바다 전체가 즐거운 생기를 띠고 있었다.

가난과 걱정으로 변함없이 수척해진 얼굴을 한 채로 아무것도 모르는 듯이 사계절의 변화를 바라보는 감옥은 변함없이 황량했을 뿐만 아니라 이러한 아름다움 중 어떤 것의 느낌도 전해주지 않았다. 어떤 꽃이 피건 감옥의 벽돌과 창살은 한결같이 동일하게 죽은 열매만 맺었다. 그러나 책을 읽어주는 목소리에 귀를 기울이고 있던 클레넘은 그 목소리에서 위대한 자연이 하고 있는 일을 모두 다 들었다. 위대한 자연이 인간에게 불러주는 모든 위로의 노래를 들었던 것이다. 어렸을 때 그는 어머니의 무릎이 아니라 자연의 무릎에서 희망에 찬 약속과 재미나는 공상에 대해 생각했었고, 일찍부터 마음에 품었던 상상력의 씨앗 속에 숨어있는 다정과 겸손이 맺는 결실에 대해 생각했었다. 그리고 식물을 말라죽이는 바람을 막아주는, 종묘장의 도토리들 속에 그 강한 뿌리의 싹을 가지고 있는 참나무들에 대해 생각했었다. 그런데 지금 그에게 책을 읽어주는 목소리의 어조에는 그러한 것들에 대해 옛날에 느꼈던 감정을 기억하게 해주는 것들이 들어있었고, 태어나서 지금까지 그에게 한 번이라도 살며시 다가왔던 적이 있는 자비롭고 사랑스런 소리를 속삭여주는 메아리들이 모두 다 들어있었다.

목소리가 멈추자 그는 두 손으로 눈을 가리며 햇빛이 강하다고 중얼거렸다.

작은 도릿이 책을 치우더니 즉시 일어나서 조용히 창을 가렸다. 매기는 예전에 앉던 자리에서 바느질을 하고 있었다. 햇빛이 부드러워지자 작은 도릿은 의자를 그의 옆으로 좀 더 가깝게 끌고 왔다.

"클레넘 선생님, 이제 곧 끝날 거예요. 도이스 씨가 당신에게 보낸 편지에 우정과 격려가 가득할 뿐 아니라 럭 씨의 말에 의하면 자기에게 보낸 편지 역시 도움이 되는 얘기로 가득하다고 했거든요. 또한 모든 사람들이(그들이 조금 갖고 있던 분노도 이제는 다 지나갔기 때문에) 당신을 아주 동정하고 당신에 대해 아주 좋게 이야기하니까 곧 끝날 거라고 했어요."

"소중한 여자여. 소중한 사람이여. 착한 천사여!"

"절 너무 칭찬하지는 마세요. 하지만 당신이 그렇게 다감하게 말하는 것을 들으니 더없이 기쁘고 또한-" 작은 도릿이 눈길을 들어 그의 눈을 바라보며 말했다. "얼마나 진심인지를 아니까 그러지 말라는 얘기는 못하겠어요."

아서가 그녀의 손을 들어서 자기 입에 댔다.

"작은 도릿, 내가 널 보지 못했을 때도 수없이 많이 왔었다면서?"

"예, 방안에 들어오진 않았어도 가끔씩 왔었어요."

"아주 자주 왔었니?"

"꽤 자주요." 작은 도릿이 머뭇거리며 말했다.

"매일 왔었어?"

작은 도릿이 망설이다가 대답했다. "매일 적어도 두 번씩은 왔었던 것 같아요."

그가 작고 가벼운 그 손에 다시 열렬히 입을 맞춘 다음에 그 손을 놓으려고 했다. 그가 잡고 있던 그 손이 아주 조용히 꾸물거리면서 계속 잡고 있으라고 호소하는 것 같지 않았다면 말이다. 아서는 그 손을 두 손으로 움켜쥐고 가슴에 부드럽게 댔다.

"소중한 작은 도릿, 곧 끝날 것은 내 감금뿐이 아니야. 네 희생도 끝내야지. 우린 다시 헤어지고 아주 멀리 따로따로 흩어져서 각자의 길을 가는 법을 배워야 해. 네가 돌아왔을 때 나눴던 얘기를 잊지 않았지?"

"천만에요, 잊지 않았어요. 하지만 뭔가- 오늘은 아주 건강하신 것 같아요, 그렇지 않나요?"

"아주 건강해."

그가 쥐고 있던 손이 그의 얼굴 가까이로 좀 더 다가왔다.

"제가 얼마나 큰 행운을 얻었는지 알아도 될 정도로 충분히 건강하신가요?"

"듣던 중 반가운 소리야. 작은 도릿에게는 어떤 행운도 너무 과하거나 충분할 수 없으니까."

"당신께 말씀드릴 수 있기를 열망하고 기다려왔어요. 말하고 싶은 생각이 정말 간절했거든요. 틀림없이 안 가질 거죠?"

"절대로 갖지 않아!"

"그 절반도 틀림없이 안 가질 거죠?"

"절대 갖지 않아, 작은 도릿!"

말없이 그를 바라보는 그녀의 애정 어린 얼굴에는 그가 도저히 이해할 수 없는 뭔가가 있었으니, 금방이라도 울음을 터뜨릴 수 있는 무엇, 그렇지만 행복하고 자랑스러워하는 무엇이 있었다.

"패니의 소식을 들으면 유감으로 여기실 거예요. 불쌍한 패니는 모든 것을 잃었거든요. 형부의 수입 외에는 남은 게 없어요. 언니는 결혼할 때 아빠가 주었던 재산을 당신이 잃은 것처럼 전부 다 잃었어요. 그 재산이 같은 사람의 수중에 있다가 전부 다 없어졌거든요."

아서는 그 이야기를 듣고 깜짝 놀랐다기보다 충격을 받았다. "그 정도로 악성은 아니기를 바랐는데." 그가 말했다. "그러나 그녀의 남편과 부도를 낸 그 사람의 관계를 알고 있었기 때문에 큰 손해를 봤을지도 모른다고 걱정했어."

"그래요. 다 없어졌어요. 패니가 아주 안됐어요. 불쌍한 패니가 아주, 아주, 아주, 안됐어요. 불쌍한 오빠도 마찬가지고요!"

"오빠도 재산을 같은 사람의 수중에 맡겼니?"

"예! 그리고 그것도 전부 없어졌어요. 제 행운이 얼마나 클 거라고 생각하세요?"

아서가 새로운 걱정이 들어서 미심쩍어하며 그녀를 바라보자 그녀가 손을 뺐다. 그리고 손을 대고 있던 곳에 얼굴을 댔다.

"저는 무일푼이에요. 예전에 여기서 살 때처럼 가난해요. 영국으로 돌아왔을 때 아빠는 모든 재산을 같은 사람의 수중에 맡겼고 그것이 전부 없어진 거예요. 오, 사랑하는 아서, 지금도 저와 행운을 나누지 못하겠다고 절대 확신하세요?"

그녀가 그의 팔에 안겨서, 그의 가슴에 얼굴을 댄 채, 그리고 뺨에 사내의 눈물을 묻힌 채, 가느다란 손을 그의 목덜미에 둘러서 깍지 꼈다.

"사랑하는 아서, 다시는 헤어지지 말아요. 죽을 때까지 다시는 더 이상 헤어지지 말자고요! 전에는 부자였던 적도, 자랑스러웠던 적도, 행복했던 적도 없었지만, 당신에게 안겨 있으니 부자이고, 당신에게 몸을 맡기니 자랑스럽고, 이 감옥에 당신과 함께 있으니 행복해요. 하느님의 뜻에 따라, 당신이 있는 감옥에 돌아와서 사랑과 진실을 모두 바쳐 당신을 위로하고 섬기는 것이 행복한 것처럼요. 어디서나, 어딜 가나, 저는 당신의 사람이에요! 정말로 사랑해요! 이제까지 점쳤던 것보다 훨씬 더 큰 행운을 갖고, 이제까지 존경받았던 것보다 훨씬 더 높은 귀부인이 되느니, 여기서 차라리 당신과 함께 살면서 생계를 위해 매일 일하러 나가겠어요. 오, 불쌍한 아빠가 오랫동안 고생하셨던 이 방에서 마침내 제가 얼마나 행복해졌는지 아빠가 아실 수만 있다면!"

물론 처음부터 지켜보고 있었고, 물론 오래 전부터 눈이 퉁퉁 붓도록 울고 있었던 매기는 이제 아주 기쁨에 넘쳐서 작은 엄마를 힘껏 껴안았다. 그러고 나서 나막신 춤을 추듯이 요란하게 아래층으로 내려가서 기쁜 소식을 전할 누군가를 찾았다. 매기가 때마침 들어오던 플로라와 에프 씨의 숙모 말고 누구를 만났겠는가? 그리고 두세 시간이 족히 지난 후에 작은 도릿이 밖으로 나왔을 때, 그 만남의 결과로 다른 누가 그녀를 기다리고 있었겠는가?

플로라는 두 눈에 약간의 핏발이 섰고 기분이 다소 언짢은 듯했다. 에프 씨의 숙모는 아주 뻣뻣해서 강력한 물리적 압력이 아니라면 도저히 몸을 굽히도록 할 수 없을 것 같았다. 그녀의 보닛은 뒤쪽이 멋지게 위로 젖혀져 있었고, 돌덩이 같은 그녀의 손가방은 마치 고르곤[10]의 머리에 의해 돌이 되었는데, 그때 그 머리를 안에 넣어서 갖고 있는 것처럼 굳어 있었다. 이처럼 인상적인 특성을 지닌 에프 씨의 숙모가 교도소장의 관사로 올라가는 계단에 공개적으로 앉아있었으니, 예의 그 두세 시간 동안 그 구역에 거주하는 나이

[10] 2권 23장의 주2 참조.

어린 아이들에게는 커다란 은혜였다. 그녀는 어린 아이들이 던지는 익살 섞인 농담에 분개해서 상당히 상기되었고 가끔씩 우산 끝으로 위협을 가했다.

“고통스럽게 깨달았어, 도릿 양,” 플로라가 말했다. “행운이 현격히 차이 날 뿐 아니라 상류사회가 환심을 사려고 하고 친절히 대하는 사람에게 어디로든 옮기자고 제안한다는 것은 언제든 방해하는 걸로 여겨진다는 걸 말이야 파이가게가 현재 너의 신분보다 훨씬 아래에 있는 것은 아니라고 해도 뒷골목에 있긴 하지 그래도 예의바른 하인이 있어 그러나 아서를 위해 - 그렇게 부르는 습관을 버릴 수가 없어 어느 때보다 이제는 더욱더 부적절한데 말이야 늦게라도 도이스와 클레넘이라고 할게 - 마지막으로 한 마디 하고 싶어 마지막으로 한 가지 변명을 하고 싶다고 너는 착하니까 콩팥 세 개를 먹는다는 구실로 누추한 장소에서 이야기 나누는 것을 양해할 거라고 생각해.”

작은 도릿은 다소 모호한 그 말을 제대로 해석하고 플로라가 하자는 대로 절대적으로 따르겠다고 대답했다. 그래서 플로라는 길을 건너서 예의 파이가게로 앞서 갔다. 에프 씨의 숙모는 더 나은 이유라고 할 만한 인내를 발휘하며 뒤에서 으스대고 길을 건너다가 마차에 치일 뻔했다.

이야기를 하는 구실이 되었던 “콩팥 세 개”가 세 개의 작은 양철 접시에 담겨서 그들 앞에 놓이자 플로라가 손수건을 꺼냈다. 각각의 콩팥 윗부분에는 구멍이 나 있었고, 예의바른 하인이 주둥이가 달린 용기를 이용하여 마치 등잔 세 개에 기름을 넣듯이 뜨거운 고기국물을 그 구멍에 부었다.

"그럴듯한 상상으로 꿈에서," 그녀가 말을 시작했다. "아서가-그렇게 부르는 습관을 버릴 수가 없어 제발 용서해-자유를 되찾을 때에는 지금처럼 얇게 벗겨지지 않고 그래서 그 점에서는 잘게 썬 육두구 씨와 같을 정도로 콩팥으로는 결함이 있는 파이일지라도 진짜 호감을 가진 손길이 주는 거라면 만족스러운 것이라는 사실이 드러나리라는 걸 그려본 적이 있다고 해도 그러한 환상은 영원히 사라진 거고 모두 다 무효화된 거야 그러나 좀 더 다정한 관계를 생각했었다는 사실을 알게 되었으니까 둘 다의 행복을 진심으로 빌고 어느 쪽도 절대 비난하지 않겠다는 얘기를 하고 싶어, 시간의 손이 날 이전보다 훨씬 더 뚱뚱하게 만들기 전에 그리고 약간만 몸을 움직여도 특히 식사 후에는 지독하게 상기시키기 전에 그것이 언제 뾰루지 형태를 취할지 잘 알고 있었다는 사실을 깨달았다는 것이 기죽이는 일일 수 있겠지 부모의 방해 때문일 수도 있었지만 그 때문은 아니야 에프 씨가 수수께끼 같은 단서를 잡을 때까지 정신적 마비가 계속되었거든 그래도 나는 어느 쪽에도 옹졸하게 굴기는 싫어 그리고 둘 다의 행복을 진심으로 빌어."

작은 도릿이 그녀의 손을 잡고 예전에 베풀어주었던 모든 친절에 대해 고맙다고 했다.

"그걸 친절이라고 하지 마." 플로라가 그녀에게 솔직하게 입을 맞추며 대답했다. "실례를 무릅쓰고 말하지만 너는 언제나 제일 마음에 들고 제일 소중한 아이였으니까 그리고 돈이라는 관점에서 보아도 절약하는 거였으니까 양심을 발휘했던 것이기도 하고 비록 내게 대했던 것보다 훨씬 더 상냥하게 대했다고 덧붙여야겠지만 말이야 내가 다른 사람들보다 부담을 더 지고 싶은 것은 아니었지만 그것이 사람을 편안하게 만들기보다는 불편하게 만들기 쉽다는 사실을 언제나 알고 있었고 그렇게 하면서 더 큰 즐거움을 느꼈던 것이 분명하기 때문이야 옆길로 벗어나고 있군, 마지막 순간이 오기 전에 전하고 싶은 한 가지 소망이 있는데 그것은 아서가 불행할 때 내가 그를 버린 게 아니라는 사실을 옛 시절과 옛날의 진심을 위해 아서가 알았으면 좋겠다는 거야 오히려 그를 위해 뭐든 해줄 일이 있는지 물어보기 위해 계속 왔다갔다하면서 파이가게에 있었다는 사실을 알아주었으면 좋겠어 이 가게로 사람들이 따뜻한 뭔가를 큰 컵에 넣어서 호텔에서부터 아주 공손하게 갖고 왔는데 정말로 친절한 사람들이었어 그가 모르게 몇 시간이고 길 반대편에서 그와 함께 있었다는 사실을 알아주면 좋겠다고."

플로라의 두 눈에 정말로 눈물이 맺혀서 그녀를 대단히 돋보이게 했다.

"무엇보다도," 플로라가 말했다. "전혀 다른 사회에서 지내던 사람이 허물없이 부탁하는 것을 양해한다면 제일 사랑하는 친구로서 네게 진지하게 부탁하는 것은 그때는 즐겁기도 했고 괴롭기도 했지만 나와 아서의 관계가 온통 허튼짓이었는지 아니었는지 결국은 모르겠다는 걸 그가 이해할 수 있게 해달라는 거야 에프 씨가 변화를 이끌어낸 것은 분명해 그리고 마법이 풀렸기 때문에 여러 상황이 합세해서 가로막고 있던 마법을 새로 꾸미지 않고는 어떤 일도 일어나리라고 예상할 수 없었던 거고 그중에서 꽤 강력한 것은 그런 일은 일어나지 않을 거라는 마법이었을 거야, 그것이 아서에게 유쾌한 일이었고 처음에 자연스럽게 일어났어도 내가 별로 기쁘지 않았을 거라고 얘기할 준비는 안 돼 있어 활기 넘치는 성격이었지만 아빠가 최고로 괴롭히는 사람으로 있는 집에서 틀림없이 침울하게 지냈고 선동자의 손길에 의해 내 평생 버금가는 것을 본 적도 없는 무엇인가로 줄어든 이래 나아진 적이 없었으니까 그래도 결점이야 많지만 질투하거나 악의를 품는 것은 내 성격이 아니야."

작은 도릿은 핀칭 부인이 전하는 미로같이 복잡한 이야기를 완전하게 이해할 수는 없었지만 그 요점을 이해했고 그러한 부탁을 진심으로 받아들였다.

"시든 화관花冠이 이런," 플로라가 아주 즐거워하며 말했다. "그때 말라죽었고 기둥이 무너졌으며 피라미드가 누구더라 누군가의 위에 거꾸로 뒤집혔어 그걸 현기증이나 병약함 또는 바보짓이라고 하지 마 이제 남의 눈을 피해 은거해서 더 이상 존재하지 않는 지나가 버린 기쁨의 잿더미나 지켜봐야겠지 추가적으로 실례할게 우리 만남의 초라한 구실이 되어 주었던 파이 값을 지불하겠어 그러고 나서 영원히 작별하겠어!"

아주 위엄 있게 자기 몫의 파이를 다 먹었고, 교도소장의 관사로 올라가는 계단에 처음 공개적으로 자리 잡았던 때부터 모욕을 가할 모종의 가혹한 계획을 마음속으로 정교하게 다듬고 있던 에프 씨의 숙모가 목하 기회를 잡아서 여자주술사처럼 죽은 조카의 미망인을 불러 이렇게 말했다.

"그를 데리고 와, 창밖으로 내던지게!"

플로라가 저녁을 먹으러 집에 가자고 하면서 이 훌륭한 부인을 진정시키려고 했지만 헛수고였다. 에프 씨의 숙모가 "그를 데리고 와, 창밖으로 내던지게!"라고 계속해서 대꾸했던 것이다. 에프 씨의 숙모는 반항 조로 작은 도릿을 지속적으로 노려보면서 그러한 요구를 수없이 되풀이한 다음에 팔짱을 끼더니 파이가게가 있는 뒷골목 귀퉁이에 주저앉았다. 요컨대, "그를 데려오고" 그를 내던지라는 하늘의 뜻을 완수할 때까지는 변함없이 그 자리에서 꿈쩍 않고 있겠다는 것이었다.

이런 상황이 되자 플로라는 작은 도릿에게 최근 몇 주 동안 에프 씨의 숙모가 이렇게 생기와 기개로 가득 찬 걸 본 적이 없다고 털어놓았다. 거침없는 그 노파를 누그러뜨릴 수 있을 때까지 "어쩌면 몇 시간 동안" 여기에 그냥 있어야 할 거 같다고 했다. 그리고 혼자서도 충분히 감당할 수 있다고 했다. 그래서 그들은 최고로 다정하게 그리고 양쪽 모두 최고로 따뜻한 감정을 느끼며 헤어졌다.

에프 씨의 숙모가 불굴의 요새처럼 버텼고, 플로라는 가볍게 식사할 필요가 있었기 때문에, 호텔에 심부름꾼을 급히 보내서 이미 봐두었던 큰 컵에 음식물을 채워서 가져오게 했고, 나중에 또다시 채워서 가져오게 했다. 컵의 내용물과 신문, 그리고 파이국물의 더

껑이를 걷어낸 것으로 플로라는 나머지 낮 시간을 아주 기분 좋게 보냈다. 비록 남의 말을 잘 믿는 근처의 어린아이들 사이에서 회자된 헛소문, 즉 노파가 파이 재료가 되겠다며 파이가게에 취직했지만 계약 이행을 거부하고 파이가게가 있는 뒷골목에 앉아있는 거라는 취지의 헛소문 때문에 가끔씩 당황하긴 했지만 말이다. 그 소문이 많은 사내아이와 여자아이들을 끌어 모았고, 저녁 그림자가 지기 시작했을 때는 장사하는 데 엄청난 방해를 야기해서, 에프 씨의 숙모를 다른 곳으로 옮겨달라고 상인이 아주 절박하게 부탁했다. 그래서 마차 한 대를 문간으로 부르고 상인과 플로라가 함께 애써서 마침내 그 저명한 여성을 마차에 태웠다. 비록 그때조차도 고개를 창밖으로 내밀고 처음 언급했던 목적을 위해 그를 "데려오라고" 요구했지만 말이다. 그때 그녀가 마셜시 쪽을 심술궂은 눈초리로 흘낏 노려보는 모습이 눈에 띄었기 때문에 사람들은 감탄할 정도로 변함없는 그 여성이 "그"라고 가리키는 인물이 아서 클레넘이라고 추정했다. 그러나 그것은 단순한 추정에 불과한 것이었다. 요컨대, 그 사람이 누구인지, 에프 씨의 숙모가 만족할 수 있게끔 누굴 데려와야 하고 누굴 데려오면 안 되는지, 결코 명확하게 알려질 일이 아니었던 것이다.

가을날은 계속 지나갔고, 작은 도릿이 마셜시에 왔다가 아서를 보지 않고 가는 법은 절대 없었다. 절대, 절대, 절대, 없었다.

아서가 매일 아침 자기의 가슴으로 날아올라오는 가벼운 발소리를, 사랑하는 사람이 옛날부터 열심히 일을 했고 성실하게 지냈던 바로 그 방에 새로운 사랑으로 빛나는 성스러운 빛을 가져오는 소리를 들으려고 귀를 기울이고 있던 어느 날 아침, 그녀가 올라오는 소리가 들렸다. 혼자가 아니었다.

"아서," 그녀가 기쁜 목소리로 문밖에서 말했다. "여기 어느 분과 함께 왔어요. 모시고 들어갈까요?"

발소리를 들으니 같이 온 사람이 두 명인 것 같았다. 그가 "좋아," 라고 하자, 그녀가 미글스 씨와 같이 들어왔다. 미글스 씨는 햇볕에 그을렸고 즐거워 보였으며, 햇볕에 그을린 즐거운 아버지처럼 양팔을 벌려 아서를 껴안았다.

"자, 나는 괜찮네." 미글스 씨가 일이 분 있다가 말했다. "자, 다 끝났어. 아서, 내 친구, 전부터 날 기다렸었다고 즉시 털어놓게."

"기다렸어요." 아서가 말했다. "그러나 에이미가 말하기를 –"

"작은 도릿이라고 해요. 다른 이름으로 부르지 말고요." (그녀가 그렇게 속삭였다.)

"– 그러나 제 작은 도릿이 추가적인 설명을 요구하지 말라고 하면서 당신이 직접 만나러 올 때까지는 기다려서는 안 된다고 했어요."

"이보게, 이제 날 만났잖나." 미글스 씨가 그의 손을 힘차게 흔들면서 말했다. "이제 어떤 설명이든 모든 설명을 해주지. 사실은 **전에** 여기 왔었어 – 알롱하고 마르숑하는 사람들을 떠나서 자네에게 곧장 왔었지, 그렇지 않았으면 오늘 자네 얼굴을 똑바로 보기가 부끄러웠을 거야 — 그러나 그때 자네는 함께 있을만한 상태가 아니었어, 그리고 나는 도이스를 찾기 위해 다시 떠나야 했고."

"불쌍한 도이스!" 아서가 한숨을 쉬었다.

"그에게 어울리지 않는 호칭으로 그를 부르지 말게." 미글스 씨가 말했다. "**그는** 불쌍하지 않아. 꽤 성공했거든. 도이스가 저쪽 나라에서는 경이적인 사람이더군. 정말로 그는 자기 주장을 빨리 입증했어. 일이 잘 풀렸어, 댄의 일이 말이네. 사람들이 일이 이루어지길 원하지 않으면서 그 일을 할 사람을 찾는 경우에는 그가 쉬었고, 일이 이루어지길 원하면서 그 일을 할 사람을 찾는 경우에는 그가 일어섰지. 자네가 에돌림청을 더 이상 성가시게 할 필요는 없어. 실은 말이야, 댄이 그들 없이도 해냈거든!"

"제 마음 속에 있던 크나큰 짐을 덜어주시는군요!" 아서가 크게 외쳤다. "당신의 얘기를 듣고 아주 행복해졌어요!"

"행복해졌다고?" 미글스 씨가 대꾸했다. "댄을 만날 때까지는 행복하다는 얘길 하지 말게. 확실히 말하는데, 자네가 그걸 봤으면 머리카락이 쭈뼛 섰을 정도로 댄이 저쪽 나라에서는 업무를 지도하고 힘든 일을 해냈거든. 그는 이제 공공의 범죄자가 아니야, 감사하게도! 메달 모양의 훈장과 주머니에 다는 약장略章을 받았고 스타가 되었으며 성호를 긋는 대상이 되었어. 요컨대, 사람들이 어떤 존경심을 보일지 모르는 인물이 된 거지, 귀족으로 태어난 사람처럼 말이야. 그러나 이곳에서는 그 얘기를 하면 안 되네."

"왜 안 되죠?"

"아, 이런!" 미글스 씨가 고개를 아주 심각하게 가로저으며 말했다. "영국에 올 때 그 모든 것을 안전한 곳에 감춰야 했거든. 그것들이 이곳에서는 도움이 안 되니까. 그 점에서 브리타니아는 심술쟁이 브리타니아야 - 자기 자식들에게 상을 주지 않을 뿐 아니라 자식들이 다른 나라에서 상을 받아도 사람들이 그 상에 주목하지 못하게 하니까. 그럼, 그렇고말고, 댄!" 미글스 씨가 다시 고개를 가로저으며 말했다. "그것이 여기서는 도움이 안 돼!"

"당신이 제가 잃은 액수의 두 곱을 가져왔어도(도이스의 몫을 제외하고 말입니다)," 아서가 큰 소리로 말했다. "이 소식이 전해 준 정도의 기쁨을 주지는 못했을 겁니다."

"글쎄, 물론이지, 물론이야." 미글스 씨가 동의했다. "이보게, 물론 나도 알아, 그래서 그 소식을 먼저 알린 거야. 자, 본론으로 돌아가서 도이스를 찾은 얘기를 할게. 내가 도이스를 찾았거든. 자신들에 비해 엄청나게 큰 여성용 나이트캡을 쓰고 있는, 더럽고 햇볕에 그을린 수많은 녀석들 속에서 찾았어. 그들은 스스로를 아랍인이라고, 온갖 종류의 잡다한 민족이라고 불렀어. **자네** 그들을 아나! 글쎄! 그는 내게 곧장 오던 중이었고 나는 그에게 곧장 가던 중이었지. 그래서 우리가 함께 돌아왔네."

"도이스가 영국에 왔다고요!" 아서가 소리쳤다.

"자!" 미글스 씨가 양팔을 벌리며 말했다. "나는 이런 종류의 일을 해내기에는 세상에서 제일 부적당한 사람이야. 만일 내가 외교계 쪽에 있었다면 뭘 할 수 있었을지 모르겠어 - 할 수 있는 일이 없었을 거야! 요점을 말하자면, 아서, 함께 영국에 온 지 두 주가 되었네. 그리고 도이스가 지금 어디에 있느냐고 묻는다면, 글쎄, 솔직하게 답해서 - 여기 있네! 이제야 드디어 다시 숨을 쉴 수 있을 것 같군!"

도이스가 문 뒤에서 쏜살같이 들어와 두 손으로 아서를 잡고 나머지 얘기를 직접 털어놓았다.

"클레넘, 내가 할 이야기는 딱 세 가지니까," 도이스가 마음대로 모양을 만들 수 있는 엄지손가락을 손바닥에 대고 그 형태를 각각 만들면서 말했다. "그 얘기를 빨리 하리다. 첫째, 지나간 일에 대해 더 이상 말하지 마요. 당신 계산에 실수가 있었고 무슨 실수였는지 아니까요. 그 실수가 회사 전체에 영향을 미쳤고 그 결과로 실패한 거죠. 실패한 덕에 얻은 바가 있을 것이고 다음에는 실패를 되풀이하지 않을 테니까요. 나도 공사를 하다가 비슷한 일을 자주 겪거든요. 모든 실패는 사람이 배우고자 한다면 뭔가를 가르쳐주는 법이에요. 그리고 당신은 현명한 사람이니까 이번 실패에서 뭔가를 배우지 않았을 리가 없어요. 첫 번째 이야기는 이쯤 하리다. 둘째, 당신이 그 실수를 그토록 무겁게 마음에 새기고 그토록 심하게 자책하다니 유감이에요. 우리 친구가 말했던 대로, 내가 그와 우연히 만난 다음에 그의 도움을 받아서 문제를 바로잡으려고 밤낮으로 귀국길에 올랐는데 말이에요. 셋째, 당신은 겪은 바가 있고 걱정에 잠겨 있고 병에 걸렸으니까, 우리가 당신 모르게 사태를 완벽하게 해결할 때까지 비밀로 해두었다가, 모든 상황이 매끄럽고 만사가 잘 풀렸으며 회사가 이전보다 당신을 더욱 필요로 하고 당신과 내 앞에는 동업자로서 새롭게 번영하는 장래가 펼쳐질 것이라는 얘기를 와서 할 수 있다면, 유쾌하고 놀라운 일일 거라고 우리 둘이 의견 일치를 봤어요. 이것이 세 번째 이야기에요. 그렇지만 우리 친구와 나는 마찰이 생길 것을 언제나 감안해야 했어요, 그래서 내가 마무리할 여지를 따로 남겨놓았던 거예요. 클레넘, 당신을 믿고 속마음을 완전히 털어놓으리다. 내가 당신에게 도움이 될 수 있는 힘을 가진 것처럼 또는 가졌었던 것처럼 당신도 내게 아주 도움이 될 수 있는 힘을 갖고 있어요. 그리고 당신의 옛 자리가 당신을 기다리고, 당신을 몹시 필요로 하고 있어요. 따라서 당신이 반 시간이라도 여기서 더 이상 지체할 이유는 없는 거예요."

침묵이 흘렀다. 아서가 그들에게 등을 돌린 채 창가에 얼마간 서 있고 나서야, 그리고 그의 아내가 되기로 한 작은 여성이 그에게 다가가서 그 옆에 서 있고 나서야 침묵이 깨졌다.

"잠시 전에," 그때 대니얼 도이스가 말했다. "부정확했다고 해야 할 것 같은 얘기를 했군요. 클레넘, 반 시간이라도 여기서 더 이상 지체할 이유가 없다고 했잖아요. 그런데 내일 아침까지는 여길 떠나고 싶어 하지 않을 거라고 생각하면 잘못 판단한 걸까요? 내가 별로 총명하진 못해도 당신이 이 감옥에서 그리고 이 방에서 나와 곧장 가고 싶은 곳이 어딘지 알고 있지 않을까요?"

"당신은 알겠지요." 아서가 대답했다. "우리가 소중하게 품고 있는 목적이 그것이니까요."

"좋아요!" 도이스가 말했다. "그렇다면 이 젊은 숙녀가 24시간 동안 날 아버지처럼 대해준다면, 그리고 지금 세인트폴 성당 경내[11]로 나와 함께 마차를 타고 간다면, 우리가 거기서 뭘 얻어야 할지 알 거 같아요."

작은 도릿과 그는 그 직후에 함께 나갔고, 미글스 씨가 뒤에 남아서 친구에게 한 마디 했다.

"아서, 애 엄마와 나는 내일 아침에 필요할 것 같지 않으니까 멀찍이 떨어져 있겠네. 애 엄마는 마음이 약해서 그걸 보다가 펫 생각이 날지 몰라. 그녀는 시골별장에 있는 게 나을 거야, 나도 애 엄마와 함께 시골에 있을게."

그 말을 하고 그들은 잠시 헤어졌다. 그러고 나서 낮이 저물었고 또 밤이 저물었으며 그리고 아침이 왔다. 평상시같이 수수하게 차려입은 작은 도릿이 매기만을 대동하고 햇빛과 함께 감옥으로 들어왔다. 불행한 방이었지만 그날 아침은 행복한 방이었다. 평화로운 기쁨으로 그렇게 가득한 방이 세상 어디에 또 있을까!

"여보," 아서가 말했다. "매기가 어째서 난롯불을 피우지? 곧 떠날 건데."

"제가 난롯불을 피워 달라고 부탁했어요. 이상한 망상이겠지만 한 가지 바라는 게 있거든요. 저를 위해 뭔가를 태워주었으면 좋겠어요."

---

[11] 결혼허가증을 발부하던 '민법박사회관'이 세인트폴 성당의 경내에 있었음.

"뭔데?"

"그저 접혀 있는 이 종이에요. 당신이 이 종이를 접혀 있는 그대로 난롯불에 직접 집어넣는다면 그 바람이 충족될 것 같아요."

"미신을 믿는 거야, 사랑하는 작은 도릿? 부적인가?"

"뭐든 당신이 제일 좋아하는 거예요, 여보." 그녀는 두 눈을 반짝이고 웃으면서 그리고 발끝으로 서서 입을 맞추면서 대답했다. "불길이 이걸 재로 만들 때 맞장구쳐주기만 하면요."

그래서 클레넘은 작은 도릿의 허리에 팔을 두른 채, 바로 그 장소에 있던 난롯불이 이전에 종종 빛났던 것처럼 난롯불이 그녀의 두 눈에서 빛나는 가운데 난롯불을 쬐며 기다렸다. "이제 충분히 밝지?" 아서가 물었다. "아주 충분히 밝아요." 작은 도릿이 대답했다. "이 부적에 대고 어떤 말이든 할 필요가 있니?" 아서가 그 종이를 불길 위로 치켜들고 물었다. "(괜찮다면) '사랑해!'라고 하세요." 작은 도릿이 대답했다. 그래서 그가 그 말을 했고 종이는 재가 돼서 없어졌다.

많은 사람들이 창에서 남몰래 엿보고 있었지만 마당에는 아무도 없었기에 그들은 마당을 아주 조용히 지나갔다. 간수실에는 예전부터 낯익은 한 사람의 얼굴만이 보였다. 그들은 그에게 다가가 상냥한 이야기를 많이 건넸다. 그러고 나서 작은 도릿이 마지막으로 고개를 돌리고 손을 내민 채 말했다. "잘 있어, 착한 존! 정말 행복하게 살았으면 좋겠어!"

그다음에 그들은 근처 세인트조지 성당의 계단을 통해 제단으로 올라갔고, 제단에서는 대니얼 도이스가 아버지 자격으로 기다리고 있었다. 그리고 작은 도릿에게 베개 대용으로 사망자명부를 대주었던 그녀의 옛 친구도, 그녀가 결국 결혼하기 위해 자기들에게 돌아온 것에 대해 감탄하며 기다리고 있었다.

햇빛이 창에 그려진 구세주의 모습을 통해 그들을 비추는 가운데 그들은 결혼서약을 했다. 그러고 나서 작은 도릿이 파티를 가진 후 잠든 적이 있었던 바로 그 방으로 함께 가서 혼인명부에 서명을 했다. 팽스 씨는(도이스와 클레넘 회사의 사무장이 되고 나중에는 그 회사의 동업자가 될 운명이었다) 선동자라는 특성을 평온한 친구라는 특성 속에 밀어 넣고 결혼식이 진행되는 걸 보기 위해 문간에서 안을 들여다보았는데, 플로라와 매기를 양쪽 팔로 각각 친절하게 부축하고 있었고, 마셜시의 행복한 아이를 보기 위해 어버이 마셜시를 유기하고 잠시 찾아온 존 치버리 부자와 다른 간수들을 배경으로 거느리고 있었다. 플로라는 최근에 본인이 했던 말에도 불구하고 은둔하는 기색이 조금도 없었다. 오히려 안절부절못하긴 했지만 놀랄 정도로 활기찼고 결혼식을 대단히 즐겼다.

작은 도릿이 혼인명부에 서명할 때, 그녀의 옛 친구는 잉크스탠드를 들었고, 서기는 훌륭한 성직자의 중백의를 벗기다가 잠시 멈췄으며, 모든 증인들이 각별한 관심을 갖고 지켜보았다. "실은," 작은 도릿의 옛 친구가 말했다. "이 젊은 숙녀는 우리가 관심을 갖고 지켜보던 이들 중 한 명인데, 이제 우리가 가지고 있는 세 번째 장부에 자기 이름을 올리게 되었군요. 그녀의 출생은 내가 첫 번째 장부라고 부르는 것에 올라 있습니다. 귀여운 머리를 내가 두 번째 장부라고 부르는 것에 대고, 바로 이 바닥에서 잠들었던 적이 있고요. 그리고 지금 신부로서 자신의 귀여운 이름을 내가 세 번째 장부라고 부르는 것에 올리고 있군요."

세 번째 장부인 혼인명부에 서명하다

서명이 끝나자 그들 모두 자리를 내주었고, 작은 도릿과 그녀의 남편 단 둘이 성당 밖으로 걸어 나왔다. 주랑현관의 계단에 잠시 멈춰 서서, 가을날 아침에 뜬 태양의 밝은 빛줄기를 맞으며 상쾌한 거리가 보이는 전망을 바라보았고, 그리고 계단을 내려갔다.

유용하고 행복하고 수수한 삶 속으로 내려갔다. 때가 되면 자신들의 자식들과 돌봄을 받지 못하는 패니의 자식들에게 어머니의 보살핌을 베풀려고, 그리고 그 귀부인은 언제까지나 상류사회에 출입하도록 내버려두려고 내려갔다. 팁에게 이후 몇 년간 다정한 보호자 겸 친구가 되어주려고 내려갔다. 팁은 자신이 가졌더라면 그녀에게 주었을 재물에 대한 보답으로 그녀에게 엄청난 요구를 해대면서 조금도 귀찮아하지 않았고, 마셜시와 그것이 만들어낸 모든 말라죽은 열매들에 대해 애정을 갖고 눈을 감았다. 그들은 서로 떨어질 수 없는 행복한 상태에서 떠들썩한 거리 속으로 조용히 내려갔다. 그들이 때론 햇빛이 든 곳을 또 때론 그늘진 곳을 지나갈 때에, 시끄러운 자들과 뭔가를 열망하는 자들, 거만한 자들과 고집 센 자들, 그리고 허영심 많은 자들은 안달하고 짜증을 내며 늘 하던 대로 소란을 피워댔다.

끝

옮긴이 해제

1. 디킨스와 대중성

빅토리아 시대를 대표하는 소설가 중의 한 명인 찰스 디킨스 Charles Dickens(1812~1870)는 1812년 영국남부의 군항인 포츠머스에서 8남매의 둘째로 태어났다. 1822년에 런던으로 이사 온 디킨스의 가족은 경제관념이 없는 가장 존 디킨스 때문에 어려운 생활을 했으며, 그로부터 2년 후인 1824년에 그의 아버지는 채무관계로 마셜시 감옥에 투옥되었고 디킨스는 구두약공장에서 6실링의 주급을 받고 일을 했는데, 이때의 수치심이 디킨스에게 평생 지워지지 않는 심리적 상처로 남았다. 그러나 역경 속에서도 자기 향상의 노력을 꾸준히 기울인 디킨스는 15세 때 변호사사무실의 사무원으로 일하며 속기를 배우기 시작했고, 이후 법원이나 의회를 출입하는 기자로 활동했다. 작가로서 디킨스의 본격적인 삶은 1836년에 『피크윅 문서』를 당시로서는 혁신적인 방법이었던 분할출판방식 serial publication으로 선보이면서 시작한다. 1850년대와 1860년대에 『블리크 하우스』 『어려운 시절』 『작은 도릿』 『막대한 유산』 등의 대표작을 연이어 발표한 디킨스는 1870년에 『에드윈 드루드의 수수께끼』를 집필

하던 중 사망하기까지 35년에 걸쳐 열네 편의 장편소설과 한 편의 미완성 장편을 남겼다.

그의 문학 활동이 소설 창작에 국한된 것은 아니었다. 앞에서 "장편소설"이라고 한정했던 것도 디킨스가 크리스마스시즌을 맞아 계절상품으로 발표했던 『크리스마스 캐럴』이나 『종소리』 등의 소품, 사후에 『크리스마스 이야기들』로 묶여 나온 크리스마스 단편, 『미국여행노트』 같은 여행기, 『어린이영국사』 같은 계몽적인 글, 신문과 잡지에 발표했던 이야기와 에세이, 그 밖에도 희곡과 시, 그리고 편지글과 연설문 등을 디킨스의 문학세계에서 빼놓을 수 없기 때문이다. 또한 디킨스의 공적활동이 글쓰기로만 이루어진 것이 아니었다는 점에도 주목할 필요가 있다. 오랜 기간에 걸쳐 여러 잡지의 편집자로, 아마추어극단의 배우로, 사회운동가로 다방면에 걸쳐 정력적이고 활발한 삶을 살았던 그는 저널리스트로서 각종 사회문제에 대해 자기 나름의 생각을 활발하게 개진했을 뿐 아니라 힘없는 사람들의 편에 서서 사회개혁을 촉구했다. 그의 개혁성은 사회문제에 대한 발언에서만 엿보이는 것이 아니다. 그는 소설 출판방식에서도 획기적인 변화를 주도하여, 집필중인 작품을 열아홉 달에 걸쳐 한 달에 한 회씩 독자에게 선보이는 월간 분할출판방식을 개척했다. 이러한 출판방식 덕에 독자들은 저렴한 가격으로 책을 구입할 수 있게 되었으며, 이는 독자수의 폭발적인 증가로 이어졌다. 『피크윅 문서』의 경우, 1836년 3월의 1회분은 400부를 인쇄하는 데 그쳤으나 다음해 5월의 15회분은 40,000부를 인쇄할 정도였다. 보다 많은 대중과 소통하려는 디킨스의 노력은 후에 자신의 작품을 대중 앞에서 낭송하는 공개독회 public reading 의 개최로 이어진다.

분할출판방식의 도입을 통한 독자수의 증가가 보여주듯 디킨스의 대중성은 각별히 주목할 만하다. 독자는 강한 개성을 지닌 그의 등장인물뿐 아니라 인물과 상황을 묘사하는 작가의 생생한 언어와 생기발랄한 유머에 매혹될 수밖에 없는데, 디킨스가 당대의 베스트셀러 작가였을 뿐 아니라 오늘날에도 수많은 독자를 지니고 있으며 원작에 뿌리를 둔 연극, 영화, 뮤지컬 등이 세계 도처에서 수없이 공연 내지 상영되고 있다는 사실은 그의 대중성을 보여주는 좋은 증거이다. 이런 현상이 어디에서 유래하는 것인지, 그 원인을 한두 마디로 요약하기는 물론 불가능하다. 디킨스 당대의 대중성만 해도 이야기가 지닌 흡인력도 흡인력이지만 분할출판이라는 독특한 출판방식, 멜로드라마나 탐정소설 같은 대중예술적 요소의 적절한 사용, 작품마다 삽입되었던 삽화의 역할, 오늘날과 비교할 수 없을 정도로 높았던 대중의 지적수준 들이 복합적으로 관련되어 있는 현상인 것이다.

또한 디킨스의 대중적 호소력은 그가 보여주는 문제의식의 현재성과 문제를 탐구하고 형상화하는 빼어난 솜씨와 밀접한 관련을 지니고 있는바, 대중문화 요소의 활용을 중심으로 이 점을 살펴보자. 사악한 삼촌, 귀신이나 괴물 같은 인물, 요정이나 마녀 같은 대모 등, 디킨스의 작품에 동화나 동요, 대중극의 요소가 반복해서 등장한다는 사실 자체가 그의 상상력이 대중의 체험 속에 깊숙이 뿌리 내리고 있음을 증명한다. 여기서 중요한 사항은 디킨스의 대중문화 활용이 초시간적인 차원에서 진행되거나 단순한 반복으로 이루어지는 것이 아니라는 점이다. '사악한 삼촌' 유형만 해도 유산상속이 중요한 사회에서 삼촌이 조카의 상속권을 가로채기 위해 조카를 해코지할 가능성은 실재하는 것이었다. 『작은 도릿』에 등장하는 두 명의 악당을 예로 들어보면, 작품 서두의 감옥장면에 처음 등장하는 리고는 감금이 타락을 낳는 법이고 신사가 악당에 불과한 존재라는 작품의 주제를 예시하는 인물로서 독자의 공감을 전혀 받지 못하는 위인이다. 따라서 리고가 무너져 내린 클레넘 부인 집의 잔해에 깔려서 사망하는 결말부는 상상적으로나마 악한의 몰락을 즐기고 싶은 독자의 바람을 충족시켜주는 계기를 제공한다고 할 수 있다. 하지만 이 작품이 선한 자의 성공과 악한 자의 파멸이라는 대중극의 구도를 단순히 재연하는 것은 아니다. 예컨대, 수없이 등장하는 악인 중의 한 명인 플린트윈치는 리고 못지않게 독자의 공감과는 거리가 먼 위인이다. 그러나 그가 클레넘 부인의 집이 무너질 때 그 밑에 깔려서 죽지 않고 끝까지 생존해서 헤이그 운하의 제방과 암스테르담의 술집에서 여전히 목격되었다는 진술은 디킨스가 권선징악의 요소를 활용은 하되 그 구도에 갇혀 있는 작가가 아니라는 사실을 반증한다. 『작은 도릿』의 세계 전체를 좌지우지하는 진짜 악당인 에돌림청과 이 관청을 대표하는 바너클들이 작중의 많은 인물들에게 커다란 비극을 안겨준 후에도 변함없이 자기 자리를 유지하고 있는 작품의 진행은 디킨스가 현실의 엄정함에 대해 냉혹한 인식을 지닌 작가라는 사실을 확인시켜준다. 독자는 이 소설을 통해 부와 권력에 취한 사회, 계급적 특권과 허위의식으로 시종하는 상류사회의 인사들, 억압적 종교, 에돌림청이 대표하는 비효율적이고 무능한 정부, 계급과 금력의 결합이 상징하는 빅토리아조의 지배세력과 그것을 가능하게 한 타협의 역사, 생산보다는 금융부문의 비중이 커져가는 영국사회의 모습, 감옥에 갇혀 있는 현대인의 삶이라는 문제들을 실감할 수 있는데, 이러한 문제는 21세기에 접어든 오늘날에도 여전히 핵심적인 문제로 남아 있는 것이다.

오늘날의 독자에게는 디킨스가 대중적 작가이면서도 최고의 예술성을 보여주는 작가 중의 한 명이라는 지적이 이상하게 들릴 수도 있을 것이다. 대중성과 예술성은 반비례하는 법이라는 허구가 엄연한 사실인양 받아들여지는 흐름이 현실 속에 엄존하기 때문이다. 그러나 디킨스가 대중성을 잃지 않으면서도 일급의 작가로 문명을 떨쳤다는 것은 부인할 수 없는 사실인바, 이러한 성취는 일차적으로 빅토리아 시대의 대중이 지녔던 높은 수준의 예술적 활력에 힘입은 것이라고 할 수 있다. 이는 근대의 진행에 따라 대중들의 지적수준과 활력이 저하되면서 디킨스 이후의 작가들은 누리기가 어렵게 된 행운이기도 하다. 그렇지만 디킨스가 보여주는 대중성과 예술성의 '통합'은 그가 '좋은' 시대를 살았다는 이유만으로 설명되는 것이 아니다. 당대에 디킨스 이상으로 많이 읽히던 작가들이 있었지만 오늘날 이들을 기억하는 사람이 거의 없는 현실은 디킨스의 작품이 전달하는 감동과 재미가 통속적인 것과는 다른 종류라는 사실을 보여준다. 당대에 유행하던 대중문화의 요소를 도입하면서도 그것을 창조적이고 비판적으로 수용하여 빅토리아 시대의 영국적 현실에 대한 비판으로 나아간 디킨스의 성취가 그의 대중성에 대한 논의에서도 중요하게 다루어져야 하는 부분인 것이다.

2. 『작은 도릿』에 대해

(1) 『작은 도릿』은 주인공 아서 클레넘을 중심에 놓고 그가 모든

계층의 인물들과 맺어나가는 관계를 보여주면서 영국사회의 모습을 파노라마식으로 제시하는 작품이다. 수많은 인물과 각종 사회제도가 복잡한 방식으로 읽혀 있는 플롯의 시발점은 성인이 되기 전에 중국으로 보내졌던 클레넘이 40세가 되어 귀국한 후에 양친의 행동이나 사업과 관련하여 그 자신이 막연하게 갖고 있던 죄의식의 정체를 밝혀내고자 하는 노력이다. 작품은 클레넘과 관련하여 크게 두 가지의 줄거리를 담고 있는데, 하나는 양친의 잘못을 보상하려는 그의 결심에서 비롯하는 이야기이고, 다른 하나는 성장과정의 정서적 박탈과 혹독한 훈육에서 비롯하는 소심증과 무기력증을 극복하고 작은 도릿과의 결혼에 이르는 '감정교육'의 이야기이다.

귀국해서 처음 찾아간 어머니의 집에서 미지의 여성 – 이름이 에이미 도릿(작은 도릿)이라는 사실을 나중에 알게 된다 – 을 목격한 클레넘은 양친의 잘못과 그녀가 관계있을지도 모른다는 의심을 품고 작은 도릿의 뒤를 따라간다. 작은 도릿을 따라 채무자감옥인 마셜시에 도착한 클레넘은 작은 도릿의 아버지인 윌리엄 도릿을 비롯하여 그의 가족과 인사를 나눈다. 그리고 그녀와 좀 더 이야기를 나누기 위해 지체하다가 출입문이 닫히는 바람에 나오질 못하고, 감옥 안에서 하룻밤을 지내게 된다. 그날 밤에 클레넘은 윌리엄 도릿처럼 감옥에 갇혀 지내는 것과 어머니처럼 방에만 갇혀 지내는 것이 실은 비슷한 것일지 모른다는 생각을 문득 한다. 작품을 읽은 독자는 클레넘 역시 유년기의 억압적 환경이라는 감옥에서 벗어나지 못하고 있다는 사실을 쉽게 알 수 있다. 이 작품에서 감옥이 지니는 다층적 의미에 대해 살펴보자.

(2) 『작은 도릿』에는 수많은 감옥이 등장하고 대다수의 인물과 사물 위에 감옥의 그림자가 드리워져 있다. 작품 서두의 마르세유 감옥이나 마셜시 감옥 이외에도 마르세유 항구의 검역소, 클레넘 부인이 지내는 런던시내의 집, 대부호 머들의 저택, 생베르나르 수도원 등, 많은 집과 장소가 감옥에 비유된다. 감옥과 관련해서 작품이 보여주는 빛나는 통찰은 인물들이 물리적이고 외부적인 감옥에 감금되어 있을 뿐 아니라 각자의 감수성과 상상력을 제한하는 또 다른 감옥을 마음속에 만들어서 자신을 가두고 있다는 사실을 제시한다는 점이다. 이들이 갇혀 있는 '또 다른 감옥'은 영국근대사의 진행 속에서 조성된 것인바, 윌리엄 도릿의 경우처럼 신사의 망상일 수도 있고, 상류사회의 겉치레와 허식일 수도 있으며, 클레넘 부인의 경우처럼 종교로 위장한 파괴적 복수욕과 물질적 소유욕일 수도 있다. 또한 세상만사를 상업주의의 틀로만 재단하고 어떠한 것에도 가치를 부여하지 않는 헨리 가원의 허무주의적 의식일 수도 있다.

"30년 전 어느 날 마르세유는 햇볕 속에서 타오르고 있었다,"라고 시작하는 서두부의 몇 단락은 8월의 이글거리는 태양과 무더위, 바람 한 점 없는 적막을 제시하고, 항구 안의 죽음과 그 바깥의 생명을 연속해서 대조시킨다. 서두의 마르세유 감옥에 수감되어 있는 죄수는 리고와 카발레토이다. 리고는 죄수이지만 신사로 행세하면서 함께 갇혀 있는 카발레토 위에 군림하는데, 그를 통해 감금이 타락을 낳는 현실과 신사가 곧 악당에 불과하다는 작품의 주제가 일차적으로 제시된다. 특히 결혼, 우정을 포함한 모든 인간관계가, 심지어는 종교마저도 상품의 거래, 흥정, 교환, 판매와 관련된 이미지로 제시되는 이 사회의 핵심은 리고에 의해 적나라하게 폭로되는 맛이 있다. 그가 갈파하는 세상살이의 진실은 "나는 값나가는 것은 뭐든 팔아. 소위 변호사들, 소위 정치가들, 소위 음모가들, 소위 증권거래소 사람들은 어떤가? 자네는 어때? 감옥에는 어쩌다가 왔어? 자네는 친구를 판 적이 없나? 맙소사! 판 적이 있을 거 같은데!"(2부 28장) 라고 클레넘에게 발언하는 내용에서 잘 드러난다. 리고야말로 돈만 된다면 영혼이라도 팔아치울 수 있는 인간형인 것이다.

이 작품에서 리고는 예외적인 존재가 아니라 시장과 상품의 이미지가 편재해 있는 사회에서의 기본적인 생존방식을 나타내는 것으로 보인다. "값나가는 것은 뭐든" 판매한다는 발언에서 엿볼 수 있는 배금주의의 파괴적인 정신은 만물을 상품화하고 대상화하는 캐스비를 통해 보다 분명하게 밝혀진다. 캐스비는 블리딩 하트 야드라는 빈민거주지역의 소유주로서 "마지막 가부장"이라는 별칭을 들을 정도로 겉으로는 자비와 자선을 내세우는 위인이다. 그러나 "여관이 없는 단순한 여관푯말"이라는 설명이 일러주는 대로 그는 사기꾼과 같은 존재이며 팽스를 대리인으로 내세워 가난한 빈민들의 집세를 가혹하게 짜내는 냉혈한에 불과하다. 그가 "갈아라, 갈아라, 갈아라!"라는 곡조를 읊조리며 블리딩 하트 야드의 주민들에게서 집세를 쥐어짜라고 팽스를 다그칠 때, 그의 의식에서 상대방은 물을 짜내는 기계로 블리딩 하트의 빈민들은 물에 젖어 있는 옷감쯤으로 여겨지는 것이다.

물화된 의식에 젖어 있는 캐스비는 근대를 살아가는 많은 사람들의 정신세계를 대표하는 측면이 있는데, 우리는 그 정신을 18세기 말, 19세기 초의 영국 낭만시인인 블레이크의 '닫힌 자아' selfhood 와 '열린 자아' identity 의 구분을 원용하여 '닫힌 자아'의 정신이라고 요약할 수 있겠다. '닫힌 자아'는 미지의 것에 대한 호기심을 죄악시하고 자기 내부와 주위의 창조적 흐름으로부터 고립된 채 자기 앞으로 물질이든 재산이든 끝없이 쌓아놓는 것을 유일한 목표로 삼는다.[1] 캐스비나 그의 집을 묘사할 때 반복되는 이미지가 바로—그 집의 똑딱거리는 시계와 똑딱거리는 새, 똑딱거리는 거실의 난롯불이 표상하는 대로—기계성과 획일성에 대한 암시이듯, 내부의 창조적 생명력으로부터 고립되어 있는 '닫힌 자아'는 기계적이고 반생명적인 인생을 살아갈 수밖에 없는 것이다.

자본주의적 근대에 갇혀 기계적인 삶을 살아가는 인물은 물욕과 위선으로 무장한 캐스비만이 아니다. 우리는 캐스비 이외에도 클레넘 부인, 윌리엄 도릿, 헨리 가원, 그리고 이 모두의 세계를 집약적으로 보여주는 에돌림청과 이 관청을 지배하는 바너클들 등, 수많은 '닫힌 자아'의 소유자들을 만날 수 있는데 그 특색을 간단히 살펴보

---

[1] 리비스(F. R. Leavis)의 다음과 같은 발언들을 참조할 것. "닫힌 자아는 담을 둘러치고 고립시킨다. 밑에서부터 흘러넘치는 창조적 흐름에 대한 봉쇄는 동시에 자기를 둘러싸고 있는 인생들과 삶으로부터의 봉쇄인 것이다"(*Dickens the Novelist*, 304면). "닫힌 자아로서의 개인은 자신의 폐쇄된 중심으로부터 자기중심적으로 의지를 내세우고 무조건적으로 소유를 주장하는 데 열심이다. 창조적인 열린 자아로서의 개인은 삶의 대리인이며 '자기가 자기 자신의 것이 아님을 알고 있다'"(*Nor Shall My Sword: Discourses on Pluralism, Compassion and Social Hope*, 172면). "닫힌 자아는 자기중심적으로 폐쇄된 자아 내부로부터 자기 권리를 주장하고 소유한다. 이에 반해 열린 자아는 삶—발견적 에너지이자 창조성이녀 해당 개인의 관섬에서 보면 사심 없음으로 드러나는 삶—의 초점으로서의 개별적 존재이다"(*The Living Principle: 'English' as a Discipline of Thought*, 43면). "살아 있는 존재에게 개체성(individuality) 말고 삶이 실재하는 다른 곳은 없다. 그리고 최고로 개성적인 상태에 있는 인간적 개체성은 블레이크의 '열린 자아'이다"(*Thought, Words and Creativity*, 98~99면).

기로 하자. 2부 31장에는 류머티즘과 신경증, 그리고 쇠약증세 때문에 오랫동안 사지를 못 움직이고 집에만 갇혀 지내던 클레넘 부인이 작은 도릿을 만나기 위해 마셜시 감옥으로 가는 장면이 제시된다. 서술자는 마셜시의 창가에서 바깥을 내다보며 작은 도릿을 기다리고 있는 부인에 대해 "그녀 자신의 또 다른 감옥에서 그 감옥을 내려다보며 창가에 서," 있었다,"라고 묘사한다. 이 부인을 "또 다른 감옥"에 가두어놓은 정체는 기독교의 외피를 입고 있는 복수심과 소유욕이라고 할 수 있다. 클레넘 부인의 삶은 "아침, 점심, 저녁, 아침, 점심, 저녁, 각각이 단조롭게 되풀이되었고, 느릿느릿 움직이는 태엽장치처럼 똑같은 순서로 움직이는 기계장치가 언제나 똑같이 마지못해 반복"(1부 29장)되는 것이었다고 한다. 감옥에 갇혀 있는 '닫힌 자아'의 소유자로서의 클레넘 부인은 기계적이고 무미건조한 삶에서 한 발짝도 벗어나 있지 못한 것이다. 클레넘 부인과 그녀의 집은, 실제의 감옥과－블레이크의 「런던」이라는 시에 등장하는 구절을 빌리자면－"마음이 벼려 만든 쇠사슬"이라는 이중적 의미를 지니는 마셜시가 『작은 도릿』 전체로 확산되는 데 결정적인 역할을 한다.

근대에 갇혀서 감금된 삶을 사는 인생은 타락하기 마련이고 표면을 맴돌다가 현실의 핵심을 놓치기 마련이라는 진실은 윌리엄 도릿을 통해 더욱 극적인 방법으로 부각된다. 부채 때문에 마셜시 감옥에 투옥된 도릿은 기본적인 생계조차 막내인 에이미에게 의존하고 있으면서도 스스로를 신사라고 생각하는 허위의식에 갇혀서 자신과 가족의 참모습을 알지 못한다. 1부 19장에서 도릿은 간수인 치버리가 평상시와 같은 존경을 자기에게 표현하지 않는 것이 에이미가 간수의 아들인 존의 사랑을 단호하게 거부했기 때문이라는 이야기를 은연중에 늘어놓으면서, 사랑하지 않더라도 필요에 의해 관계를 유지할 수 있는 게 아니냐는 자신의 희망 내지 요구를 전달한다. 도릿은 신사라는 허울을 유지하기 위해 자식의 사랑마저도 이용하려드는 "타락한 상태"에 빠져 있는 것이다. 유산을 상속받아 부자가 된 후 더욱 강고해진 그의 허위적 자아는 사돈인 머들과 함께 마차를 타고 런던시내로 나가는 2부 16장 이후에서 그 정점에 도달한다. 그러나 도릿의 꿈의 최고정점은 그가 최고로 타락했으며 현실로부터 최고로 멀어졌다는 사실을 의미할 뿐이다. 현실에서 최고로 벌어진 도릿은 살아 있어도 죽은 것과 다를 바 없는 목숨인데, 실제 그는 몇 장章 지나지 않아 파티에서 연설을 하다가 쓰러진 후 곧바로 죽음을 맞이한다. 마셜시에 투옥된 이후 줄곧 그를 가두어온 감옥이 끝까지 그를 놔주지 않고 파괴한 것이며, 작품 도입부의 마르세유 항구와 감옥에 대한 묘사에서 암시되었던 갇힘과 타락, 죽음의 관련성에 대한 진실을 상기시키는 것이다.

작품에 무수히 등장하는 '닫힌 자아'들의 기계성과 불모성, 반창조성을 최고로 대표하는 것은 가상의 관청으로 등장하는 에돌림청이다. 도릿의 채무 건을 알아보기 위해 이 관청에 찾아왔던 클레넘의 경험이 보여주듯 에돌림청과 관련해서 두드러지는 내용은 한 치도 앞으로 나아가지 못하고 제자리로 돌아가게 만드는 순환적 반복운동이고, 엄청난 형식적 절차와 서류양식을 요구해서 "일 안 하는 법"을 관철시키는 '능력'이다. 서술자는 "또 다른 화약음모사건이 성냥을 긋기 반 시간 전에 발각되었다 하더라도" 에돌림청이 존재하는 한 의회를 폭발에서 구해낼 순 없을 거라고 풍자한다. 에돌림청의 경우가 보여주는 대로, 사안을 불문하고 미리 정해 놓은 기계적이고 상투적인 절차의 준수를 고집하여 일의 실질적인 해결을 가로막는 행태는 근대를 사는 우리들에게 낯익은 모습이다.

미글스 씨는 호인이고 마음씨 좋은 전직 은행가로서 클레넘이나 도이스와 흉허물 없이 친하게 지내는 사이이다. 그러나 발명에 관한 독창적인 생각을 포기하지 않고 끈질기게 궁구한다는 이유로 틈만 나면 도이스를 조롱하는 미글스를 보면서, 클레넘은 "이 정직하고 인정 많으며 친절한 미글스 씨의 가슴에 에돌림청이라는 커다란 나무로 자라났던 겨자씨가 극소량이라도 들어 있는 게 아닐까"(1부 16장) 하는 의구심을 품는다. 이 생각이 단순한 기우에 그치지 않는 것은, 미글스가 도이스를 "공공의 범죄자"로 칭할 뿐 아니라 자기의 딸이 가원과 결혼하는 것을 못마땅하게 여기면서도 막상 결혼식장에 에돌림청의 거물들이 대거 참석하자 몹시 기뻐하는 모습을 보이기 때문인데, 미글스는 사회를 지배하고 있는 에돌림청의 논리를 내면화하고 있는 인물이라고 할 수 있다. 그것도 외부나 위로부터의 강제 때문이 아니라 스스로의 내면에서 일어나서 호응하는 어떤 작용 때문에 말이다. 머들에의 투자열풍이 사회 전반에 전염병처럼 퍼져서 대부분의 사람들이 머들을 숭배하게 되는 현상 역시 사회 전반에 확산된 '닫힌 자아'들의 존재를 알려주는 징표이다. 미글스의 경우나 머들에의 투자열풍은, 일정 시점에 이르러 자기 확장이 한계에 부딪친 자본은 그 생명을 계속 유지하기 위해 애초에 자기 외부에 머물던 존재들도 - 사람이든 제도이든 영토이든 - 근대의 진행에 순응하는 '닫힌 자아'들로 만들 필요가 절실한데, 바로 그 '필요'를 실질적으로 현실화하는 데 성공한 사례들이라고 하겠다.

그런데 내면에서부터 지배논리에 호응하고 나서는 미글스 씨 같은 존재가 없다면 자본의 움직임이 그 영향력을 지속, 확대하는 것은 불가능하므로 결국 '닫힌 자아'와 반대편에 있는 '열린 자아'를 생성하고 유지하는 일이 근대를 극복하는 하나의 길이 될 수 있는 것이다.

(3) 마셜시에서 석방된 아버지를 따라 유럽으로 건너온 에이미는 제너럴 부인으로부터 상류사회의 예의범절을 집중적으로 교육받지만 '열린 자아'의 소유자인 에이미는 표면만을 가다듬는 그녀의 교육을 받아들이지 못한다. 에이미를 '열린 자아'의 대표자로 만드는 기본적인 특징은 그녀의 착함, 순진함, 사심 없음 등의 자질이라고 할 수 있다. 감옥에서 태어나고 자란 에이미는 8세 때 어머니가 사망한 이후부터는 가족의 생계를 실질적으로 책임질 뿐 아니라 자신이 생활을 꾸려간다는 사실을 아버지인 도릿에게는 비밀로 해서 그의 체면을 유지해주어야 하는 부담까지 안고 살아간다. 그러면서도 에이미는 도릿에게 "결코 마르거나 줄어들지 않는 사랑과 효성의 샘물"과도 같은 의미를 지내는데, 이는 그녀가 무조건적이거나 감상적으로 착한 인물이어서가 아니다. 에이미는 가족을 위해 기꺼이 헌신하면서도 자신에게 의지하려고만 드는 가족의 상태에 대해 비판적인 의식을 간직하고 있으며, 열렬한 사랑을 고백하려고 하는 존 치버리에게 그 사랑을 받아들일 생각이 없다는 뜻을 단호하고 엄격하게 전달할 만큼 자기의 주장을 단호하게 펼칠 줄도 아는 인물이다. 또한 강한 생활력을 발휘하면서도 물질적 소유욕에 사로잡혀 있지 않다. 예컨대, 작품 말미에서 무일푼이 된 클레넘에 대한

사랑을 끝까지 간직하고 결국엔 결혼을 성취하는 모습은 그녀의 생활력이 단순한 억척스러움과는 다른 차원에 있는 것임을 알려주는 것이다.

'열린 자아'의 소유자로서 에이미가 발휘하는 영향력은 무엇보다도 가족과의 관계에서 잘 드러난다. 존 치버리의 접근을 허용하라고 은연중에 다그치는 아버지에게 그녀가 한 마디의 대꾸도 하지 않지만 그 스스로가 자신의 잘못을 느끼도록 만드는 대목이나, 가족의 비참한 상태를 거론하며 모든 것이 에이미 탓이라고 하던 언니 패니가 잠시 후 곧바로 사과하고 용서를 구하도록 만드는 대목 등은 잠자코 있어도 상대방이 느낄 수밖에 없는 에이미의 존재가 지닌 힘을 알려준다. 에이미는 또한 아버지와 가족의 상태를 정확히 직시하고 있으며 블랑두아로 등장하는 리고의 잔인한 인간성과 깊이가 없고 경조부박한 가원의 됨됨이를 누구보다도 확실하게 꿰뚫어볼 정도로 예지에 찬 인물이다. 에이미가 겉모습이나 세평에 현혹되지 않은 채 독자적인 안목으로 상대를 바라보고 판단하는 눈을 지닌 것은, 그녀가 개성을 말살하고 표준화된 자아를 양성하기 위해 노력하는 제너럴 부인과 달리 표면보다 그 이면의 핵심에 육박할 수 있는 능력을 지녔기 때문인데, 이러한 에이미가 유럽에서의 삶을 '비현실'로 느끼고 마셜시에서 가족을 돌보며 살던 삶을 오히려 '현실'로 느낀다는 것은 의미심장한 일이다. 유럽에서 그녀가 "바라보는 모든 것이 새롭고 놀라운 것이었지만 현실적이지는 않았다,"라고 서술자는 그녀의 생활과 느낌을 정리해준다. 에이미에게 '현실'이란 단순히 존재하는 것을 의미하는 것이 아니라 그것을 가치 평가적으로 판단하는 측면을 함축하는 단어이다. 그녀에게는 모두가 표면을 닦는 일에만 열심인 유럽에서의 삶보다 가족을 포함하여 남에게 헌신하고 봉사하면서 인간적인 공간을 만들어갔던 마셜시에서의 삶이 의미 있는 삶으로 여겨지는 것이다.

모든 것을 양적으로 계산한 후 금전적인 이득의 관점에서 바라보는 근대의 정신과 반대되는 정신의 소유자인 에이미가 세상의 제너럴 부인들이 대표하는 지배코드에 도전하는 인물인 것은 사실이지만 충분한 도전이 못 되는 것 또한 사실이다. 그녀는 제너럴 부인의 교육에 효과적으로 저항하지 못하다가 일시적이나마 '순응'하는 모습을 보이기도 하고, 머들에 대한 투자열풍이 번졌을 때 그를 만나보고 싶다는 생각에 잠시 젖기도 한다. 우리는 이 작품에서 강력한 개성으로 드러나는 '열린 자아'의 최고대표자로 발명가 도이스를 꼽을 수 있다.

도이스는 작품에서 머들에 대한 투자에 관심을 보이지 않는 유일한 인물인데, 이는 그가 유별나거나 괴팍스러워서가 아니고 사회 전반에 바이러스처럼 퍼진 "전염병의 확산"을 이겨낼 수 있는 가치관의 소유자이기 때문이다. 그리고 이러한 개성이 사심 없음이나 창조성으로 드러나는 '열린 자아'의 중요한 특성을 이루는 것이다. 그는 자신의 발명품에 대해 자기의 권리나 소유를 주장하기보다 "조물주가 그 전체를 만들었고 자기는 우연히 그것을 발견한 것처럼"(2부 8장) 이해하고 그에 따라 행동할 정도로 사유재산의 증식이나 사익 추구와는 반대편에 위치해 있다. 이에 비해 가원은 예술품을 팔아서 최고의 이익을 내는 데에만 관심이 있는 위인이다. 가원은 자신이 그림을 그리는 목적에 대해 "내가 그리는 것은 팔기 위해 그리는 거예요. 모든 동업자들이 그리는 것도 팔기 위해 그리는 거고요. 받을 수 있는 최대한의 돈을 받고 팔기를 원하는 게 아니라면 그리지도 않을"(1부 34장) 거라고 클레넘에게 거리낌 없이 얘기할 정도이다.

가원에게 예술작품은 시장에서 사고파는 여타의 물품과 하등 다를 바 없는 하나의 상품일 뿐이다. 만물을 상품화하는 그의 세계에서 예술이든 결혼이든 또는 다른 무엇이든 특별한 중요성을 갖는 게 아니다. 단지 좀 더 많은 재물의 확보가 중요할 따름인데, 이러한 모습이 그를 리비스가 말하는 "본질적 허무주의"(*Dickens the Novelist*, 308면)의 소유자로, 그리고 '비현실'의 최고대표자로 부각시키는 것이다. 가원이 화가가 되기로 결심한 것부터가 남 다른 재능이 있다거나 억누를 수 없는 표현욕구가 발동해서가 아니다. 그저 그림 그리는 데 약간의 재주가 있다고 생각하던 차에, 자기에게 경제적 도움을 주지 않는 바너클들에게 복수하기 위해서였던 것이다. 화가로 등장하는 가원이 창조적 충동과 무관한 위인이라면, 도이스는 자기 내부에 존재하는 창조적 충동에 대해 끝까지 책임을 지는 인물이다. 주인공 클레넘은 화창한 어느 날 미글스의 시골별장에 초대를 받아서 가던 중에 도이스를 우연히 만나 그의 이야기를 듣게 된다. 외국에서 상당한 성공을 거두었지만 고국에 봉사하고 싶은 생각이 들어 귀국했고, 중요한 발명이 빛을 보도록 하기 위해 에돌림청을 상대로 오랜 기간 노력했지만 오히려 골칫거리로 찍히게 되었다는 이야기에 연이어서, 둘의 대화는 다음과 같이 이어진다.

> "도이스 씨, 생각을 언제나 그쪽으로 했다는 것이 대단히 유감스런 일이군요." 클레넘이 말했다.

"맞아요, 어느 정도는 맞는 얘기예요. 하지만 어떡합니까? 만일 불운하게도 나라에 도움이 될 뭔가를 생각해냈다면 그것이 끄는 대로 따라가야죠."

"그것을 포기하는 게 낫지 않나요?" 클레넘이 물었다.

"그럴 순 없어요." 도이스가 생각에 잠긴 채 미소를 짓고 고개를 가로저으며 말했다. "그것이 묻히려고 생각난 것은 아니거든요. 유용하게 쓰이려고 생각난 거지요. 사람은 마지막까지 삶을 위해 열심히 노력한다는 조건으로 삶을 유지하는 거예요. 누구든 발견을 한다는 것은 똑같은 조건을 달고서 하는 거지요." (1부 16장)

내부에서 생겨난 창조적 충동에 대해 끝까지 최선을 다해 응답하는 도이스의 모습은 삶에 대한 책임감의 표현인데, 도이스가 구현하는 창조성은 물질과의 관계에서만 드러나는 게 아니다. 도이스와 동업한 클레넘은 회사를 번창시켜서 그에게 도움을 주고자하는 희망을 갖고 머들에게 회사 돈을 투자한다. 하지만 머들의 자살과 함께 클레넘이 투자했던 돈은 모두 없어지고, 그는 자책과 불안 탓에 극도로 쇠약해진다. 작품의 마지막 장에서 외국에서 돌아와 사업을 다시 일으켜 세운 도이스는 클레넘에게 지나간 일을 다시 거론하지 말 것과 그 일 때문에 스스로를 자책하지 말 것을 부탁한 후, "당신의 옛 자리가 당신을 기다리고, 당신을 몹시 필요로" 한다며 상대방을 격려한다. 도이스의 격려를 통해 클레넘은 침울하고 쇠약해진 상태에서 벗어나 에이미와의 미래를 설계할 수 있게 되는데, 이 예화에서 엿보이듯 도이스는 인간관계에서도 창조성을 발휘하고 진정한 '현실'을 생성하는 존재인 것이다.

창조성을 대표하는 도이스가 창조성에 적대적인 가원에 대해 "그는 폴몰 가를 유유히 걷는 걸음으로 예술에 산책 나왔어요. 그런데 예술을 그렇게 냉정하게 대해도 되는 건지 모르겠군요."(1부 17장)라고 신랄하게 비판하는 인물로 등장하는 것은 따라서 작품의 자연스런 진행이다. 리비스에 의하면 진정한 예술이란 "삶, 자발성, 창조성, 현실"(*Dickens the Novelist*, 285면) 등 '열린 자아'의 속성을 최상위로 구현하는 개념이다. 이에 반해 '닫힌 자아'의 소유자는 예술에 대해 적대적인 태도를 취한다. 클레넘 부인은 "가수들, 연주자들, 그리고 그와 같은 악의 자식들"이라는 표현이나, "예술이라고 불리는 그 저주받은 덫"이라는 표현을 사용하는 데서 엿보이듯 예술에 대해 극도의 적개심을 숨기지 않는다. 이는 남편과 그의 여자가 프레드릭 도릿의 음악교습소에서 만났으며 그 여자가 가수였다는 사정과도 관계있지만, 보다 근원적인 이유는 이 부인이 진정한 예술을 적대시하는 '닫힌 자아'의 소유자이기 때문이다.

지금까지 우리는 해방된 삶을 사는 '열린 자아'의 소유자만이 근대의 대세를 거슬러서 자기만의 안목으로 세상을 바라볼 수 있으며, 협동적으로 생성되고 유지되는 인간다운 '현실'을 창조할 수 있다는 사실을 지적했다. 강력한 개체성이 있어야 사회가 규정하는 시각에서 벗어나 현실을 정확하게 파악할 수 있는바, 팽스가 머들에게 투자하는 대목을 중심으로 이 문제를 좀 더 살펴보는 것도 의미 있을 듯하다. 팽스는 사회 전반에 전염병처럼 퍼진 머들에의 투자열풍에 감염되어서 자기 재산을 몽땅 투자할 뿐 아니라 도이스와 동업한 클레넘에게도 투자할 것을 권유한다. 팽스의 계산에 의하면 머들에게 투자하는 것은 "안전하고 확실"한 길이며 실패할 가능성이 전혀 없는 길이다. 그러나 팽스의 투자 행위와 권고 행위는 머들이

"최대의 위조꾼이요 최대의 도둑"에 불과하다는 진실이 밝혀지면서, 그 자신과 클레넘에게 돌이킬 수 없는 재앙을 안겨주는 것으로 끝이 난다. 클레넘에게 투자를 권유하는 팽스가 그를 통해 이익을 추구했던 것은 아니다. 오히려 클레넘뿐 아니라 도이스에게도 결정적인 도움을 주고자하는 선의에 따라 투자를 권했던 것이다. 그러나 근대의 계산방식에 갇혀 있는 자아로는 현실을 제대로 알아볼 수 없는 법이고, 그 결과는 자신뿐 아니라 도움을 주고자했던 타인에게도 돌이키기 어려운 파멸로 귀결되는 것이다. 결국, 근대의 대세가 강요하는 표준화된 자아에 충실한 채 감금된 삶을 살아서는 – 팽스의 경우처럼 아무리 선의로 충만해 있다고 하더라도 – 근대의 문제점을 극복하기는커녕 확대재생산할 뿐인 것이다. 요는 근대의 대세에 비판적으로 맞설 수 있는 해방된 삶의 가능성을 근대 안에서 어떻게 생성하고 유지해나갈 것인가의 문제인바, 디킨스는 진정한 개체성과 창조성을 구현하는 에이미와 도이스를 통해 그 가능성을 모색하고 있다.

(4) 문명의 기록치고 야만의 기록이 아닌 것이 없다지만 오늘날 실업과 생존경쟁, 자기소외와 자기망각은 유례를 찾기 힘들만큼 대규모화하고 있으며, 이에 대한 일종의 반작용으로 근대세계를 전면적으로 비판하고 부정하려는 허위의식 또한 강화되고 있는 듯하다. 그러나 근대의 의미를 묻고자 할 때 잊지 말아야 할 것은 근대가 지닌 가능성과 상실, '커다란 기대'와 '잃어버린 환상'의 역동적인 이중성을 동시에 바라보아야 한다는 점이다. 양면성으로 가득한 근대의 문제가 근대적 주체를 생산해내고 그 주체를 통해 확산되고

공고화되는 과정과 어떻게 연결되어 있는지 살펴보기로 하자.

근대를 대표하는 주체는 자기 자신이 자기 운명의 주인이라고 믿으며 이성과 합리성에 의거하여 사고하고 행동하는 자유주의적 주체라고 할 수 있다. 이에 따르면 현재의 나를 만들고 규정하는 것은 내 안에 있는 실체적이고 본질적인 자아로서, 이는 통일적이고 고정되어 있으며 다른 것으로 환원되거나 축소될 수 없는 성질을 지닌다. 환경 등의 외부에 의해 규정되지 않는 자립적인 주체를 상정할 경우에만 근대의 핵심가치로 받아들여지는 개인의 자율성과 도덕적 자유 및 그에 따른 책임의 문제가 성립할 수 있는 것이다. 근대인이 신이나 절대군주 대신에 이성과 합리성의 인도를 따르게 되면서, 개개인은 무명의 군중이 아니라 각자의 이름과 정체성을 지닌 주체로 존중받게 되었고, 사회 전체도 일방적인 명령과 강제보다는 자율적인 주체들 사이의 합의가 중시되는 쪽으로 긍정적인 변화를 겪게 된다. 그러나 근대적 주체가 절대적보편성의 이름으로 다른 객체를 타자로 규정하고 그 타자를 자신의 동일성 속으로 전유했던 저간의 역사는 근대적 주체의 부정적인 면에 닿아있는바, 전근대로부터의 해방과 새로운 질곡의 형성을 동시에 의미하는 근대의 이중성이 근대적 주체와 관련해서도 변주되고 있는 것이다.

디킨스 시대의 영국에서 근대적 주체를 구성하고 강화하는 데 결정적인 영향을 미친 원리는 공리주의이다. 디킨스는 『어려운 시절』에서 스스로가 설정한 이성과 합리성의 기준에 따라 세상만사를 재단하고 운영하는 공리주의의 문제점을 비판하는데, 비판의 주된 요지는 공리주의가 강조하는 합리성이 일면적이고 부분적인 것이어서 인간정신의 본질에 닿아있는 능동적이고 창조적인 부분에 대한 충동을 억압하고 왜곡한다는 것이다. 본원적 충동은 문자 그대로 사람들의 깊숙한 곳에 생명력처럼 존재하는 것이어서 공리주의가 아무리 배제하려고 해도 없어지는 것이 아니다. 오히려 당사자에게 "상처만 입히고 모습을 일그러뜨리기만"(『어려운 시절』 1권 2장) 하는데, 작품은 공리주의자인 그래드그라인드의 맏딸 루이자를 포함하여 여러 인물과 사건들을 통해 이 중심 주제를 탐구하고 전달한다. 예컨대, 루이자는 어릴 때부터 사실과 숫자로 이루어진 교육을 받고 절대 "궁금해하지 말라,"라는 가르침을 받았지만, 인생의 의미와 삶의 가능성에 대한 궁금증 및 공허감에서 한시도 자유롭지 못하다. 그녀는 공리주의가 강조하는 형식적 합리성과 그것이 주도면밀하게 배제하고자하는 "굶주린 상상력"으로 분열된 삶에 시달리는 것이다. 공리주의의 올바름과 효용에 대해 철저한 확신을 지니고 있는 그래드그라인드이지만, 막상 산술 및 추상의 정신과 대척적인 자리에 있는 씨씨의 "장점과 단점"을 나누어 표시하라는 요구를 받자 어떻게 구분해야할지 몰라서 혼란스러워한다. 씨씨야말로 공리주의식 기준으로 보자면 단점으로 가득한 지진아이고 평균이하이지만 그래드그라인드조차도 그녀가 대표하는 활력과 생명력이 인간의 삶에서 발휘하는 긍정적 영향력을 끝까지 외면할 수는 없는 것이다.

그래드그라인드와 루이자의 예가 보여주듯이 근대의 원칙을 신봉하거나 이 원칙에 충실하도록 훈육된 존재들이 분열된 모습을 보인다면 이는 근대사회의 철학 및 운영원리가 지니고 있는 이중성 내지 본원적 분열성에 닿아있다고 할 수 있을 듯하다. 철학적으로 볼 때 데카르트의 "나는 생각한다, 고로 존재한다,"라는 코기토cogito

명제가 보여주듯 근대적 주체는 자신의 물질성 내지 육체성을 부정하고 그 바탕 위에서 탄생한 것이라고 할 수 있다(김상환, 『니체, 프로이트, 맑스 이후』, 17~21면). "데카르트의 방법적 이성이 형이상학적 자아로, 칸트의 초월론적 주체로, 그리고 다시 헤겔의 절대정신으로 이상화되는 과정"(김상환, 20면)은 정신의 우선성 내지 지고성의 원칙이 확고하게 확립되는 과정이라고 할 수 있으며, 이 과정을 거치면서 세워진 주체는 자신의 뒤에 남겨진 질료성, 육체성의 그림자 때문에 항상적으로 시달릴 수밖에 없는 존재가 된다. 그러나 배제를 통해 구성된 주체는 결여된 것에 대한 역설적 욕망을 갖게 되는 법이다. 단적으로 말해서, "혐오와 매혹"(Peter Stallybrass and Allon White, *The Politics and Poetics of Transgression*, 5면)의 이중적 의식에 시달리는 근대적 주체가 탄생하는데, 빅토리아 시대 중산층의 이중적이고 분열적인 면모, 즉 거실의 소파에 안락하게 앉아서 매이휴, 채드윅 등의 사회개혁가들이 작성한 슬럼가와 노동빈민에 대한 보고서를 열심히 읽는 모습은 근대적 주체의 이러한 이중성과 관련된 것이다.

경제적으로 볼 때 근대의 자본주의시장경제는 비자본주의적 공간인 외부에 대한 필요와 이 외부를 자본주의적인 내부로 전화시키려는 경향 사이에서 분열 내지 모순을 보인다고 할 수 있다. 이는 팽창 내지 확대재생산을 해야 유지될 수 있는 자본의 속성에서 기인하는바, 자본이 탐식성을 끝없이 발휘하여 자연이든 무의식이든 모든 외부를 내부화하고 "더 이상의 외부는 없다,"라고 선언하는 순간, 외부를 자기 영토화하지 않으면 유지되지 못하는 자본이 바로 자기 자신의 탐욕에 의해 위태롭게 되는 병리적 현상이 발생하는 것이다. 내부화되지 않은 외부에 대한 요구와 외부를 끝없이 내부화하는 경향, 둘 사이의 이율배반성이 표상하는 자본주의경제의 분열적 모순은 다른 차원에서도 확인 가능하다. 예컨대, 근대는 새로운 상품에 대한 수요를 창출하기 위해서라도 대중의 창조성과 자발성이 확장되는 것을 필요로 하지만 이것을 일정한 경계 안에 가두어서 자본의 통제력이 감소하는 것을 방지할 필요 또한 증가하는 시대라고 할 수 있다. 생산을 위해서는 자기절제에 익숙한 고정되고 안정된 주체가 최상이지만 소비를 위해서는 낭비와 과시욕에 휩싸인 주체가 선호되는 모순이 일상적으로 벌어지는 시대인 것이다.

결국 근대의 주체가 자율적이고 자립적이며 통일된 단자로 존재한다는 생각은 객관현실과 상충하는 허구에 불과한데, 이는 『작은 도릿』에 등장하는 분열된 인물들을 통해서도 확인할 수 있다. 12년 동안 방에만 갇혀 지내는 클레넘 부인은 여름이나 겨울이나 마찬가지이고 어제가 내일과 똑같은 단조롭고 기계적인 삶을 사는 위인이다. 감옥과 같은 방안에 머물면서 남편과 그의 여자에 대한 증오심으로 평생을 시종하지만, 아서 클레넘과 그의 생모를 대했던 방식에 대한 양심의 가책에 시달리기도 하는 그녀의 이중성은, 스스로를 "겸손한 이름"으로 칭하고자 하지만 사실은 거만하게 "권력을 탐하는 여자 루시퍼"라는 지적이나 금욕적인 생활과 호사스런 식사 사이의 불균형에서 이미 암시된다고 하겠다. 가정과 사업장이 서로 분화되기 이전 단계에 속하는 클레넘 부인의 사업이 상대적으로 자본주의 발달 초기의 경제에 속하는 것이라면, 대부호 머들의 사업은 자본주의가 지속적으로 발달해서 생산보다는 금융에 의존하게 된 단계를 대표한다고 할 수 있다. 머들은 사회를 움직이는 실질적인 주역으로서 그에 대한 존경과 숭배가 전염병처럼 사람들 사이에 퍼져나가는 자본주의경제의 "사도"와도 같은 존재이다. 그러나 그는 자기 부인과 집사장에 의해 끊임없이 감시당하는 하찮은 존재로, 그리고 호화스런 파티를 할 때에도 구석자리에 혼자 앉아 "18펜스짜리 보잘것없는 식사"로 끼니를 때우는 불쌍한 존재로 나타난다. 머들의 예가 알려주는 내용은 분열된 운명에 시달리는 인물이 시대에 뒤처진 채 과거에 갇혀 지내는 클레넘 부인만이 아니라는 사실이다. 자본주의적 근대의 주역을 포함하여 많은 인물이 분열된 삶을 피할 수 없는 것이다. 허식과 낭비로 시종하는 상류사회의 인사들 역시도 어떤 의미에서 분열된 삶을 벗어날 수 없다. 이들은 대부호 머들을 "벼락부자"로 경멸하면서도 그의 재산을 부러워하고 그와 친분을 쌓으려는 이중성을 보이는데, 이는 뜻밖의 유산을 상속받고 감옥에서 석방된 윌리엄 도릿이 초상화를 부탁해오자 가원이 보여주는 분열된 반응과 정확히 일치한다. 무엇보다도 캐스비에게 고용되어 있는 '일터의 팽스'와 클레넘과 작은 도릿을 자발적으로 도와주는 '사적 공간의 팽스'로 분열돼 있는 팽스의 모습이 근대에 갇혀서 분열된 삶을 살 수밖에 없는 대다수 근대인의 운명을 최고로 대표한다고 하겠다.

이제까지 우리는 근대적 주체의 분열이 근대사회의 철학 및 운영원리에 닿아있는 것이고 분열된 인물로는 근대의 대세를 거슬러 오를 수 없다는 사실을 살펴보았다. 그렇다면 대량으로 복제되는 경우는 어떠한가? 우선, 주체의 분열이 그러하듯이 복제 역시 자본주의경제의 객관현실에서 비롯한다는 점을 강조할 필요가 있다. 맑스가 자본주의경제를 분석하는 출발점으로 삼았던 기본단위가 상품인

바, 상품의 가치를 결정하는 것은 어떤 상품을 생산하는 데 사회적으로 요구되는 평균노동시간이며 개개의 상품은 그것이 지닌 가치에 따라 등가적으로 교환되는 것이다. 이때 개별상품의 가치를 결정하고 교환의 토대를 마련하기 위해 무엇보다 필요한 것이 전체를 가능한 세부로 나누는 원리이며, 각각의 질적인 차이를 무시하고 계산 가능한 대상으로 삼을 수 있도록 하는 산술과 추상의 정신이다. 질적인 차이를 양적인 차이로 환원한 후 동일한 잣대로 계산하는 사회에서 가치와 질의 문제는 무시되기 마련이고, 양적인 증식을 위한 대량복제의 토대가 자연스레 마련되는 것이다.

『작은 도릿』에서 복제술의 대가로 등장하는 인물은 유산을 상속받은 윌리엄 도릿이 자식들에게 상류사회의 매너를 교육시키기 위해 고용한 제너럴 부인이다. 이 부인이 행하는 교육의 요체는 독자적인 생각을 하지 말 것, 불쾌한 것은 아예 존재하지도 않는 것으로 무시할 것, 그리고 '파더' father 대신에 '파파' papa 같이 입모양을 예쁘게 할 수 있는 단어를 사용할 것 등이다. 내면을 무시하고 표면만을 다듬는 데 열심인 이 부인의 체계에서 예컨대, 궁금증을 갖는다는 것은 기성의 것과 다른 생각을 품을 가능성으로 이어질 수 있으므로 절대적으로 금지해야 할 사항이다. 한마디로 해서 제너럴 부인이 "정신을 단련시키는 방식"은 온전한 개성을 억압하고 유행을 답습해서, 동일한 가치관과 행동양식을 지닌 표준화된 개인들을 기계적으로 양산해내는 방법인 것이다. 작품에서 이름조차 없이 익명으로 등장하거나, 이름은 있어도 서로를 구분할 독자성이 전무하거나, 지시물 없는 기표에 비유되는 인물들[2]은 어떤 의미에서 실체적 차이를 무시하고 형식만을 강조하는 제너럴 부인의 방법이 광범위하게 그리고 질적으로 한층 심화된 형태로 적용된 경우에 해당한다고 할 수 있다. 에돌림청의 논리를 복제해서 이를 다른 사람에게 '강요'하는 미글스의 존재나 대중들의 자발적인 상호작용과 전염에 의해 확산된 머들에의 투자열풍은 제너럴 부인의 복제술이 이 사회에서 대규모로 시행되어 대세를 형성했음을 알려주는 예이다.

(5) 자율적이고 자립적이며 통일된 실체라는 근대의 주체 개념은 분열과 복제의 예에서 보듯이 객관적으로 존재하기 어려운 허구일 뿐 아니라 사회적이고 구조적인 문제에 대한 책임을 특정개인이나 특정세력 탓으로 돌리게끔 유도하는 구실이 될 수도 있다. 어떤 주체가 외부의 영향을 받지 않고 독자적으로 결정하고 행동했다면, 그 행위의 결과에 대해 다른 사람이나 사회에 책임을 돌리지 말고 혼자서 책임지라고 요구하는 것이 당연한 노릇이기 때문이다. 그러나 디킨스 자신이 데카르트에서 비롯한 단일하고 이성적이며 자족적인 주체라는 신화를 그다지 신뢰하지 않았다는 사실은 이제까지의 검토에서 어느 정도 드러났으리라고 믿는다.

클레넘은 머들에게 회사 돈을 투자했다가 머들의 자살과 함께 모

---

[2] 예를 들면, 에돌림청의 사무실에 근무하는 1번, 2번, 3번, 4번 신사들, 나라를 좌지우지한다는 "존 바너클, 오거스터스 스틸츠토킹, 윌리엄 바너클과 튜더 스틸츠토킹, 톰, 딕 또는 해리 바너클 또는 스틸츠토킹"들, 전 세계에 퍼져 있는 온갖 바너클들, 머들의 파티에 참석한 "궁정에서 온 거물들, 시티에서 온 거물들, 하원에서 온 거물들과 상원에서 온 거물들, 거물판사들과 거물변호사들, 거물주교들, 재무성의 거물관리들, 근위기병대의 거물장교들, 해군의 거물장성들" 등 참조. 캐스비는 "여관이 없는 단순한 여관푯말"에 비유되며, 머들 역시도 실체 없는 기호에 불과하다고 할 수 있다.

든 돈을 잃고 마셜시에 수감된다. 감옥에 갇힌 지 10주 내지 12주가 지난 어느 날 바너클 중에서 "최고로 착하고 똑똑한 바너클"인 퍼디낸드가 그를 찾아온다. 퍼디낸드의 방문 목적은 파산에 대한 자책으로 괴로워하는 클레넘을 위로하려는 마음도 마음이지만, 클레넘의 불행이 에돌림청 때문이 아니라는 사실을 확인하고, 에돌림청을 상대로 어떠한 일이든 처리하려고 시도하는 것은 바보처럼 어리석은 일이니 다시는 그러지 말라고 충고하기 위해서이다. 퍼디낸드가 에돌림청의 핵심에 대해 클레넘에게 해주는 이야기는 "우리 부서는 전력을 다해 공격해야 하는 사악한 거인이 아니에요. 엄청난 양의 겨를 찧으면서 나라의 바람이 어느 쪽으로 부는지를 알려주는 풍차일 뿐"(2부 28장)이라는 것이다. 퍼디낸드의 지적이 아니더라도, 우리가 에돌림청이 불러일으키는 모든 혼란과 불편이 이 부서를 실질적으로 지배하는 가문인 바너클과 스틸츠토킹들 탓이라고만 한다면, 그것은 『작은 도릿』이 표현하는 작가의 생각을 일면적으로 파악한 것에 불과하다. 에돌림청의 논리를 내면화하고 있는 미글스의 사례에서 보듯이 사회의 모든 구성원들이 다 같이 가세하여 확산시키는 문제인 것이다.

대니얼 본의 지적대로 "관료제의 미로를 나타내는 에돌림청에 대한 묘사는 기묘하게도 권력의 작동에 대한 푸코의 묘사를 예견"(Daniel Born, *The Birth of Liberal Guilt in the English Novel*, 45면)하는 측면이 있는데, 권력에 대한 푸코의 설명은 다음과 같이 이어진다.

방법론적으로 유의할 세 번째 사항은 권력은 한 사람이 또는 한

> 집단이나 계급이 다른 사람들 또는 다른 집단이나 계급에 대해 동질적인 지배를 공고하게 행사하는 현상으로 이해해서는 안 된다는 사실과 관계된다. 오히려 언제나 명심해야 하는 사실은 권력은-우리가 너무 떨어져서 보지 않는다면- 그것을 배타적으로 소유하고 유지하는 사람과 조금도 지니지 못한 채 복종하는 사람을 구별하는 게 아니라는 점이다. 권력은 순환하는 그 무엇으로 또는 차라리 연쇄적인 고리형태로만 기능하는 그 무엇으로 분석되어야 한다. 권력은 여기나 저기에 자리 잡고 있는 게 아니고, 누가 손에 쥐고 있는 것도 아니며, 상품이나 물품처럼 전유되는 것도 아니다. 권력은 그물망 같은 조직을 통해 사용되고 행사되는 것이다. 그리고 개인들은 그 실타래 사이를 순환할 뿐 아니라 권력을 경험하면서 동시에 행사하기도 하는 위치에 있는 것이다. 개인들은 권력의 무기력한 목표물이거나 동의하는 목표물일 뿐 아니라 언제나 권력이 명료화되는 요소이기도 하다. 달리 말해, 개개인은 권력의 매개물이지 적용점이 아닌 것이다. (Foucault, *Power/Knowledge: Selected Interviews and Other Writings 1972~1977*, 98면)

에돌림청을 통해 제시되는 권력의 작동양상은 작중의 수많은 인물들이 머들을 우상화하고 너도나도 투자하는 사태의 진행에서 보다 명료하게 드러나는 맛이 있다. 머들에 대한 믿음은 "전염병의 확산"처럼 사회 전체에 퍼져서, 상류층인사들뿐 아니라 블리딩 하트 야드의 하층민들마저 머들에게 투자하겠다고 나선다. 클레넘이 머들에게 투자하는 계기는 앞에서 지적했던 대로 팽스가 제공한다. 팽스의 권유을 받고 클레넘은 도이스에게 도움이 되고자 하는 선의에 따라 회사 돈을 전부 투자하지만, 머들이 정체가 밝혀지면서, 그 자신을 포함한 많은 사람들에게 돌이킬 수 없는 파멸을 안겨주는 것으로 끝이 난다. 클레넘 자신이 투자의 희생자이지만 도이스와 관련해서 보면 가해자이기도 한데, 따지고 보면 클레넘만이 아니다. 팽스 역시 투자를 권유해서 열풍을 확산시킨 장본인이지만 그 자신이 피해자이며, 머들에게 투자하겠다는 처음 생각도 타인에게서 옮겨온 전염병과 같은 것이지 혼자만의 발상이 아닌 것이다. "팽스 씨는 자기도 모르는 사이에 열병에 감염된 경우와 마찬가지로 널리 퍼진 그 질병을 누구에게서 옮겨 받았는지 알 수 없었다."(2부 13장)라고 한다. 더 나아가면 머들도 일방적인 가해자는 아니라고 할 수 있다. 그 역시 사회에서 끊임없이 감시당하는 불쌍한 존재인 것이다. 푸코의 지적대로 모두가 권력을 전달하고 매개하는 고리역할을 하는 상황에서, 개인들은 권력을 행사하기도 하지만 권력에 의한 희생자이기도 하기 때문에 한두 사람이나 집단에게 책임을 물을 순 없는 상황이 된 것인지 모른다.

클레넘을 감옥까지 찾아온 퍼디낸드의 계산은 단순화하자면 20세기 후반에 푸코가 정교하게 정식화한 권력과 주체의 관계에 대한 인식을 선취해서, 사회적 재앙에 대한 책임을 바너클들에게 묻는 건 곤란하다는 점을 강변하고 결국엔 누구의 책임도 아니라는 점을 확인하고자 하는 걸로 보인다. 그렇다면 파산한 사람은 자신의 불행한 운명에 대해 슬퍼하는 것 외에 다른 도리가 없는 것인가? 그러나 클레넘의 파산을 예로 들자면, 그것은 바너클들과 미글스와 팽스와 블리딩 하트 야드의 하층민들 모두가 가세한 일이고, 그래서 누구의 책임도 아닌 게 아니라, 바너클들은 바너클대로 미글스는 미글스대로의 책임이 있는 것 아니겠는가. (퍼디낸드 자신부터가 에돌림청과 클레넘의 불행은 서로 관계가 없다는 자기 자신의 발언을 액면

대로 믿는 것 같지는 않다. 이는 클레넘에게서 자신의 파산에 에돌림청은 책임이 없다는 확약을 받은 후, "우리 부서가 당신의 곤경과 관계가 있을까 봐 대단히 안타깝게 여겼거든요,"라고 조심스레 말하는 대목에서 잘 드러난다). 각 집단에게 얼마씩의 책임이 있는지는 별도로 따져야 할 문제겠지만 제일 많은 권력을 가지고 제일 많이 관여한 세력이 제일 큰 책임을 지는 것이 상식일 것이다. 서술자는 "거대한 화재가 멀리 떨어진 곳까지 그 불타는 소리로 대기를 가득 채우듯이 강대한 바너클 일족이 부채질해서 피운 성스러운 불꽃은 대기가 머들이라는 이름으로 점점 더 메아리치도록 만들었다,"(2부 13장) 라는 지적을 통해 머들에의 투자 및 그로 인한 파산에 바너클들의 책임이 제일 큰 게 아니냐는 생각을 명확히 한다. 무엇보다 퍼디낸드가 마음속의 의구심을 해소하고자 감옥까지 찾아왔다는 사실부터가, 에돌림청으로 인한 혼란과 머들의 파산에 이어지는 재앙이 사회 구성원 모두의 책임이며 또한 그런 의미에서 누구의 책임도 아니다, 라는 식으로 해소될 게 아니라는 작가의 인식을 전달한다고 하겠다.

퍼디낸드가 감옥에 갇힌 클레넘을 찾아온 앞의 장면으로 다시 돌아가면, 퍼디낸드는 클레넘에게 "고인이 된 머들이 이와 같은 일시적 불편의 원인"인지를 묻는다. 퍼디낸드의 속마음은 '주체의 구성성' 내지 '작가의 죽음'에 대한 최신이론에 닿아있다고 할 수 있다. 머들 현상을 만드는 데는 거창하게 말해서 언어, 문화, 사회, 역사를 포함하여 온갖 세력과 제도가 가세한 것이기 때문에, 그리고 대부호 머들이라 해도 그는 이 모든 세력이 가세한 그물망 속에서 하나의 고리에 불과한 존재이기 때문에 클레넘의 불행을 딱히 머들 탓이라고 할 순 없다는 것이다. 권력의 작용에 대한 푸코의 설명이나 퍼디낸드의 논리에 의하면, 클레넘이 파산에 대한 책임을 지고 괴로워할 필요는 그만큼 줄어들게 된다. 그 자신이 "권력의 매개물"에 지나지 않는 존재이므로, 그리고 투자를 결심한 결정이라는 것 자체가 누구도 피할 수 없는 외부적 힘의 영향을 받은 결과물에 불과한 것이므로, 파국에 대해 책임질 필요는 결정적으로 줄어드는 것이다. 또는 클레넘 자신이 피해자이자 가해자이므로 누가 누구에게 책임을 묻고 말고 할 일이 아닐 수도 있는 것이다.

이렇게 보면 파산소식을 처음 접한 후의 혼란 속에서도 클레넘이 자기가 내린 결정과 그로 인한 어려움에 대해 끝까지 책임지려는 자세를 보인다는 사실이 함축하는 의미는 각별하다고 할 수 있다. 클레넘을 돕기 위해 사무실로 찾아온 럭 씨와 클레넘 사이의 대화는 다음과 같이 진행된다.

> "자, 클레넘 씨, 괜찮다면 이제 일을 보도록 하죠. 실상을 보자고요. 문제는 단순합니다. 평범하고 분명하고 간단하며 상식적인 문제예요. 스스로를 위해 어떻게 할 것인가? 스스로를 위해 어떻게 할 것인가?"
>
> "럭 씨, 내게는 그게 문제가 아니에요." 아서가 말했다. "처음부터 문제를 잘못 이해하셨어요. 문제는 이거예요. 동업자를 위해 무엇을 할 것인가, 그에게 어떻게 최상의 보상을 할 것인가?" (2부 26장)

인용문에서 드러나는 대로 클레넘은 자신이 도이스에게 누가 된 것을 괴로워하면서 "자기가 성급하게 벌였던 일에 대한 비난을 자신이 공개적으로 받고, 동업자는 그것에 대한 책임문제에 있어서 공개적으로 해방되는 것"을 유일한 목표로 한다. 클레넘이 투자 잘못에 대해 자신의 책임을 공개적으로 인정하는 순간 모든 사람들의 분노가 쏟아지는 "유일한 과녁"이 될 것이라며 럭 씨가 만류하지만 그의 결심을 바꾸진 못한다. 결국 "발표가 이루어졌고 폭풍우가 무시무시하게 휘몰아쳤다." 비난편지가 쇄도하는 가운데 영장이 발부되었고 클레넘이 마셜시에 수감된 것이다.

책임을 피할 수도 있는 상황에서 자기 행위에 대해 책임지려는 클레넘의 행동이 남보다 우월한 도덕성을 과시하여 자기만족을 느끼려는 유아적 충동의 발로는 아닐 것이다. 그는 모두의 책임이고 따라서 누구의 책임도 아니라는 논리를 통해서 자신들의 책임을 벗어나려는 에돌림청이나 퍼디낸드의 논리에 도전하면서, 자신의 결정이 현실적으로 미친 손해에 대해, 그리고 자신의 깊숙한 곳에 있는 내면에 대해 '책임'을 지려는 것이다. 리비스가 중시하는 삶이나 현실이 '열린 자아' 사이의 창조적 상호협동을 통해 이룩되는 것이라면(*Dickens the Novelist*, 334, 355면 등) 클레넘의 행동은 협동을 가능하게 하는 인간 상호 간의 신뢰를 지키고 북돋는 자세라고 하겠다. 외국에서 돌아온 도이스가 회사의 재정 상태를 바로잡고 클레넘을 격려하여 둘 사이의 동업관계를 지속하는 작품의 진행은, 이 단계에서 클레넘의 행동이 둘 사이의 신뢰를 강화시키는 데 기여했다는 사실을 확인시켜준다.

요약하자면, 디킨스는 특정개인이나 특정세력에게 책임을 물을 수 있게 유도하는 데카르트 이래의 이성적이고 단일한 주체 개념에 대한 회의를 에돌림청이나 머들 현상이 예시하는 권력 형태와 관련하여 제시하는 한편, 에돌림청의 행태가 예견하는 푸코식의 관점에 대해서도 자기 결정에 대해 책임지는 클레넘의 모습을 통해 유보적인 평가를 전달한다. 근대가 낳았고 근대사회를 주도하는 인간형, 즉 근대적 주체에 대한 회의를 오늘날의 이론가 이상으로 보여주면서도 '주체의 죽음' '작가의 죽음' 운운하는 언설에 빠지지 않고 새로운 주체상을 모색한다는 점이 근대를 대표하는 소설가로서 디킨스의 위대성을 구성하는 주요한 측면인 것이다.

(6) 삼 년 넘게 책상 한구석을 차지하고 있던『작은 도릿』관련 자료를 치우려니 속이 착잡하다. 꽤 오래 전에 몇몇 디킨스 전공자들이 모인 자리에서『작은 도릿』번역 얘기가 나왔을 때 모두들 그 필요성과 의미에는 동감하면서도 선뜻 나설 수 없었는데, 부족한 대로 결과물을 선보일 수 있게 되었으니 마음 한편에 일어나는 느낌이 없을 수 없다. 그러나 어색한 번역투의 문장뿐 아니라 곳곳에 남아있을 오역을 생각하면 기쁨보다는 두려움이 앞선다는 것이 솔직한 심정이다. 디킨스가 쌓아올린 풍성한 언어의 세계로 독자를 안내해보겠다는 생각이 도달 불가능한 과욕이 아니었는지 걱정이 앞서기 때문이다. 예컨대, 에돌림청과 그곳의 우두머리를 묘사할 때의 신랄한 풍자적 유머와 블리딩 하트 야드의 플로니쉬 가족을 묘사할 때의 애정에 찬 따스한 해학을 제대로 전달했는지, 머들이라는 배금주의의 사도를 우러러보는 사람들의 의식과 태도를 작가는 그들이 구사하는 과장된 언어와 감격적인 말투에 실어서 꼬집고 있는데 그러한 맛을 느낄 수 있게 옮겼는지, 등 거리끼는 바가 한둘이 아니다. 또한 성서, 저널리즘, 연설문, 기도문, 회의록, 의사영웅체,

법정증언 등의 언어 또는 거기서 비롯하는 비유적 표현은 각각의 맛을 살려서 전달한 것인지, 쉼표나 마침표 없이 길게 이어지는 플로라의 대사는 그 진의를 제대로 옮긴 것인지, 등 걱정의 바다에서 벗어날 길이 없다. 이 중 일정 부분은 말과 문화, 그리고 시대의 차이에서 생겨나는 간격 탓일 것이고, 그보다 더 많은 부분은 역자의 부족함 때문일 것이다. 독자 여러분의 질정을 고대하며 틀렸거나 어색한 부분은 기회가 닿는 대로 바로잡을 것을 약속드린다.

길고 고단했던 이 작업을 마치기까지 한국연구재단의 도움이 절대적이었다. 특히 몇몇 부분에 대해 역자와 함께 고민을 나눠준 성은애 선생님과 리암Liam 선생님께, 그리고 번역 초고에 대해 애정 어린 조언을 아끼지 않은 익명의 심사자들과 『작은 도릿』에 대한 선행연구를 통해 역자에게 이 작품의 다양한 면모를 일깨워준 디킨스 연구자들께 감사드린다. 아울러서 이 책이 예쁜 모습으로 세상에 선보일 수 있게 해준 한국문화사 관계자 분께도 감사의 말씀을 올린다. 무엇보다도 늘 곁을 지켜준 아내와 가족에 대해 감사와 사랑을 마음 가득 전한다.

찰스 디킨스 연보

1812년 찰스 디킨스(Charles Dickens)가 2월 7일에 포츠머스에서 태어난다.

1815년 후에 디킨스와 결혼하는 캐서린 호가스(Catherine Hogarth)가 태어난다.

1822년 부친 존 디킨스, 모친 엘리자베스 디킨스와 함께 온 가족이 런던으로 이사한다.

1824년 부친의 채무 때문에 디킨스를 제외한 가족이 마셜시(Marshalsea) 채무자 감옥에 들어가고, 디킨스는 워런스 구두약공장(Warren's Blacking Factory)에 취업한다. 이때의 수치심과 충격이 죽을 때까지 디킨스를 따라다닌다.

1827년 부친의 사정이 다시 악화되어서 디킨스는 학교를 그만두고 변호사 사무실에 다니면서 속기를 배운다.

1829년 유언, 결혼, 이혼 문제를 다루는 민법박사회관(Doctor's Commons)의 재판장면을 보도하는 프리랜서 기자가 된다.

1830년 대영박물관에서 독학하는 한편으로 머라이어 비드넬(Maria Beadnell)을 만나 첫사랑에 빠진다.

1831년 의회 관계 기사를 보도하는 『의회의 거울』(*Mirror of Parliament*) 지에 기사를 투고한다.

1832년 『진짜 태양』(*True Sun*) 지에 기사를 투고한다.
⇨ 벤섬(Jeremy Bentham) 사망. 제1차 선거법 개정.

1833년 머라이어 비드넬과의 사랑이 파국에 이르고, 최초의 소품 「포플러 거리에서의 만찬」("A Dinner at Poplar Walk")을 『먼슬리 매거진』(*Monthly*

Magazine)에 12월에 발표한다.

1834년 『조간 크로니클』(*Morning Chronicle*) 지의 기자가 되고, 보즈(Boz)라는 필명의 스케치 작가로 런던의 거리와 풍속을 묘사하는 여러 편의 글을 발표한다. 캐서린 호가스와 처음 만나고 이듬해에 약혼한다.

1836년 이때까지 신문, 잡지에 발표했던 소품을 모아서 『보즈의 소묘집』(*Sketches by Boz*)을 출판하고, 두 편의 희곡을 써서 세인트제임스 극장(St. James's Theatre)에서 공연한다. 나중에 그의 전기를 쓰는 존 포스터(John Forster)를 처음 만나고, 3월부터는 『피크윅 문서』(*Pickwick Papers*, 1836~1837)를 분할 출판한다.

1837년 첫아들을 낳다. 5월에 처제 메리가 사망하자 디킨스는 『피크윅 문서』의 6월분 출판을 한 달 연기할 정도로 큰 충격을 받는다. 『올리버 트위스트』(*Oliver Twist*, 1837~1839)를 본인이 편집자로 있던 『벤틀리의 잡지』(*Bentley's Miscellany*)라는 월간잡지에 연재한다. ⇨ 빅토리아 여왕 즉위.

1838년 첫딸이 태어나고, 『니콜러스 니클비』(*Nicholas Nickleby*, 1838~1839)를 분할 출판한다.

1840년 『골동품가게』(*The Old Curiosity Shop*, 1840~1841)를 『험프리 님의 시계』(*Master Humphrey's Clock*)라는 주간잡지에 연재한다.

1841년 자유당 후보로 레딩(Reading)에 출마하라는 제안을 거절하고, 10월에는 누공(瘻孔)으로 수술을 받는다. 『바나비 럿지』(*Barnaby Rudge*, 1841)를 『험프리 님의 시계』에 연재한다.

1842년 1월부터 6월까지 미국을 여행한 후에 『미국여행노트』(*American Notes*)를 발표한다.

1843년 『마틴 처즐윗』(*Martin Chuzzlewit*, 1843~1844)을 분할 출판하고, 크리스마스 무렵에 『크리스마스 캐럴』(*A Christmas Carol*)을 출판한다.

1844년 7월부터 이듬해 6월까지 이탈리아로 가족 여행을 떠난다. 이제까지 채프먼과 홀(Chapman and Hall) 출판사에서 작품을 출판했는데 그 관계를 정리하고 브래드버리와 에반스(Bradbury and Evans) 출판사와 손을 잡는다.

1845년 디킨스가 참여한 아마추어 극단이 벤 존슨(Ben Jonson)의 희극 『모두

제 기질대로』(*Every Man in His Humor*)를 9월에 공연한다.

1846년 『이탈리아에서 보낸 그림들』(*Pictures from Italy*)을 출판하고, 『데일리 뉴스』(*Daily News*) 지를 잠시 편집한다. 여름과 가을을 스위스와 프랑스에서 가족과 보내고, 『돔비 부자 상사』(*Dombey and Son*, 1846~1848)를 분할 출판한다. ⇨ 곡물법 폐지.

1847년 극단을 이끌고 맨체스터, 리버풀 등지에서 『모두 제 기질대로』를 공연한다.

1848년 디킨스의 극단이 셰익스피어 출생지를 보전할 기금을 모금하려고 셰익스피어의 희극인 『윈저의 명랑한 아낙네들』(*The Merry Wives of Windsor*)을 런던에서 공연한다. 이 작품은 후에 여왕 앞에서 공연하기도 한다. ⇨ 맑스와 엥겔스의 「공산당 선언」.

1849년 『데이빗 커퍼필드』(*David Copperfield*, 1849~1850)를 분할 출판한다.

1850년 『흔히 쓰는 말들』(*Household Words*, 1850~1859)이라는 주간잡지를 시작하고, 불워 리튼(Bulwer Lytton)과 함께 문학예술협회(Guild of Literature and Art)를 창립한다.

1851년 3월부터 부인 캐서린이 신경쇠약을 앓고, 그달 말에 부친이 사망한다. 4월에는 젖먹이 딸인 도라가 사망한다. ⇨ 대영제국 박람회 개최.

1852년 『블리크 하우스』(*Bleak House*, 1852~1853)를 분할 출판한다.

1853년 12월에 버밍엄에서 『크리스마스 캐럴』을 가지고 공개독회를 시작한다.

1854년 『어려운 시절』(*Hard Times*, 1854)을 『흔히 쓰는 말들』에 연재한다.

1855년 행정개혁협회(Administrative Reform Association)를 지원하는 활동을 한다. 첫사랑이었던 머라이어 비드넬과 재회했지만 너무나 변한 모습을 보고 크게 실망한다. 12월부터 6개월 동안 가족과 파리에 거주했고, 『작은 도릿』(*Little Dorrit*, 1855~1857)을 분할 출판한다.

1856년 게즈힐(Gad's Hill)에 지택을 구입한다.

1857년 여배우 엘런 터넌(Ellen Ternan)과의 관계로 구설수에 오르고, 가정적 불화가 심해진다.

1858년 처인 캐서린과 헤어진 후 이에 대해 해명기사를 싣는 문제 때문에 출판사와 갈등을 겪고 이를 계기로 브래드버리와 에반스 출판사와의 관계를 정리한다. 공개독회를 통해 상당한 돈을 벌고, 『흔히 쓰는 말들』에 기고했던 산문을 모아서 『다시 찍은 작품』(*Reprinted Pieces*)을 출판한다.

1859년 『흔히 쓰는 말들』을 폐간한 후, 채프먼과 홀 출판사와 다시 손을 잡고 『일 년 내내』(*All The Year Round*, 1859~1893)라는 주간잡지를 새로 시작한다. 『두 도시 이야기』(*A Tale of Two Cities*, 1859)를 『일 년 내내』에 연재한다. ⇨ 다윈의 『종의 기원』.

1860년 『막대한 유산』(*Great Expectations*, 1860~1861)을 『일 년 내내』에 연재한다.

1861~1863년 공개독회를 주로 진행한다.

1864년 『우리 둘 다 아는 친구』(*Our Mutual Friend*, 1864~1865)를 분할 출판한다.

1865년 스테이플허스트 기차역에서 철도사고를 겪는다.

1867년 포스터의 반대에도 불구하고 11월에 보스톤, 뉴욕 등지에서 공개독회를 강행하는데, 이 일을 계기로 건강을 심하게 상한다.
⇨ 제2차 선거법 개정. 맑스의 『자본론』 출판.

1869년 의사의 만류를 뿌리치고 공개독회를 계속한다. 『에드윈 드루드의 수수께끼』(*The Mystery of Edwin Drood*) 집필을 시작한다.

1870년 『에드윈 드루드의 수수께끼』를 4월에서 9월까지 여섯 차례 분할 출판한다. 집필 중 쓰러져서 6월 9일에 사망했고, 6월 14일에 웨스트민스터 사원에 묻힌다.

1872~1874년 포스터가 『디킨스의 생애』(*The Life of Charles Dickens*)라는 전기를 출판한다.

한국연구재단 학술명저번역총서 서양편·720

작은 도릿 ❹

발 행 일 2014년 2월 10일 초판 인쇄
2014년 2월 20일 초판 발행

원 제 | Little Dorrit
지 은 이 | 찰스 디킨스(Charles Dickens)
옮 긴 이 | 장남수
책임편집 | 이지은
펴 낸 이 | 김진수
펴 낸 곳 | 한국문화사
등 록 | 제1994-9호
주 소 | 서울시 성동구 아차산로49, 404호(성수동1가, 서울숲코오롱디지털타워3차)
전 화 | 02-464-7708
팩 스 | 02-499-0846
이 메 일 | hkm7708@hanmail.net
홈페이지 | http://hph.co.kr

ISBN 978-89-6817-090-4 04840
978-89-6817-086-7 (전4권)

• 이 책의 내용은 저작권법에 따라 보호받고 있습니다.
• 잘못된 책은 구매처에서 바꾸어 드립니다.
• 책값은 뒤표지에 있습니다.

• '한국연구재단 학술명저번역총서'는 우리 시대 기초학문의 부흥을 위해
한국연구재단과 한국문화사가 공동으로 펼치는 서양고전 번역간행사업입니다.